Ondeelbaar

Voor mijn heerlijke gezin:
jullie zijn alles voor me

Ondeelbaar

Kristen Heitzmann

vertaald door Willem Keesmaat

Ondeelbaar / Kristen Heitzmann; (vert. uit het Engels)

Originally published in English under the title:
Indivisible by Kristen Heitzmann

Published by WaterBrook Press
an imprint of The Crown Publishing Group
a division of Random House, Inc.
12265 Oracle Boulevard, Suite 200
Colorado Springs, Colorado 80921 USA

International rights contracted through:
Gospel Literature International
P.O. Box 4060, Ontario, California 91761-1003 USA

This translation published by arrangement with
WaterBrook Press, an imprint of The Crown Publishing Group,
a division of Random House, Inc.

ISBN 978-90-8520-172-4
NUR 340

Vertaling: Willem Keesmaat
Ontwerp omslag: Studio Jan de Boer
Illustratie omslag: Arcangel Images / Hollandse Hoogte
Binnenwerk: Marsman Reclame Hattem – Geertje van Dijk

Bijbelteksten worden geciteerd uit De Nieuwe Bijbelvertaling

Uitgeverij Barnabas is onderdeel van Uitgeversgroep Jongbloed
te Heerenveen

www.jongbloed.com

Een

Wat God heeft verbonden, mag een mens niet scheiden.
– Marcus 10:9 –

Met een deken om zich heen geslagen staarde Jonah omhoog door de toppen van de naaldbomen, die door de maan zilver werden gekleurd. Hij ademde de schone, scherpe lucht van de ruige bergen in. Je zag hier ongelofelijk veel sterren en de sikkelvormige maan zorgde voor scherpe contrasten op de open plek rond het uit boomstammen opgetrokken huis. Hij had niet verwacht dat hij zou kunnen slapen – dat durfde hij niet met de herinneringen die hem onvermoeibaar achtervolgden.

Hij sloot zijn ogen en liet zich omhullen door de nacht. Het koude puntje van zijn neus prikte toen hij de pittige geuren van wilde grassen, aarde en sparren opsnoof, een onstuimig laagje met een vleugje vocht dat in het koude duister condenseerde.

De balk boven hem kreunde door de beweging van de schommelbank, een ritmische tegenhanger van de sterke stroming van de Kreek, die in het donker niet te zien was, op de flitsen wit na waar het water een rotsblok raakte. Hij voelde iets langs zijn hand strijken en keek naar beneden. Een witte, poederachtige mot fladderde tegen het oplichtende schermpje van zijn horloge. Het wollige gesuis van een uil boven zijn hoofd, een stille schaduw, op zoek naar een klein, kloppend hart.

Zijn hart bonkte zacht in zijn oren. Hij ademde onhoorbaar in en uit, zijn zintuigen eerder gevuld dan zijn gedachten gestild.

In een van de rotsspleten kefte een coyote, een van de weinige roofdieren die zijn jachtgebied had uitgebreid, ondanks de opdringerigheid van de mens. Het was een brutale en uitgekookte soort, die een steeds brutaler nageslacht verwekte. Er klonk een lang gehuil door de nacht, een territoriaal geluid dat andere mannetjes op een afstand moest houden en vrouwtjes moest lokken. Hij duwde zich op van de schommelbank, leunde tegen het hekje en probeerde te peilen waar de coyote zich bevond. Na een tijdje draaide hij zich om en ging weer naar binnen.

Piper hield van de morgen, het heldere, schone van een nieuwe dag. Maar de morgen begon normaal gesproken met zonneschijn, niet wanneer de lucht nog zwart en de slaapkamer koud was. Ze begroef haar voeten nog dieper onder de sprei die over het voeteneind lag en meed zo nog even de koude vloerplanken. Het moment duurde niet lang.

Haar hand gleed over het kanten kleedje dat haar nachtkastje bedekte en zette de wekker van haar mobieltje uit voor die haar aan haar hoofd kon zeuren. Ze zou wel tegen zichzelf aan gaan zitten zeuren, wat ze al deed sinds ze zich had gerealiseerd dat niemand anders dat zou doen. Niet dat ze niks om haar gaven, maar ze was gewoon op zichzelf aangewezen wanneer het op verantwoordelijkheid en betrouwbaarheid aankwam.

Ze deed de lamp aan, borstelde haar haar en kleedde zich aan zonder haar slaperigheid kwijt te raken. Nog maar een paar jaar geleden zou ze de hele dag hebben kunnen slapen, als ze dat zichzelf tenminste toestond. Ze deed haar jack aan en trok de kraag omhoog, zette de iPod in haar zak aan en deed haar oortelefoontjes in. 'Only Time' van Enya vergezelde haar naar buiten.

De eerste teug koude lucht drong door de mist in haar hoofd heen. Ze haalde een zaklamp uit haar andere zak en ploeterde achter de lichtbundel aan het steile pad af, tussen de sparren door. Hoog in de bergen raakten zelfs in augustus de dagen hun warmte kwijt aan de nachten, waardoor de zon de ijle lucht weer moest verwarmen.

Er braken stralen diep magenta door de zwarte silhouetten van de bomen heen, die de zonsopkomst aankondigden. Maar om haar heen bleef het duister hangen. Boven het geluid van de muziek uit hoorde ze het stromen van de Kicking Horse Creek, die parallel aan de hoofdstraat door Old Town liep. Ze zette de muziek uit. De kreek stroomde schoon en helder over de rotsbodem.

Ze kon vanaf het pad het water niet zien, zelfs al zou de zon al op zijn, maar het geluid ervan kroop door de rotsspleten naar boven. Ze deed haar oortelefoontjes weer in en zocht haar weg over het steilste gedeelte van het pad. Er verschenen rimpels op haar neus. Ze sloeg een hand voor haar mond en neus om de doordringende stank buiten te sluiten. Ze liet haar lichtbundel heen en weer zwaaien en zag een wollig, bloederig hoopje liggen. Ze haastte zich er kokhalzend langs.

Het pad eindigde achter de Half Moon, maar ze liep verder naar de volgende deur, deed de bakkerij van het slot en liep de keuken van Sarge in. Al snel moest de stank van het dode dier in haar neus plaatsmaken voor warme, gistende aroma's met een vleugje amandel, vanille en kaneel. Ze had de recepten de eerste week in haar geheugen opgeslagen, wat niet echt moeilijk was, omdat Sarge sinds de opening van de bakkerij, dertig jaar geleden, nog steeds dezelfde acht dingen verkocht. Na twintig jaar in legerkeukens te hebben gewerkt, zag hij de noodzaak niet van wat afwisseling in de mess.

Ze had nooit eerder gebakken, maar ze had zich erop gestort en als ze een beetje de vrijheid zou krijgen, zou ze er best eens goed in kunnen worden. Na drie weken hier gewerkt te hebben, moest ze het echter nog steeds voor elkaar zien te krijgen om een variatie op het bekende thema langs Sarge te loodsen, zodat hij ervan overtuigd zou raken dat het goed voor de zaak zou zijn om eens dingen te serveren die niet onuitwisbaar op het menubord stonden geschilderd.

Ze vouwde het deeg over de met rum doordrenkte rozijnen, die ze als weldoorvoede baby's onder een zachte deken instopte, waarna ze in een warme oven naar bedje toe konden. Voor een tukje. Net als gisteren. En eergisteren. En de dag daarvoor. Kleine zoete rozijnenbroodjes, precies zoals Sarge ze wilde.

Ze deed de oven dicht, liep naar de andere kant van de balie en controleerde de maatbeker, waarin ze gist over warm water had gesprenkeld en het had opgeklopt met zure room en suiker. Ze mengde bloem, boter en zout, en wierp een korte blik op de deur. Nog geen Sarge.

Met krachtige bewegingen kneedde ze er een grof deeg van dat, eenmaal opgerold, heerlijk lichte croissants zou opleveren – niet iets wat Sarge zag zitten. De achterdeur knalde open en dicht. Hij kwam binnen, hing zijn roodgeruite jack aan de haak en draaide zijn hoofd heen en weer als de kop van een gier, boven op zijn gebogen nek. Ze vond het erg voor hem. Op de foto voor in de zaak stond een sterke, statige militair. Het moest niet gemakkelijk zijn om te merken hoe je opkrulde als een verdorrend blad.

'Goedemorgen, Sarge.'

'Hmpf.' Zijn diepliggende ogen tuurden langs zijn lange, dikke neus. Gelukkig dat hij een rang had, anders zou zijn bijnaam Snavel zijn geweest. Of Gonzo. Dat zou wel bij Sarge passen, hoewel hij vandaag niet echt in staat leek tot met speekselspetters beladen scheldpartijen. De laatste tijd was zijn pijn erg genoeg geweest om zijn woede-uitbarstingen te reduceren tot sarcastische uitwisselingen van goedmoedig bedoelde beledigingen, waarvan ze bijna zeker wist dat hij ervan genoot. Ze had nu en dan zelfs een lichte opluchting bemerkt om het feit dat zij er was.

'Zijn dat de krentenscones?'

'Die staan al in de oven. De broodjes ook.'

Hij waggelde naar haar toe, zijn handen tegen zijn borst als een zeearend die net uit het ei is gekropen. Hij fronste zijn voorhoofd. 'Wat is het deze keer?'

Ze verborg haar verbazing. 'Croissants met gruyère en zongedroogde tomaten.'

'Niet in mijn zaak.' Hij duwde de klapdeuren open en verdween naar voren.

Ze keek hem verrast na. Vooruitgang. Hij had haar gevraagd wat ze aan het maken was en beschuldigde haar er niet van dat ze zijn ingrediënten aan het stelen was.

Tia ademde de honinggeur van de bijenwas in en liet de kaarsen in de helder goudgele vloeistof zakken, waarbij ze haar gebruikelijke ongeduld wist te beteugelen. Elke pauze of schokkerige beweging zou een onvolkomenheid veroorzaken die bij elke onderdompeling sterker zou worden. Ze deed haar best om haar hand stil te houden. Lontjes dompelen had haar meer zelfbeheersing geleerd dan welke scheldende instructeur dan ook.

Ze haalde de houten klem met zes dubbele lonten omhoog. Zodra de was in aanraking kwam met de lucht, werd hij okerkleurig. Ze hing de klem in de houders om de kaarsen te laten afkoelen, voor ze die weer in de was zou laten zakken. Elke onderdompeling had de neiging om met haar hebberige warmte terug te eisen wat de koele lucht aan vastigheid had weten te bewerkstelligen. Ze werd weer geraakt door de symboliek ervan. De vernietigende invloed van pijn; de kracht van volharding. Ze zou hun geven wat ze nodig hadden om fier rechtop te blijven staan, ook al was opbranden hun lot, de gloed en de geur van hun voorbijgaan een zegen.

Een klop op de deur haalde haar uit haar gedachten en ze liep de sfeervol verlichte winkel door, waar ze de snuisterijen stukje bij beetje had vervangen door kaarsen, geparfumeerde oliën en handgemaakte smeltpotten. Ze keek om zich heen en het stelde haar tevreden dat niets van wat hier stond in China was gemaakt. 'Momentje!' riep ze door de deur, terwijl ze met de sleutels rommelde omdat ze nog niet open was.

'Probeer deze eens.' Piper hield een kromme croissant omhoog.

Tia beet in gesmolten kaas, zongedroogde tomaten en verse basilicum. Ze leunde met haar schouder tegen de deurpost en zuchtte. Niet alle creaties van Piper waren een succes, maar deze ... 'Hmmm.'

'Vind je hem lekker?'

'Zeker weten.'

'Je doet niet alleen maar enthousiast omdat je hoopt dat het nog ergens op gaat lijken als ik maar blijf proberen?'

'Nee, hij is echt ...'

Piper griste het croissantje uit haar hand, draaide het opgegeten uiteinde rond in de verpakking en stak het uit naar iemand anders. 'Iets nieuws proberen?'

Tia leunde ver genoeg naar buiten om te zien wie er aankwam. Met zijn slanke gestalte in een spijkerbroek, bergschoenen en bruin leren jack met de politiepenning erop gestoken zag hij eruit als iemand die een nacht had doorgebracht met Johnny Walker. Maar ze rook het niet aan hem en dat was al jaren zo. En toch spande elke spier in haar lichaam zich – een diepgewortelde reflex die al net zo automatisch was als ademhalen.

Hij zei: 'Neem me niet kwalijk?'

Hij zag er afgetobd uit en onmiddellijk besefte ze wat voor dag het was.

'Deze croissant.' Piper wierp hem haar zonnige lach toe.

'O. Nee. Dank je.'

'Eén hapje,' zei Piper poeslief met een hypnotiserende beweging van de croissant. 'En een goudeerlijke mening.'

Hij nam een hap en kauwde langzaam. Zijn kaakspieren golfden mee in het ritme. 'Wat zijn die rode dingen?'

'Zongedroogde tomaten.' Piper beet op haar onderlip.

'Het smaakt een beetje visachtig.'

'Het orakel spreekt,' mompelde Tia.

'Visachtig?'

'Ze smaken niet naar vis, Piper.' Tia sloeg haar armen over elkaar. 'Misschien een beetje scherp.'

Zijn blik verplaatste zich naar haar en nam haar op, probeerde haar in te schatten. Soms kwamen ze elkaar wekenlang niet tegen, maar elke ontmoeting leek iets van een chemische adhesie in zich te bergen, de twee componenten van epoxyhars, die een giftig mengsel vormen wanneer ze worden samengevoegd.

'Mensen die zongedroogde tomaten kennen, zullen die smaak verwachten.' Ze sprak tegen Piper, maar haar ogen hielden Jonahs blik vast.

'Het zal wel.' Hij wilde het croissantje aan Tia geven.

'Nee.' Tia hief haar handen op. 'Eet lekker op.' Ze liep achteruit de winkel weer in, deed de deur dicht en op slot, en keerde terug naar haar kaarsen, die ondertussen vergeten moesten zijn hoe vloeibare was aanvoelde.

Jonahs gezicht vertrok door de scherpe klap van de deur. Tia. Toen hij zich omdraaide, merkte hij de verraste blik op het gezicht van de blondine op. Hij had geen zin om het uit te leggen. 'Hier.' Hij probeerde het croissantje terug te geven, maar Piper schudde haar hoofd.

'Vindt u hem lekker? Zou u hem kopen?'

'Maar je kunt niet zomaar ...'

'Als u hem lekker vindt, vertel dat dan alsjeblieft aan Sarge. Misschien laat hij me dan eens wat andere dingen proberen.'

Nu wist hij waar hij haar moest plaatsen – de nieuwe bakker van Sarge. Geen wonder dat ze eruitzag als een puppy die bang was om een tik op haar neus te krijgen, maar die tegelijkertijd haar baasje een plezier wil doen. 'Oké.' Hij begon weg te lopen.

'Eh, hé, bent u van de politie?'

'Politiecommandant. Kan ik je ergens mee helpen?'

'Wie is er verantwoordelijk voor dode dingen?'

Dat kwam zo onverwacht dat hij er een adrenalinestoot van kreeg.

'Er ligt iets op het pad tussen Tia's huis en haar winkel. Wie is verantwoordelijk voor het opruimen van dat soort dingen?'

Iets. Niet *iemand*. Hij ontspande zich een beetje. 'Ik zal wel even een kijkje nemen.'

Op een doorsneedag worstelde hij tegen de verveling van het politie zijn in Redford. Maar dit was geen doorsneedag. Hij verliet de straat en sneed een stukje af naar het pad. Hij realiseerde zich dat hij nog steeds het croissantje in zijn hand hield, wikkelde het servetje eromheen en stak het in zijn jaszak. Hij liep de heuvel op en rook het al voor hij het zag.

Een wit met fluorescerend blauwzwarte ekster vloog op toen hij een meter bij het karkas vandaan bleef stilstaan. Een wasbeer. Maar toen realiseerde hij zich dat het er twee waren, behalve ... dat het er toch geen twee waren.

Toen Piper nog eens aanklopte, deed Tia voor de tweede keer de deur open, maar nu een stuk minder enthousiast.

'Poe ... hé.' Piper kreeg er bijna kippenvel van. 'Wie is dat?'

'Jonah Westfall.'

Piper keek haar onderzoekend aan. 'Wat – heeft hij je gearresteerd of zo?'

'Doe niet zo raar.' Niet zo gek dat Piper het had gemerkt. Alleen al zijn aanwezigheid had haar dag verpest.

'Er lopen leuke mannen rond in het dorp, maar hij is wel érg leuk.'

Ze had echt geen zin in dit gesprek. 'Weet Sarge dat je hier rondloopt? Ik kan je de kamer niet voor niks verhuren, dus je kunt er maar beter voor zorgen dat je niet wordt ontslagen.' Tia begon terug te lopen naar haar kaarsen.

'O, daar dreigt hij wel mee, hoor, maar dat doet hij toch niet.'

'Daar zou ik maar niet te zeker van zijn. Sarge heeft nog nooit eerder iemand in zijn keuken toegelaten.'

'Weet ik.' Piper volgde haar naar binnen. 'Dat heeft hij me al zeker duizend keer verteld. Maar nog even over Jonah ...'

'Ik moet nog vier bestellingen klaarmaken voor de winkel opengaat.'

'Kom op, Tia. Vertel.'

Tia voelde aan de kaarsen, waarna ze die nog eens liet zakken en weer optilde. 'Dit is een zeer nauwkeurig proces.' Maar ook een proces dat ze al zo vaak had uitgevoerd, dat ze het nog zou kunnen als ze in coma lag. Ze was bachelor exacte wetenschappen en had ook nog haar masters gehaald, en nu stond ze kaarsen te maken.

Piper keek toe en nam toen de winkel in zich op, zoals ze altijd deed. Haar blik zwierf langs de planken waarop glazen flessen met kruiden in olie stonden, gedroogde bessen en ander fruit, blokken was en rollen lont. 'Dit is echt leuk. Jij zult wel veel van je werk houden.'

'Ik vind het leuk. Houden van is iets te sterk uitgedrukt.'

'Waar hou je dán van?' Piper liet haar wenkbrauwen plagerig op en neer gaan. 'Van een niet nader genoemde ruige politieagent?'

En weer verbaasde het haar hoe vrij Piper was. Hoe lang kenden ze elkaar nou helemaal? Drie weken? 'Dit is niet raar meer, maar ronduit belachelijk.'

Piper leunde met haar handen op tafel. 'Hoezo? Is hij getrouwd?'

Tia wierp haar een duistere blik toe. 'Zag hij er getrouwd uit?'

'Daar zeg je me wat.'

Tia rechtte haar rug. 'Ik moet nu echt aan het werk. En jij moet terug voor Sarge jou ziet als ongeoorloofd afwezig.'

'Ik ga al.' Piper duwde de achterdeur open, maar riep: 'Wordt vervolgd!'

'Of niet!' riep Tia haar achterna.

Twee

In de rekenkunde van de liefde is één plus één alles,
en twee min één nul.
– Mignon McLaughlin –

Jonah haalde adem door zijn mond en legde de in plastic gewikkelde dieren in de achterbak van zijn Bronco. De afdeling Wilde Dieren was verantwoordelijk voor jagen buiten het seizoen en voor beschermde diersoorten. Wasberen vielen onder geen van twee en als hij ze zou laten liggen, zouden de coyotes of een poema wel korte metten met ze maken. Gelukkig maar dat het meisje ze zo snel had gevonden.

Hij deed de achterklep dicht en liep het politiebureau in. Ze hadden één verhoorruimte, één cel, die alleen maar werd gebruikt tot ze mankracht over hadden om een gevangene te transporteren, en geen forensisch laboratorium. En de enige die een mortuarium had, was de begrafenisondernemer. Ernstige misdrijven gingen naar de districtsrechtbank. Belangrijke bewijsstukken naar het staatslaboratorium. Hij had geen belangrijke bewijsstukken. Hij wist zelfs niet eens of hij met een misdaad te maken had.

Hij passeerde de receptie en de meldkamer, zwaaide naar Ruth, met haar smalle hoofd en schouders, die overgingen in mollige armen en een respectabele boezem, alsof iemand de verkeerde lichaamsdelen bij elkaar had gevoegd. Hij zag dat Adam Moser rapporten zat te schrijven in een kantoortje dat hij deelde met een tweede dienstdoende agent. Met een politieapparaat van vijf mensen plus hijzelf, volgens hem een tekort van ten minste één man, draaiden ze diensten van twaalf uur, aangevuld met enkele uren oproepbaarheid. En toch werd elke nacht en af en toe ook overdag met maar één man gedraaid.

De kruin van Mosers hoofd zag eruit als een gladgeschuurde rivierkei, omringd door dik zwart mos met spikkels zilver. Hij had een lange, bruine nek en rechte schouders, en droeg een onberispelijk uniform. Zijn handschrift zag er altijd uit alsof het getypt was. En met een uiterlijk dat meer op dat van Denzel Washington leek dan op dat van Tyler Perry, had Moser het helemaal voor elkaar.

'Hé, Moser.' Jonah gaf hem een knikje.

'Môgge, commandant.'

'Nog gekke dingen gehad, vannacht?'

Moser tuitte zijn lippen. 'Niet anders dan anders.'

'Niks over kinderen die met rituele dingen bezig zijn?'

Moser fronste zijn voorhoofd. 'Nee. Hoezo?'

Jonah vertelde hem over de wasberen.

'Waarom moeten wij ons druk maken over twee wasberen die elkaar te grazen nemen?' vroeg Moser op zijn afgemeten welbespraakte toon.

'Omdat ze met elkaar verbonden waren.'

'Vastgebonden?'

'Nee.' Jonah was langs het pad neergehurkt en had het bloederige hoopje nauwkeuriger bestudeerd dan hij had gewild. 'Die beesten waren aan elkaar genaaid.'

'Aan elkaar genaaid? Waarmee dan?'

'Een soort draad. Door de huid en de spieren heen.'

'Hoe hebben ze dat voor elkaar gekregen bij twee levende wasberen?'

Jonah haalde zijn schouders op. 'Misschien verdoofd. En toen ze wakker werden, zijn ze waarschijnlijk knettergek geworden en hebben ze elkaar aan stukken gescheurd. Ze liggen achterin de Bronco, mocht je ze willen zien.'

'Nee, dank je.' Moser schoof heen en weer op zijn stoel.

'Ik breng ze zo even naar de dierenarts.'

'Is de kliniek weer open?'

'Vanaf vorige maand.'

'Dan moet ik er eens langs voor de spuitjes van Marlene.'

Jonah knikte, liep terug naar zijn auto en vroeg zich af of Moser wel helemaal begreep wat dat gedoe met die wasberen kon betekenen. Mensen die dieren lieten lijden, lieten het daar meestal niet bij.

Hij draaide zijn raampje naar beneden en reed met zo veel mogelijk wind in zijn gezicht en ongeveer binnen de snelheidslimieten naar de dierenkliniek in een van de buitenwijken van Redford. Hij had vorige week pas gehoord dat daar een nieuwe dierenarts was begonnen en hij hoopte dat ze het zouden redden. Lang niet alle plaatselijke bewoners waren hun huisdier zo toegewijd als Moser. Zelfs niet degenen die niks voor martelingen voelden.

Hij remde voor een auto die bij de kliniek vandaan kwam en reed het terrein op. Hij zou blij zijn als hij het stinkende pakketje uit zijn achterbak kon gooien. Er zat geen receptionist achter de balie. De dierenarts zou waarschijnlijk al blij mogen zijn als hij kostendekkend kon werken zonder extra loon te hoeven uitbetalen.

Hij tikte op de bel op de balie en er kwam een blonde vrouw naar voren. Tussen de dertig en de vijfendertig. Gemiddelde lengte en ze zag er fatsoenlijk uit. Ze leek iets aan haar heup te mankeren, waardoor ze een beetje ongelijk liep, maar ze keek hem zelfverzekerd aan.

'Kan ik u ergens mee helpen?'

Op het naamplaatje op haar witte jasje stond *Dr. Liz Rainer*. 'Ik ben politiecommandant Jonah Westfall. Ik hoopte dat u even ergens naar kon kijken, maar eigenlijk ...'

'Heeft uw paard een hoefijzer verloren?'

Hij produceerde een glimlach. 'Mijn paard heeft banden.'

'Gaat het om een verwonding?'

'Nee, er valt niks meer aan te sleutelen. En ... het ziet er nogal gruwelijk uit.'

Ze haalde hoorbaar adem. 'Ik neem aan dat we het niet over een mens hebben.'

'Nee, daar heb ik een lijkschouwer voor.'

'Goed.' Ze kwam om de balie heen. 'Laat maar zien.' Ze volgde hem naar zijn voertuig.

'Misschien kunt u maar beter even uw adem inhouden. Ze zijn niet snel doodgegaan.' Toen opende hij zijn achterklep, wierp haar een waarschuwende blik toe en trok de vuilniszak open. Er kwam een zware, doordringende stank uit. Hij had de zak beter eerst uit de auto kunnen halen, maar hij wilde niet dat ze zich zou moeten bukken om goed te kunnen kijken. 'Kunt u me vertellen wat u ziet?'

Ze perste haar lippen op elkaar, maar er stond eerder droefheid in haar ogen dan weerzin. 'De schade lijkt aan beide zijden ongeveer gelijk te zijn.'

'Kijk eens beter. Waar de vacht is weggeschoren. Sorry. Als u het niet erg vindt.'

'Hechtingen?' Ze keek op. Haar rechteroog trok een beetje. 'Geen roofdier.'

Hij begreep dat het haar moeite kostte om kalm te blijven. 'Hebt u wel eens vaker rituele handelingen bij dieren gezien?'

'Niet echt.'

'Maar zou u weten waar u naar moest zoeken?'

'Ik zou in elk geval niet naar hechtingen zoeken.'

Hij knikte. 'Dat dacht ik al. Nou, bedankt. Wat ben ik u schuldig?'

Ze haalde haar schouders op. 'Zie het maar als service en vertel rond dat ik hier zit.'

'Ik heb het vanmorgen nog aan een agent verteld. Hij komt binnenkort langs met zijn mopshond, Marlene.'

Eenmaal binnen keek Liz de politiecommandant na toen hij wegreed. Achter dat razend knappe uiterlijk leek een gevoelig en betrouwbaar persoon schuil te gaan. De meeste mensen zouden niet verder kijken dan de buitenkant – bedrieglijk. Maar zij keek altijd naar de binnenkant, zocht naar het beste – en het slechtste. Het ging om de binnenkant, om het materiaal waaruit iemand was gemaakt.

'Hij is aardig.'

Hoewel ze zich altijd zo stil als een spook door de kliniek bewoog, verraste Lucy haar zelden. Ze hadden zo'n hechte band dat ze haar al voelde aankomen voordat ze haar zag. Liz knikte zonder haar blik van het raam af te wenden. Lucy liet zich nooit door uiterlijkheden voor de gek houden. De commandant had inhoud.

'Zou je hem willen ontmoeten?' mompelde Liz.

'Zit me niet te plagen.'

'Nee, serieus.' Ze keek toe hoe de Ford Bronco bij de straat halt hield en toen wegreed. Ze had in commandant Westfall een bepaalde vertrouwdheid met verdriet gezien, verscholen in de fijne rimpels rond zijn ogen, de rimpels bij zijn mond. Misschien zou hij het begrijpen. 'Dat zou best kunnen.'

'Niet op deze manier. Niemand moet me zo zien.' Lucy's stem werd schriller. 'En ik ben bang. Ik ben zó bang.'

'Dat hoeft niet.' Ze draaide zich om toen Lucy zacht begon te huilen. 'Het is al goed.'

'Nee, dat is het niet,' huilde Lucy. 'Maar dat kan toch ook niet?'

Ze vond het verschrikkelijk wanneer Lucy huilde, de manier waarop het haar stak, alsof het verdriet ook in haar huisde. 'Vertrouw je me?'

Lucy snoof. 'Waarom zou ik mijn eigen zus niet vertrouwen?'

Tja, waarom niet? Er spoelde een rauwe emotie over haar heen. 'Je weet dat ik niet toesta dat jou iets overkomt.'

Ze wachtte, maar Lucy gaf geen antwoord.

Jonah reed met alle raampjes open terug naar kantoor en liet ze op de parkeerplaats openstaan, hoewel hij agent Sue Donnelly pas nog had gewaarschuwd haar auto altijd af te sluiten. Maar de stank zou hoe dan ook elke dief de moed ontnemen. Hij liep naar binnen en Ruth hield een hand voor haar neus.

'Niet om vervelend te doen, Jonah, maar ...'

'Ik weet het.'

'Moser heeft nog steeds dienst. Ga lekker naar huis om te douchen.'

Hij was van plan geweest om zijn rapport te typen terwijl de details nog vers in zijn geheugen zaten, maar hij vermoedde dat de stank voorlopig niet zou wegtrekken. Hij draaide zich om en reed naar huis. De douche verwijderde de stank uit zijn huid en haar, maar niet uit zijn neusgaten. Hij trok een schoon uniform aan en ging terug naar kantoor.

Ruth zuchtte van opluchting toen hij binnenkwam, een zucht die eindigde met gegiechel.

'Ja, ja. De volgende keer mag jij het afhandelen.'

'Volgens mij heb ik het niet helemaal begrepen van Moser,' riep ze hem achterna. 'Ik dacht dat hij zei dat de wasberen aan elkaar waren genaaid!'

Hij liep zijn kantoor in zonder daar antwoord op te geven. Hij hield het graag nog een tijdje stil en vermoedde dat hij daar zeker tien procent kans op had. Hij vulde het rapport in en archiveerde dat onder 'lopende zaken', 'dierenmishandeling' – een betere classificatie kon hij niet verzinnen.

Nadat hij zijn computer uit de slaapstand had gehaald, keek hij alle plaatselijke incidenten in verband met dieren na, waarna hij zijn zoektocht uitbreidde naar de omliggende districten. De incidenten die hij tegenkwam gingen voornamelijk over treiteren of verwaarlozing. Jagen zonder vergunning of buiten het seizoen. Eén illegale slacht. Maar niks over aan elkaar naaien.

Het zou gewoon een zieke grap kunnen zijn. Technisch gezien hoorde het hele geval bij de dierenbescherming thuis. Op het griezelige karakter van de daad na.

Geweld tegen dieren kon wijzen op gevaarlijke, ziekelijke neigingen, en dit was duidelijk van tevoren gepland. Er moesten chirurgische voorbereidingen getroffen zijn. Degene die dit had gedaan, was niet alleen van plan geweest om de dieren met elkaar te laten vechten, maar ze ook zichzelf te laten verscheuren. Hij zou de draad laten analyseren en dan met een maand of twee de uitslag krijgen.

Hij keek op toen Moser binnenkwam.

'Ik kom even zeggen dat ik naar huis ga.'

Zo laat al? Geen wonder dat zijn rug pijn deed. Als commandant bepaalde hij zijn eigen werkschema, maar vaak werkte hij langer door dan de anderen. Hij had het behoorlijk druk met het bepalen van de strategische richting van de afdeling, leiding geven aan zijn mensen, regelen van het onderhoud van de voertuigen en nog veel meer, maar toch bleef hij in nauw contact met de werkvloer en met de bevolking die ze moesten beschermen. Hij bleef op de hoogte van ernstige misdrijven en behandelde die vaak zelf.

Het incident met die wasberen was vreemd genoeg om er zijn blik eens over te laten gaan voor hij het delegeerde aan zijn mensen. En het leidde zijn aandacht af van de rest. De dag was bijna voorbij en zou een jaar lang niet terugkeren. Hij balde zijn vuisten. Zijn neusvleugels verwijdden zich. Niet nu.

Hij dwong zich zijn aandacht weer op het onderzoek te richten, maar hij zou verder niet veel informatie te pakken krijgen, dus sloot hij af en reed langzaam door Old Town. De winkels waren al dicht, maar hij zag dat er in de Half Moon nog licht brandde. Hij parkeerde zijn auto en bleef lang naar het gebouw zitten staren, waarna hij eromheen liep en aanklopte. Hij hoorde geschuifel en toen haar stem.

'Wie is daar?'

Ze was in elk geval op haar hoede.

'Ik.'

'Kun je wat specifieker zijn?'

'Doe nou maar open, Tia.'

Ze deed de deur op een kiertje open en fronste haar voorhoofd. 'Ja?'

'Kan ik je even spreken?'

'Als politiecommandant?'

'Gedeeltelijk.'

Ze drukte haar voorhoofd tegen de deur en trok hem open, een toonbeeld van onwilligheid. Het speelse licht van een tiental kaarsen wierp een zachte gloed over haar mahoniehaar en een olijfkleurige huid. Donkere wenkbrauwen vormden bogen boven ogen zo zwart als onyx.

Hij zei: 'Je kunt maar beter niet meer werken als het donker is.'

Haar ogen vernauwden zich. 'Leg je me een avondklok op?'

'Ik vind gewoon dat je hier niet tot zo laat moet blijven om dan alleen naar huis te lopen.'

'Waarom niet?'

Omdat iemand op ceremoniële wijze dieren had afgeslacht op het pad naar haar huis? 'Ik heb iets gezien dat me zorgen baart.'

'Iets ...?'

Hij schudde zijn hoofd. 'Daar ga ik liever niet op in.'

'Luister, Jonah ...'

'Ik zeg alleen maar dat je op dit moment beter niet alleen buiten kunt zijn.'

'Maar je zegt er niet bij waarom.' Ze zette haar handen in de zij. Ondanks dat ze fijngebouwd en niet al te groot was, kon niemand om haar innerlijke kracht heen. 'Als je me niet meer dan je opinie geeft, kan ik geen afgewogen beslissing nemen.'

'Je zou op mijn opinie kunnen vertrouwen.'

Ze bewoog haar hoofd iets achterover, streek met de vingers van beide handen door haar weelderige haar en keek hem onderzoekend aan. 'Je ziet er verschrikkelijk uit.'

'Tja.' Ze wist wat voor dag het was. Omdat hij een professioneel gezicht op had gezet, had niemand het gemerkt, of er in elk geval geen opmerking over gemaakt. Maar dit was Tia, die nooit iets verzweeg. 'Ik loop wel met je naar huis wanneer je klaar bent.'

'Ik ben mijn administratie aan het doen.'

'Dat kun je ook overdag doen.'

Weer die handen in de zij. 'Vertel me waarom je je zorgen maakt.'

'Kun je nou nooit eens gewoon goed advies aannemen?' Hij keek haar even strak aan en nam toen gas terug. Hij maakte waarschijnlijk van een mug een olifant. Doordat hij haar vanmorgen had gezien, had hij te veel aan haar lopen denken. Dat was op geen enkele dag prettig, maar vandaag was helemáál beroerd. 'Goed. Maar doe in elk geval de deur achter me op slot.'

'Natuurlijk.' Genoeg stekeligheid om pijn te doen.

Hij reed naar zijn huis toe, dat uit de buurt stond van de nieuwe, dure villa's en de kleine, oude victoriaanse huizen zoals dat van Tia. Hij deed zijn jack uit en zijn wapengordel af en borg zijn revolver en zijn reservewapen op in de wapenkluis, waarna hij zijn boordje losknoopte en zijn studeerkamer in liep. Hij pakte een fles whisky van de plank in de hoek en wreef het stof eraf dat er niet op zat.

Hij liet zijn duim over het etiket glijden, draaide de dop van de fles en hield de hals onder zijn neus. De alcohol die eruit opsteeg, liet zijn neusvleugels samentrekken. Zijn smaakpapillen kwamen tot leven en ook zijn speekselproductie kwam op gang. Hij voelde het geestrijke vocht al door zijn keel glijden en herinnerde zich de branderigheid ervan alsof het gisteren was.

Vooral vandaag zou die hitte hem troosten. Het zou de herinneringen die zijn gedachten vulden laten vervagen in de mist. En hij zou die mist verwelkomen, diep, verdovend. De stem van zijn verlangen fluisterde hem van alles in zijn oor.

'Jij hebt geen controle over mij', fluisterde hij terug, waarna hij de dop weer op de fles deed en hem terugzette op de plank.

In zijn slaapkamer kleedde hij zich uit en stortte hij neer op bed. Bijna voorbij. Nog een paar uur.

De bezorgdheid van Jonah prikkelde haar zenuwen. Had hij een manier verzonnen om met haar alleen te kunnen zijn, of was zijn bezorgdheid oprecht? Hij had aangeboden met haar mee naar huis te lopen, wat op een goede dag al een ongemakkelijk idee was. Ze keek met een ruk over haar schouder toen er een dennenappel uit een boom viel, en ademde opgelucht uit toen ze de bron van het geluid ontdekte.

Ze liep verder, al net zo geïrriteerd over zichzelf als over Jonah. Ze bereikte de zijstraat, slaakte een gilletje en drukte een hand tegen haar borst toen Piper uit de schaduwen tevoorschijn glipte en naast haar kwam lopen.

'Sorry!' Piper sloeg ook haar handen tegen haar borst. 'Ik wilde je niet laten schrikken.'

Haar eigen fout, omdat ze Jonah op afstand had gehouden. 'Wat doe jij hier?'

'Naar huis gaan?'

Tia haalde diep adem en liet de lucht weer ontsnappen. 'Ik dacht dat jij al thuis zou zijn.' Piper stond normaal gesproken vroeg op en ging ook vroeg naar bed, net als de roodborstjes die bij zonsondergang verdwenen en 's ochtends weer opdoken.

'We hebben met een aantal mensen Cranium zitten spelen in Java Cava.'

'O.' Tia beklom de enkele trede naar de veranda. 'Ik denk dat ik gewoon een beetje schrikachtig ben.'

'Door de commandant?'

Tia werd iets afstandelijker. 'Wat bedoel je?'

'Ik zag hem bij de winkel weglopen.'

Geweldig. Ze deed de voordeur van haar huis van slot. 'Hij vindt het niet verstandig om na donker nog buiten te zijn. Hij liep mensen te waarschuwen.' Behalve – daar leek het tenminste op – Piper en de anderen. Had ze persoonlijk te maken met wat hij had gezien? Nee, dan zou hij dat tegen haar hebben gezegd. Het was gewoon zijn eigen overbezorgdheid. En dat maakte haar stapelgek.

Piper volgde haar naar binnen. 'Heeft hij gezegd wat er is gebeurd?'

'Hij heeft me geen details gegeven, maar zei alleen maar dat we in het donker maar beter niet meer buiten konden zijn. Heb je trek in thee?' Ze liep naar de keuken en gooide enkele harde jasmijnparels in twee mokken, waarna ze een ketel water opzette. Ze duwde een pluk haar achter haar oor. Jonah leek echt een beetje van streek te zijn geweest. Toen hij daar zo tegenover haar in de gloed van de kaarsen had gestaan, had ze in dat door moeilijkheden geharde gezicht de jongen met warrig haar van vroeger gezien.

Haar eerste herinnering aan Jonah was dat hij boven op de glijbaan zat. Hij had zijn knieën opgetrokken tegen zijn borst en de andere kinderen op de trap zeurden dat hij nou eens een keer moest gaan. Zijn ogen hadden enorm groot geleken, tot ze zich realiseerde dat ze van zijn wangen tot aan zijn wenkbrauwen paarsblauw waren. Hij had naar haar gekeken en was naar beneden gegleden, waarna hij met het grootste gemak overeind sprong.

'Wat is er met je ogen gebeurd?'

'Mijn moeder trapte te hard op de rem en toen ben ik met mijn hoofd tegen het dashboard geknald.'

'Had je dan geen veiligheidsgordel om?'

Hij had zijn schouders opgehaald. *'Wat maakt het uit?'*

Jaren later had ze pas begrepen wat hij bedoelde.

Ze schudde zichzelf wakker. Hij had haar gewaarschuwd en zij had de waarschuwing weer doorgegeven aan Piper. Ze schonk het stomende water over de parels heen en gaf Piper haar mok aan. Ze hief haar eigen mok op naar haar neus en rook de exotische geur van de zich openvouwende bladknoppen.

Ze keek voorbij haar spiegelbeeld in het raam naar de zwarte nacht buiten en dacht terug aan een andere, nog donkerder nacht. Dat was echt een akelige nacht geweest en het was er later alleen nog maar erger op geworden. Geen wonder dat hij er vandaag zo afgeleefd had uitgezien. Had ze nou echt niet wat vriendelijker tegen hem kunnen zijn?

Ze schudde haar hoofd. Als ze hem ook maar de geringste aanleiding zou geven, als ze ook maar een klein beetje zwakheid zou tonen, zou hij daar misbruik van maken.

Piper kwam naast haar staan, een spookverschijning in het glas. 'Gaat het wel?'

'Alleen maar moe. Ik denk dat ik eens wat minder lang door zou moeten werken.' Ze nam een slokje van haar brouwsel en genoot van de zachte smaak. Ze zou vanaf nu op een wat fatsoenlijker tijdstip vertrekken.

'Je had met ons mee kunnen spelen. Ik wilde dat ik je was komen halen.'

'Ik ben veel te fanatiek bij gezelschapsspelletjes.' Als kind had ze zo veel gewonnen dat niemand meer met haar wilde spelen. 'Ik houd meer van Parcheesi, onder het genot van een mok thee en een knappend haardvuur.' Een puur geluksspelletje.

'Wat is de geur van die in de was gedompelde dennenappels?' Pipers ogen glinsterden.

Tia haalde adem en rook het bijna toen ze zei: 'Butterscotch.'

'Lekker.' Piper moest lachen.

Tja, het was leuk om haar hier te hebben, ook al kon ze soms een beetje erg aandringen en nieuwsgierig zijn. Ze bleven wat zitten praten tot het gegeeuw van Piper aanstekelijk begonnen te werken.

Toen Tia naar bed ging, achtervolgde het bezorgde gezicht van Jonah haar. Wat zou hem zo dwars hebben gezeten dat hij het idee had haar te moeten waarschuwen? Ze had niet zo bot moeten zijn, zeker niet op deze dag, maar ze kon er niks aan doen. Ze gaf hem de schuld van zo veel dingen. En hij verdiende niet beter.

Drie

Het enige echte cadeau is een deel van jezelf.
– Ralph Waldo Emerson –

Piper onderdrukte een geeuw en overhandigde een appelflap aan een man met uitpuilende ogen. Ze was zo laat opgebleven met Tia dat ze het gevoel had dat de wekker was gegaan zodra ze haar ogen dichtdeed. Maar voor het eerst waren ze meer geweest dan huisbaas en huurder.

'Ze komen net uit de oven,' waarschuwde ze, 'dus de binnenkant kan erg heet zijn.'

Normaal gesproken bediende Sarge de klanten, maar het was hem in zijn rug geschoten en daarom was hij in de warme keuken gaan zitten. Toen ze voor hem was begonnen te werken, had hij gewoon een gemene vent geleken, maar nu begreep ze dat het de pijn was die hem had veranderd in een driftig persoon, als een mishandelde hond met onzichtbare onderhuidse kneuzingen.

Ze wierp een blik op haar horloge. Nog twee minuten voor de fruittaartjes klaar zouden zijn. Ze zou terug zijn voor Sarge er zelfs maar aan kon denken om te bukken en de plaat uit de onderste oven te trekken.

'Een momentje,' zei ze tegen de vrouw die binnenkwam, waarna ze de keuken in dook. De timer produceerde zijn doordringende geluid, maar Sarge reageerde er niet op. Hij lag te kronkelen op de vloer.

Piper haastte zich naar hem toe. 'Sergeant Beaker? Sarge?'

Hij hapte naar adem en probeerde iets te zeggen. Ze vloog naar de telefoon die aan de muur van de keuken hing en belde het alarmnummer. 'Met Piper, van de bakkerij. Het gaat helemaal niet goed met Sarge.'

Toen de meldkamer alle benodigde informatie had, haastte ze zich weer naar hem toe. Ja, ze had hem een kwaadaardige trol genoemd en hem verschroeiende blikken achterna gezonden na zijn scheldpartijen, maar dat was eerder. De timer stond nog steeds te jengelen. Ze sprong op en haalde de fruittaartjes uit de oven, waarna ze weer neerknielde en zijn hand in de hare nam. 'Hou vol, Sarge. Er is hulp onderweg.'

Zijn vingers voelden aan als gekoelde wortels. Piper legde de rug van haar vrije hand tegen zijn rode wang, die net zo warm aanvoelde als de hendel van de ovendeur. Het leek of hij probeerde om haar allerlei opdrachten te geven, maar ze verstond geen woord van wat hij zei.

Na enkele minuten kwam commandant Westfall binnen. Hij rook naar de bossen, zag er ruig uit en leek alles beter op een rijtje te hebben dan de vorige keer dat ze hem zag. 'De ambulance is onderweg.' Hij hurkte neer en greep de andere hand van de oude man. 'Hé, Sarge. Houd je het nog een beetje vol?'

Sarge priemde met een vinger in haar richting. 'Jij! Je haalt alles ...'

Commandant Westfall keek op. 'Ga maar naar voren. Ik blijf wel bij hem.'

Met een laatste blik op het gezicht van Sarge nam ze het dienblad met fruittaartjes mee naar de vitrine. Het was opeens superdruk in de zaak. *Och heden.* Ze trok de ovenhandschoenen uit. 'Sorry, maar ik heb geen idee wie er eerst is.'

Er begonnen twee mensen tegelijk te bestellen en een derde vroeg: 'Waar is Sarge?'

'Eh ... daar gaat het niet zo goed mee.' Er werd hier en daar gemompeld toen ze een citroenscone en een krentenbol inpakte en ze aan de twee mensen gaf die tegelijk hadden besteld. Ze schoof naar het einde van de balie en voerde ze in de kassa in.

Gelukkig had Sarge haar geleerd hoe de kassa werkte, maar deze groep mensen zou waarschijnlijk de hele zaak leeg kopen en ze kon niet tegelijkertijd in de keuken zijn om een en ander aan te vullen en de lunchbroodjes te maken. Hoe had Sarge dat gedaan voor zij er was?

Haar hoofd tolde van alle bestellingen toen de mensen zich realiseerden dat ze de restjes zouden krijgen als ze niet als eerste bestelden. Ze gooide haar handen in de lucht. 'Gaat u allemaal in de rij staan. En als u vandaag niet krijgt wat u wilt hebben, schrijf dat dan op.' Ze pakte een mandje en zette dat op de balie. 'Gooi uw verzoek hier maar in. Morgen zijn ze halve prijs.'

Dan zou ze op bestelling kunnen bakken. Mensen die hier niet elke dag kwamen, zouden nu een tweede keer kunnen komen voor de vijftig procent korting. Zover ze wist, had Sarge nooit iets voor de halve prijs verkocht, behalve dan het rek met waren van een dag oud, waar meestal niet veel op lag. Hij zou gek worden als hij het wist, maar de ambulance was gearriveerd en ze zou het voor zich houden tot hij sterk genoeg was om te schelden zonder er iets van te krijgen.

Tia schrok toen de ambulance halt hield voor de bakkerij. Ze had net haar achterdeur bereikt, maar liep toen door naar die van Sarge en bad dat Piper zich niet ernstig verwond had met een keukenapparaat of gebrand aan een oven. Ze duwde de keukendeur open. Piper was nergens te bekennen. In plaats daarvan zag ze Sarge op de grond liggen. Jonah ondersteunde zijn hoofd en het ambulancepersoneel stormde beheerst door de voordeur naar binnen.

'Wat is er gebeurd?'

Jonah veerde op om het ambulancepersoneel de ruimte te geven. 'Piper heeft het alarmnummer gebeld. Ik weet niet of hij gevallen is of iets dergelijks.'

'Hoe gaat het met haar?'

'Een beetje geschrokken. Ik heb haar naar voren gestuurd om daar de drukte het hoofd te bieden. Je weet hoe Sarge is.'

Ja, door jaren ervaring. Hij kreeg nauwelijks een verstaanbaar woord over zijn lippen, maar toch lag hij met een paars gezicht te ruziën met het ambulancepersoneel. Jonah hurkte weer neer en probeerde de aandacht van Sarge af te leiden door zachtjes tegen hem te praten.

Tia glipte terug naar haar winkel en liet Mary Carson binnen, die had gevraagd of ze iets vroeger haar bestelling kon komen afhalen. Tia had de kaarsen al ingepakt en klaarliggen, maar Mary zou toch blijven rondneuzen. Dat deed ze namelijk altijd.

'Gaat het om Sarge?'

Tia knikte, maar vroeg zich af waarom zij niet in eerste instantie aan hem had gedacht. 'Hij is niet blij met alle gedoe.'

'Die ouwe Sarge zou de Dood zelf nog het graf in schelden, als hij de kans kreeg.' Mary's ogen werden een beetje rood. 'Mijn Bob was te beleefd om ruzie te maken.'

Tia raakte haar arm aan.

Mary's zilvergrijze hoofd beefde van de Parkinson. Bob had van hen tweeën de sterkste geleken. Hij was gebruind, was stevig gebouwd en ondernam op zijn zevenenzevenstigste nog stevige wandeltochten, terwijl er in zijn hoofd een tijdbom tikte. Mary knipperde haar tranen weg en liet haar vinger over de gouden espenbladeren glijden op een grote, scharlakenrode kaars met drie lonten die net om de hoek bij de deur stond. 'Och, wat mooi. Jij bent altijd al zo creatief geweest.' Mary was een lerares die niet naar de waarschuwingen van haar ouders had geluisterd. Ze had haar leerlingen de kans gegeven om zichzelf op de een of andere manier te bewijzen. 'Dit zou mijn woonkamer opvrolijken, hem wat levendiger maken.'

'En die verblekende bank accentueren.'

'Scharlakenrood met gouden draden.' Ze trok haar wenkbrauwen op. 'Heb je hem ontworpen om mij te verleiden?'

Tia schoot in de lach. 'Dat is nog eens een goed idee. Mijn ontwerpen aanpassen aan de smaak van mijn vriendinnen. Ik wilde dat ik daar eerder aan had gedacht.'

'Nou, ik neem hem in elk geval, voor iemand anders hem voor mijn neus wegkaapt. Kate Maitlin heeft dezelfde kleuren.'

Tia liep naar de balie, waar ze het inpakpapier en bindtouw had liggen. 'Heb je er een standaard voor?'

'O.' Mary klikte haar portemonnee weer dicht. 'Nee, daar had ik helemaal niet aan gedacht. Ik zat eraan te denken om hem ergens tegenover de bloembak neer te zetten, dus dan heb ik inderdaad een standaard nodig.' Ze keek om zich heen. 'Tja, dan zal ik er eentje moeten uitzoeken, hè?'

Tia droeg de drie kilo zware kaars door de winkel en liet hem op de verschillende standaards zien. Toen ze naar een natuurstenen pilaartje bij de muur liepen, kwam er een vreemde binnen. Hoewel ze de deur niet achter Mary op slot had gedaan, had ze natuurlijk wel een lijstje met openingstijden achter het raam hangen.

De man moest zeker één meter negentig zijn, met afgezakte schouders die daar voor het gevoel weer een aantal centimeters van afdeden, zoals zo vaak het geval was bij erg lange mensen. Zijn bruine haar dat ter hoogte van zijn oorlelletjes recht was afgeknipt, gaf hem een komisch uiterlijk. Maar de witte broek, met een vouw die zo scherp was dat je je eraan zou kunnen bezeren, en het blauwe jack leken van goede kwaliteit te zijn. En zijn felwitte sportschoenen maakten een piepend geluid op de tegelvloer, alsof ze zo vers uit de winkel kwamen.

'Ga maar,' fluisterde Mary. 'Hij is waarschijnlijk de weg kwijt.'

Tia gaf haar de kaars en ging naar de man toe, die naar handzeep uit het toilet van een restaurant rook. 'Kan ik u ergens mee helpen?'

'Nee.' Hij sprak met krakende stem. 'Ik heb geen hulp nodig.'

Ze draaide zich aarzelend weer om. 'Nou ja, mocht u vragen hebben ...'

'Geen vragen.' Hij ging achter een stelling staan, alsof dat veiliger aanvoelde.

'O-ké,' zei ze eigenlijk meer tegen zichzelf dan tegen hem en keerde terug naar Mary, die een wenkbrauw optrok toen de vreemde klant een papieren zakdoekje uit zijn zak haalde en daarmee een oplichtende, meloengroene bolkaars optilde en hem bekeek.

'Mooi hè?' zei Mary als een echte schooljuf tegen hem.

Hij tuurde over de bovenkant van de opgloeiende bol en zag eruit als een zeeleeuw die hem op zijn neus balanceerde.

Een rukje van zijn hoofd. 'Weet u wel hoeveel bacteriën worden overgedragen door één vingerafdruk?'

'Nee,' zei Mary droog. 'Hoeveel?'

Tia beet op haar lip.

Zonder antwoord te geven zette hij de kaars terug op de plank, hield het zakdoekje vast alsof het een dode rat was en zocht naar een prullenbak.

'Geef maar.' Tia griste het uit zijn hand en deed het in de prullenbak onder de balie. 'Ik betwijfel of u een kaars zonder vingerafdrukken zult vinden, behalve ...' Ze draaide zich om. 'Misschien de standaardkaarsen. Die zijn ondergedompeld, niet gevormd of versierd, maar ik weet niet of ze door iemand zijn aangeraakt sinds ze zijn opgehangen.'

Hij haalde een volgend zakdoekje tevoorschijn en zocht een rijtje van bijenwas uit. Hij plukte ze van het rek aan het houtje waaraan ze hingen en liet ze boven de balie bungelen terwijl Tia ze aansloeg op de kassa.

'Zal ik ze voor u inpakken?'

'Nee.' Hij haalde zijn portemonnee tevoorschijn en pakte er met de lange vingernagels van zijn grote handen een biljet uit.

'Alstublieft.' Ze deed het wisselgeld in het zakje dat hij voor haar openhield en bedankte hem.

Hij dook in elkaar toen de bel boven de deur aangaf dat hij vertrok en liep toen bij de winkel vandaan alsof hij bang was dat iemand hem had gezien. Tia kneep nadenkend haar ogen tot spleetjes.

'Wat een vreemde man.' Mary zette een smeedijzeren kaarsenstandaard naast de balie neer. 'Je zult toch bang zijn voor vingerafdrukken.'

'Hij heeft dat waarschijnlijk niet in de hand.' Een aantal afwijkingen die ze had bestudeerd, ging samen met onredelijke angst. En in tijden dat de mensen zaten te wachten op de volgende pandemie, was het niet zonder meer onzinnig om bacteriën te mijden.

Ze droeg de aankopen van Mary naar de Toyota die voor de winkel geparkeerd stond. Een paar stappen verderop werd Sarge in de ambulance geladen.

Mary huiverde. 'Dat doet me aan Bob denken.'

'Wat naar voor je.'

'Het is dat plotselinge. Het ene moment lopen de dingen op een bepaalde manier en het andere moment is opeens alles anders.'

Tia keek naar Jonah, die met zijn rug naar haar toe stond, zijn handen in de zij. 'Dat kan ik me goed voorstellen.' Ze wendde zich af, zette de ingepakte standaard in de achterbak en deed de klep dicht. 'Is Magna er om je te helpen uitladen?'

Mary knikte. 'Maar ik ga eerst langs de begraafplaats.'

'Zeg tegen Bob dat we hem allemaal missen.'

Mary glimlachte, weer in tranen. 'Straks stijgt het hem nog naar zijn hoofd.'

Tia keek op en zag Jonah hun kant op kijken. Ze aarzelde, maar liep er toch naartoe toen de bestuurder de achterdeuren van de ambulance dichtdeed en instapte.

'Hoe is het met hem?'

'Te chagrijnig om erachter te komen wat er nou echt aan de hand is. Ik zal later nog wel even bij hem langsgaan en dan stel ik je op de hoogte, tenminste ...'

'Nee, dat is goed. Dat zou ik waarderen.' Al die tijd dat ze hier haar winkel had, was Sarge al haar zakelijke buurman geweest, maar ze had geen persoonlijke relatie met hem. Hij had niet zoveel met haar, hoewel hij gek was geweest op haar moeder. Eigenlijk verklaarde dat alles.

Hij vond Jonah een geweldige vent. Wat zojuist weer duidelijk was geworden. Ze draaide zich om en liep terug naar haar winkel.

Jonah duwde zijn handen in zijn zakken en ging op weg naar zijn kantoor. Hij dacht niet dat Sarge in kritieke toestand verkeerde, maar maakte zich toch zorgen. Dat oude scheldkanon had niemand thuis en zorgde ook niet echt goed voor zichzelf. Het was een kwestie van tijd voor er weer zoiets zou gebeuren. Maar hoe moest je een man als Sarge vertellen dat hij niet meer voor zichzelf kon zorgen?

Ruth keek op en haar roze, mouwloze shirtje benadrukte waar haar opbollende armen begonnen. 'Nancy Berry wil een aanklacht indienen tegen Hank Dale. Ze laat eerst nog even haar haar in de krul zetten en komt dan weer terug.'

'Dat moet ernstig zijn.'

Ruth giechelde. Hoewel ze al in de veertig was, had ze een blozend gezicht waar dat gegiechel wel bij paste.

'Nog iets anders?'

'Een gestolen brievenbus. Iemand heeft hem vervangen door een oude schoen. Als dit *CSI* was, zouden we DNA-materiaal verzamelen en de gek oppakken.'

'Dat zou alleen maar bewijzen wie de schoen heeft gedragen, niet hoe hij daar terechtkwam of wie het heeft gedaan.'

Ruth kneep haar ogen tot spleetjes en knikte. 'Dat is de reden dat jij commandant bent. Die scherpe geest.'

'Vleien is ook een gave. Nog meer?'

'Ik maak me zorgen om Sue. Die man van haar ...'

'Oké, bedankt.' Soms leverde Ruths geroddel nuttige informatie op, maar Sue was een collega. Sam zou pas een zaak van de politie worden als ze konden bewijzen dat hij een misdaad had gepleegd. De rest zouden ze zelf moeten uitzoeken. 'Ik zit in mijn kantoor.' Hij had nog een hele stapel papierwerk liggen.

Uren later sloot hij het spreadsheetprogramma af en kauwde op zijn potlood. Dat incident met die wasberen zat hem nog steeds dwars. Hij had elke website opgezocht die iets te melden had over rituelen die met dieren te maken hadden. Hij werd bijna misselijk van wat hij allemaal las, maar vond niks over twee dieren die aan elkaar waren genaaid. Er moest een bepaalde betekenis achter schuilen.

Hij spuugde een houtsplinter uit en staarde naar het afgekluifde potlood, terwijl de herinnering aan een misnoegde juf Matthews door zijn hoofd schoot. *'Er moet een bever in jouw familie hebben gezeten, Jonah.'* De andere kinderen hadden gelachen, maar dat kon hem niet schelen, omdat er kuiltjes in haar wangen waren verschenen toen ze het zei en hij kon elke glimlach gebruiken die hij kreeg.

'Jongen! Wanneer ik jou te pakken krijg ...' Jonah kneep zijn ogen stijf dicht en zag de donkere schuur, rook het stof en het vet en de schimmelende muizenstront. Omdat hij klein genoeg was om in de ruimtes tussen de troep te kruipen, was hij vaker geconfronteerd met de zwarte weduwen dan met de vuist die de broekriem vasthield. Zijn enige hoop was om meer geduld te hebben dan de valsheid achter de riem. En daar in het donker, stil en alleen, had hij aan leuke dingen gedacht, zoals de kuiltjes van juf Matthews.

Piper liet zich uitgeput op een stoel ploffen in de werkplaats van Tia, in de ruimte achter haar winkel. Ze trok het elastiekje uit haar paardenstaart en kreunde: 'Hoe heeft Sarge dat ooit voor elkaar gekregen?'

Tia keek op van de tafel waarop ze haar ontwerpen maakte. 'Ben je de hele tijd in de bakkerij geweest?'

'Nou, ik heb de zaak zoals altijd om twee uur dichtgegooid, maar ik zag dat niet alles er meer even fris uitzag, vooral voorin, dus ben ik aan het schrobben geslagen – de muren, de ramen, de vloeren, de tafels en de stoelen.'

'Hmm.' Tia deed haar tekenblok dicht. 'Schoonmaken tegen de stress?'

'Ik denk dat ik me zorgen maakte.' Ze liet haar haar tussen haar vingers hangen.

'Sarge is een taaie.'

'Zo taai zag hij er anders niet uit toen hij ineengekrompen op de vloer lag.' Ze zag hem nog steeds liggen kronkelen. 'Hij liet mij in de winkel staan toen hij pijn kreeg, maar ik wist niet dat het zo erg was, anders zou ik hem nooit alleen hebben gelaten.'

'Sarge staat geen insubordinatie toe.'

'Maar ik had moeten beseffen ...'

'Dat kon je niet. Sarge was liever doodgegaan dan dat hij had moeten toegeven hulp nodig te hebben.'

Piper zuchtte. 'Ik weet nog steeds niet of ik de juiste keuzes heb gemaakt. Hij lag vreselijk te schelden.'

'Dat zag ik, ja.'

Piper trok haar wenkbrauwen op.

'Jij was in de winkel.'

'Het is in elk geval voorbij.'

Ze had zich door de ochtendspits geworsteld, had als een gek staan bakken en het grote aantal lunchklanten afgewerkt. Sarge had haar niet verteld wat ze met het geld aan moest en ze kende de cijfercombinatie van de kluis niet, dus had ze het tasje met geld in de onderste oven gelegd en de zaak op slot gedaan. Ja, het was voorbij. 'Tot morgenochtend.' Ze kreunde.

'Sjj.'

Ze voelde dat Tia haar hand over haar ogen legde.

'Houd ze maar dicht.'

Het afstrijken van een lucifer liet een scherpe geur achter. De lucht bewoog toen Tia de rook weg wapperde en een andere geur zich zacht naar de voorgrond drong.

Na enkele momenten zei ze: 'En nu inademen.'

Piper ademde langzaam in door haar neus. De nieuwe geur rook zacht en mysterieus, als een droom die ze zich niet helemaal kon herinneren. 'Dat is lekker.'

'Het heet Vrede.' Tia's koele vingertoppen drukten tegen haar slapen en masseerden die; ze spreidde haar vingers en liet die kleine cirkels over de zijkanten van haar hoofd beschrijven.

Piper gaf haar hoofdhuid over aan hun zorg en mompelde: 'Vrede.'

'Hij komt uit mijn Sacred Scentscollectie.' Tia's duimen bewogen zich in de richting van de onderkant van haar schedel. 'Op het bijgevoegde kaartje staat: "Kom naar mij, jullie die vermoeid zijn en onder lasten gebukt gaan, dan zal ik jullie rust geven."'

'Mooi. Waar haal je dat vandaan?'

Ze hoorde de glimlach in haar stem. 'Dat heeft Jezus gezegd.'

'Hoe lang geleden, tweeduizend jaar?'

'Moet je nagaan.'

Tia plaagde maar wat, maar Piper dacht daar eens wat dieper over na. *Kom naar mij, jullie die vermoeid zijn.* Was het echt zo erg geweest? Een beetje haasten, een paar onbeschofte en ontevreden klanten. Maar ze had het gered. Sarge had hulp gekregen en hij had niet één keer tegen haar geschreeuwd. 'Mag ik jou zijn wanneer ik groot ben?'

'Je kunt beter jezelf zijn, lieverd.'

Tia's stem klonk zacht en warm, maar er klonk ook droefheid in door.

'De commandant heeft echt goed geholpen. Zonder hem zou ik in paniek zijn geraakt. Je kon mijn hart aan de andere kant van de straat horen kloppen. En toen kwam hij binnen en, ik weet het niet, het voelde gewoon aan alsof alles goed zou komen.' Hij had haar toen op haar gemak gesteld, net zoals de massage van Tia nu deed. 'Hij deed dat echt goed.'

'Dat zal best.' Tia probeerde niet eens de scherpe toon uit haar woorden te weren.

Piper wierp een blik omhoog. 'Wat is er tussen jou en Jonah Westfall gebeurd?'

Tia's handen gleden weg en Piper had spijt van de vraag. De meeste mensen wilden over hun problemen praten. Tia was meer een spiegel die het gesprek terugkaatste naar de ander. Ze luisterde op een manier alsof het allemaal over jou ging.

Maar dit ging over Tia en het voelde belangrijk aan. 'Vertel nou.'

Tia liet haar handen op de stoel rusten. 'Hij heeft het hart van mijn zus gebroken.'

'Je zus?' Ze had vrijwel zeker geweten dat het iets persoonlijkers was geweest. 'Kunnen jullie goed met elkaar overweg?'

Tia zuchtte. 'Dat konden we, ja.'

Tot nu toe had ze niks over een zus gehoord. 'Waar is ze nu?'

'Ze is naar Arizona verhuisd.'

'Vanwege Jonah?'

'Min of meer. Ze is getrouwd.'

'Dan zal dat gebroken hart ook wel meegevallen zijn.'

'Ooit van een terugslag gehoord?'

Piper krabde over haar wang en pelde er een vliesje aangekoekte bloem af. 'En waar is de rest van je familie?'

'Die zijn allemaal daar. Reba had een gecompliceerde zwangerschap en mijn ouders zijn naar haar toe gegaan.'

'En jij niet?'

'Mijn moeder heeft me gevraagd om op de winkel te passen.'

'De Half Moon?'

Tia knikte.

'Ik dacht dat hij van jou was.'

'Dat is hij in principe ook.'

'Hoe lang is ze al weg?'

'Negen jaar.'

'Negen jaar? En jij had niet door dat ze wel eens niet terug zou kunnen komen?'

'Nee, Piper. Daar had ik nou helemaal niet aan gedacht.' Ze klonk scherp.

'O, sorry. Het is lang geleden dat ik me met de zaken van iemand anders heb bemoeid.' Ze had duidelijk een gevoelige snaar geraakt en er was meer aan de hand dan Tia wilde loslaten.

'Na het eerste kleinkind kwam het tweede en daarna een derde.'

Dat zou weleens de triestheid kunnen verklaren die haar soms overviel. Waren ze allemaal een nieuw leven begonnen en hadden ze haar achtergelaten? Maar misschien had ze niet mee gewild.

'Mis je hen?'

Tia aarzelde. 'Ja.'

Vier

Iemand die denkt het alleen te redden, zal falen als mens. Zijn hart verkrampt als het niet kan reageren op de roep van een ander hart. Zijn geest verschrompelt als hij alleen de echo's van zijn eigen gedachten hoort en geen andere inspiratie vindt.
– Pearl S. Buck –

Tia liet zich in de stoel ploffen waarin Piper had gezeten. Ze voelde zich niet rot over het feit dat ze niet met haar uit eten was gegaan. De keren dat ze dat wel had gedaan, hadden jongens gevochten om Pipers aandacht en hadden ze zelfs voor haar willen betalen. Haar schoonheid en enthousiasme raakten een snaar die de mannelijke bevolking liet meetrillen. Tia produceerde een scheve glimlach. Ze scheelden maar zes jaar, maar het leek eeuwen.

Ze drukte haar handpalmen tegen haar ogen, blij dat het gesprek was beëindigd voor ze het had moeten afbreken. Ze had geen zin om zich in allerlei bochten te moeten wringen. De waarheid was dat ze niet eens wist hoe ze dit aan iemand moest vertellen zonder zielig over te komen. Wanneer zou ze nou eens haar eigen leven gaan leiden? Hoe had ze dat recht verspeeld? Maar misschien had ze het nooit bezeten.

Haar ouders hadden één perfect kind op de wereld gezet; wat moesten ze beginnen met een inferieur model? Haar sterke, driftige karakter had een afstotende werking gehad. Haar gevatte antwoorden hadden een goed stel hersens weerspiegeld, maar dat leek niemand te interesseren. Haar energie en uitbundigheid hadden gestuurd moeten worden, niet verpletterd.

Haar ouders hadden niet eens geprobeerd hun gevoelens over haar te verbergen voor haar leerkrachten, haar vrienden en hun ouders. Dat kun je verwachten van *dat* kind. Reba had geprobeerd dat schrijnende verschil in genegenheid goed te maken door lipgloss en snuisterijen voor haar te kopen. Ze bewonderde Reba om het feit dat ze het had geprobeerd.

Haar mobieltje ging over en de ringtone maakte duidelijk dat het iemand was die reageerde op het foldertje. Ze nam op. 'De Hooplijn.'

'Ja, eh ...' De beller snoof. 'Kun je naar me, eh ... luisteren en me vertellen wat ik moet doen?'

'Ik luister en bid, en dan kijken we samen naar de mogelijkheden.'

De stem klonk jong. 'O. Nou, het gaat om mijn vriendin. Ze was ooit mijn beste vriendin ...'

Dat deed haar weer aan Rachel Muerrisey denken, die door een aantal blunders haar plek aan de top van de sociale ladder was kwijtgeraakt. *'Wat moet ik doen? Jij bent eraan gewend dat niemand je mag, maar ik weet niet wat ik moet doen als ik geen vrienden meer heb.'*

Tia had die onbedoelde rotopmerking van zich afgeschud. *'Doe net of je mij bent, een wild piratenkind dat betere zeebenen en een vastere hand heeft dan om het even welke zeeman ook die het want heeft beklommen. Je hebt niemand nodig, maar wanneer ze je onbevreesde, vurige manier van doen zien, zullen ze naar je toe klauteren en naar je gunst dingen.'*

Het had gewerkt en, meedogenloos als kinderen kunnen zijn, Rachel had Tia Manning niet meer nodig.

Ze sloot haar ogen, zette deze gedachten van zich af en luisterde, ervan overtuigd dat haar woorden deze beller troost zouden schenken en moed zouden inspreken, terwijl ze door een stemmetje in haar achterhoofd voor hypocriet werd uitgemaakt. Ze gaf bellers hoop, hielp hen om anderen en zichzelf te vergeven, maar ze kon zichzelf niet eens bevrijden. Misschien *wilde* ze dat niet eens.

Jonah woelde door zijn haar en stond op. Zijn knieën knarsten bijna van het lange zitten, maar het was hem gelukt zich te concentreren zonder al te vaak weggeroepen te zijn. Hij keek op zijn horloge. Agent Donnelly was laat. Jonah fronste zijn voorhoofd. Hij was geen lastige chef, maar hij eiste wel punctualiteit van zijn ondergeschikten. McCarthy en zelfs de nieuwe, Beatty, waren behoorlijk betrouwbaar. Moser leek wel een digitale klok, maar Sue ...

Ze haastte zich naar binnen en klikte haar koppelriem om. 'Sorry. Sorry, Jonah. Ik moest Eli naar zijn oma brengen.'

'Waar is Sam?'

'Die had een conflict.'

Normaal gesproken liet hij het daarbij, maar de opmerking van Ruth was blijven hangen. 'Van het *vrolijke* soort?'

Ze keek geschrokken op, waarna ze haar ogen weer neersloeg. 'Hij was niet dronken.'

'Hasj, coke?'

Ze haalde haar schouders op.

'Methamfetamine?'

'Ik weet het niet, Jonah.'

Hij had het al eerder gebruikt. 'Waar haalt hij het vandaan?'

'Dat gaat hij me echt niet vertellen.' Ze trok haar blouse glad. 'Hoe dan ook, ik ben er.'

'Heb je een paar minuutjes nodig om alles op een rijtje te krijgen?'

'Nee.' Ze streek met haar handen over haar korte bruine haar en richtte haar snelle roofvogelogen op hem. 'Praat me maar gewoon bij.'

Ze zag een beetje groen tegen de tijd dat hij klaar was. Maar de bobbel in haar buik zou daar de oorzaak van kunnen zijn. Hij vroeg zich af hoelang ze nog zou wachten voor ze het hem vertelde. Zwangerschapsverlof zou een zware wissel op haar financiën trekken, vooral als Sam gebruikte. Behalve als hij zijn eigen spul produceerde.

Tijd om de wasberen los te laten. Hij zat met een serie lichte inbraken en een uitbreidend drugsprobleem dat daarmee te maken zou kunnen hebben. Tot nu toe was het bezit van marihuana altijd het grootste probleem geweest. Minder dan dertig gram werd hier afgehandeld; meer ging naar het district. Maar de laatste tijd was er linkere troep in de omgeving gesignaleerd.

Het nieuwe Pine Crestproject, met de villa's, de golfbanen, de winkels en andere voorzieningen langs de Kicking Horse Creek – om het nog maar niet te hebben over het binnenkort te openen skioord

– zou een bevolkingsgroei betekenen en een verdriedubbeling van het gemiddelde inkomen. Hij hoopte, zoals de gemeenteraad geloofde, dat de veranderingen voor iedereen positieve ontwikkelingen met zich mee zouden brengen. Maar stijgende inkomsten betekenden nog niet dat hij meer mankracht of budget zou krijgen. Het hing er maar helemaal van af wie het eerst graaide en het stevigst vasthield.

Hij reed naar de school, verschafte zich met zijn sleutel toegang tot de fitnessruimte, duwde op gewichten tot hij uitgeput was, nam toen een douche en vertrok weer. Al zijn agenten konden hier gebruik van maken, een bedankje voor het feit dat ze ervoor zorgden dat deze combinatie van lagere- en middelbare school een van de veiligste van deze staat was. Tot dusver hadden ze daar nog niet echt hun best voor hoeven doen, maar hij had het begin van bendevorming waargenomen en hij zou niet toestaan dat ze vaste voet aan de grond kregen.

Hij zou vechten voor de veiligheid van de leerlingen, te beginnen met karakter- en bewustheidstraining en veiligheidsprogramma's. Hij en zijn agenten vormden een betrouwbaar ankerpunt voor hen en het kon niet anders of dat moest van invloed zijn op hun veiligheid. Als hij een kind tegenkwam dat tekenen van mishandeling vertoonde, zou hij nooit de andere kant op kijken, wie zijn of haar ouders ook mochten zijn.

Ondanks zijn oplettendheid gebeurden er natuurlijk bepaalde dingen, maar hij deed zijn best. Hij mocht dan misschien om de verkeerde redenen voor dit vak hebben gekozen, maar hij was ervoor in de wieg gelegd. Zelfs als hij geen dienst had, was hij altijd te bereiken en iedereen wist dat. Het gaf hem de uitstraling dat hij overal tegelijk was en dat hij alles aankon. Een duidelijke, krachtige aanwezigheid ontmoedigde fout gedrag. Dat was beslist waar, ondanks de man van wie hij dat had geleerd.

Een groep jongens stond op een straathoek lawaaierig stoer te doen tegen elkaar en deden opeens overdreven vrolijk toen hij langsreed. Stelletje grootmuilen. Hij stak een hand op en drie van hen zwaaiden terug. Toen hij een blik in zijn achteruitkijkspiegel wierp, zag hij dat een van hen hem een éénvingerige groet achterna zond. Hij zou er een punt van kunnen maken, maar het joch probeerde alleen maar wat meer status in de groep te krijgen. En dat valt niet mee als je één meter vijfenzestig bent en een sullig kapsel en een mond vol ijzer hebt.

Verderop reed een auto door het rode licht, maar hij stond met een ruk stil toen de bestuurder zijn Bronco in het oog kreeg. Jonah wierp hem een waarschuwende blik toe toen hij langsreed. De angst om gepakt te worden zou de jonge man voor een week of twee respect voor verkeerslichten bijbrengen. Redford had maar één verkeerslicht en bij de rest van de kruispunten moest je van alle vier kanten verplicht stoppen voor je verder reed. De meeste mensen behandelden de stopborden als buren naar wie je even knikt.

Normaal gesproken at hij thuis, maar vanavond parkeerde hij zijn auto achter Bailey's Diner. Hij wapperde de geur van verbrand vet en vleessappen weg en liep om het gebouwtje heen naar de voorkant. Achter het doorgeefluik keek Richie Bailey op van het schoonschrapen van de grill en groette hem met een rukje van zijn kin. Jonah stak een hand op en nam plaats op een rode bank.

Er was een tijd geweest dat Richie Bailey hem regelmatig had afgerost. Nadat Richie twee keer was opgesloten vanwege mishandeling, was dat over, maar je wist maar nooit wat er nog onder de oppervlakte sudderde. Reageerde hij zich nu af op dieren uit het bos? Jonah keek om zich heen. Had iemand anders hier die twee wasberen misschien gefolterd? Hoe zou zo'n soort idioot eruitzien?

Libby Gabaroni tikte met een servettenhouder op tafel en grijnsde hem toe, ongetwijfeld terugdenkend aan hun gerommel achter de sporthal van de middelbare school. Hij was toen geobsedeerd geweest door haar deinende boezem. Nu schommelde zo'n beetje alles aan haar.

Jonah sloeg het menu open en nam de hamburger die boven aan de lijst stond, een dubbele quarterpounder met augurk, ui en mosterd – geen ketchup, maar dat wist ze. Hij nam een slokje van de ijskoude cola die ze enkele minuten later voor hem neerzette en luisterde naar de gesprekken om hem heen. De bankjes waren vrij laag en dus uitstekend geschikt om luistervink te spelen. Niet dat de mensen om hem heen zachter gingen praten; het werd in elk geval niet zo stil als wanneer de vorige commandant van politie binnenkwam. Toen gingen de mensen een beetje rechter op zitten en schraapten ze hun keel, alsof ze iets wilden wegwerken wat hij maar beter niet kon horen.

Mensen knikten en zwaaiden dan, maar niemand ging door met praten. Jonah slikte de laatste hap hamburger door en veegde zijn mond af. Libby had zijn glas steeds bijgevuld, maar nu legde hij zijn hand erop en vroeg om de rekening. Die had ze al in de zak van haar schort zitten en hij betaalde het totaalbedrag en nog een fooi.

Ze keek naar het geld in haar hand. 'Wil je wisselgeld?'

'Hou het maar.'

Ze bloosde. 'Je hoeft geen haast te maken om weg te komen, weet je.'

Hij knikte, maar stond op zo gauw ze opzij stapte. Als hij hier bleef rondhangen, zou hij een signaal afgeven dat hij liever niet afgaf.

'Commandant.'

Hij draaide zich om toen er aan zijn mouw werd getrokken.

Merv Brothers drukte hem een sleutel in zijn hand. 'Hiermee kunt u in de u-weet-wel. Ga even een kijkje nemen en vertel me dan dat daar niks vreemds gaande is.'

'Hoe kom je aan die sleutel?'

Merv keek hem met bleekblauwe ogen aan vanuit een behaard, gelooid gezicht. 'Die heeft hij me lang geleden zelf gegeven, toen we nog met elkaar praatten.' Hij streek met zijn hand over zijn dunne haar. 'Ga zelf maar kijken. Hij zegt dat de boel op scherp staat en de lucht in gaat als je probeert binnen te komen. En daar zou ik niet eens van opkijken.'

'Heeft hij tegen je gezegd dat die schuur is beveiligd met explosieven?'

'Hij zou kunnen liegen.'

'Ik zou nog steeds een bevel tot huiszoeking moeten hebben om daar zonder toestemming naar binnen te gaan. Maar ik zal deze voorlopig bij me houden.' Als Tom Caldwell in de schuur tussen hun percelen boobytraps had geplaatst, wilde hij niet dat Merv daar zelf een kijkje zou gaan nemen. 'Ik ga wel even bij hem langs om met hem te praten.'

Merv schudde zijn hoofd. 'Daar schiet je niks mee op. Hij vliegt je als een waakhond naar de keel en dan krijg je te horen dat je je met je eigen zaken moet bemoeien.'

'Tja, ik zal me toch aan de regels moeten houden.' Hij stopte de sleutel in zijn zak. 'Maar ik zal er eens naar kijken.' Toen hij bij de deur was, was Merv nog steeds niet bij hem weg te slaan.

'Geloof me nou maar. Je kunt beter een kijkje nemen zonder dat hij ervan weet.'

'Ik doe mijn best.' Hij liep naar buiten en liet een aan zijn kin krabbende Merv achter. Hij bemoeide zich zo weinig mogelijk met burenruzies. Als hij daar eenmaal aan begon, kon hij continu naar dat gejammer luisteren. In dit geval had Merv wat alarmerende dingen gezien en het zou geen kwaad kunnen om dat na te trekken, maar niet vanavond.

Omdat de agenten van dienst de politiewagens hadden, reed Jonah in zijn Bronco de berg af. Hij had de bekleding met shampoo geschrobd, waardoor de stank was gehalveerd, maar hij zou gewoon lijdzaam moeten afwachten tot de lucht helemaal weggetrokken was. De medische post die de regio bediende, lag vijftig minuten rijden verderop, dus hij zou met geen mogelijkheid zijn adem kunnen inhouden. De helikopter zou het in twintig minuten redden, maar de meeste mensen die daarmee werden vervoerd, werden naar een verder weg gelegen ziekenhuis gebracht, dat groter en beter uitgerust was. Het was goed dat Sarge in het Tri-County lag, hoewel het personeel het daar waarschijnlijk niet mee eens was. Zijn gescheld klonk door de hele gang.

Wanneer zou Sarge nou eens ophouden met het geven van bevelen? Jonah liep de kamer in. De mondhoeken van de oude man waren wit van het opgedroogde speeksel terwijl hij verbaal uithaalde naar de verpleegkundige die een injectienaald leegde in zijn infuus. Ze zei niets, maar haar opeengeperste lippen maakten duidelijk hoe ze zich voelde.

'Hé, Sarge,' zei Jonah. 'Waarom maak je het die verpleegkundige zo moeilijk?'

Ze keek met een rukje op. Soms kwam het door het uniform, maar hij had zich verkleed voor hij hierheen ging. Haar wangen kleurden roze. 'Bent u familie?' Wat ze bedoelde, was: Je bent toch zeker geen familie van die gemene, continu scheldende ouwe zak?

'Nee. Een vriend.'

Een nog grotere schok. Familieverplichting kon ze nog begrijpen, maar een vrijwillige vriendschap? De verpleegkundige graaide de steriele verpakkingen bij elkaar en trok de naald los. 'Hier zult u wel iets rustiger van worden, meneer Beaker.'

'Sergeant,' gromde hij. 'Het is *sergeant* Beaker.' Maar wat ze ook in zijn infuus mocht hebben gespoten, zijn hoektanden begonnen er in elk geval al iets minder scherp van te worden.

'En het helpt ook tegen de spasmen.' Ze wierp Jonah een glimlach toe en ze bewoog haar slanke heupen onder het pastelkleurige uniform precies genoeg om duidelijk te maken dat ze niet alleen voor haar werk leefde. 'Blijf zolang je wilt, maar hij wordt zo wel wat suf.'

Jonah knikte en ging op de stoel naast Sarge zitten.

Sarge sneerde: 'Waar zit jij naar te kijken?'

'Naar een koppige ouwe geit.'

Sarge hief zijn handen op. 'Ik zou deze twee graag om haar nekje leggen.'

'Van wie? De verpleegster?'

'Niet de verpleegster. Dat ding dat me zo gek heeft gekregen om haar in dienst te nemen.'

Jonah sloeg zijn armen over elkaar. 'Waarom wil je in vredesnaam Piper wurgen?'

'Omdat ze me hierheen heeft laten brengen terwijl het niet meer was dan ...'

'Sarge, laat ze dat hier eerst maar eens uitzoeken.'

'En wat zouden ze hier dan helemaal voor me kunnen doen?'

Tja. Gezien de manier waarop Sarge momenteel in elkaar stak, kon er van alles aan de hand zijn. En hij vermoedde dat ze niet zomaar een knie in zijn rug konden zetten om hem recht te trekken. 'Als het erg genoeg is om jou onderuit te halen, wordt het tijd dat je eens goed nagekeken wordt.'

'Ik ben tweeënzeventig. Ik zal zelf wel bepalen of ik wel of niet moet worden nagekeken.'

'Door die spasmen kon je niet eens meer praten. We dachten dat je een herseninfarct had. Piper is zich waarschijnlijk doodgeschrokken omdat ze je niet hoorde schreeuwen.'

Sarge probeerde een glimlach tegen te houden, wat de vorm van zijn mond niet ten goede kwam. 'En wie houdt de tent draaiende terwijl ik hier lig?'

'Piper heeft vandaag de zaken waargenomen.'

'Ha!' Sarge wendde even met een afkeurende blik zijn hoofd af.

'Natuurlijk niet zo efficiënt als jullie samen, maar de mensen zullen het echt wel begrijpen.'

'Begrijpen? Ze zullen me failliet begrijpen!'

'Kom op, Sarge.'

De oude man priemde met een vinger in zijn richting. 'Heeft ze nieuwe dingen verkocht?'

'Wat?'

'Heeft ze geprobeerd om mijn klanten haar nieuwe recepten door de strot te duwen?'

Jonah haalde zijn schouders op. 'Ik denk dat ze alleen maar heeft geprobeerd om de zaak draaiende te houden. Je hebt nog geluk dat je haar hebt.'

'Geluk?!' Sarge maakte een soort snurkend geluid, maar zijn ogen begonnen al dicht te vallen. 'Als je dat nog een keer zegt ... roep ik mijn knappe verpleegster ... om je eruit te trappen.'

Jonah moest lachen. 'Ik kan ergere dingen bedenken.'

'Dat zal best.'

'Je kunt maar beter goed gebruikmaken van je vrije tijd. Wanneer heb je voor het laatst vakantie genomen?'

Sergeant Beaker gaf geen antwoord. Door het gesnurk dat door zijn ruim bemeten neus resoneerde, werd duidelijk dat Sarge in slaap was gevallen. Jonah bleef naar hem zitten kijken. Hij had geen idee wat er voor deze man kon worden gedaan. Misschien wel niks. Maar soms deden een ongestoorde slaap en de afwezigheid van pijn al heel wat.

Hij zat bijna een uur lang door een tijdschrift te bladeren om af te wachten of Sarge nog zou bijkomen en liep toen naar buiten. De verpleegkundige van Sarge – er stond *Lauren* op haar naamplaatje – leunde tegen een muur. Ze was in gesprek met een andere verpleegster, met een dunne, blonde paardenstaart die een breed, blozend gezicht accentueerde. De eerste richtte haar rokerig grijze ogen op hem, haar lichtbruine haar op goed geluk met klemmetjes naar achteren getrokken.

Hij bleef even staan. 'Sarge is ... het gewend om de leiding te hebben.'

Ze knipperde traag met haar lange wimpers. 'Het komt door de pijn. Hij heeft het te lang genegeerd.'

'Dat zal hij echt niet toegeven.'

'Hij zal de eerste niet zijn. Mannen van die leeftijd hebben er zo veel moeite mee om toe te geven dat ze hulp nodig hebben. Het is net een eremedaille of iets dergelijks.' Er werden net twee kuiltjes zichtbaar in haar wangen. 'Heb je ver moeten rijden om hem te komen bezoeken?'

'Uit Redford.'

'Dan moet je hem goed kennen.'

'Klopt.' Sarge had hem broodjes en krentenbollen toegestopt wanneer hij honger had. Niet omdat hun gezin het arm had, maar als een vorm van straf – een vorm die werd gebracht als een soort karaktertraining, maar die zeker zo gemeen was als slaan.

Ze stopte haar handen in haar zakken. 'Ik ga pauze houden. Zou je me even willen bijpraten boven een bak koffie?'

Hij aarzelde, maar haalde toen zijn schouders op. 'Goed.'

Toen ze door de gang in de richting van de kantine liepen, beschreef hij Sarges militaire loopbaan, de opening van de bakkerij en de jaren dat hij het stadje had voorzien van vers brood en gebak. 'Hij is vreselijk efficiënt en hij haat het als hij daarin wordt beknot.'

'Goed dat ik het weet. Bedankt.' Ze gaf hem een kop koffie aan en schonk er toen een in voor zichzelf.

'De helft van wat hij zegt, meent hij niet eens.'

'Ha! Hij meent het echt wel.' Ze keek bits over de rand van haar thermosbeker heen.

Jonah liet het er maar bij.

'Maar wat doe je eigenlijk?'

'Ik ben commandant van politie in Redford.'

'Maak dat de kat wijs.'

Hij leunde achterover op de plastic kantinestoel en hield zijn hoofd een beetje schuin.

'Sorry. Maar je ziet er gewoon niet uit als een politieagent.'

'Ja, ach. Misschien wel als ik mijn uniform aan heb.' En het zou ook helpen als hij er niet uitzag als de troefkaart van een castingbureau in Hollywood.

Ze keek naar zijn handen. 'Niet getrouwd?'

'Nee.' Hij had al opgemerkt dat ook zij niets om haar vingers droeg.

'Gescheiden?'

Hij aarzelde. 'Een verbroken verloving. Jaren geleden. Ik ben geen type voor een relatie.'

'Wie zegt dat?'

'Iedereen die het kan weten.'

'Zonde.'

Hij trok een mondhoek op over haar vrijmoedigheid. Ze leunde achterover en speelde met haar beker. Omdat ze in de zorgsector zat, had ze misschien meer dan andere vrouwen de neiging om mensen op te lappen. Maar het kwam niet door die verbroken relatie dat hij niet op te lappen was.

Hij stond op. 'Bedankt voor de koffie. En dat je een beetje op Sarge let.'

Ze bleef zitten en keek hem na toen hij de kantine verliet. De terugrit was lang en rustig, waarop hij vergezeld ging door klassieke rock en gepieker.

In haar kamer in het kleine huis dat was verbonden met de dierenkliniek werd Liz met een schok wakker. Het zweet van haar nachtmerrie kleefde aan haar borst als Vicks. Haar linkerzij klopte en dat was vreemd, omdat ze daar helemaal geen gevoel had. Twee zieke honden jankten in hun kennel, maar daar was ze niet wakker van geworden. Ze draaide haar hoofd om op haar kussen. 'Luce?'

'Praat niet tegen me. Ik slaap.'

Liz draaide haar hoofd weer terug en sloot haar ogen, maar viel niet net zoals Lucy weer in slaap. Zij was altijd degene geweest die had geschreeuwd om vastgehouden te worden, om gevoed te worden. Een vechter, had haar vader haar genoemd. *'Lizzie heeft pit genoeg voor allebei.'*

Maar zo voelde ze zich nu niet. Ze was moe. Ze wilde slapen, maar ze stond op, slofte naar de tafel en deed het licht aan.

'Uhmm. Moet dat nou?' kreunde Lucy.

'Ik doe het voor jou en dat weet je.'

Lucy zuchtte. 'Maar het heeft helemaal geen zin.'

'Echt wel. En ik geef het niet op voor ik een oplossing heb gevonden.'

Ze ging achter het bureau zitten, waar een acht centimeter dik leerboek openlag met een stapel memoblaadjes ernaast, en ging aan het werk tot de nachtmerrie wegebde en ze zich zo leeg voelde als een holle rietstengel. Achter haar was Lucy weer in slaap gevallen en Liz nam het haar niet kwalijk. Ze had het nodig.

Liz wreef in haar ogen en deed de lamp uit. Het begon buiten al licht te worden en de dieren moesten verzorgd worden.

Vijf

Wat is er mooier voor twee menselijke zielen dan zich verbonden te voelen ... elkaar te versterken ... om een te zijn met de ander in stille, onbeschrijfelijke herinneringen.
– George Eliot –

Piper geloofde niet in God – haar generatie had haar geweten laten vormen door rechtbanken en verzekeringsmaatschappijen. Maar toen ze de politiecommandant vijf minuten na het tijdstip dat op het welkomstbord stond vermeld de kleine, uit stenen opgetrokken kerk in zag duiken, liep ze achter hem aan naar binnen.

Gekleed in een spijkerbroek en een zwart shirt zonder kraag nam hij plaats in de verder lege bank, waarbij hij op het uiteinde genoeg ruimte voor haar overliet. Ze glimlachte en als reactie daarop kneep hij zijn ogen tot spleetjes. Ze waren voorzien van dikke wimpers die aan het uiteinde lichter werden, net als zijn haar, donker onder lichtere plukken die echt moesten zijn. Ze zag hem tenminste zichzelf niet in een kapsalon highlights laten aanmeten.

Hij was niet bepaald een opgedoft type. Meer een soort Marlboro Man met een scheutje Wolverine. Hij straalde problemen uit, maar ook de oplossing ervan. Een man die hoge pieken en diepe dalen kon hebben, maar er nooit tussenin zat. Hij rook schoon en naar het bos. Ze had hem al een week niet meer gezien, maar nu had ze de hele dienst lang de tijd om hem eens goed te bekijken en zich af te vragen wat hij zou kunnen hebben gedaan om Tia zo van streek te maken. Dat gedoe met die zus kon niet de hoofdreden zijn. Er maakten continu mensen een einde aan hun relatie, maar dat wilde nog niet zeggen dat ze slecht zijn.

Ze hapte bijna hoorbaar naar adem toen hij zijn hand uitstak en die van haar greep. Maar toen realiseerde ze zich dat iemand achter de microfoon alle aanwezigen had gevraagd de hand van hun broeders en zusters in Christus vast te houden. Maar ze had niet echt in termen van broer en zus zitten denken. Zou ze door deze kerkmensen worden veroordeeld wanneer ze erachter zouden komen wie ze echt was?

Iemand voorin las een verklaring op. 'We zijn leden van hetzelfde lichaam, met verschillende gaven, maar met dezelfde Geest. Als we tegen elkaar ingaan en elkaar dwarszitten, veroorzaken we pijn en verdeeldheid. Maar als we elkaar stevig vasthouden, elkaar ondersteunen, worden we sterk, krijgen we veerkracht, worden we één. Laten we ons verdiepen in dit geweldige mysterie, als één lichaam, als één geest in Christus.'

Hij liet los en even daarna trok Piper haar hand terug. De dienst die daarop volgde, bestond uit staan en zitten en knielen op de daarvoor bestemde delen van de lange banken die naar beneden scharnierden. Jonah deed ze elke keer voor hen beiden naar beneden en die eenvoudige daad raakte haar op de een of andere manier. Naast hem neerknielen was de meest godsdienstige handeling die ze ooit had verricht.

Ze wist genoeg om niet naar voren te gaan. De ceremonie had een mysterieuze en ernstige lading gekregen, en ze wilde niet het risico lopen iets heiligs te schenden. Maar Jonah schoof langs haar heen om in de rij naar voren te gaan staan, waar hij iets aanpakte en vervolgens naar een gouden beker knikte. Hij verraste haar door niet zoals de anderen terug te gaan naar zijn plaats, maar direct naar buiten te lopen.

Ze vloog overeind en liep vlak achter de politiecommandant aan naar buiten. 'Waarom knijp je er eerder tussenuit?'

Hij draaide zich half om. 'Wat?'

'Je bent laat naar binnen gegaan en vertrekt ook weer voor het voorbij is.'

Hij wierp een blik op de deur en keek toen weer naar haar. 'Ga je me aangeven?'

Ze lachte. 'Ik kijk wel uit.'

'Mooi.' Hij liep verder naar de parkeerplaats.

'Ik heb broodjes met vijgen en pijnboompitten klaarliggen om gebakken te worden. Wil je er een vers uit de oven?'

'Beter van niet.' Hij liep door.

'Ah, kom op. Probeer eens iets nieuws.'

Hij schudde zijn hoofd. 'Sarge vraagt gegarandeerd naar je en dan weet ik maar liever niet waar je mee bezig bent.' Hij bereikte zijn Bronco en drukte op de afstandsbediening aan zijn sleutelbos.

Sarge was al een week weg, maar ze was ervan overtuigd dat hij de controle over de zaak nog steeds niet had opgegeven. 'Je zou hem kunnen vertellen hoe lekker je het vond.'

'Ik denk het niet.'

'Kom op. Je hebt toch geen dienst.'

'Hoe weet jij dat?'

'Het is zondag. De baas werkt niet op zondag.'

'Een andere keer misschien.' Hij keek langs haar heen naar de eenvoudiger kerk aan de andere kant van de parkeerplaats.

Tia was daar zojuist verschenen. In het zonlicht leek haar haar op gesmolten goud, wat een iriserend groene kolibrie aantrok, die even boven haar hoofd bleef hangen en toen piepend wegvloog, op zoek naar nectarhoudende bloemen.

Tia kwam samen met Eva Gladden de trap af, die in onroerend goed deed en op vrijdag altijd rozijnenflappen kocht voor al het personeel. Ze namen met een omhelzing afscheid van elkaar en toen Piper zich omdraaide, zag ze dat Jonah in zijn Bronco stapte op het moment dat Tia haar bereikte.

'Hé.' Tia had ook een knuffel voor haar. 'Ik had niet verwacht dat je op je vrije dag zo vroeg op zou zijn.'

Piper haalde haar schouders op. 'Ik heb in de bakkerij alvast wat voorwerk gedaan. Wil je mijn broodjes met vijgen en pijnboompitten eens proberen?'

'Ben je vandaag open, dan?'

'Een experiment. Om Sarge te helpen met zijn medische kosten.' Ze had de rekeningen gezien die haar ouders voor ziekenhuisbezoek moesten betalen. 'Nu hij er niet is, wil ik zo veel mogelijk dingen proberen, zodat ik weet welke populair genoeg zijn om aan hem voor te stellen wanneer hij uit het ziekenhuis komt.'

'Lieverd, Sarge gáát helemaal niks nieuws verkopen. Dat zit gewoon niet in hem. Zijn karakter komt dicht in de buurt van graniet.'

'Ik kan het altijd proberen.' Toen ze samen naar de bakkerij toe liepen, zag ze dat commandant Westfall halt hield voor het verkeerslicht. 'Wacht even.' Ze kon het niet laten om het nog een keer te proberen. Ze liep op een drafje naar hem toe en tikte op het portierraam aan de passagierskant.

Hij draaide zijn hoofd naar rechts en liet het raampje open glijden.

'Tia is dapper genoeg om mijn broodjes te proberen. Waarom kom je ook niet ...'

De bestuurder achter hem tikte op zijn claxon.

'Ik moet gaan.'

Piper deed geïrriteerd een stap achteruit. Het licht was pas een halve seconde geleden op groen gesprongen. En haar irritatie werd alleen maar groter toen ze zag dat de andere bestuurder Robert Betters was, manager bij een autodealer. Ze was zelden iemand tegengekomen met zo'n passende naam als hij – Bob Betters, de betere, de man die helemaal vol was van zichzelf. Hij had twee keer iets met haar geprobeerd, hoewel hij zeker zo oud was als, nou ja, de commandant. In het voorbijrijden hief hij als een snelle jongen een paar vingers op van zijn stuur. Ze kon wel een nuttige toepassing bedenken voor de gouden ketting om zijn nek.

'Kom.' Tia haakte bij haar in en trok haar mee.

Onderweg ontmoetten ze Mary Carson en Tia probeerde haar over te halen om ook een kleverig broodje te kopen, wat beter uitpakte dan ze had gehoopt.

'Ik moet zeggen, lieverd, dat je een neus hebt voor aparte combinaties.'

Piper keek de oudere vrouw stralend aan. 'Ik zou elke dag iets nieuws kunnen verzinnen en dan kom ik nog steeds niet zonder nieuwe mogelijkheden te zitten.'

De timer klonk en ze haastte zich naar de keuken voor haar andere experimentele specialiteit. Met haar ovenwanten aan trok ze de plaat met spinazie, geitenkaas en kalamata olijven broodjes uit de oven, terwijl de golven hete lucht de huid van haar wangen schroeiden.

Ze legde ze op een dienblad en bracht ze naar de vitrine toen er een grote vent met het kapsel van een Lego-mannetje binnenkwam. 'Kan ik je ergens mee van dienst zijn?'

'Als je je handen wast.'

Ze liet haar blik zakken, met de gedachte dat ze misschien een klodder spinazie of gesmolten kaas op haar handen had zitten, en stak toen haar brandschone vingers in de lucht. 'Schoon.'

'Je zou wel iets anders zeggen als bacteriën een miljoen maal groter zouden zijn.'

Och, heden. Iemand met smetvrees. Ze wierp een blik op Tia en Mary Carson, die naar hem keken en iets tegen elkaar fluisterden. Piper draaide zich om naar de balie die langs de muur stond, trok een latex handschoen aan, scheurde een stuk inpakpapier van de rol en keek hem weer aan. 'Zo goed?'

Tevredengesteld door haar dubbele voorzorgsmaatregelen keek hij naar het dienblad. Zijn neusvleugels bogen naar binnen toen hij de geur opsnoof. 'Wat ruik ik daar?'

'Broodjes met spinazie, geitenkaas en kalamata, vers uit de oven.'

Hij keek naar het bord met de menulijst en sneller dan iemand dat had kunnen lezen zei hij: 'Dat staat niet op de lijst.'

'Inderdaad.' Ze had niet het lef gehad om dat bord te veranderen. 'Ze kosten net zo veel als de broodjes cheddar.' Door de duurdere ingrediënten zou ze er meer voor moeten vragen wanneer de verkoop echt zou gaan lopen. 'Ik heb de geitenkaas vanmorgen vroeg van een geitenhouder hier in de buurt gekocht. Ze maakt die kaas al veertien jaar.'

'Dan is het geen officieel goedgekeurde kaas.' De grote man sloeg zijn armen over elkaar.

'Aan de andere kant is het niet van de boerderij naar een verpakkingsafdeling en daarna naar een supermarkt gegaan. Bovendien is het gebakken.'

Hij fronste zijn voorhoofd. 'Hoelang?'

'Lang genoeg om het broodje een goudgeel korstje te bezorgen, met een heerlijk smeuïge binnenkant.' Ze pakte er een, legde het op het inpakpapier en sneed het in hapklare brokken.

Toen ze het op een proefbordje legde, kwam Bob Betters naar binnen paraderen, samen met een ongelukkig uitziende vent die er met zijn platgekamde haar met kuifje en bolle wangen uitzag als een uit zijn krachten gegroeide baby. Bob stak zijn borst naar voren. 'En, is ze nou niet precies zoals ik haar had beschreven?'

Ze negeerde hem en haar klant pakte een stukje en kauwde daar langzaam op. Hij had een uitstekende pokerface.

'Hoe vind je het?'

'Te veel kalamata. De spinazie is draderig.'

Haar schouders zakten iets af. 'En de kaas?'

'De kaas is interessant.'

Interessant was positief. Daar kon ze iets mee. 'Zou je de spinazie weglaten, of zou je hem fijner snijden?'

'Fijner. En minder olijven.'

Bobs hoofd draaide van de een naar de ander.

'Wil je liever het laatste broodje met vijgen en pijnboompitten hebben?'

De man keek naar de twee mogelijkheden en knikte toen. Met haar in latex verpakte hand en een nieuw stuk papier haalde ze het broodje uit de vitrine, in de wetenschap dat Bob liever zoet dan hartig had. Nadat ze het bedrag op de kassa had aangeslagen, richtte ze zich tot Bob en zijn metgezel, nog steeds geïrriteerd dat hij haar gesprek met de commandant had afgekapt.

'Wat kan ik voor je betekenen?'

'Ik neem de bakker.' Bob grinnikte besmuikt om zijn eigen geintje.

'Nou, dát is nog eens een originele.'

'Eén afspraakje. Ik zal je gegarandeerd versteld doen staan.'

Ze keek naar zijn gladde gezicht en zijn plastic aandoende tanden. Elke haar op zijn hoofd zat precies op zijn plek. 'Ik dacht het niet.'

Zijn metgezel lachte ongemakkelijk.

'Je hebt nog geen testrit gemaakt.' En hij deed echt *vroem-vroem*.

Ze probeerde niet te kokhalzen. 'Wil je een broodje met geitenkaas en kalamata?'

'Als ik er een koop, gaan we dan vanavond uit eten?'

'Ik heb al een afspraak.' Het was maar een klein leugentje, omdat de dag nog jong was en er vast wel iemand zou zijn die ergens wat met haar wilde gaan eten.

'Wat dacht je van twee broodjes en ik zorg voor een ontbijt?'

'Sorry.'

'Dan neem ik een citroenscone.' Dat las hij van het bord af, terwijl hij niet eens in de gaten had dat de vitrine leeg was. Of hij moest denken dat ze achter nog een voorraadje had.

'Ik heb alleen maar die broodjes geitenkaas. Eigenlijk ben ik niet eens officieel open.'

'Je hebt *hem* wel iets geserveerd.' Bob wees met zijn duim over zijn schouder naar de vorige klant, die voorovergebogen aan een tafeltje bij het raam zat.

'Een broodje met vijgen en pijnboompitten. En die zijn op.'

'Nou, als je dan toch niet open bent, wat dacht je van een lunch?'

Ze sloeg haar handen in elkaar. 'Hoe kan ik dit nou eens vriendelijk zeggen ...'

'Om de dooie donder niet,' dreunde de Lego-man vanaf zijn tafeltje.

Pipers ogen werden groot en ze probeerde haar lachen in te houden. Ze wilde Bob niet beledigen, alleen maar zijn pogingen laten zetten. Moest tegenwoordig elk gesprek zo op het scherpst van de snede eindigen? Mary Carson lachte zacht in haar servet. Piper dacht dat ze 'Mooi gezegd, jongeman' hoorde, maar ze zou hem net zo goed een goedmoedig standje hebben kunnen geven.

Piper schraapte haar keel. 'Dus ... een kalamatabroodje dan maar?'

Bob keek ondertussen woest uit zijn ogen. 'Nee, dank je. Ik ben geen fan van geitenkaas.'

'Morgen lever ik weer het gewone menu.'

'Tja.' Bob liep weg en keek in het langsgaan vuil naar de Legoman.

Nadat hij de zak met spijkers had gepakt, stapte Jonah uit zijn Ford Bronco en beende zijn huis binnen. Naar de kerk gaan was niks nieuws; er vrijwillig heen gaan wel. Hij was er vroeger elke week toe gedwongen en had van elke minuut gebaald, tot hij zo diep gezonken was dat hij nergens meer heen kon. Het was hem er niet om te doen zijn vroomheid te bewijzen, zoals de vorige politiecommandant, maar juist het tegenovergestelde. Hij erkende dat hij iemand nodig had die groter was dan hij.

Hij verwachtte ondertussen niet meer dat hij door de bliksem zou worden getroffen wanneer hij daar naar binnen liep, maar anderen deden dat waarschijnlijk wel, en daarom hield hij het simpel door laat aan te komen en vroeg te verdwijnen. Piper was de enige die hem erop aansprak. Ze had hem op een ontwapenende manier op zijn huid gezeten.

Nu hij de dertig gepasseerd was, leken vrouwen te denken dat hij veilig was. Maar het feit dat hij niet meer op jacht ging, betekende niet dat hij niet gevaarlijk was. Hij had het nog steeds in zich om iemands leven te verwoesten.

Hij verwisselde zijn spijkerbroek en shirt voor een skatebroek en een T-shirt waarin hij al jaren niet meer de straat op durfde. Hij ging systematisch te werk in de aanbouw aan de achterkant van zijn houten huis, waardoor dat twee keer zo groot werd. Er kwamen een ontspanningsruimte, een werkplaats, twee extra slaapkamers en een badkamer bij. Hij had ruimte genoeg voor de aanbouw, en nu de grondprijzen de pan uit rezen omdat het grote geld de charme van deze streek had ontdekt, was het niet meer dan verstandig om zijn investering op te waarderen.

Hij had een fundering gestort, het houtskelet gemaakt en de isolatie in de muren aangebracht, en nu was hij bijna klaar met het aftapen van de kieren. Na enkele uren was hij nat van het zweet door de hitte en het werk. Hij trok zijn shirt omhoog en veegde er zijn gezicht mee af. Hij had die andere taak lang genoeg uitgesteld. Hij klom naar beneden, ruimde zijn gereedschap op en stapte in de Bronco. Nadat hij de sleutel in het contact had gestoken, liet hij zijn hoofd tegen de hoofdsteun rusten en sloot hij zijn ogen. En toen startte hij de motor en reed weg.

Onder het rijden zette hij zich geestelijk en emotioneel schrap. Zijn shirt was doorgezweet en zat onder het fijne zaagsel, maar hij droeg nooit zijn uniform als hij op bezoek ging. Dat had het effect van een rode lap op een dolle stier.

Hij parkeerde voor het grote huis van één verdieping waarin hij was opgegroeid en zag bijna in gedachten zijn vader onderuitgezakt op de brede veranda zitten, met een fles in zijn hand en een loerende blik in zijn ogen. *'Als dat onze hotemetoot niet is. Denkt zeker dat hij het beter kan dan zijn ouwe heer.'*

Meer dan eenendertig jaar lang had de reputatie van commandant Stan Westfall als de hardste politieman van het district hem het respect van zijn gezagsgetrouwe burgers opgeleverd. Misdadigers hadden hem ook gerespecteerd – uit angst. Stan Westfall kon iemand de rillingen bezorgen door alleen maar naar hem te kijken.

De deur ging open en zijn moeder kwam met een uitgebluste blik naar buiten. 'Wat moet je?'

Hij zette zijn handen in de zij. 'Ik kom kijken of u nog iets nodig hebt.'

'Niet van jou.' Ze was wat aangekomen en hij hoopte dat dat betekende dat de maagzweer genezen was en ze weer kon eten. Ze droeg haar grijsblonde haar los om haar hoofd; ze had al vroeg in haar huwelijk geleerd dat een paardenstaart niet raadzaam was. Maar daardoor zag ze er wel oud en onverzorgd uit.

Zijn broer Pete stuurde haar elke maand geld, hoewel hij zo ver mogelijk bij Redford vandaan was verhuisd. Jonah had dat ook geprobeerd, maar ze accepteerde geen enkele hulp van hem. En hij was er niet vandoor gegaan. Redford zat hem in het bloed. Hij hield van het stadje dat hij beschermde, de verantwoordelijkheid die hij had.

Hij wierp een blik op de lege stoel op de veranda.

'Wil je me nou verhoren?' Zijn afwezige vader lachte hem uit.

'Wat is er gisteravond gebeurd?'

De vervagende woeste blik van zijn vader. *'Dat gaat je niks aan.'*

'Er is iemand dood. Dat gaat iedereen aan.'

'Laat nou maar zitten. Gewoon negeren.'

'Ga weg.' Het gezicht van zijn moeder trok zich samen en haar stem was puur vergif. 'Verdwijn hier.'

Waarom ging ze niet bij Pete wonen? Of bij haar zus? Wat bond haar in vredesnaam aan deze plek? Ze ging naar binnen en deed de deur dicht. Hij bleef enkele lange momenten staan, in de wetenschap dat ze zou kijken hoe hij wegreed, elke kilometer die onder zijn banden door gleed een zegen. Hij reed regelrecht terug naar huis.

Toen hij naar binnen liep, werd hij begroet door het geluid van een zaag. 'Jay?!'

Jay Laugerson, half Cherokee, half Deen, kwam met een veiligheidsbril om zijn nek de achterkamer uit lopen. 'Jij geeft het ook niet gauw op, of wel?' Doordat hij één bruin en één felblauw oog had, leek het alsof iemand had zitten photoshoppen. Het vormde een opvallend contrast in zijn donkere gezicht. Zijn zwarte haar was in zijn nek bij elkaar gebonden en vormde daar een korte paardenstaart.

Jonah gooide zijn sleutels op tafel. 'Ze blijft mijn moeder.'

'En jij bent een duivelsjong.' De zielen vretende hartenbreker was niet ver weg – letterlijk en figuurlijk. Maar alleen Jay kon hem zo noemen zonder in de problemen te komen. Jay had hem teruggebracht uit het schemerduister, had ervoor gezorgd dat hij die giftige whisky uitzweette en had soep en andere vloeibare dingen tussen zijn uitgedroogde lippen door geperst. Hij had hem leren houtbewerken, zodat hij zich uit dat zwarte gat zou werken. Hij had hem zelfrespect bijgebracht.

'Honger?' vroeg Jonah.

'Heb je biefstuk?'

'Wat anders?' De hele Angusstier die Lorraine Goetthe had opgefokt zou het wel uitzingen tot ze een nieuwe voor zijn vriezer zou hebben vetgemest. Hij had voor zeker een week rundvlees liggen, voornamelijk biefstukken van verschillende diktes, weggestopt in de koelkast om op de grill te gooien wanneer hij uit zijn werk kwam, wanneer dat dan ook mocht zijn.

Terwijl de biefstukken lagen dicht te schroeien, kookte hij maïs en plukte hij sla van een krop om er een salade van te maken. Jay had alcoholvrij bier meegenomen, dat bier dat je brandmerkte als een afkickende alcoholist. Ze aten op de veranda aan de voorkant – deze schadebeperkingsmaaltijden waren echt een zondags ritueel.

Ze praatten en aten en lachten.

Het strakke gevoel rond zijn hart trok weg. Misschien zou hij zijn moeder er wel nooit van kunnen overtuigen dat hij niet verantwoordelijk was. Uiteindelijk was hij dat wel geweest, omdat hij het lef had gehad de man verantwoordelijk te stellen. Hij schudde zijn hoofd. Voorlopig ...

Zijn telefoon trilde en met een zucht keek hij wie het was. Moser. 'Ik móét deze even opnemen.'

Tia liep tussen hoog optorenende sparren door langs een uitbundige, snelstromende kreek. Ze beende flink door en zette om de andere stap haar wandelstok in de grond, die ze meer had meegenomen om ermee uit te halen naar beren of poema's dan om zich in evenwicht te houden. De wind kietelde de trillende espen en voerde de geur van gouden regen en wilde peen met zich mee. Wilde rozen met doornen lokten een paar bijen naar de zonovergoten open plekken en in de schaduwen groeiden intens groene varens.

Ze klom verder en klauterde soms op handen en voeten over het rotsachtige terrein waar de bomen schaarser werden. Tot ze op een gegeven moment over hun puntige toppen heen kon kijken. De zon brandde op haar neer vanuit een staalblauwe hemel. Ze keek omhoog. Met trage vleugelslagen daalde een arend de berg af, uit een rotsspleet boven haar hoofd – haar bestemming. Ze had deze klim maar één keer eerder gemaakt.

'Nee, je mag niet mee; je gaat het overal rondvertellen.'

'Doe ik echt niet.' Ze had een ritsbeweging langs haar lippen gemaakt.

'Daar heb je tiensecondenlijm voor nodig. Extra sterke.'

Ze was hem toch gevolgd, zonder dat hij haar had meegevraagd, maar hij was niet eens boos geworden. Toen hij zich realiseerde dat ze de top had gehaald, zei hij: *'Nou, kom dan maar hier kijken.'*

Ze was helemaal gezwollen van trots dat ze het had gehaald. *'Heb je dit ook aan Reba laten zien?'*

'Dat was de bedoeling, maar ze wilde niet mee. De klim is te zwaar en te gevaarlijk.'

Ik heb het gehaald, dacht Tia. Maar Reba was een echt meisje, dat Jonah het hoofd op hol bracht met haar vrouwelijkheid, tot hij ervan overtuigd raakte dat ze te verfijnd was voor het echte leven. Tia had plaatsgenomen op het rotsblok, haar arm tegen de zijne, waarna ze om zich heen had gekeken en besefte hoeveel haar zus misliep.

Er had zich zweet verzameld onder haar borsten, over haar ruggengraat en in het holletje van haar keel. Zijn aanwezigheid was al net zo bedwelmend geweest als de ijle lucht, de steile helling, de levensgevaarlijke plek waar ze zich bevonden. De zweem gevaar die onder de oppervlakte van zijn kalme uiterlijk sudderde, werkte op haar in als de felle zon, die haar zintuigen schroeide en haar naar dingen deed verlangen die ze niet kon benoemen.

Ze klemde zich vast aan de wandelstok en stond stil, omdat ze plotseling buiten adem raakte. Jonah was niet de baas van deze berg. Maar ze keerde hoe dan ook bevend om.

Zes

Twee zielen, één gedachte – twee harten die kloppen als één.
– Fredrich Halm –

Met dat Jonah de heuvel achter de hut van Duffy beklom, riep hij naar Moser, zodat die hem niet per ongeluk zou neerschieten. Maar het bleek niet nodig te zijn. Hij was niet in de stemming om ook maar één schot af te vuren. 'Wat is er aan de hand?'

Moser richtte zich op, nog steeds bleek door het uitkotsen van zijn laatste maaltijd. 'Duffy was naar boven geklommen, zoals hij elke dag doet, ontdekte dit en vond het vreemd genoeg om ons te bellen.'

Deze keer lagen de jonge wasberen zo'n drie meter bij elkaar vandaan. Ze waren zo ver gekomen door hun lichaamsholten te legen, terwijl de ingewanden aan elkaar waren genaaid. Bij beide beesten waren twee poten er bij de heup en de schouder afgehaald, zodat ze er samen maar vier over hadden.

'Net een wolf in een val, die zijn eigen poot af kauwt.' Mosers stem klonk onvast.

'Alleen was deze val een ander dier, dat net zo graag weg wilde als het eerste.'

Net als de vorige keer nam Jonah een aantal close-ups met de digitale camera, waarbij hij zijn slokdarm met moeite in bedwang wist te houden. Het leek erop dat verscheidene organen aan elkaar waren genaaid. Een wat uitgebreidere verbinding dan de laatste keer, toen beide beesten intact waren gelaten. 'Onze dader weet iets van de dierlijke anatomie en heeft chirurgische kwaliteiten.'

'Maar waarom ... wat ...' Mosers vraag stierf weg.

Jonah schudde zijn hoofd. 'Laten we een team naar boven brengen om naar sporen te zoeken. Voetafdrukken, misschien iets wat een toeschouwer heeft laten vallen.'

'Denk je dat het een soort sport is?'

'Een sport, een rite, een fetisj. Ik weet het niet. Die beesten hebben het in elk geval niet zelf gedaan.'

Hij bekeek de locatie. De steile helling en het dichte bos waren niet bepaald een voor de hand liggende keuze voor een evenement met toeschouwers. Maar een paar schimmige toeschouwers met kappen op zouden tussen de bomen door geglipt kunnen zijn voor hun ceremonie en weer net zo stil zijn weggeglipt. Hij zag geen cirkel van stenen of rituele tekens op de bomen. Misschien was het maar één gestoord individu.

Duffy's land grensde aan een nationaal park en was te bereiken via verschillende wandelpaden. Hij wierp een blik op het pad vlak boven hen. Was er een patroon? Een doel? Of was het puur voor de kick?

Newly kwam eraan om te helpen met het zoeken naar sporen. Zijn ijzeren maag bewees zich alweer door niet te reageren op de stank of de gore aanblik. Maar de met bloed besmeurde dennenappels, dennennaalden en takken onthulden niet zomaar hun geheimen. Sporen van een hert. Gezien de diepte waarschijnlijk een volwassen bok. Ze vonden geen verpakkingen of sigarettenpeuken, geen schoenafdrukken en geen menselijke haren.

Jonah stuurde Newly terug naar zijn eigen taken en zei tegen Moser dat hij Duffy om een schop moest vragen. De foto's zeiden genoeg. Nog niet zo lang geleden zou dit als een lichte misdaad worden beschouwd. Maar dierenmishandeling had steeds meer erkenning gekregen en was daarom iets hoger op de lijst komen te staan. Ingewanden verwijderen was niet fris.

Met zijn handen in de zij keek hij om zich heen en probeerde te bepalen wat hier de motivatie was of de bevrediging waar de dader naar zocht. Toen hij achter zich schoenen over de losse stenen hoorde knerpen, draaide hij zich om, in de verwachting dat het Moser was. Maar het bleek Tia te zijn, die met een hand haar mond en neus bedekte. Ze was over het pad gekomen dat zich net boven het stuk land van Duffy bevond, het pad waarvan hij dacht dat daar de dader vandaan moest zijn gekomen. Hij ging tussen haar en het bloedbad in staan om haar het zicht op de dieren te ontnemen.

'Niet kijken. Dit is erg macaber.'

Ze praatte door haar hand heen. 'Dode wasberen?'

'Ja.'

'Is dat niet iets voor Natuurbescherming?'

'Normaal gesproken wel, ware het niet dat ze aan elkaar genaaid zijn. Bij dit stel waren er ledematen verwijderd en zaten de organen aan elkaar.'

'Wat?' Ze keek hem onderzoekend aan.

'Dit is de reden waarom ik je waarschuwde niet alleen naar buiten te gaan.' Wat als ze op de zieke geest zou stuiten die dit had gedaan? Hij keek omhoog naar het pad. 'Hoelang heb je gelopen?'

'Een uur of drie. Jij zei dat ik niet meer naar buiten moest gaan als het donker wordt.'

Laat het maar aan Tia over om de mazen te vinden. Hij wierp een blik op zijn horloge. 'Je bent hier dus langsgekomen. Hoe laat?'

'Ik ben hier niet geweest.' De uitdrukking op haar gezicht veranderde iets. 'Ik ben binnendoor naar het arendsnest gegaan.'

Een linke wandeling in je eentje. Hij had haar die route nooit moeten laten zien – niet dat hij dat nou expres had gedaan. De herinnering borrelde scherp afgetekend op. Anderen mochten dan de richel eronder hebben bereikt, maar het arendsnest had hij met niemand gedeeld. Ze was tot die dag net een jonger zusje geweest – dat had hij zichzelf tenminste wijsgemaakt.

'Dit is echt ziek, Tia. Er loopt hier een sadist rond ...'

'Wat je me de eerste keer niet hebt verteld.'

'Ik vertel het je nú. Deze dieren zijn gemarteld. En dat soort dingen escaleren.'

Er flitste iets door haar ogen. 'Hoe escaleer je van ...' Ze gebaarde naar de wasberen. 'Naar mensen?'

Hij wilde niet speculeren. Het anatomische deel van dit gebeuren maakte hem bang.

'Je moet iedereen waarschuwen, Jonah. Niet alleen mij. Vertel hun wat er gaande is.'

'En paniek zaaien in Redford? En ik heb nog geen idee van wat hier gaande is.' Hij schudde zijn hoofd. 'En trouwens, als we te veel aandacht aan hem schenken, kan het zijn dat hij stappen zet die hij anders niet gezet zou hebben.'

'Maar ...'

'Misschien heeft hij alleen maar een hekel aan wasberen.'

Haar mond viel open. 'Je weet dat dat niet zo is.'

'Tia, laat mij mijn werk doen. We hebben de omgeving afgezocht naar bewijsmateriaal.'

'En, iets gevonden?'

'Niet veel. Maar vroeg of laat maakt hij een fout.'

'En wat als dat laat is?'

Hij begreep haar bezorgdheid. Maar hij was niet van plan om paniek te zaaien in Redford als dit een uit de hand gelopen kwajongensstreek zou blijken te zijn. 'Als ik mensen in hun eentje zie ronddwalen, waarschuw ik hen, net als ik jou heb gedaan. Niet dat dat iets uitgehaald heeft, trouwens.'

'Omdat mensen een reden willen horen.'

'Sommige mensen moeten gewoon luisteren.' Ze had er geen idee van hoe ingewikkeld een onderzoek kon zijn. Had ze misschien het idee dat hij maar een aanplakbiljet hoefde op te hangen en dat de dader zichzelf dan gewoon zou aangeven?

'Misschien moet je dat zelf ook eens proberen.' Ze schudde haar hoofd en liep het pad weer op.

Hij duwde zijn handen in zijn zakken en liet Moser de troep begraven.

Vanaf een bankje dat een groepje espen omringde, zag Piper Tia het pad af komen. Ze had het lichaam van een bergbeklimmer, veerkrachtig en taai, en uit de pijpen van haar korte buitensportbroek staken twee gespierde benen. Ze liep niet te hijgen, maar aan haar verhitte gezicht en de stand van haar onderkaak zag Piper dat er iets niet in orde was.

Piper drukte haar boek tegen haar borst. 'Wat is er gebeurd?'

'Dat zal ik je vertellen, maar laten we eerst naar binnen gaan.'

Piper griste een boomblad van de grond en gebruikte dat als boekenlegger, stak het boek onder haar arm en volgde Tia. 'Heb je de arenden gezien?'

'Ik zag iets anders.' Tia zette de wandelstok in een hoek van de bijkeuken. 'Twee wasberen. Jonah zei dat ze aan elkaar waren genaaid, maar dat ze zichzelf toen aan stukken hebben gerukt. Het was afschuwelijk.'

'Wat bedoelde hij met aan elkaar genaaid?'

'Chirurgisch. Hun poten eraf gehaald en hun ingewanden aan elkaar genaaid.'

Toen herinnerde Piper zich iets. 'Dan is dát wat ik heb gezien.'

'Wanneer?' Tia hing haar jack aan de kapstok.

'De dag dat ik de commandant ontmoette. Op ons pad. Ik dacht dat het een dood beest was. Dat was de avond dat hij tegen jou had gezegd dat je niet naar buiten moest gaan, weet je nog?'

Tia liet haar schouders zakken. 'Ik wist niet dat dat op óns pad was.'

'Weet hij wie het heeft gedaan?'

'Volgens mij heeft hij geen flauw idee.'

'Misschien kunnen we helpen. Een beetje rondvragen.' Ze volgde Tia naar de woonkamer en liet zich naast haar op de bank ploffen. 'Als we mensen aan het praten krijgen ...'

'Jonah wil niet dat de dader aandacht krijgt.'

'Maar misschien weet iemand iets. Mensen scheppen graag op. Ze vertellen me vaak van alles.'

Tia wierp haar een bedenkelijke blik toe. 'Dat heb ik gezien, ja.'

'Daar kan ik gebruik van maken. Voor het onderzoek.'

'Dat zal Jonah niet leuk vinden.'

'Hij hoeft pas iets te weten wanneer we iets in handen hebben.'

'Piper, dit is geen spelletje.' Tia drukte op de huid tussen haar ogen, alsof ze een beginnende hoofdpijn wilde terugdringen. 'Die dieren hebben echt geleden.'

'Weet ik. Daarom wil ik ook helpen.'

Tia schudde haar hoofd. 'Geloof me, dit is niet de manier om zijn aandacht te trekken.'

'Wat?'

'Denk nou niet dat ik niks doorheb.'

Piper knipperde met haar ogen. 'Het is een schatje, begrijp me goed.' Ze trok haar knieën op en maakte het zich gemakkelijk in het hoekje van de bank. 'Maar hij is niet in mij geïnteresseerd.'

'Dan is hij echt de enige.' Tia's mondhoeken gingen omhoog.

'De jongens hier hunkeren gewoon naar een nieuw gezicht.'

'Dus jij denkt dat je over een jaar of twee niet interessant meer bent?'

'Een jaar of twee? Hoe zou dat aanvoelen?'

'Wat bedoel je?' Tia keek haar aan en ging iets verzitten.

'Ik ben nog nooit ergens een heel jaar blijven hangen.'

'Hoezo niet?'

Ze haalde een schouder op. 'We zijn altijd een soort ... zigeuners geweest.'

'Zigeuners zijn geen lange, blonde Barbie-types. Je ziet eruit als een rasechte Amerikaanse.'

'Is dat zo?' Ze had vrienden gemaakt op de meeste scholen waarop ze had gezeten, maar ze had niet gedacht dat ze zo overkwam.

'Hoe komt het dat jullie zo vaak zijn verhuisd?'

'Laten we het erop houden dat mijn familie niet al te lang hetzelfde op een en dezelfde plek kon doen.'

'Wat was dat dan?'

Als uit het niets verschenen er tranen in haar ogen. Ze had zich niet gerealiseerd dat dat schaamtegevoel nog steeds zo dicht onder de oppervlakte zat.

Tia raakte haar arm aan. 'Je hoeft het me niet te vertellen, hoor.'

'Nee, maar ... het is gewoon verbazingwekkend voor hoeveel dingen je iemand kunt aanklagen.'

'Bedoel je fraude?'

'De meeste bedrijven willen graag een regeling treffen om niet te veel gedoe te krijgen. En als je met genoeg mensen samenwerkt en de opbrengsten verdeelt, komt geen enkele naam al te vaak bovendrijven. En ze zien er niet uit als criminelen. Mijn moeder is echt een schoonheid en wanneer ze beweert dat haar nieuwe chef haar heeft lastiggevallen, wordt ze geloofd.'

'Het zou waar kunnen zijn.'

'Waar het om gaat, is dat ze betalen. Mijn tante is gespecialiseerd in persoonlijk letsel. Mijn vader en mijn oom zitten in de autoclaims.'

Tia leunde achterover. 'Wauw.'

Piper wreef over de kriebel op haar neus, de gebruikelijke reactie wanneer ze erover praatte. 'Ik ben het buitenbeentje, de mutant, genetisch niet in staat om te liegen. Elke keer dat ze me als kind erbij probeerden te betrekken, was ik zo bang dat ik het verhaal niet goed zou vertellen, dat ik moest overgeven.'

Tia schudde verbijsterd haar hoofd.

'Ik hoop niet dat je nu bang bent dat ik je een loer zal draaien of zo.'

'Waarom zou ik daar bang voor zijn?' Tia maakte de veters van haar bergschoenen los en trok ze uit. 'Ik weet hoe het voelt om het buitenbeentje te zijn. In jouw geval is dat alleen maar positief.'

'Ik wed dat dat bij jou ook het geval is.'

Tia gaf geen antwoord. 'Dus jij hebt je eigen route uitgestippeld en bent toen hier verzeild geraakt.'

Piper knikte. 'Min of meer.'

'Nou, ik hoop dat je een plekje hebt gevonden waar je zou willen blijven.'

Piper glimlachte. 'Dat zou fijn zijn. Echt.'

•

Jonah had Merv beloofd dat hij eens bij de schuur van Tom Caldwell zou gaan kijken en daar reed hij nu dus naartoe. Hij had het al een paar keer eerder geprobeerd, maar Tom was niet thuis geweest. Deze keer steeg er rook op uit de schoorsteen. Hij wierp een blik langs het huis naar de schuur.

Er liep een druppel zweet langs zijn onderrug. Hij dacht aan een spinnenbeet in zijn nek. Zijn handen voelden klam aan en er rees een weeïge razernij op in zijn keel toen hij naar een uit grenen opgetrokken schuur keek die veel te veel leek op die uit zijn herinneringen. Zijn nagels drukten in zijn handpalmen. Zijn benen leken vol lood te zitten.

De deur van het huis ging open en Caldwell kwam naar buiten. 'Wat kan ik voor je doen, commandant?'

De manier waarop hij het zei, herbergde een sneer. Ze hadden samen op school gezeten; Caldwell zat drie klassen hoger. Soms zou het geen kwaad kunnen om de reputatie van zijn vader te hebben, maar hij had geen zin om mensen in elkaar te timmeren om dat respect te verdienen. 'Ik hoorde dat jij je schuur vol boobytraps hebt gehangen. Ik wil alleen maar even weten of de publieke veiligheid niet in het gedrang komt.'

'Van wie zou je dat nou hebben gehoord? Zeker van die ouwe zuiger hiernaast?'

Jonah haalde zijn schouders op. 'Gooi gewoon even die schuur open en dan ben ik weer verdwenen.'

'Bekijk het maar mooi. Niet zonder huiszoekingsbevel.'

'Een huiszoekingsbevel? Waar héb je het over? Laat me gewoon even zien dat het veilig is.'

Het was er niet veilig. Zijn kruin brandde toen de hand naar beneden kwam, hem bij de haren greep en hem daaraan zo'n beetje optilde. *'Ik zal je leren om je te verstoppen, miezerig ventje.'* Hij kon met één oor een week lang niks horen. Maar dat was niet de reden dat die schuur zo'n verschrikking voor hem was.

Jonah schudde de herinnering van zich af en begon langzaam naar de schuur van Caldwell toe te lopen.

'Haal het niet in je hoofd. Dit is mijn land, mijn schuur en ik zei nee.'

Jonah draaide zich om, bijna ziek van opluchting om hem even niet te hoeven zien. 'Als ik terugkom met een huiszoekingsbevel en ik vind ook maar een halve fles verboden pesticide, reken ik je in.'

Zonder waarschuwing kwam Merv tevoorschijn en beende met een bijl in zijn handen zijn tuin door. 'Deze helft staat op mijn grond!' Hij begon op de kant van de schuur in te hakken die naar zijn mening aan zijn kant stond.

Jonah riep dat hij moest ophouden. Hij wist niet waar de perceelgrenzen lagen, maar dit zou de ruzie niet oplossen. Caldwell zette het op een rennen en Jonah rende achter hem aan. Ze bereikten de muur op het moment dat Merv er een versplinterde plank uit trok. Caldwell duwde Merv hard genoeg tegen de grond om hem een hersenschudding te bezorgen. Maar achter het gat lagen op een plank enkele zakken geelwitte kristallen.

Caldwell trapte naar Merv terwijl hij met zijn rug het gat probeerde af te dekken, maar Jonah had genoeg gezien. 'Met je gezicht tegen de muur, Tom.' Hij greep naar zijn handboeien.

Caldwell haalde uit, een beweging die door Jonahs opleiding in zijn reflexen zat ingebouwd. Hij bewoog mee, greep de arm van de man en draaide die achter zijn rug. Caldwell wist hem nog in zijn ribben te raken met zijn andere elleboog, maar hij drukte hem tegen de grond, zette een knie tussen zijn schouderbladen en deed hem de handboeien om. Hoewel hij er een hekel aan had om fysiek geweld te gebruiken, verminderde de worsteling de innerlijke spanning die was veroorzaakt door zijn moeder en de dode wasberen. En door Tia.

Na Caldwell in de Bronco te hebben gezet, riep hij over de radio de sheriff op om een hulpsheriff te sturen die de plek moest bewaken tot hij terugkwam met een huiszoekingsbevel. Zo gauw die arriveerde, zei hij tegen Merv dat hij met hen mee moest gaan, belde hij Sue om achter het huiszoekingsbevel aan te gaan en ging hij op weg naar het politiebureau.

Caldwell rolde op de achterbank van de Bronco zijn hoofd heen en weer en vertrok zijn gezicht. 'Wat is hier doodgegaan?'

Er gleed een flauwe glimlach over Jonahs gezicht.

Op het bureau zette hij Caldwell op een stalen bankje neer om ingeschreven te worden en maakte hem eraan vast met een van de handboeien. Toen agent Sue Donnelly naar hen toe kwam, zei Jonah: 'Lees hem zijn rechten voor. Misschien zul je ze een paar keer moeten herhalen voor hij het snapt. En als het zover is, laat hem dan het formulier tekenen.'

Caldwells neusgaten sperden zich wijd open en hij trok zijn bovenlip op. 'Je begaat een enorme vergissing.'

'Bel me wanneer er foto's en vingerafdrukken zijn gemaakt.' Jonah zou dit allemaal zelf hebben kunnen doen, maar hij wilde liever niet het risico lopen om die minachtende blik van Caldwells gezicht te slaan.

Na twintig minuten verhoor, waarvan Caldwell het grootste deel zelfgenoegzaam naar de muur zat te glimlachen, arriveerde zijn advocaat. En dat was interessant, omdat Caldwell geen telefoontje had gepleegd – of hij moest blind een nummer hebben ingetoetst op zijn gsm toen hij geboeid achter in de Bronco zat. Gordon Byne was een kleine man met een groot hoofd. Het ding lag als een bowlingbal tussen zijn schouders, met drie dicht opeenstaande gaten: twee ogen en een mond.

Hij maakte een hoop misbaar over een illegale huiszoeking en inbeslagname, en hij beweerde dat de methamfetamine was gevonden door het vandalistische gedrag van Merv en de arrestatie daarom in strijd met de grondwet was. Hij vergat daarbij natuurlijk voor het gemak de aanval op een ambtenaar in functie.

In de videoconferentiezaal zat Jonah aan het bureau met de computer en keek hij naar het scherm dat aan de muur hing. Caldwell zat in een stoel naast hem. Toen de magistraat hem de eed had laten afleggen, gaf Jonah hem de naam en het adres van Caldwell en deed hij verslag van de arrestatie. Hij had al twee veroordelingen op zijn naam staan, maar geen uitstaand aanhoudingsbevel.

Daarna zei hij tegen Caldwell dat hij zijn rechterhand moest opsteken, wat niet makkelijk was met handboeien om, en Caldwell zwoer dat hij naar waarheid zijn kant van het verhaal zou vertellen. Alleen al de aanval zou genoeg moeten zijn om hem in voorarrest te houden, of de rechter moest geloven in de draai die Caldwells advocaat eraan had gegeven. Pesterijen en een gewelddadige behandeling. Uh-huh.

De magistraat hield Caldwell zonder mogelijkheid tot vrijlating op borgtocht tot de volgende ochtend in de districtsgevangenis. Rechter Walthrup zou de volgende dag waarschijnlijk wel toestaan dat hij op borgtocht vrijgelaten zou worden, omdat de drugs waren gevonden doordat Merv zich, zo werd beweerd, op verboden terrein had bevonden en vandalistische handelingen had gepleegd. In de tussentijd hadden ze genoeg in handen om een huiszoekingsbevel te kunnen aanvragen en dat deden ze dan ook.

Merv was in slaap gevallen toen hij zat te wachten tot Caldwell door de hele juridische mallemolen heen was. Omdat hij zichzelf in gevaar had gebracht door zo onbesuisd te werk te gaan, maakte Jonah een proces-verbaal op voor het beschadigen van andermans eigendommen.

'Maar het stond aan mijn kant van de lijn.'

'Als je dat kunt bewijzen, praten we verder.'

'Hij heeft het gebruikt voor illegale dingen. Dat heb je zelf gezien.'

'Dat heb ik inderdaad gezien. Maar jij had je erbuiten moeten houden.'

'Ik heb je bezorgd wat je nodig had, of niet? Ik heb je een blik op dat spul bezorgd.'

'En een elleboog in mijn ribben. Je mag van geluk spreken dat hij je hoofd niet van je romp heeft getrapt.'

Merv kwam mopperend overeind.

Jonah overhandigde hem het proces-verbaal. 'Ga naar huis en blijf bij Caldwell uit de buurt.'

Sue kwam naar hem toe en ze gingen samen op weg om Caldwells huis, schuur en pick-up te doorzoeken. Hij parkeerde de Bronco naast de auto van de hulpsheriff en trok de zwarte handschoenen aan die speciaal werden gemaakt ter bescherming tegen prikken van vuile naalden, een risico dat je loopt wanneer je je hand onder stoelkussens door laat glijden.

'Waar is de hulpsheriff?'

Hij volgde de blik van Sue naar het huis. 'In de schuur, denk ik. Laten we daar beginnen.' Adrenaline drukte zijn innerlijke problemen met die schuur opzij. Hij zou gewoon zijn werk doen.

De deur van de schuur stond op een kier. De hulpsheriff moest naar binnen zijn gegaan voor het bevel tot huiszoeking er was, wat technisch gezien een overtreding was, vooral als de rechter dat bevel niet zou hebben ondertekend. Of hij moest er een goede reden voor hebben gehad. Jonah riep de man, zodat hij zou weten dat ze eraan kwamen.

Geen antwoord. Sue's gezichtsuitdrukking weerspiegelde zijn eigen bezorgdheid. Was hij in een val gelopen? Hij gebaarde dat ze achter hem moest blijven, deed toen langzaam de deur open, zocht naar struikeldraden, sensoren of infraroodstralen die iets in werking zouden kunnen zetten of al gezet hadden.

Hulpsheriff Stone lag op de grond, zijn dienstwapen een paar centimeter bij zijn hand vandaan. De bloederige zwelling onder het grijze haar aan de achterkant van zijn hoofd maakte duidelijk dat hij een flinke tik had gehad. Jonah keek om zich heen of het misschien iets was wat met de deur verbonden was. Niets. Hij hurkte neer en controleerde de hartslag van de hulpsheriff.

De man kreunde en kwam met een van pijn vertrokken gezicht weer bij kennis.

Jonah hielp hem om op zijn zij te rollen. 'Ik ga een ambulance voor je bellen, Ray.'

Ray Stone voelde aan de achterkant van zijn hoofd. 'Het is alleen maar een bult.'

'Maar wel een flinke.'

'Ik hield de wacht bij het huis en dacht hier iets te horen.'

'Binnen?' Jonah zocht snel om zich heen naar potentiële schuilplaatsen.

'Dat dacht ik. Maar hij pakte me van achteren.'

'Ik zal er iemand naar laten kijken.' De EHBO'ers van de brandweer konden de conditie van de hulpsheriff beter inschatten dan hij. Hij belde meteen.

Sue verscheen weer in de deuropening. 'Ik heb de omgeving verkend. Er bevindt zich niemand in het huis of in de tuin.'

'Was het huis open?'

Ze knikte. 'De achterdeur was van het slot.'

'Ik zou wel wat frisse lucht kunnen gebruiken,' zei Ray.

Jonah hielp hem om te gaan zitten. De hulpsheriff stak zijn wapen in de holster en ging staan. Eenmaal buiten leunde hij tegen de schuur aan.

'Doorzoek de boel maar,' zei hij. 'Maar ik weet niet of je daar nog iets zult aantreffen.'

Omdat Jonah was afgeleid door de neergeslagen agent, had hij niet op de planken aan de muur en dat soort dingen gelet. Hij liep weer naar binnen en Sue volgde hem.

Het eerste wat hem opviel, waren de dierenhuiden – konijn, vos en ... wasbeer. De huiden waren opgestapeld op twee houten picknicktafels, inclusief de koppen. Er was geen enkel bewijs dat ze aan elkaar waren genaaid of dat er andere vreemde dingen mee waren gebeurd.

'Leuk,' mompelde Sue. 'Vind je niet dat hij ondertussen genoeg konijntjes heeft geschoten?'

'Het is geen misdaad. Maar het betekent wel dat er sprake is van een wapen.'

'Een jachtgeweer.' Sue ontlaadde het en gaf het door.

De lichtstraal van zijn zaklamp verlichtte de plank die hij door de kapotte muur heen had gezien en een rechthoek van gedimd licht liet al zien wat hij niet wilde zien. De plank was leeg.

De verrassende komst van Byne had hem al duidelijk moeten maken dat er meer mensen bij betrokken waren. Ze zouden in het huis geweest kunnen zijn toen Jonah de eerste keer langskwam, of in elk geval dicht genoeg in de buurt om getuige te zijn van de arrestatie. En omdat de hulpsheriff aan de voorkant zat, konden ze via de achterdeur naar de schuur glippen.

'Lag het daar?' Sue's zaklamp scheen ook op de lege plank. Er stonden sleepsporen in het stof, maar dat was het wel zo'n beetje.

'Controleer hem op restmateriaal.'

Hij bekeek de rest van de schuur. Hij had min of meer verwacht een laboratorium te vinden, maar degene die de inventaris had meegenomen, zou nooit genoeg tijd hebben gehad om alles te demonteren en ook de grondstoffen mee te nemen en rommel in de schuur te maken. 'Ik begin wel in het huis.' Hoe sneller hij die schuur uit kon, hoe beter. Als hij een kruk met drie poten en een geweer zou zien, zou Sue een kant van hem te zien krijgen die hij meed als de pest.

Het huis zag eruit alsof het overhoop was gehaald, maar het zou ook kunnen zijn dat Tom zo leefde, met stapels kleren en vuilnis, lege drankflessen en fastfoodverpakkingen in alle hoeken gesmeten. Naast de televisie stond een smoezelig, opgezet wild zwijn. Heel smaakvol.

Jonah bewoog zich systematisch door de puinhopen en onderzocht de banken en gemakkelijke stoelen op losse onderkanten, en de matrassen op losse naden. Hij doorzocht de stapels kleren, ook de kleding in de kasten en lades, en keek in dozen en in een dossierkast. Hij controleerde ook of er geen hoeken van het tapijt los zaten en vond een gerafeld hoekje in de slaapkamerkast.

Toen hij eraan trok, bleek er een losse plank onder te zitten, waaronder een stapel bankbiljetten was verstopt. Op zich hoefde dat niets te betekenen, maar hij haalde het eruit in de hoop wat meer belastend bewijs te vinden – zoals het .40 handvuurwapen dat dieper in het gat was weggestopt. Hij haalde het magazijn eruit, nam de patroon uit de kamer en deed ook die in een zak.

De kleinste van de twee brandweerwagens arriveerde op het moment dat hij naar de keuken liep. Hij keek uit het raam en zag dat Sue en Ray de situatie uitlegden – Sue dat ze hem bewusteloos had aangetroffen en Ray dat het alleen maar een bult was. Jonah controleerde de inhoud van de keukenkastjes en de koelkast en vond nog een stapel bankbiljetten in een zak ingevroren erwten.

Caldwell vertrouwde dus de banken niet of had geregeld contant geld nodig. Hij vond munitie voor het handvuurwapen in de besteklade, naast de vleesmessen, samen met een tweede handvuurwapen, van hetzelfde kaliber. Hij bleek net als het eerste doorgeladen te zijn.

Sue kwam naar hem toe met een gsm met oplader. 'Hij bewaarde dit in de schuur. Zal ik de gebelde en ingekomen telefoonnummers natrekken?'

Hij stak een hand uit naar de zak. 'Dat zal ik wel doen. Nog meer?'

'Een bunsenbrander en flessendoppen.'

'Hij gebruikt dus.'

'Of het is voor zijn klanten, om de koopwaar te testen.'

Jonah knikte. 'Slim bedacht. Jij bent behoorlijk helder.'

'Tja.' Ze poetste haar nagels op langs haar uniform. 'En verder hebben ze aardig opgeruimd.'

'Daar lijkt het inderdaad op. Ik ben hier bijna klaar. Laten we tossen om het toilet.'

Ze wierp hem een achterdochtige blik toe. 'Jij hebt waarschijnlijk een munt met een kop aan elke kant.'

'In dat geval moet je altijd kop kiezen.'

Ze slikte. 'Ik doe het wel.'

Heldhaftig. 'Weet je ...' hij gooide haar zijn sleutels toe '... neem jij de pick-up. Dan neem ik de plee.'

'Zeker weten?'

'Bezorg me een goede reden voor een beslaglegging.'

'Als die er is, zal ik hem vinden.'

Hij keek haar na en wierp toen een blik op het mobieltje. Hij vroeg zich heel even af of ze al niet een bepaald nummer had gewist. Zo niet, dan moest de verleiding erg groot zijn geweest toen ze de nummers bekeek. Als er geen kans had bestaan dat er potentiële bewijslast tegen haar man Sam op stond, zou hij het haar hebben laten afhandelen. Hij deed de telefoon bij de andere spullen en hoopte voor Sue dat het niks zou opleveren.

Zonder de drugs zou niks van wat ze nu in handen hadden belastend zijn. Wie er hier dan ook mochten hebben opgeruimd, ze wisten wat ze deden. Misschien was het Sam wel geweest. Wie wist beter hoe hij een politie-inval moest dwarsbomen dan de echtgenoot van een politieagente?

Toen ze weer op het politiebureau waren, zei hij. 'Je weet dat Sam in deze zaak gearresteerd zou kunnen worden.'

Sue staarde recht voor zich uit. 'Doe wat je moet doen.'

Ze wist dat hij dat ook daadwerkelijk zou doen, maar het was goed dat ze het had gezegd. Hij hield haar tegen bij de deur. 'Als mensen open kaart spelen, zouden er mogelijkheden kunnen worden gecreëerd voor immuniteit.'

'Sommige mensen vinden dat klikken erger is dan een tijdje brommen.'

'Sommige mensen wel, ja.' Hij bleef haar aankijken tot ze haar blik afwendde. 'Als jij hier de boel regelt, ga ik Caldwell halen.'

Hij liet nooit een mannelijke gevangene alleen met een vrouwelijke agent. En trouwens, dit kwam erg dichtbij voor haar. Binnen deed hij Tom Caldwell een brede leren riem om, waaraan een metalen ring zat waar hij de handboeien door haalde. Geen van tweeën zei iets toen Jonah hem naar de cel bracht en hem overdroeg.

Hij had al meerdere voormalige medescholieren achter slot en grendel gezet, hoewel dat meestal niet voor lang was. Zelfs enkelen met wie hij bevriend was geweest, hoe triest dat ook was. Dat hoorde bij het werk. Sommigen begrepen dat. Hij reed naar huis onder een bleek maantje en verwachtte dat zijn huis er verlaten bij zou liggen, maar zijn neusgaten vulden zich met de geur van rook toen hij de veranda naderde. 'Nog steeds hier?'

Jay nam een lange trek van zijn sigaret.

'Die dingen worden nog eens je dood.' Jonah beklom het trapje.

'Ik rook alleen op zondag.'

Jonah trok een stoel bij. Hij had aan de verleiding van tabak weten te ontsnappen, maar hij hoorde nu zijn meesteres roepen. Hij had al het verwacht, gezien de emotionele spanningen van deze dag, en daar was het dan. Hij kon haar bijna proeven. Wat zou hij nu niet overhebben voor een glas whisky en een traag, droevig stuk muziek.

Hij benijdde Sam Donnelly niet. Meth was geen meesteres, maar meer een onderdrukker uit het diepst van de afgrond.

Hij keek Jay aan. 'Hoe denk jij over een nieuwe interventie?'
'Wie?'
'Een jongen die ik ken.'
'Zit hij al helemaal aan de grond?'
'Dat weet ik niet.'
'Laat het me weten wanneer hij bijna zijn graf in struikelt.'

Zeven

Wil eenheid echt zijn, dan zal ze de ergste spanning
moeten kunnen doorstaan zonder te breken.
– Mahatma Gandhi –

Tia keek op van haar werk toen een paar winkelende vrouwen naar binnen gluurden. Ze bestudeerde de gezichten, omlijst door hun handpalmen. Zij en haar spullen zouden de inhoud van een sneeuwbol kunnen zijn die ze bestudeerden. Ze probeerde iets van hun gezichtsuitdrukking en houding af te lezen, waarbij ze trachtte in te schatten hoe ze in het leven stonden en hoe ze zich daarover voelden.

Voor een geoefende waarnemer waren de gebruikelijke ervaringen, twijfels, behoeften en verlangens duidelijk zichtbaar. Je hoefde alleen de details nog maar in te vullen. En daarmee bleek ze met haar verbeelding een heel eind te komen. Ze kwamen niet binnen. Het was de vrijdag van een magere week en ze hoopte maar dat het geen negatieve tendens was. Maar even later kwam er een klant binnen onder het klingelen van de deurbel.

Haar moeder had die bel ooit opgehangen, altijd op haar hoede voor eventueel kwaadwillige klanten. Stella Manning gaf nooit iemand het voordeel van de twijfel. Degenen die voldeden aan haar normen konden op haar goedkeuring rekenen. Alle anderen hadden eenvoudigweg afgedaan. Tia's kinderlijke overtredingen hadden haar een verdiende plaats opgeleverd in het kamp van die laatste groep. Een moeder wist dat tenslotte, nietwaar, als haar kind simpelweg niet deugde?

De blonde vrouw in een bordeauxrood uniformjasje bewoog zich ongemakkelijk voort. Niet dat ze mank liep, maar ze had een ongecoördineerde gang, een beetje zoals bij die hardloopwedstrijdjes waarbij twee kinderen met één been aan elkaar zijn gebonden. Misschien een kunstbeen.

Tia liep glimlachend naar haar toe. 'Kan ik u ergens mee helpen?'

'Eh, dat weet ik niet. Waar is die naald voor?'

Tia keek naar de injectienaald in haar hand en moest lachen. 'O. Die is om details aan te brengen in deze grote kaarsen.' Ze gebaarde naar het exemplaar waarmee ze bezig was.

'Met een injectienaald?'

'Daarmee krijg je een zeer fijne groef en hij laat de was gelijkmatig los.' Met dit onorthodoxe stuk gereedschap kon ze net zo gemakkelijk dennennaalden en akelei als abstracte krullen en stippen aanbrengen.

'Maak je de kaarsen zelf?' De vrouw keek de winkel rond.

'Alle geurmengsels en oliën. U kunt rustig rondkijken, hoor. Of was er iets dat u ...'

'Ik zoek een cadeau. Voor mijn zus.'

Ze dacht met een steek vanbinnen terug aan de cadeautjes van Reba. 'Verjaardag?'

'Ze is niet in orde.'

'O, dat is jammer.' Zou ze het weten als Reba niet in orde zou zijn? Zouden ze het haar vertellen? 'Waar houdt ze van? Geuren, samenstelling? Of is ze meer visueel ingesteld?'

'Heb je iets met een seringengeur?'

'Ik heb een mengsel waar het in zit.' Tia ging de vrouw voor naar de bewuste plank. 'Het heet Hoop.' Ze pakte het display met geurige schijven, zodat de vrouw kon ruiken.

'Als het boven een theelichtje wordt gesmolten, wordt de was vloeibaar en geeft hij zijn geur af. Ik heb die geur ook in potpourriolie en in deze kaarsen.'

De grote ivoorkleurige kaarsen waren in een verwijderbare band gewikkeld waarop stond: *Wie hoopt op de HEER krijgt nieuwe kracht: hij slaat zijn vleugels uit als een adelaar (Jesaja 40:31).*

De vrouw snoof met gesloten ogen de geur op. 'Volgens mij ruik ik de seringen.'

'Het spijt me dat ik niet alleen seringen heb.' Ze had de geurmengsels zelf ontwikkeld en vond ze prettiger dan een enkele, overheersende geur.

'Nee, dit is prima. Ik vind het lekker.' De vrouw keek op. 'Waarom noem je het Hoop?'

'Het maakt deel uit van een verzameling geuren die je troosten, inspireren of kalmeren. De bijgevoegde boodschap is iets om over na te denken.'

'Interessant.'

Tia las het naamplaatje op haar revers. 'Dokter Rainer. Werkt u op de Eerste Hulp?'

'Ik ben dierenarts.'

'O. Ik had al gehoord dat iemand de dierenkliniek weer had geopend.' Ze stak haar hand uit. 'Tia.'

'Liz.' Na een korte, stevige handdruk pakte ze de zak met smeltblokken van de plank. 'Ik neem deze. We hebben een smeltpot.'

Tia pakte ze in, deed er nog een doorzichtig lavendelkleurig lint omheen en plakte er een winkelsticker op, waar een halvemaanvormige honingraat met kruiden en bessen op stond. Ze had hem zelf ontworpen. Haar klanten hadden haar al vaker verteld dat ze de verpakking zo mooi vonden, dat ze die eigenlijk niet open wilden maken. Haar moeder zou het een frivole geldverspilling genoemd hebben, maar Reba zou het mooi hebben gevonden.

Tia overhandigde met een broze glimlach het pakketje. 'Ik hoop dat je zus zich snel beter zal voelen.'

De glimlach van Liz Rainer herbergde een eigen soort breekbaarheid. 'Dank je.'

Liz verliet de winkel en ging nog bij enkele andere langs. Lucy zou blij zijn met het cadeau, vooral hoe Tia het had ingepakt. Dat was een leuk detail. Ze vond haar aardig, hoewel ze normaal gesproken een beetje voorzichtig was met exotisch uitziende vrouwen.

De bijna zwarte ogen en donkere wenkbrauwen vormden een vreemde combinatie met het mahoniehaar, maar ze had wel gezien dat die kleur niet uit een flesje kwam. Een mediterraan uiterlijk en een olijfkleurige huid versterkten het effect nog. Liz trok de riem van haar handtasje iets hoger op haar schouder en dacht na over een vriendschap met Tia de kaarsenmaker.

Het voelde goed om zelf iemand te ontmoeten en haar eigen conclusies te trekken. En om niet continu de mening van Lucy te moeten aanhoren. Hoe zou het zijn om een vriendin te hebben waar haar zus niks van zou weten? Een zakenvrouw met dezelfde interesses. Ze was van plan geweest Lucy te vertellen wie die geurschijven had gemaakt en ze zo mooi had ingepakt. Maar nu ...

De politiecommandant reed langs en groette haar met opgestoken hand. Een plotseling schuldgevoel deed haar maag samentrekken. Waar kwamen die gedachten vandaan? Ze hield nooit iets verborgen voor haar zus.

Terug in de kliniek liep ze door de onderzoeksruimtes heen naar de kennels. 'Lucy?'

Haar zus hield ervan om bange, zieke dieren op hun gemak te stellen, maar ze hadden er nu maar één en Lucy was er niet. 'Luce?'

De slaapkamer was schaars verlicht en de gordijnen zaten dicht. Lucy lag stil en ademde zwakjes. Hoe zou ze iets voor haar kunnen verzwijgen? Liz liet zich naast haar neerploffen. 'Lucy, word eens wakker. Kijk eens wat ik voor je heb meegenomen?' Ze legde het pakketje op bed. 'Doe je ogen eens open, dan vertel ik je over de vrouw die dit heeft gemaakt.'

Lucy's oogleden knipperden enkele keren en bleven toen openstaan.

'Ze heet Tia. Ze heeft welig, mahoniekleurig haar, donkere, bewogen ogen en sterke, elegante handen.' Lucy hield van details. 'Ze is een kunstenares.' Ze tilde het pakketje op. 'Zie je hoe ze dit voor je heeft ingepakt?'

Lucy keek naar het pakketje. 'Is ze een vriendin van je?'

'Ik heb haar net ontmoet, gekkie.'

'Maar het zou wel kunnen.'

Liz sloeg haar ogen neer. 'Waarom zou ik een vriendin nodig hebben wanneer ik jou heb?'

'Heb je mij?'

Ze verstijfde een beetje. 'Waarom zeg je dat nou? Natuurlijk. Jij bent de enige constante factor in mijn leven.'

Er verschenen tranen in de ogen van haar zus en Liz greep haar hand. 'Alleen de dood kan ons scheiden. Wanneer jij sterft, ga ik ook dood.'

'Misschien werkt het zo wel niet.'

'Echt wel.' Ze trok de verpakking van het zakje met geurschijven, knoopte het zakje los en de inhoud tuimelde op bed. Ze hield een van de schijven dicht bij Lucy's gezicht. 'Moet je eens ruiken. Het heet Hoop.'

'Wie is er jarig?' Piper plofte neer aan de keukentafel en keek naar de verschillende blikjes en in plastic verpakte pakketjes die daar uitgestald lagen. Verjaardagen waren bij haar thuis altijd groots gevierd, met een hoop cadeautjes, taarten en kaarsen.

Tia pakte een grote, afgedekte mand van de koelkast. 'Dit zijn de zorgpakketjes voor Sarge. Van de dames van de kerk.'

Van wat ze ervan had opgevangen, draaide het in de kerk van Tia om dingen *doen*. Je naar iemand uitstrekken, noemde Tia dat. Maar deze keer zou dat verspilde moeite zijn. 'Ik weet niet zeker of Sarge ...'

'Misschien scheldt hij ze kapot vanwege het feit dat ze voor hem willen zorgen, maar dat wil nog niet zeggen dat ze het daarom maar moeten laten.' Ze zette de mand neer. 'Het zijn lieve vrouwen. En trouwens, hij is niet altijd zo geweest.'

'Nee?'

Tia trok haar onderlip naar binnen en liet hem weer los. 'Zijn vrouw en zoon zijn bij een auto-ongeluk om het leven gekomen.'

'Wat triest.'

'Hij zag de dingen niet meer in verhouding en begon zich af te sluiten voor andere mensen. Zijn dochters zijn ergens anders heen verhuisd.'

Piper pakte een pakje chocoladekoekjes op. Ze wist niet dat er zo'n verdrietig verhaal achter Sarge stak. 'Ga jij het pakket afleveren?'

'Ik dacht dat jij misschien met me mee zou willen, dan kun je hem meteen vertellen hoe het met de bakkerij gaat.'

'Hij wordt gegarandeerd woest over mijn nieuwe verzinsels.'

'Dan vertel je hem dat de mensen ze lekker vinden.'

'Dan wordt hij alleen maar bozer.' Piper stopte de koekjes in de mand. 'Hij verkocht al scones, krentenbroodjes en amandel-vruchtensloffen toen ik nog niet eens geboren was.'

'De mensen weten wat ze van Sarge kunnen verwachten.' Tia tilde de mand op. 'Ben je er klaar voor?'

'Nou ...' Ze had gewacht op een kans om haar zaak bij Sarge te bepleiten. Dus waarom nu niet? 'Oké.'

Het was rustig in het ziekenhuis toen ze de bordjes naar de chirurgische afdeling volgden. Zelfs in de kamer van Sarge was het stil, omdat hij zijn ogen dicht had en zijn mond openhing.

'Hij slaapt,' fluisterde Tia. 'We glippen gewoon naar binnen om hem te verrassen.'

Maar toen ze zachtjes de deur opendeed, keek Jonah Westfall op van het bankje bij het raam. Piper veerde helemaal op. Dit zou nog weleens goed kunnen aflopen. Ze volgde een aarzelende Tia naar binnen en Sarge deed zijn ogen open. Alleen al het feit dat hij haar zag, leek hem te doen steigeren. 'Hé, Sarge. Voelt u zich al wat beter?'

'Nee.'

'U ziet er wel beter uit. En u kunt weer praten.'

'Inderdaad. En weet je wat? Je bent ontslagen.'

Haar mond viel open. 'En wie moet er dan bakken?'

'Ik sluit de tent.'

'Dat kunt u niet maken. De mensen rekenen op u.'

Hij duwde zich overeind in bed. 'Ga me niet vertellen wat ik wel en niet kan maken. Het is jouw schuld dat ik hier lig.'

'Sarge,' mompelde Jonah.

'Als jij je gewoon bij je werk had gehouden, zou ik het mijne nog hebben gedaan.' Zijn monitoren begonnen te piepen.

'Nou, Sarge, zo goed deed u dat nou ook weer niet.'

Jonah en Tia schrokken. Het gezicht van Sarge liep paars aan. Hij priemde met een vinger in haar richting. 'Je bent ontslagen, hoor je me?'

O ja, dat hoorde ze. Ze balde haar vuisten. 'Er staat daar een oven vol geld, maar het is niet genoeg om uw medische kosten te dekken. U hebt me nodig.'

Sarge zag eruit alsof er zo een slagader kon barsten. 'Ik? Jou nodig hebben?'

Ze wilde haar baan niet kwijt en ook haar kamer bij Tia niet. Ze wilde niet dat haar familie gelijk zou krijgen met hun opmerkingen over dat alleen dwazen werkten om geld te verdienen. 'We hebben elkaar nodig.' Ze sloeg hoopvol haar ogen op, maar Sarge ontplofte.

Jonah legde een hand tegen zijn borst. 'Rustig aan, Sarge.'

Niet de reactie waarop ze had gehoopt, ook al had ze het min of meer verwacht. 'Ik kan maar beter gaan.' De tranen sprongen haar in de ogen toen ze de gang op glipte.

Tia keek boos naar Sarge, die was ingestort tegen Jonahs borst. Hoe kon zo'n zwakke oude man zo grof zijn? 'Ze probeert je alleen maar te helpen.'

'*Ik* voer daar het commando, niet zo'n snotaap,' grauwde Sarge. Er stond wit schuim in zijn mondhoeken.

'Ze houdt je zaak draaiende.'

'Wat weet jij daar nou van?' Hij staarde haar woest aan. 'Ze kost me meer dan ze opbrengt.'

'Je betaalt haar amper iets.'

'Alles wat ze weet, heeft ze van mij geleerd. Ze kon nog geen lepel van een delfschop onderscheiden.'

'Nou, nu dus wel. En ze heeft behoorlijk veel talent voor ...'

'Vreemde brouwsels, ja. *Geitenkaas* en *pijnboompitten*.' Hij spuwde de woorden als kogels door de kamer.

Tia wierp een blik op Jonah. Had híj met die details lopen strooien? 'Waar het om gaat, is dat ze elke dag op tijd de deur open heeft gegooid en je klanten heeft bediend, zodat er nog steeds een winkel is waar je straks weer naartoe kunt.' Was hij seniel, dat hij zich dat niet realiseerde?

'Ik zou hem zelf elke dag opendoen als zij er niet voor zou hebben gezorgd dat ik hier lig.'

'Je eigen conditie is er de schuld van dat je hier ligt. Je zorgt niet goed voor jezelf.'

Sarge kauwde op zijn lip, mopperde wat en stak toen een vinger in haar richting. 'Wat is dat?'

Tia keek naar de mand in haar handen. 'Iets om je op te vrolijken.'

'Spul dat die meid heeft gemaakt?'

'*Die meid* heet Piper. Ze werkt nu vijf weken voor je, dus je zou ondertussen haar naam eens een keer moeten kunnen onthouden.'

Sarge werd pioenrood.

Jonah schoof heen en weer op zijn stoel. 'Daar heeft ze wel een beetje gelijk in, Sarge.'

Ze had Jonahs hulp niet nodig. Ze zette de mand op het voeteneind van het bed. 'Hoe dan ook, dit is niet van Piper. Het zijn pakketjes van de dames van de kerk.' Ze had hun verteld dat het een zinloos gebaar was, maar door hun verlangen om hem ook toe te voegen aan de kudde, al was het alleen maar voor hun eigen zielenrust, hadden ze erop gestaan dat zij als hun ambassadrice zou fungeren.

'Oude kraaien die erop zitten te wachten dat ik dood neerval.'

Ze zag hen voor zich terwijl ze allemaal met hun favoriete recept bezig waren, iets om hem op te monteren en te bemoedigen.

'Niemand wil je dood hebben, Sarge.' Jonah fronste zijn voorhoofd. 'Het zou geen kwaad kunnen om een klein beetje dankbaarder te zijn.'

'Ze zijn alleen maar bezig met zichzelf te kietelen, die kakelende welzijnswerkers. Dikke zeurkousen die op een hemelse beloning hopen.'

Tia's mond viel open. Hij draaide de hele boel om.

'En weet je wat de grootste grap is? Ze houden zichzelf compleet voor de gek. Er groeit straks ook bij hen gras op hun buik en dan zijn ze niet meer dan voer voor de wormen. Net als ik. Ze zullen alleen wat beter smaken door de goede daden die ze hebben gedaan.'

Ze trok met een ruk de mand open en kiepte hem om, waardoor ook enkele pakketjes op de vloer vielen. 'Als jij ze niet wilt hebben, geef je ze maar aan Jonah. Of aan de verpleegsters. Die hebben het dubbel en dwars verdiend.' Ze draaide zich om en liep naar de deur.

'Tia.' Jonah liep achter haar aan de gang op. 'Wacht.'

'Op wat?'

'Laat het me uitleggen.'

Ze draaide zich vinnig naar hem om. '*Wat* uitleggen?'

'Hij heeft vandaag te horen gekregen dat de vernauwing in zijn ruggengraat niet te opereren is. En ze hebben ook tegen hem gezegd dat ze hem alleen maar naar het veteranenziekenhuis of naar een familielid laten gaan. Hij kan niet meer alleen wonen.'

'Dat geeft hem nog niet het excuus om zo uit te halen naar Piper en de anderen, hoewel het me niet verbaast dat jij dat anders ziet.'

'Ik heb zijn dochters aan de telefoon gehad en geen van beiden heeft de mogelijkheid of is bereid hem in huis te nemen.'

'Hoe zou *dat* nou toch komen?'

'Maar je hebt misschien wel een beetje een idee van hoe dat moet voelen.'

Ze verstijfde. 'Wat bedoel je?'

'Dat hoef ik niet uit te leggen.'

Ze prikte woest met een vinger in zijn borst. 'Jij hebt geen flauw idee van hoe ik me voel.'

'M-hm. Jij weet dus helemaal niks over afwijzing, of wel?'

Alsof hij een mes in haar hart stak. 'Onuitstaanbare zak!'

'Bitterheid heeft Sarge ongevoelig gemaakt. Misschien kun je daar een les uit leren.'

Haar wangen werden rood en een diepe woede kronkelde zich als een giftige slang door haar maag. 'Durf jij *mij* bitter te noemen?'

'Ik zeg alleen maar dat je eerst eens in de spiegel moet kijken voor je Sarge veroordeelt.'

Haar adem veroorzaakte een gegrom diep in haar keel. Haar spieren spanden zich al om zich met tanden en klauwen op hem te werpen. Het was een beangstigend gevoel dat ze hem als een beest wilde verscheuren.

'Tia?' Piper kwam met grote ogen aangelopen.

Tia draaide zich met een ruk om, zodat de mand Jonah op een haar na miste. 'Laten we gaan.'

Piper wierp een blik over haar schouder, maar wachtte tot ze bij de lift waren voor ze vroeg: 'Gaat het wel?'

'Ik ben woest en dat haat ik.'

Piper keek onderzoekend naar haar gezicht. 'De pijn van Sarge ...'

'Stop!' Ze keek haar strak aan toen de deuren dicht gleden. 'Ga hem niet verdedigen.'

'Maar je zei ...'

'Vergeet maar wat ik heb gezegd. Weet je waarom? Omdat je nog steeds een keuze hebt. Iedereen heeft wel iets. Het gaat erom wat je ermee doet.'

'Kun je verandering brengen in hoe je je voelt?'

'Nee, maar je kunt wel verandering brengen in hoe je je gedraagt.' Tia ramde op de knop voor de begane grond alsof de lift alleen daardoor al sneller in beweging zou komen.

'Wat is er met de commandant gebeurd?'

Een nieuwe golf razernij. 'Hij verdedigde Sarge.'

'Hoezo?'

'Ik weet het niet. Hij heeft een soort ... relatie met die ouwe die ik nooit heb begrepen.'

'Er zijn nou eenmaal mensen die om Sarge geven.'

Dat wist zij ook wel. Dit ging echter niet meer over Sarge. Die had haar alleen maar flink geïrriteerd. Maar Jonah had haar razend gemaakt.

De liftdeuren gleden open. En de buitendeuren. Tia stak haar arm door het hengsel van de mand en liep naar haar auto.

Piper deed er het zwijgen toe tot ze al een heel eind op weg naar huis waren. Ze zuchtte diep. 'Nou, het lijkt erop dat ik hier ook al geen blijvertje ben.'

Tia kneep nog iets harder in het stuur. 'Ik zou je zelf inhuren als ik Amanda al niet had om mijn vrije dagen op te vangen.' De dochter van een vriendin sloeg de kassa aan, dweilde, stofte en deed de deur achter zich op slot, maar toonde geen enkel initiatief. Sarge had aan Piper een lot uit de loterij dat hij niet verdiende.

Piper zuchtte nog eens. 'Ik weet dat je de huur nodig hebt.'

'Klopt. Maar je kunt je nog een tijdje laten doorbetalen. Hij had geen reden om je te ontslaan. Je bent een modelwerknemer geweest.'

Piper haalde haar schouders op. 'Misschien vind ik wel iets anders.'

Banen in Redford waren de hoofdprijs in een loterij. Als je heel veel geluk had, won je hem, zoals met Sarge – dacht ze toen tenminste. Tia herinnerde zich nog dat ze op haar zestiende alle mogelijke bedrijven langsging en sollicitatieformulieren invulde, in de wetenschap dat haar reputatie als herrieschopper haar vooruit snelde. Uiteindelijk had haar moeder haar een paar uur per week in de winkel laten werken, waar ze haar verrichtingen in de gaten kon houden en belachelijk maken.

Tia vond hun producten niks. Het waren aardewerken figuurtjes en ook nog T-shirts met nietszeggende, dorpse slogans erop, maar ze had ze verkocht. Ze verkocht ze zelfs zo goed dat haar moeder haar beschuldigde van wulps gedrag jegens de klanten, maar het was het eerste teken dat Stella het idee kreeg dat Tia toch iets had wat een ander zou willen hebben.

Misschien dat Piper niet met diezelfde ballast rondliep, maar een nieuwe baan vinden zou niet makkelijk worden. Doordat Redford niet ver bij de skihellingen vandaan lag, waren de jongeren hier minder geneigd om naar de stad te verhuizen dan in heel wat andere kleine plaatsen, en winkeliers moedigden dat aan door plaatselijke mensen in dienst te nemen.

Piper had haar eigen baan gecreëerd door hem Sarge aan te praten. En ze was de beste investering die hij ooit had gedaan. Tia zat weer aan het kookpunt. Hij had haar dus ontslagen omdat ze de ambulance had gebeld? Hij verdiende het om alles kwijt te raken.

'Tia?'

Ze keek opzij.

'Het is het niet waard.'

'Wat?'

'Sarge de schuld geven. En dat hij me doorbetaalt. Mijn familie heeft dat tot kunstvorm verheven en ik geloof niet dat ze gelukkig zijn.'

Tia snoof. 'Mensen rot behandelen doet er anders ook geen goed aan.'

Piper zuchtte. 'Nee. Maar je kunt er niks aan doen wat andere mensen denken.'

'Maar baal je er dan niet van dat Sarge je heeft ontslagen? Dat hij de hele tijd op je heeft liggen schelden? Dat hij totaal niet waardeert wat je voor hem hebt gedaan?'

'Natuurlijk baal ik. Maar ...' ze haalde haar schouders op '... zo werkt het nou eenmaal.'

'Dat is niet zoals het zou móéten werken.'

Acht

We kunnen geen tegengestelde belangen dienen en geen verschillende doelen nastreven.
We trekken samen op tot het einde.
– Thomas Woodrow Wilson –

Jonah bleef lang genoeg op de gang staan om zijn woede onder controle te krijgen. Tia wilde gewoon de waarheid niet zien. Sarge trouwens ook niet. Ze klemden zich allebei vast aan hun standpunten, al zou de hele wereld om hen heen instorten. Gefrustreerd ging Jonah weer naast Sarge zitten. De oude man zag eruit alsof hij al zijn energie had opgebruikt, maar hij was nog niet klaar.

'Die rode duivelin heeft een behoorlijk venijnig karakter.'

Tia's temperament was een natuurkracht op zich. Maar ze hadden haar van zich af weten te houden.

'Ze heeft haar moeder een vreselijke tijd bezorgd.'

'Dat gold voor beide kanten, Sarge.'

'Wat?'

'Met Stella.'

Sarge fronste zijn voorhoofd. 'Wie heeft haar hoe dan ook gevraagd hierheen te komen?'

'Je hoeft niet naar *mij* te kijken. Maar Sarge, ze had wel gelijk.'

'Met wat?'

'Je kunt Piper niet ontslaan.'

Sarge vernauwde zijn vochtige ogen. 'Dat heb ik zojuist gedaan. Of is dat je ontgaan?'

'Als je bepaalde mensen ervan wilt overtuigen dat je jezelf nog kunt redden, zul je een paar heldere beslissingen moeten nemen.

En iemand die je zaak draaiende houdt de laan uitsturen klinkt niet echt helder, om eerlijk te zijn.'

Sarge kauwde op zijn lippen en keek recalcitrant om zich heen.

'Je hebt je instinct gevolgd toen je haar inhuurde,' drong Jonah aan.

'Ze heeft zich naar binnen gebabbeld.'

'Maar je zag de voordelen, anders zou je niet overstag zijn gegaan.' Net zoals Sarge met hem had gedaan.

'Ze probeert de tent over te nemen.'

'Ze staat aan jouw kant.' Hij trok een zakje karamels open en legde een vierkantje in de hand van de oude man. Het deed hem pijn om het beven van de bleke vingers te zien. 'Wat doet elke goede commandant, Sarge? Hij delegeert.'

Sarge stopte de karamel in zijn mond en zoog hen tot pulp, waarna hij langzaam knikte. 'Goed dan. Vertel haar maar dat ze nog steeds werk heeft.'

'Ik vind dat je dat zelf moet doen.' Jonah stak hem zijn gsm toe. 'Je kunt haar bereiken op Tia's mobieltje. Ze zitten waarschijnlijk nog steeds in de auto.'

Sarge liet zijn donderwolken van wenkbrauwen zakken. 'Het was jouw idee.'

'Maar jij bent de baas.'

'En ik delegeer nu.'

Jonah leunde achterover. Sluwe oude vos. 'Oké. Ik zal het wel doorgeven.' Maar hij belde haar voor geen goud op Tia's telefoon. Hij stapelde de etenswaren van de dames van de kerk op het bijzettafeltje van Sarge en liet hem op de karamel sabbelen.

Tia zette Piper af in het centrum en reed naar huis. Waarom kwamen de beste bedoelingen vaak zo verkeerd over? Als niemand zich met een ander zou bemoeien, zouden ze dan uiteindelijk slechter of beter af zijn? Ruzie kreeg je door contact met anderen. Misschien zou iedereen zich alleen met zichzelf moeten bemoeien en nooit moeten proberen enige invloed te hebben op het leven van een ander. En ook nooit om een ander geven.

Hoofdschuddend liep ze haar huis binnen en keek om zich heen. Ze zou best alleen kunnen leven. Een groot deel van de tijd had ze dat dan ook gedaan en verhuurde ze de logeerkamer aan vakantiegangers die kwamen en gingen alsof ze niet eens bestond. En hun onafhankelijkheid kwam haar eigenlijk wel goed uit. Misschien moedigde ze die zelfs wel aan. Ze wist het niet.

En toen kwam Piper. Geen snowboarder, maar een huisgenote en vriendin. Zou ze haar missen? Ze deed de deur achter zich dicht en liep de trap op. Ja, ze zou haar missen en dat was niet eerlijk. Het klopte gewoon niet. Piper had zo veel goeds gedaan.

Tia ging haar slaapkamer binnen en keek lusteloos om zich heen. Het was de kamer van een alleenstaande vrouw. Geen foto van een echtgenoot of een vriend op het nachtkastje. Geen kinderspullen. Er lag een stapeltje boeken die ze nog wilde lezen, kaarsen die op een vreemde manier een beetje triest aandeden. Geen souvenirs van een vakantie, geen gedroogde rozen van een geliefde. Maar dat was ook niet zo vreemd. Ze was onmogelijk.

Ze liep naar het raam en keek door de vitrage naar de huizen aan de overkant van de straat. En de andere, verder de helling af. Ze hield van de verlichting achter hun ramen en boven hun veranda's, als een slinger van kaarsen. Maar nu ze er op dit moment naar keek, voelde ze zich geïsoleerd, alsof het enkele lampje in haar slaapkamer verloren ging tussen de rest, alsof het niet van belang was.

En toen zag ze Jonah voor haar huis stoppen. Er welde een diep gekreun in haar op. Had hij al niet genoeg ellende aangericht? Hij liep met doelgerichte stappen naar haar voordeur toe, maar aarzelde even voor hij aanklopte. Ze deed een stap terug van het raam. Zijn aarzeling bleek al snel verdwenen te zijn, want hij had al twee keer geklopt voor ze de deur had bereikt. Het was in elk geval genoeg om haar verontwaardiging over Piper en zijn beledigingen weer te doen oplaaien.

Ze trok de deur open en snoof. 'Wat?'

'Sarge wil dat Piper blijft.'

Ze leunde tegen de deur aan. 'Dus?'

Dat verraste hem. 'Dus ... dacht ik dat ze blij zou zijn dat te horen.'

'Blij?' Alsof het een soort gunst was?

Jonah wreef over zijn gezicht. 'Is ze hier?'

'Nee.'

'Weet je toevallig waar ze ...'

'Ze is uit met een paar vrienden. Omdat ze morgenochtend niet hoeft te werken.' Ze stak nog net haar tong niet uit.

'Maar kun jij haar dan de boodschap doorgeven?'

'Als Sarge haar weer in dienst wil nemen, mag hij dat zelf doen.'

'Dat wordt lastig als hij in het ziekenhuis ligt.'

'Nog nooit van een telefoon gehoord?' Ze sloeg haar armen over elkaar. 'Hoe dan ook, ik heb haar aangeraden om verder te zoeken.'

'O, ben je nu ook al haar moeder?'

Haar mond viel open. 'Hartelijk bedankt, Jonah. Was je nog niet beledigend genoeg geweest?' Ze wilde de deur dichtgooien, maar hij hield hem tegen.

'Ik bedoelde niet dat je dat zou kunnen zijn, maar dat je je zo gedraagt.' Ze drukten enkele momenten even hard tegen de deur, waarna Tia stopte met duwen en haar ogen afwendde.

Zijn stem klonk nu vriendelijker. 'Het spijt me van het ziekenhuis. Ik was nogal opgefokt door de telefoontjes met de dochters van Sarge.'

Ze weigerde hem aan te kijken. 'Zeg maar tegen Sarge dat hij Piper moet bellen wanneer hij bereid is om over de voorwaarden te praten.'

'Voorwaarden? Kom op, Tia.'

'Piper verdient beter dan dit.'

'Ze vindt hier echt geen betere baan. Grote kans dat Sarge niet echt terugkomt. En dan heeft ze alle ruimte die ze zich maar wensen kan.'

'Ha! Als hij in zijn kist ligt, heeft hij die bakkerij nog steeds muurvast in die grote handen van hem.'

'Ik hoop dat dat nog even duurt.' Er zat een scherp randje aan zijn stem.

Met een pijnlijke steek besefte ze wat ze zojuist had gezegd. Met gesloten ogen liet ze haar adem ontsnappen. 'Het spijt me.'

'Zeg haar gewoon ...'

'Zeg het zelf maar tegen haar, Jonah. Speel jij maar voor spreekbuis voor die chagrijn. Ik heb daar geen zin in.' Ze deed een stap achteruit en sloot de deur. Daarna liep ze stijfjes de trap op, stapte haar bed in en krulde zich op tot een bal. Jonah had haar vergeleken met die gemene oude man die iedereen van zich vervreemd had. 'Hartelijk bedankt,' beet ze hem alsnog toe.

Piper voelde een huivering toen commandant Westfall de Summit Saloon binnenkwam. Ze was nog maar net voor zijn ogen afgebekt door zijn goede vriend Sarge. Nu zou ze misschien ergens anders opnieuw moeten beginnen en dat deed pijn, maar ze wilde niet dat hij zag hoeveel. Hij kwam achter de barkruk naast haar staan – de kruk die Mike Bunyan had verlaten voor een tochtje naar de plee.

Ze hief haar glas bier op.

'Ben jij wel oud genoeg om te drinken?'

Ze wierp hem haar zonnigste glimlach toe. 'Wil je mijn identiteitsbewijs zien?'

Lucas schoof langs de andere kant van de bar. 'Ik heb haar al gecontroleerd.'

Ze haalde haar portemonnee tevoorschijn en toonde hem het pasje. Geen slechte foto. En ja, ze kon legaal drinken, nog maar net trouwens, maar ze was niet bepaald een kroegenloper. Dit zou niet direct haar eerste keuze zijn geweest, maar Mike had haar gevraagd binnen te komen. 'Wat wil je drinken?'

De commandant schudde zijn hoofd. 'Niks. Dank je. Ik drink niet.'

'Hoe houd je je vochtgehalte dan op peil?'

Er verschenen lachrimpeltjes rond zijn ogen. Ze vond het leuk hoe ze eerder lachten dan zijn mond.

'Ik kwam alleen maar even langs om een boodschap van Sarge door te geven.'

Ze klopte op de kruk naast haar. 'Dan kun je maar beter even gaan zitten.'

Hij aarzelde, maar nam toen schrijlings plaats op de kruk. Lucas trok de dop van een flesje fris en zette dat voor hem neer. 'Bedankt.' Hij nam een slok.

'En ... wat is de boodschap?'

'Sarge wil je graag houden.'

'Echt?' Verrassing en verwarring vermengd met blijdschap en opluchting.

'Hij is boos en heeft pijn, maar eigenlijk is hij voornamelijk bang. Hij verliest de controle over alles en weet niet hoe hij daarmee moet omgaan.'

'Tia vertelde me over zijn vrouw en zijn zoon.'

Jonah fronste zijn voorhoofd. 'Daar kun je maar beter niet over beginnen.'

Ze keek in de donkerblauwe ogen van de commandant. 'Wat is er gebeurd?'

Hij staarde even in zijn flesje. 'Marty leerde net rijden. Hij wilde op de snelweg iemand inhalen, zag een auto over het hoofd en werd geraakt. De auto begon te tollen en ze ramden door de vangrail heen. Sarge denkt dat als hij erbij zou zijn geweest, hij het had kunnen voorkomen, maar Ellen wilde niet dat hij dat joch zou leren autorijden. Ze vond hem te ongeduldig. Gezien Marty's verlegen karakter had ze waarschijnlijk gelijk en dat knaagt echt aan hem.'

'Arme Sarge.' En dat meende ze.

'Ja.' Jonah staarde naar de bar.

Mike kwam terug van het toilet en wilde zijn kruk weer in bezit nemen, tot hij zag dat de commandant op zijn plek zat. Hij veegde zijn mond droog en probeerde half zo zat te lijken als hij was.

Jonah wierp een blik op Mike. 'Je rijdt toch niet, hè?'

'Nee, meneer.'

Ze had Mike nog nooit iemand meneer horen noemen.

'Wie is je Bob vanavond?' Jonahs stem klonk zacht maar toch doordringend.

'Eh ... McDonald.' Mike wees naar een joch dat achterin poolbiljart stond te spelen.

'Controleer dat even.'

'Oké.' En Mike liep weg.

De commandant draaide zich weer om. 'Stap niet bij hem in de auto.' Hij stond op, gooide vijf dollar op de bar en vertrok zoals hij was gekomen – alleen.

Jonah ging naar huis, maar niet naar binnen. Hij liet zich in de tuinstoel zakken en staarde het duister in. Hij was negen toen Marty verongelukte en zat in de auto van zijn vader toen de oproep over de radio kwam. Hij zou het zich misschien niet zo goed hebben herinnerd als de politiecommandant hem niet had bevolen om onder aan het talud te gaan kijken om te zien wat er gebeurt met idioten die niet voorzichtig waren.

Hij had staan overgeven onder een boom toen Sarge arriveerde. Ze keken elkaar maar heel even aan, een blik die duidelijk maakte dat Marty de zachtaardige zoon was die Sarge niet had verdiend en dat niemand een vader als Stan Westfall verdiende.

Jonah voelde in zijn zak en haalde zijn mondharmonica tevoorschijn. Hij trok zijn benen op en legde ze met de enkels over elkaar op het verandahek.

Sarge had hem wat baantjes gegeven, zodat het eten dat hij hem gaf niet op liefdadigheid zou lijken: bezemen, voorraad tellen, vakken vullen. Hij zei er altijd iets van als Jonah slordig werk had verricht. Maar als dat niet zo was, zei hij: *'Goed gedaan, soldaat. Ga zo door.'*

Zelfs nu nog bezorgden die woorden hem een gevoel van trots.

Hij wist niet wat Sarge in hem had gezien. Misschien wel een vervanging voor de zoon die hij was kwijtgeraakt. Maar hij wist wat hij in Sarge had gezien en hij zou niet toestaan dat ze hem in een verpleegtehuis stopten. Hij zette de mondharmonica tegen zijn lippen en begon te spelen – een zachte, trieste melodie.

Hij had Tia niet beledigd toen hij haar met Sarge vergeleek. Ze waren allebei ongelofelijk sterk, ongelofelijk koppig en ongelofelijk belangrijk voor hem. Hij wilde voor hen beiden dat ze de pijn achter zich zouden kunnen laten die hen gevangenhield. Maar het was niet bepaald een voordeel dat hij een rol in die van Tia had gespeeld.

Toen hij geritsel hoorde, liet hij de mondharmonica zakken en tuurde in het duister. Langs de bosrand bewoog een schaduw. Hij klikte zijn holster open, legde zijn dienstwapen op schoot en liet zijn hand erop rusten. Wat het ook was - behalve als het een mens was - het zag hem een stuk beter dan andersom. En rook het hem waarschijnlijk ook.

Beren, poema's en coyotes zouden normaal gesproken niet bij een mens in de buurt komen, of ze moesten gek van de honger zijn of van de hondsdolheid. Hij voelde de onzekerheid van het wezen, beeldde zich in dat hij naar hem loerde en met trillende neus zijn geur opsnoof. Het beest kon elk moment weer wegglippen, door de bomen afgeschermd van een wezen dat veel minder gevaarlijk was, maar dat toch een bedreiging vormde door zijn denkvermogen.

Maar de schaduw kroop dichterbij. Jonah keek toe en wachtte af. Het verbaasde hem dat het open en bloot op hem af kwam. Het maanlicht weerspiegelde in een paar ogen, eerst dicht bij de grond en toen hoger. Hij voelde de angst van het dier, zag zwarte strepen over zijn zij en schouder lopen.

Het dier verliet het bos, worstelde zich door het struikgewas heen en stond stil aan de rand van zijn gazon. De bewegingen waren meer hondachtig dan katachtig en het was zeker geen beer. Groter dan een wasbeer. Hij haalde langzaam adem en wachtte af. Als het dier zou aanvallen, zou hij schieten, maar hij hoopte dat dat niet nodig zou zijn.

Toen het dier op het gras stapte, zag hij dat het hinkte en zijn kop liet hangen. Een gewonde coyote. Maar waarom kwam dat beest naar hem toe? Aangetrokken door zijn mondharmonica? Stap voor stap kwam het dier dichterbij, waarna het zwaar hijgend ging liggen en zachtjes jankte. Jonah zag klonters bloed in de vacht van zijn nek, schouder en zijde.

Hij deed zijn wapen terug in de holster, stopte de mondharmonica in zijn zak en klikte toen zijn zaklamp aan. Hij ging voorover zitten en zorgde ervoor dat het dier elke beweging zou zien. De coyote hief zijn kop op, ontblootte zijn tanden en gromde. Maar het kostte hem energie die hij niet had. Hij liet zijn kop zakken. Jonah stond langzaam op. De coyote jankte.

Hij ging er langzaam op af, de ene voorzichtige stap na de andere. Het dier spande zijn spieren toen hij het gras bereikte en hij wachtte, liet het dier aan hem wennen. Het was een vrouwtje. En ze was geen pure coyote. Waarschijnlijk half herdershond.

Hij bewoog zich zo langzaam en geruisloos mogelijk, en verwachtte dat ze zou opspringen en wegrennen. Toen hij nog maar een paar stappen van haar verwijderd was, stak ze een poot uit en sleepte ze zichzelf een paar centimeter naar hem toe. Hij keek haar in de ogen en zag de wilde angst, maar ook iets wat in de buurt kwam van overgave.

Hij hurkte neer en bestudeerde haar verwondingen. Geen insnijdingen of hechtingen. Het leek erop dat ze was geraakt door een schot hagel. Aan de aangekoekte klonters in haar vacht te zien had ze behoorlijk wat bloed verloren. Ze likte zwakjes aan de wonden die van haar schouder tot aan haar opgezwollen buik liepen.

Jonah slikte. Ze was een wild dier, maar toch haalde hij zijn gsm tevoorschijn en belde de dierenarts. Toen ze opnam, zei hij: 'Dokter Rainer? Met commandant Westfall. Ik weet dat het laat is, maar ik heb hier een dier dat ik niet kan vervoeren. Enige kans dat je langs zou kunnen komen?'

Hij beschreef de verwondingen en legde uit hoe ze zijn huis kon vinden, zonder erbij te vertellen dat het om een coyote ging. Half coyote. Hijgend rolde het dier verder op haar zij. Jonah liet de lichtbundel van zijn zaklamp over haar heen spelen, op zoek naar iets wat hij misschien over het hoofd had gezien. Haar ogen waren dof geworden. Haar tong hing slap uit haar bek. Haar borstkas ging op en neer in het ritme van haar oppervlakkige ademhaling.

'Hou vol,' fluisterde hij. Langzaam stak hij zijn hand uit, met zijn vingers naar binnen gebogen, zodat ze aan hem kon ruiken. Hij strekte zich nog verder uit en legde zijn hand zachtjes op haar kop. Ze spande haar spieren, maar hield dat niet lang vol. Hij bewoog zijn vingers zachtjes door haar vacht. Grote kans dat ze de volgende ochtend niet eens zou halen, maar ze was naar hem toe gekomen. 'Even volhouden, hoor. Nog even.' Hij hield haar zo rustig mogelijk tot het knersen van het grind de komst van Liz aankondigde.

Ze kwam behoedzaam dichterbij en haar ogen werden iets groter toen het begrip *coyote* tot haar doordrong. Maar ondertussen lag de kop van het beest al in zijn handpalm. Ze ving de nieuwe geur op en keek Liz argwanend aan, waarbij ze haar lippen iets optrok en het achter in haar keel liet rommelen.

Jonah voelde het meer dan dat hij het hoorde. 'Ik denk niet dat ze nog veel vechtlust overheeft, maar ik hoef je vast niet te vertellen dat je voorzichtig moet zijn.'

'Wil je dat ik haar een spuitje geef?'

Dat zou de meest logische keuze zijn en misschien wel de beste. Omdat het toch al een wild beest was, zou ze alleen maar brutaler worden wanneer ze weer hersteld zou zijn. Maar hij schudde zijn hoofd. Ze was naar hem toe gekomen om hulp te zoeken, had haar instinct overwonnen en had zich kwetsbaar opgesteld. 'Ik hoopte eigenlijk dat we de bloeding konden stoppen, de wonden konden verbinden en iets aan de pijn konden doen.'

Er trok een vage glimlach rond de lippen van dokter Rainer. 'Spreekt je verstand nu?'

Hij beantwoordde de schimpscheut met een blik in haar richting en haalde zijn schouders op.

Liz liet haar blik over het dier glijden: 'Ze is zwanger.'

'Dat idee had ik ook al.'

'Nou, laten we maar eens kijken wat we voor haar kunnen doen.'

Hij trok zich iets terug toen de dierenarts aan het werk ging. Ze gaf een spuitje om de coyote te verdoven, verwijderde dertien hagelkorrels en behandelde toen de wonden. Hij ging naar binnen en kwam terug met een wollen deken, waarvan hij een deel onder de kop van het dier stopte en de rest losjes over haar heen sloeg.

Liz zei: 'Ze is niet puur coyote, hè?'

'Ik denk een kruising met een herder. En dus een brutalere rover met minder angst voor mensen.'

'Daarom liet ze zich niet afschrikken door je geur.'

Ze keek naar hem in de gloed van de zaklampen. 'Misschien kan ik haar maar beter meenemen naar de kliniek.'

'Ik betwijfel het. Dit is een wild dier.'

'Wat dan?'

'Zouden we haar op de veranda kunnen leggen?'

'We kunnen het proberen.'

Hij ging rechtop staan. 'Ik zal wat meer dekens halen.' Hij legde ze op een slordige hoop op de veranda, in de wetenschap dat honden daar meer van hielden dan van een glad oppervlak. En toen wikkelde hij de andere deken wat beter om de coyote heen, zodat de dierenarts en hij haar veilig konden vervoeren.

De ogen van het dier gingen open toen ze haar optilden en haar bovenlip krulde op. Ze jankte. Hij merkte de ongemakkelijke stand van Liz' heup op en nam het dier helemaal van haar over. Hij droeg haar de trap op en legde haar toen zachtjes in de hoek tegenover de schommelbank.

Liz keek naar haar. 'Ze is zo wel een gemakkelijke prooi.'

'Ik blijf vannacht bij haar.'

'Ga je op de veranda slapen voor een gewonde coyote?'

'Ze heeft het me zelf gevraagd.'

Opnieuw trok een glimlach Liz' mondhoek omhoog. Hij vertelde er niet bij hoe het kwam dat hij voor die halve coyote was gevallen.

'En hoe nu verder?'

Hij zuchtte. 'Misschien haalt ze de ochtend niet eens.'

'Zou je het prettig vinden als ik nog even terugkom om haar te controleren?'

'Ik bel wel.' Hij draaide zich om naar zijn huis. 'Ik pak even mijn chequeboek.'

'Dit valt niet onder mijn honorarium.'

'Je bent er speciaal helemaal voor hierheen gereden.'

'Ach, wie zijn brood uitstrooit op het water, zal het vinden.'

Hij keek haar onderzoekend aan. 'Laat me dan in elk geval voor de medicijnen betalen.'

Ze knikte. 'Oké.' Ze volgde hem naar binnen, vertelde hem wat de schade was en nam zijn cheque aan. 'Gewoonlijk schrijf ik nog een antibioticakuurtje voor. Als je denkt dat je die bij haar naar binnen krijgt – ik heb ze op kantoor.'

'Daar houden we nog even contact over. Bedankt dat je bent gekomen.'

Nadat ze was vertrokken, maakte hij het zich met de deken van zijn bed gemakkelijk op de schommelbank. De coyote had zich nog niet bewogen. Hij vroeg zich af wie haar had beschoten. Misschien iemand die bang was geworden van haar? Misschien een jager die voor de lol vanuit zijn auto op haar had geschoten? Een coyote was legaal jachtwild, vooral als ze agressief was overgekomen.

Hij sloot zijn ogen en toen hij bij zonsopgang wakker werd, zag hij dat ze nog steeds ademhaalde. Zijn vingers waren stijf van de kou toen hij Jay belde. 'Ben je vrij vandaag?'

'Ik maak mijn eigen schema.' Jays bouw- en renovatiebedrijf bezorgde hem eigenlijk iets te veel werk, maar eigen baas zijn had zo zijn voordelen.

'Is het mogelijk om even langs te komen? Er is hier iets wat een oppas nodig heeft.'

'Draagt het luiers?'

Jonah moest lachen. 'Kom zelf maar kijken.'

Hij kwam met twee koppen koffie naar buiten toen Jay arriveerde en op zijn gemak over het tuinpad slenterde. 'Wacht even.'

Jay stond stil. 'Hoezo?'
'Ze ligt hier op de veranda. Ik wil niet dat je haar laat schrikken.'
'Ze?'
Jonah wees naar de coyote. Jay floot zacht tussen zijn tanden door.
'Kwam gisterenavond aanlopen. Ze was knap gewond.'
'Wil je dat ik op haar pas?'
'Tot ze weer op zichzelf kan passen. Ik moet aan het werk.'
'Er komt een coyote naar je toe en jij moet naar je werk?'
'Het is een halfbloed.'
Jay produceerde een scheve glimlach.
'Misschien dat je een soort pap of iets dergelijks voor haar kunt maken.'
'Wat heb je in huis?'
'Biefstuk?'
Jay snoof. Hij hakte wat rauw vlees en maïs, deed er melk bij en warmde het op, waarna hij er een soort stamppot van maakte en het op een bord lepelde.
Toen hij ermee naar buiten liep, grauwde *rogdog* naar hem.
'Achteruit,' mompelde Jonah.
Jay bleef bij de schommelbank staan. Heel voorzichtig bewoog Jonah zich naar het dier toe en zette het bord bij haar kop neer. Ze was op haar hoede en schatte hem in met een instinct en zintuigen die maximaal op scherp stonden. Ze bewoog zich niet tot hij twee stappen terug had gedaan, waarna ze haar neus ophief en snoof. Ze likte enkele keren lusteloos aan het voedsel en legde toen haar kop weer neer.
Hij draaide zich om naar Jay. 'Het is in elk geval een begin. Denk ik.'
Er gleed een vreemde blik over Jays gezicht. 'Je beseft toch wel dat dit belangrijk is, hè?'
'Hoezo?'
'Omdat ze een coyote is.'
'En ...?'
'Het verhaal gaat, dat toen de coyoteman de wereld en al het land maakte, hij twee stokken in de grond stak op de plaatsen waar hij wilde dat de mensen zouden leven. Hij gaf de plaatsen namen en

veranderde de stokken in mannen en vrouwen. En toen werden hij en de hagedissenman en de grizzlybeervrouwen en alle anderen dieren. Door naar de dieren te kijken, leerden de mensen welke dingen ze konden eten. Ze vergaarden wijsheid door te letten op hoe de insecten en de dieren leefden.'

'Hmm,' zei Jonah zacht.

'Het feit dat deze coyote jou heeft gevonden, is niet niks.'

'Moet ze me iets leren?'

Jay haalde zijn schouders op en zijn mondhoeken gingen nauwelijks waarneembaar omhoog. 'Je ziet het vanzelf.'

Negen

Ga weg van mij. En toch heb ik het gevoel dat ik van nu af aan
in uw schaduw zal staan.
– Elizabeth Barrett Browning –

Liz werd wakker met een hoofd vol commandant Westfall, de coyote die haar instincten had overwonnen en de puppy's van de coyote. Ze beeldde zich in hoe ze in elkaar verstrengeld lagen, tegen elkaar aangedrukt, vredig slapend en wriemelend in hun moeders buik. Gescheiden van elkaar in hun eigen vruchtvlies, niet eens per se verwekt door hetzelfde mannetje. Maar ze groeiden, leefden, kregen voeding uit dezelfde bron. Broertjes en zusjes.

Lucy rolde zich om en keek haar aan. 'O, daar ben je. Wat is er gisteravond gebeurd? Waar ben je geweest?'

Ze vertelde haar over de coyote, over hoe voorzichtig Jonah haar naar zijn veranda had gedragen en haar op de dekens had gelegd. En hoe het dier niet eens had gebeten of geprobeerd had zich los te rukken. Maar ze zei er niet bij dat ze zich had afgevraagd hoe het zou aanvoelen om door hem te worden vastgehouden, te worden getroost door zijn handen.

'Denk je dat ze het overleeft?'

'Ik heb het gevoel van wel. Al was het alleen maar door de wil van Jonah Westfall.'

Lucy keek haar nieuwsgierig aan. 'Je vindt hem aardig.'

'Het is een bewogen man.'

Lucy keek haar indringend aan. 'Je mag hem echt graag.'

'Ik ken hem amper.'

'Maar wat je hebt gezien, bevalt je.'

'Ja. Dat had ik je al verteld. Je zou ook eens met hem moeten kennismaken.'

Zei ze dat om het vragenvuur van haar zus in te dammen? Ze wisten allebei hoe weinig mensen het zouden begrijpen. Ja, ze had genoten van de tijd dat ze met hem samen was, dat ze samen hadden geprobeerd een wezen te redden die de meesten maar wat graag om zeep zouden willen helpen. Natuurlijk zag Lucy dat.

'Misschien dat hij vandaag nog medicijnen komt halen. Zeg ja en ik stel je voor.'

Maar Lucy sloeg haar ogen neer en trok zich terug. Liz keek er niet van op.

Tia zette de sculptuur op zijn plek. Eén meter samengesteld gepolijst graniet met vijf uithollingen om kaarsen in te zetten. Ze keek op toen de vingerafdrukkenman zich door de deuropening perste, terwijl hij naar links en naar rechts keek. Hij zag haar zonder dat te laten blijken. En alweer droeg hij smetteloze kleren van een uitstekende kwaliteit. Ze had aangenomen dat hij een toerist was, maar nu begon ze toch te twijfelen. Omdat ze zich herinnerde hoe lichtgeraakt hij was geweest toen ze hem de vorige keer wilde helpen, liet ze hem de winkel afstruinen zonder nog eens dezelfde fout te maken.

Ze zette vijf bosgroene kaarsen in de holtes van de langgerekte sculptuur, bekeek het resultaat en probeerde toen okerkleurige. Beter. Ze deed een stapje achteruit. Ja. De okerkleur bracht de ingehouden kleurschakeringen van het graniet naar boven. Ze had verschillende sculpturen van Lloyd in haar winkel gehad, maar dit was tot nu toe de mooiste en ze hoopte dat hij verkocht. Lloyd kon het geld goed gebruiken.

Maar ze zou het niet goedkoop van de hand doen. Lloyd had een minimumprijs vastgesteld en had haar de vrije hand gegeven om te zien wat ze ervoor zou kunnen krijgen. Ze zette er een kaartje bij met Lloyds naam, het artikelnummer en de prijs.

'Te veel kaarsen,' zei de man achter haar.

Ze dacht dat hij in de winkel bedoelde, maar hij had het over het aantal kaarsen in de sculptuur.

'Je hebt maar één kaars nodig om te voorkomen dat je bevriest in een auto. Zoveel hitte in één houder is pure overdaad. Het kan zelfs gevaarlijk zijn.'

'Ik vind vijf kaarsen op dat ding juist uitbundig staan.'

Hij keek haar aan alsof ze absoluut niet begreep wat hij bedoelde, waarna hij een tweede paar bijenwas kaarsen bij de samengebonden lonten omhooghield. 'Ik zou deze kaarsen graag meenemen.'

'Deden de andere het naar tevredenheid?'

'Ik heb ze naar mijn tante gestuurd.'

'Wel goed ingepakt, hoop ik.'

'Bubbeltjesplastic.'

Tia knikte. Op het moment dat ze zijn aankoop aansloeg op de kassa, kwam Rachel Drake binnen en zwaaide. Hij legde de kaarsen op de balie en begon aan het ritueel van geld pakken. Zou een creditcard niet schoner en makkelijker zijn? Maar hij pakte de biljetten en legde ze op de balie.

Ze gaf hem – of liever gezegd zijn muntenzakje – het wisselgeld. Hij tilde de kaarsen op, maar de lonten glipten tussen zijn vingernagels vandaan. Toen ze de kaarsen wilde opvangen, streek haar hand langs de zijne. Hij sprong naar achteren, stak zijn handen uit en knalde met zijn rug tegen een display aan. Het ding ging ondersteboven en de spullen die erop stonden vielen kapot.

Door de klap raakte hij nog erger in paniek en Tia haastte zich om de balie heen. 'Rustig aan, alstublieft.'

Doordat hij om haar heen probeerde te komen, botste hij ook nog tegen een stelling aan, die kantelde en tegen de grond smakte. Als hij zichzelf maar in de hand kon krijgen.

Rachel was aan het bellen.

Toen hij zich naar de deur haastte, liep hij de sculptuur van Lloyd omver. Het ding raakte haar kuit en brak toen het de grond raakte. Met een van pijn vertrokken gezicht ging Tia tegen een steunpilaar zitten.

Rachel haastte zich naar haar toe. 'Gaat het? Ik heb het alarmnummer gebeld.'

'Niks aan de hand.' Maar met de sculptuur van Lloyd wel. Ze stak een hand uit om haar rechtop te zetten.

'Niet doen.' Rachel raakte haar arm aan. 'Je moet alles laten zoals het is. Voor het politierapport.'

Nu pas drong het tot haar door dat er een politieagent zou langskomen om dit te onderzoeken. 'Hij kon er niks aan doen.'

'Dat maakt niet uit. Je bent wél behoorlijk wat spullen kwijtgeraakt.'

Tia streek het haar van haar voorhoofd naar achteren. Waarschijnlijk had ze een politierapport nodig voor de verzekering, maar ze wilde niet dat die arme man in de problemen zou komen. Hij had er niet expres een puinhoop van gemaakt. Hij was de controle over de situatie kwijtgeraakt. En zij had dat in gang gezet.

Terwijl ze op de politie wachtte, vertelde ze Rachel over de eerste keer dat hij in de winkel was geweest. 'Een aanraking laat blijkbaar diepe angsten naar boven borrelen. Hij raakte gewoon in paniek.'

Agent Donnelly kwam binnen en stond abrupt stil. 'Pfoe ...'

'Tja.' Tia legde haar handen tegen haar onderrug. 'Je bent snel.'

'Ik was verderop in de straat. Is hij verdwenen?' De stevige jonge vrouw keek om zich heen, een hand over haar wapen.

'Hij is naar buiten gerend. Ik weet niet waarheen.'

'Maar wat is hier gebeurd?' Ze hief haar schrijfblok op.

Tia en Rachel beschreven het incident. Sue schreef het op. 'Ben je fysiek bedreigd?'

'Nee.' Tia schudde haar hoofd.

'Wat is er met je been gebeurd?'

Ze keek naar beneden. Haar kuit was van haar knieholte tot aan haar achillespees geschaafd en het leek één grote bloedblaar te worden. 'Die sculptuur is op mijn been gevallen. Ik had niet ... ik merk het nu pas.'

De deuropening werd verduisterd toen Jonah naar binnen beende.

'Agent Donnelly maakt het rapport al op,' zei ze, in de hoop dat hij de hint zou snappen.

Hij keek zijn ondergeschikte aan. 'Ik maak het wel af.'

Ze zei: 'We zijn bijna ...'

'Je moet weg, Sue. Eli is gevallen. Sam brengt hem naar de Eerste Hulp.'

Ze verschoot. 'Is het erg? Heeft hij gezegd wat er is gebeurd?'

'Nee. Ga nou maar.'

Ze gaf hem het klembord. Sue Donnelly kwam oorspronkelijk niet uit Redford. Ze was niet samen met hen opgegroeid en had geen idee wat zich tussen hen had afgespeeld. Het nieuws van haar gewonde kind had al het andere uit haar gedachten gebannen. Wat natuurlijk normaal was.

Jonah keek toe hoe ze de zaak verliet en draaide zich toen om. 'Wil je me even bijpraten?'

Ze peinsde er niet over, maar Rachel wel. En ze eindigde met: 'Hij flipte gewoon.'

Jonah knikte. 'Dank je. Ik regel het hier verder wel met Tia.'

Rachel trok het bandje van haar handtasje iets hoger op haar schouder. 'Ik kom morgen wel terug, Tia. Ik zoek een stel kaarsen voor mijn feestje.'

'Goed. Bedankt.'

Jonah bekeek de notities van Sue. Wat zou hij nog meer willen weten?

'Heb je die man al eerder gezien?'

'Een paar weken geleden. De dag dat Sarge instortte. Hij heeft toen kaarsen gekocht.'

'Creditcardbonnetje?'

'Hij betaalde contant.'

'Beschrijving?'

Ze drukte een hand tegen haar voorhoofd. 'Hij is behoorlijk groot, ronde schouders. Kort kapsel – beetje apart – en erg grote, vierkante handen. Zijn kleren zijn gestreken en onberispelijk schoon. Hij is bang voor bacteriën en vingerafdrukken. En ... om aangeraakt te worden.'

Jonah tilde zijn pen op. 'Ging hij daarvan door het lint?'

'Ja. En geen flauwe opmerkingen graag.'

Er blonk een vleugje humor in zijn ogen, maar hij hield zich in. 'Heeft hij je bedreigd?'

'Nee.'

'Je bent gewond.'

'Hij liep die sculptuur van Lloyd omver en die viel toen tegen mijn been. Het ging niet expres. Dit is trouwens allemaal per ongeluk gebeurd.' De geuren van de gebroken en leeggelopen handelswaar maakte haar zintuigen in de war. Of misschien was het Jonahs geur die zich vermengde met haar creaties.

Jonah stak het kleine klembord in zijn binnenzak. 'Zal ik je helpen opruimen?'

'Nee.'

'Die stellingen zien er zwaar uit.'

'Ik red me wel.'

Hij klikte zijn pen in en stak ook die in zijn zak. 'Ik heb me gisteravond al verontschuldigd.'

'Dan is het toch klaar?' Ze sloeg haar armen om haar schouders. 'Hoe dan ook, je hebt het mis.'

'Met wat?'

'Ik ben niet bitter.'

Hij zette een politiegezicht op. 'Goed. Maar laat me je dan helpen met die stelling.'

'Nee, dank je.' Ze keerde hem haar rug toe.

'Je moet even naar dat been laten kijken.'

'Zodat ze me kunnen vertellen dat het blauw is?'

'Doe er dan ijs op.'

Het deed pijn genoeg om haar de tranen in haar ogen te bezorgen wanneer ze het stootte. Met knarsende tanden greep ze het ene uiteinde van de gehard glazen stelling die over de display heen lag. Die zou ze nooit van z'n leven in haar eentje van zijn plaats krijgen. Jonah kwam naast haar staan.

Samen tilden ze de stelling van het display. Een gebroken rand had een groef in de vloer gemaakt. Ze zetten de stelling overeind en legden de drie glazen platen die nog heel waren er weer op. De display was goed te tillen. Ze zette hem overeind en ging rechtop staan.

'Weet je misschien nog iets anders over die vent waardoor ik hem zou kunnen vinden?'

Ze schudde haar hoofd. 'Ik wil niet dat hij aangeklaagd wordt.'

'Je hebt flinke schade en ook lichamelijke verwondingen.'

'Het was een ongeluk.' Ze keek naar haar been. 'Ik hoef het alleen maar op te ruimen.' Ze bekeek de glasscherven, de gebroken aardewerken potten en de verkruimelde was. Ze was van plan geweest om haar verzekering aan te spreken en zou daarvoor een politierapport nodig hebben. Wanneer was ze van gedachten veranderd?

'Je kunt de winkel maar beter dichtgooien tot het weer veilig is. Het laatste wat je nu kunt gebruiken is dat iemand uitglijdt over de scherven.'

'Het laatste wat ik nu kan gebruiken, is dat iemand zich met mijn zaken bemoeit.' Ze had niet zo bits willen doen, maar haatte het dat hij haar de meest logische dingen voorkauwde.

'Ik begrijp het al.' Hij bekeek haar van boven tot onder, draaide zich om en liep naar buiten, waarbij hij het bordje 'gesloten' omkeerde toen hij langs de deur kwam.

Jonah verliet de winkel van Tia en keek om zich heen naar degene die ze had beschreven. Waarschijnlijk was hij allang verdwenen, maar als hij nog steeds van streek was over het feit dat Tia zijn arm had aangeraakt, zou hij een gevaar voor anderen of zichzelf kunnen betekenen. Hij controleerde de dichtstbijzijnde winkels. Het joch van de T-shirtwinkel had niets gezien. De man van de Western Gallery had de klap gehoord, maar hij had niemand langs zien komen.

Jonah liep de bakkerij in, blij te zien dat Piper Sarge zijn uitbarsting had vergeven en weer aan het werk was gegaan. En zover hij wist zonder te onderhandelen over de voorwaarden. Ze keek op van een dienblad en zei: 'Hallo.'

'Hoi.'

'Kan ik je iets aanbieden?'

'Nee, dank je. Tia had problemen in de winkel. Ik vroeg me af of je iets had gehoord of gezien.'

'Nu net?'

'Drie kwartier tot een uur geleden.'

Ze schudde haar hoofd. 'Het rookalarm ging af in de keuken, dus toen ben ik een tijdje achter bezig geweest.'

'Oké.'

'Wat is er bij Tia gebeurd?'

Hij vertelde de korte versie en beschreef toen de man.

'Die gozer?' Piper keek een beetje ongemakkelijk.

'Heb jij hem gezien?'

'Vandaag niet. Een tijdje geleden. Ik kan me nauwelijks voorstellen dat hij dat heeft gedaan.'

'Tia zei dat het per ongeluk ging. Hij flipte.'

Piper schudde haar hoofd. 'Arme vent. Hij heeft dat Monk-gedoe.'

'Monk?'

'Ja, je weet wel. Van de televisie.'

Jonah had al jaren geen televisie meer. In de bergen was slecht bereik en hij vond het het geld niet waard om een satellietaansluiting te nemen.

'Die man die alles op een rijtje moest hebben en waarbij alles idioot schoon moest zijn.'

'Dwangneurose?'

Piper haalde haar schouders op. 'Hij leek me in elk geval best aardig, hoewel hij wel een beetje maf deed over bacteriën. Ik heb hem een broodje met vijgen en pijnboompitten verkocht dat van jou had kunnen zijn als je toen mee naar binnen was gegaan.'

Hij produceerde een scheve glimlach en keerde terug naar het onderwerp. 'Hij heeft geen dreigementen geuit ...'

'Hij is niet slecht, alleen anders.'

'En je hebt hem dus vandaag niet gezien.'

Haar glanzend blonde paardenstaart wiegde heen en weer, elke keer dat ze haar hoofd schudde. 'Is er niks met Tia aan de hand?'

Hij zou die vraag op te veel manieren kunnen beantwoorden. 'Dat moet je aan haar vragen.' Met een afwezig gebaar stak hij zijn notitieboekje in zijn binnenzak. 'Bedankt voor je hulp.'

Omdat hij alles had gedaan wat hij kon doen, reed hij naar de Eerste Hulp, waar hij Sue en Sam in de wachtkamer vond.

Sue leek zichzelf door pure wilskracht in de hand te houden. 'Er worden röntgenfoto's van Eli gemaakt.'

Sam zat voorovergebogen met zijn ellebogen op zijn knieën. Zijn handen beefden. Hij keek op met roodomrande ogen en op zijn gezicht stond een stoppelbaard van een paar dagen oud. 'Wat sta je nou te kijken? Ongelukken gebeuren nou eenmaal.'

Sam was een magere man met smalle schouders en een bierbuikje dat de broeksband van zijn spijkerbroek omlaag dwong. Jonah hield zijn mond. Het laatste wat Sue nu kon gebruiken, was een woordenwisseling tussen haar echtgenoot en haar baas.

'Hoe is hij gevallen?'

'Hij klom op de reling van het balkon. Hij weet dat hij daar niet mag komen.'

'En waar was jij?'

'Op de bank. Ik sliep. En het was de bedoeling dat hij dat ook deed.'

'Hoe heeft hij naar buiten weten te komen?'

'Het was warm binnen, dus heb ik de balkondeur opengezet. Hij moest slapen.' Hij wrong zijn handen samen en deed voorkomen dat hij er spijt van had, tot hij mompelde: 'Het is niet *mijn* schuld.'

Jonah leunde naar voren. 'Geef je dat kind nou de schuld?'

'Bemoei je er niet mee.'

Jonah greep hem bij zijn kraagje. 'Het is de bedoeling dat je hem beschermt, niet dat je hem in gevaar brengt.'

'Blijf van me af.' Hij rukte zich los.

'Jonah.' Sue greep hem bij zijn arm.

Een verpleegkundige reed Eli de röntgenzaal uit. Sue haastte zich naar hem toe en Sam hobbelde erachteraan, gepikeerd en overtuigd van zijn onschuld. Jonah draaide zich om. Een peuter alleen op een balkon? Dat was minstens verwaarlozing. De ernst van de verwonding zou bepalend zijn. Hij hoopte voor Sue, en voor Sam, dat Eli niks ernstigs zou blijken te hebben en dat dit hen wakker zou schudden.

Hij stapte in de Bronco, geïrriteerd over het feit dat hij zijn frustratie had botgevierd op Sam, hoewel die dat had verdiend. Fysiek ingrijpen in dienstverband was de kracht van zijn vader geweest. Jonah reed naar de dierenkliniek en ging naar binnen. Nadat hij een tik op de bel had gegeven, duurde het heel lang voor er iemand kwam opdagen. Uiteindelijk kwam Liz tevoorschijn met een Engelse dwergkees in haar armen. Ze overhandigde het hondje aan een kleine, fragiele vrouw die precies op het beest leek.

Jonah wist niet hoe ze heette, maar hij had haar diverse keren met haar hondje zien lopen. Hij glimlachte toen ze langsliep. Ze glimlachte terug als een trotse grootmoeder en leek zo met haar mopsneus nog meer op haar huisdier. Liz kwam om de balie heen, trekkend met haar been zonder daar blijkbaar last van te hebben, waardoor hij vermoedde dat het om een oude blessure ging of misschien wel iets wat aangeboren was.

'Hoe gaat het met je coyote?'

'Ik denk niet dat ze van mij is. Maar ze ademt nog steeds, heeft aan haar eten gelikt en wat water gedronken.'

'Roofdieren zullen haar verwondingen ruiken.'

'Ik heb iemand gebeld om op haar te passen.'

Liz trok haar wenkbrauwen op. 'Weet ze dat ze dat beest niet moet aanraken?'

'*Hij* is goed met dieren, kinderen en voormalige zuiplappen.' Geen idee waarom hij het had gezegd, maar haar gezichtsuitdrukking maakte duidelijk dat ze het begreep.

'Ah.'

'Ik wil graag de antibiotica proberen waar je het over had.'

'Natuurlijk.' Ze verdween door een deur en kwam terug met een potje pillen. 'Verstop deze in rauw vlees, leverworst, pindakaas of waar ze dan ook maar trek in mag hebben. Ze moet ze eigenlijk heel doorslikken.'

Hij pakte het potje aan. 'Bedankt dat je gisteravond bent gekomen en dat je het risico hebt willen nemen.'

Ze wierp hem een betekenisvolle blik toe. 'Ik vermoed dat nog niet de helft van wat ik heb gehoord waar is.'

Hij trok zich een beetje terug.

Er verscheen een brede glimlach op haar gezicht. 'Ik plaag je alleen maar.'

Ze had in de wandelgangen wat dingen gehoord of ze had navraag gedaan.

'Wat ben ik je schuldig voor de pillen?'

'Als je haar houdt tot ze jongen krijgt, wil ik er graag twee van.'

Nu was het zijn beurt om verbaasd te zijn. 'Als deze halfbloed is gedekt door een coyote, zijn ze wilder dan zij. En als ze volgroeid zijn, delf je het onderspit tegen twee van die beesten.'

Er gleed een glimlach over haar gezicht. 'Dat risico neem ik.'

Hij schudde zijn hoofd. 'Die verantwoordelijkheid kan ik niet nemen.'

'Ik ben ervan overtuigd dat je dat wel kunt – als je maar wilt.'

'Dit is niet wat ik ...' Ze stond hem weer in de maling te nemen. Te flirten. Hij keek haar onderzoekend aan.

'Dus dat is dan afgesproken,' zei ze. 'Als ze beter wordt van de medicijnen, heb ik eerste keus als er jonkies zijn.'

Hij slaakte een zucht. 'Daar praten we nog wel over wanneer het zover is.' Grote kans dat het beest niet lang genoeg zou blijven leven om haar jongen te werpen. Of dat ze zou weglopen om ze ergens op een verborgen plek te krijgen.

Toen hij in zijn auto stapte, kwam er een oproep voor het scholencomplex. Brand in de kleedkamer van de jongens. Iemand had een stapeltje zweetsokken in de fik gestoken. Jonah gaf door dat hij al onderweg was. Hij had zelfs een vermoeden wie het had gedaan.

De brandweer had alles al onder controle toen hij bij de school arriveerde. Luitenant 'Stogy' Sanders praatte hem op de parkeerplaats van de school bij, terwijl brandweerlieden verkoolde en doorweekte spullen naar buiten sleepten. 'De sprinklerinstallatie heeft de boel geblust voordat de brand goed en wel begonnen was. Er is weinig of zelfs helemaal geen brandstof gebruikt. Dit kan met geen mogelijkheid per ongeluk zijn ontstaan.'

Jonah knikte. Dit was typisch iets wat pubers grappig vonden voordat hun voorhoofdskwabben volwassen waren. Maar vuur was niet iets om mee te spelen. Daar kon je mee in de jeugdgevangenis belanden.

Jonah richtte zich tot de man naast hem. 'Enig idee, Coach?'

'Snyder zit bij mij op kantoor. Ik heb tegen hem gezegd dat hij maar eens een praatje met jou moest gaan maken.'

'Heb je hem alleen gelaten in je kantoor?'

'Cozzie is bij hem.'

De softbalcoach had de bouw van een tank. En kon rake klappen uitdelen, zonder zelfs maar een hand op te heffen. Jonah ging naar binnen en loste haar af, waarna hij het joch aankeek dat hij een paar maanden geleden nog op zijn kop had gegeven omdat hij een hond had gelokt met boterhamworst en hem toen voetzoekers naar zijn kop had gegooid. Waarschijnlijk zou dit gesprek meer omvatten dan alleen brandstichting.

Tien

En dus groeiden we samen op, als een dubbele kers, schijnbaar van elkaar gescheiden, maar toch een eenheid in verdeeldheid.
– William Shakespeare –

Piper trok de deur van de voorraadkast open en slaakte een gilletje.

'Ssj.' De grote man die tussen de stellingen en de muur zat geperst, sloeg zijn handen over zijn oren.

Met bonkend hart drukte ze haar hand tegen haar borst. 'Wat ben jij aan het doen?'

'Hij is naar me op zoek.' De Legoman zag er vreselijk uit en trok zijn grote knieën tegen zijn borst.

'Wie? De commandant?'

Eén besliste knik.

'Omdat je een ravage hebt aangericht in de winkel van Tia?'

'Dat was niet mijn bedoeling.'

Piper hurkte neer. 'Natuurlijk niet.'

'Ze raakte me aan. En toen botste ik tegen die stelling. En toen viel alles om.' Hij wreef over zijn knieën. 'Ik kan niet naar de gevangenis met al die bacteriën en al die vieze mensen.' Hij sloot zijn ogen en huiverde.

'Waarom zou je naar de gevangenis moeten?'

'Ik heb hem gezien. Ik zag zijn gezicht.' De man keek haar recht aan. 'Hij was heel erg boos.'

'Dat komt omdat hij met Tia had gepraat. Ze zijn altijd boos op elkaar.'

Hij geloofde haar duidelijk niet. 'Hoezo?'

'Ze hebben een haat-liefdeverhouding.'

Hij kreunde. 'Ik ben zo goed als dood.'
'Je maakt het erger dan het is. Kom uit die kast.'
Hij schudde zijn hoofd.
Met een zucht pakte ze de bezem. 'Ik ga voor in de winkel vegen. Je kunt via de achterkant wegglippen of ook naar voren komen en iets lekkers uit de vitrine komen eten.'
Ze voegde de daad bij het woord en verdween uit de keuken. De paar tafeltjes waren leeg en er stond niemand bij de balie. Hij moest naar binnen zijn gerend toen ze de keukendeur open had gezet om de rook naar buiten te krijgen. Ze had niet gedacht dat zo'n onberispelijk schoon iemand op de vloer zou gaan zitten, maar daar maakte hij zich op dat moment waarschijnlijk de minste zorgen om.
Vanaf de winkelpui begon ze de bezem over de vloer te halen. Een paar minuten later voelde ze beweging achter zich en ze draaide zich om. De man stond zenuwachtig bij de balie en keek naar haar. Ze wees naar de vitrine. 'Wat wil je eten?'
Zijn adamsappel ging op en neer. 'Er zijn geen broodjes met vijgen en pijnboompitten.'
'Nee.'
'Geen spinazie, kalamata en geitenkaas.'
'Sarge houdt er niet van als ik iets anders probeer.'
Hij keek haar ernstig aan en wees toen een van de broodjes aan. 'Doe maar een broodje cheddar, als je eerst je handen wast.'
Ze zette de bezem tegen de muur. 'Het broodje cheddar komt er aan.' Ze waste bij de kleine wastafel haar handen, trok een latex handschoen aan en gebruikte een servet om hem het broodje aan te geven. 'Deze is van mij.'
Zijn wenkbrauwen gingen omhoog. 'Hoef ik dit niet te betalen? Is het gratis?'
'Ja. Maar dan moet je me wel vertellen hoe je heet, zeker als we elkaar blijven tegenkomen in kasten en zo.'
Verbazingwekkend genoeg gleed er een ongemakkelijke glimlach over zijn gezicht. 'Ik heet Miles.'
'Zoals op je snelheidsmeter?'
'Zoals van Miles Davis.'
'Is je achternaam Davis?'

'Ik vertel je mijn achternaam niet. Anders kun je erachter komen waar ik woon.' Hij wierp een snelle, nerveuze blik over zijn schouder, een vreemde beweging voor zo'n grote vent.

'Tja, je weet waar je míj kunt vinden.'

'Alleen maar hier. Niet waar je woont.'

'Oké.' Ze glimlachte. 'Ik ben Piper.'

Ze schudden elkaar niet de hand. Terwijl hij nog steeds naast de balie stond, werkte hij het broodje naar binnen zonder ook maar een kruimel te morsen.

'Ik denk dat we het volgende moeten doen, Miles. We zouden eerst eens met de politiecommandant moeten gaan praten om hem te laten weten dat het een ongeluk was en dan Tia gaan aanbieden om haar te helpen.'

'Nee. Dat kan ik niet. Jij hebt hem niet gezíén.'

Wel die keer toen hij Tia van streek had gemaakt. Hij zag er toen hard en lichtgeraakt uit. Misschien had de commandant toch een duistere kant. Wat wist ze nou helemaal van hem? 'Nou, denk er in elk geval even over na, goed?'

Toen hij vertrokken was, nam ze de bezem weer ter hand en maakte ze haar werk af, waarna ze de tafels en stoelen rechtzette en het telefoontje pleegde.

Een half uur later kwam de commandant binnen. 'Heb je informatie voor me?'

'Hij heet Miles. Hij wilde geen moeilijkheden veroorzaken en hij is bang voor je.'

'Voor mij?'

Ze knikte.

'Hij heeft me zelfs nog nooit gezien. Wat ...'

'Hij zag dat je de winkel van Tia verliet en dat je erg boos keek.'

Jonah zette zijn handen in de zij. 'Waar vandaan heeft hij me dan gezien?'

'Dat weet ik niet. Ik vond hem in de voorraadkast.'

'Wat?' Het scherpe randje was terug.

'Hij was bang.'

'Even opnieuw. Hij heeft Tia's winkel overhoopgehaald en heeft zich toen hier verborgen?'

'Het was niet zijn bedoeling.'

'Hij heeft haar verwond.'

'Wat?' Ze keek hem onderzoekend aan. 'Is Tia gewond?'

'Erger dan ze wilde toegeven.'

Miles had helemaal niks gezegd over dat hij Tia pijn had gedaan. Geen woord. Waarom had hij niks gezegd? 'Ik moet naar haar toe.' Ze deed de kassa op slot en kwam achter de balie vandaan.

'Piper.' Zijn stem klonk laag en vlak. 'Ik wil met hem praten. Als hij terugkomt, laat het me dan weten.'

Ze moest wel. 'Prima.' Ze gebaarde dat hij naar buiten moest gaan, draaide het bordje 'Gesloten' om en deed de deur achter zich op slot, waarna ze zich naar de winkel haastte.

Tia schrok van het kloppen, stootte haar elleboog tegen een schap en wreef de pijn weg terwijl ze de deur van het slot deed.

'Gaat het wel met je?'

'Ik heb me alleen maar gestoten.'

'Ik bedoel alles.'

Tia liet haar schouders zakken. 'Nou ja, het is wel een zootje.'

'Jonah zei dat je gewond was.'

'Daar heeft hij niks mee te maken.'

'Tja, dat wordt nogal lastig als hij verliefd op je is.'

Tia ging rechtop staan alsof er van boven met een touwtje aan haar getrokken werd.

'Kom op, Tia. Al zou het met knipperende neonletters op zijn voorhoofd aangegeven staan, zou dat niet duidelijker zijn.'

Tia deed een stap naar achteren en vertrok haar gezicht.

'Je been ziet er niet best uit.'

'En het voelt nog erger aan.' Ze grimaste.

'Heb je iets ingenomen?'

'Ik had een zware pijnstiller in mijn tas, maar die werkt nog niet. Ben jij trouwens niet open?'

'Alleen om op te ruimen en af te sluiten.' Ze viste een potscherf onder een plank vandaan en legde die op de stapel die Tia bij elkaar had geveegd. 'Tia, Miles heeft dit niet expres gedaan.'

'Miles?'

Ze knikte. 'Het Legomannetje. Hij heet Miles. Hij wilde niet ...'

'Dat weet ik. Maar ...' Ze spreidde niet-begrijpend haar handen uit.

'Hij is bang dat hij de gevangenis in moet.'

Tia fronste haar voorhoofd. 'Waarom zou hij naar de gevangenis moeten?'

'Omdat de commandant zo boos keek toen hij hier naar buiten kwam. Ik heb hem verteld dat jij en Jonah altijd zo boos zijn wanneer jullie elkaar hebben gesproken, maar ...'

'Dat is helemaal niet zo.' Tia leunde op een stellingplank om haar kuit minder te belasten.

'Je moet daar iets op doen. Ik zal wel een ijszak maken.' Ze liep terug naar de bakkerij, wikkelde een plastic zak met ijs in een handdoek en haastte zich terug.

Tia liet zich voorzichtig op de kruk achter de balie zakken. Ze strekte haar been en legde haar kuit op het ijs. 'Bedankt. Dat zal best schelen.'

'Wat vervelend dat dit is gebeurd.'

'Mij mankeert niks.'

'Zal ik thee voor je zetten?'

'Dat zou lekker zijn, ja.'

Piper zette achter in de zaak een keteltje water op en maakte een kop sterke, zoete thee. Was dat tenslotte niet de remedie voor alle kwalen? 'Alsjeblieft.' Ze zette de mok naast Tia's been neer.

'Bedankt.'

'Kan ik nog iets anders voor je betekenen?'

'Je kunt maar beter je eigen werk gaan afmaken. Wil je hier de deur achter je op slot doen?'

'Wanneer ik klaar ben, kom ik terug.'

'Hoeft niet. Ik zie je thuis wel.'

Tia zag er beroerd uit, maar Piper liet het erbij. Ze moest nog wat werk afmaken en Tia wist waar ze haar kon vinden – als ze tenminste ooit om hulp zou vragen. Piper haatte de parasitaire neigingen van haar familie, maar je kon ook té onafhankelijk willen zijn.

Toen de warmte van haar verwonding het ijs in de zak had laten smelten, liet Tia haar hoofd achterover hangen en deed ze haar ogen dicht. Het werd donker in de zaak en de thee werd koud, maar de opmerking van Piper over Jonah wilde haar niet loslaten. Als ze dat al in zo korte tijd had gezien, wat moesten de anderen dan wel niet denken? Had ze alleen zichzelf maar voor de gek gehouden?

Sombere gedachten omsloten haar, skeletachtige vingers

boorden zich door haar schedel, het kwaad fluisterde in haar oren. Ze kon haar plaaggeesten zo benoemen. Zelfverachting. Spijt. Wanhoop. En ze hadden geen macht die ze hun niet zelf had gegeven. Maar ze klampten zich nu aan haar vast, nu herinneringen aan Reba in elkaar overliepen.

Haar mooie, lieve zus met het roodblonde haar, met de blanke huid van hun vader en de paar grappige, vage sproeten op haar neus en haar wangen. Reba had geen hekel aan haar sproeten. Ze wist dat die haar een lieve, frisse en natuurlijke uitstraling gaven. En tegen de tijd dat ze volwassen werd, waren ze grotendeels verdwenen.

Sarge had haar vergeleken met Hayley Mills, de jonge vlam uit de jaren vijftig. En toen kwam Tia, die meer op haar moeder leek, met haar donkerdere huid en de Aziatische vorm van haar ogen. Ze had niks van haar milde vader, zijn zachte stem en volgzame karakter. Ze hadden gezegd dat ze een eigen willetje had. Dat ze onstuimig was.

Ze wist niet eens meer waartegen ze had gevochten. Het deed er waarschijnlijk ook niet toe. Het waren allemaal ontastbare behoeften geweest die impulsen aanstuurden en reacties losmaakten. Ze wilde dat ze kon zeggen dat het haar niet kon schelen. Maar elke vorm van gevoelloze kritiek had erin gehakt. En alleen Reba had dat gezien.

Tia sloot haar ogen. Jonah had het goed kunnen maken. Als hij zou hebben gesmeekt en zijn verontschuldigingen zou hebben aangeboden, zou Reba hem hebben vergeven, zou ze *hen* hebben vergeven.

Er welden tranen op in haar ogen.

Ze had jaren psychologie gestudeerd om een verklaring – een excuus? – te kunnen vinden voor haar gedrag. Al was het alleen maar om er zeker van te zijn dat ze nooit meer zo in de fout zou gaan. Ze had anderen willen helpen om niet in een valkuil te stappen, om ze te laten ontdekken wat hun zwakke punten waren. Maar zelfs met twee universitaire titels was daar nooit iets van gekomen.

Haar been voelde verdoofd aan. Ze liet haar kin op haar borst zakken en liet de pijn als een mist over haar herinneringen trekken. Ze slaakte een gilletje toen iemand aan de deur rammelde. Ze liet haar been zakken en tuurde naar het donkere raam. Jonah tuurde terug, met zijn handen tegen het glas. Ze hoopte dat hij haar niet zou zien in het zwakke schijnsel van de veiligheidsverlichting, maar ze had pech.

'Ga weg.'

Hij klopte aan. 'Kom op, Tia.'

Ze zette zich schrap tegen de balie en voelde haar tenen jeuken toen het bloed er weer in stroomde. Ze verging van de pijn in haar kuit. Ze hinkte naar de deur en deed hem van het slot. 'Wat is er?'

'Piper heeft gebeld. Ze was hartstikke ongerust. Ze heeft je mobieltje en beide deuren geprobeerd.'

Ze had haar mobieltje uitgedaan, maar waarom had ze Piper niet horen kloppen?' De pijnstiller. Ze moest er even van onder zeil zijn geweest.

'Wat zit je hier in het donker te doen?'

'Ik denk dat ik de "ik moet me melden bij Jonah"-memo heb gemist.'

Hij trok haar het trottoir op, waar de buitenlamp haar tranen verlichtte. 'Komt het door je been?'

'Wil je niet elke keer komen binnenvallen?'

'Piper heeft me gebeld. Ik ben van de politie. Ik reageer.' Hij zuchtte diep. 'Er loopt hier een psychopaat rond die dieren van hun ingewanden ontdoet, misschien wel dezelfde die jouw winkel overhoop heeft gehaald omdat je hem aanraakte. En dan zit jij hier alleen in het donker.'

Daar zei hij wat.

'Het is laat en jij bent gewond. Wees nou eens voor één keer een beetje redelijk. Laat me je naar huis brengen.'

Ze leunde zwaar tegen de deurpost aan. 'Mijn handtasje ligt binnen.'

'Waar?'

'Achter.'

Hij nam haar mee naar binnen en liet de deur dichtzwaaien, waarna hij in het gedimde licht naar achteren liep. Ze beefde over haar hele lichaam. De verwonding moest erger zijn dan ze had gedacht. En de pijnstiller begon uitgewerkt te raken.

Jonah keerde terug met haar handtasje en haar jack. Ze stak een hand uit naar het jack, maar hij liet er de ene mouw omheen glijden en sloeg het om haar heen voor de andere. Ze sloot haar ogen toen hij het om haar schouders trok. Had haar vader haar ook op die manier geholpen toen ze nog klein was? Het enige wat ze zich nog kon herinneren, was haar koppige reactie: *'Zelf doen!'* Ze hing haar handtasje over haar schouder.

Jonah ondersteunde haar bij haar elleboog toen ze door de deuropening hinkte. Hij tilde haar half in de Bronco en haar been deed verschrikkelijk pijn toen ze het neerzette. Jonah stak zijn hand al uit naar de veiligheidsgordel, maar ze was hem voor. Ze kon niet toestaan dat hij voor haar langs reikte.

Hij deed een stap naar achteren en drukte het portier dicht, liep om de auto heen en vulde de auto met een aanwezigheid die alle zuurstof leek te absorberen. Ze had nooit alleen met hem in een auto gezeten. De stilte kwam er als een chaperonne bij zitten. Hij parkeerde recht voor haar deur. Ze deed haar portier open, maar voor ze ook maar een voet op het beton kon zetten, was hij er al om haar arm vast te houden.

'Ik kan dit echt wel alleen.'

Hij deed het portier achter haar dicht en begeleidde haar naar haar huis. Ze wilde niet dat hij meeliep naar de deur, maar hij was er eenvoudigweg. Ze zocht naar haar sleutels.

Hij tilde met een wijsvinger haar kin op. 'Het kan hun niet schelen, Tia.'

Ze kreeg een brok in haar keel.

'Ze zullen nooit van gedachten veranderen, zelfs al blijf je je hele leven alleen.'

Ze probeerde niet te doen alsof ze niet begreep wat hij bedoelde. 'Kun je je voorstellen hoe ik door mijn eigen moeder werd genoemd?'

'Ja. Die van mij wil me het liefst niet eens zien.'

'Maar niet vanwege mij, Jonah.'

'Nee.' Zijn hand streek langs haar wang. 'Niet vanwege jou.'

Zijn aanraking bracht haar in de war.

Zijn stem klonk een beetje schor. 'Je weet hoe ik me voel.'

Ze sloot haar ogen.

'En het gaat echt niet weg,' vervolgde hij.

'Omdat jij dat in de weg staat.'

'Tia.'

Hij was zo dichtbij en hij had gelijk, het ging niet weg. Ze keek hem aan. 'We hebben een vergissing gemaakt.'

'Het was geen vergissing.'

'Hoe kun je dat nou zeggen? Terwijl het zo veel kapot heeft gemaakt.'

Hij wendde zijn blik af en zijn kaakspieren gingen op en neer.

'Alsjeblieft, Jonah. Laat dit achter je.'

Haar wang voelde het verlies van zijn hand. Ze zag hem weglopen, opluchting vermengd met pijn. Hij keek nog één keer achterom, stapte toen in de Bronco en reed weg.

Jonah kwam glijdend tot stilstand voor zijn huis en was al halverwege de trap naar de veranda toen hij aan de coyote dacht. Hij leunde over de reling en keek met teleurgestelde blik naar de lege dekens. Eerder die dag hadden hij en Jay haar een dosis antibiotica gegeven in een brok vlees. Was ze daar bang door geworden?

Binnen brandde er licht en het geluid van een zaag dreef door de open deur naar buiten. Hij liep verder, deed de deur achter zich dicht en ging op het geluid af. Het was vrij koud binnen, behalve in de woonkamer, waar een houtkachel stond te loeien, en achterin, waar Jay een elektrisch kacheltje had aangezet.

Het gejank van de decoupeerzaag hield op. Jay trok zijn veiligheidsbril naar beneden. 'Je bent terug.'

'Ze is weg.'

'Niet echt.'

Jonah volgde hem naar de slaapkamerdeur, waar Jay stilstond en hem naar binnen wenkte. Jonah keek de kamer rond en hield daarmee op toen hij de ogen zag. Vanuit de diepten van zijn kast werd hij aangestaard door twee roodachtige schijfjes. 'Wat is dít nou weer?'

Jay haalde zijn schouders op. 'Ik heb haar de keuze geboden tussen blijven of weggaan. Het duurde twee uur voor ze binnen durfde te komen en toen liep ze rechtstreeks naar jouw slaapkamer en nam ze je kast in bezit.'

'En hoe moet ik dan bij mijn kleren?' Jonah trok zijn dienstjack uit en hing het aan een haak, waarna hij zijn koppelriem op het dressoir legde en zijn wapen in de ladekluis wegborg.

'Dat zoek je samen met haar maar uit.' Jay ging weer aan het werk terwijl Jonah zijn overhemd uittrok en een wolfgrijze sweater aantrok. Hij stak zijn blote voeten in een paar uitgewoonde Birkenstocks, waarna hij op de rand van het bed ging zitten en over zijn kamergenote nadacht. 'En nu?'

Ze trok haar bovenlip iets op, maar maakte geen geluid. Toen hij opstond, volgden haar ogen hem haar de deur, maar ze bewoog zich niet. In de keuken sneed hij een stuk biefstuk af en propte de antibiotica erin. Hij bewoog zich behoedzaam naar de kast toe, in de wetenschap dat als hij bukte, ze hem zo naar de strot zou kunnen vliegen. Hij zette het vlees voor haar neer en trok zich terug. Haar ogen lieten hem nog geen fractie van een seconde los.

Nadat hij en Jay hadden gegeten, liep hij terug naar de kast en zag dat het vlees verdwenen was. Hij vond Jay buiten door de gloed van zijn sigaret.

'Ik dacht dat jij alleen op zondag rookte?'

'Soms maak ik een uitzondering.' Hij keek omhoog, naar de sterren, en zijn adem was een blauwwitte wolk.

Jonah stak zijn handen in zijn zakken. 'Denk je dat ze me zal vermoorden in mijn slaap?'

Jay haalde zijn schouders op. 'Als het je tijd is, is het je tijd, zei mijn grootvader altijd.'

'En toch houd ik mijn strot liever nog even heel.'

'Dat begrijp ik.'

'Wat als ze moet pissen?'

'Laat de deuren open. Ze is naar binnen gekomen, dus kan ze er ook weer uit.'

'Maar alles en iedereen kan dan naar binnen.'

Jay haalde nog eens zijn schouders op. 'Je ziet maar.'

Ze wisten allebei dat hij de deur open zou laten.

Elf

De steeds terugkerende vraag moet zijn: Waarmee zullen we ons verenigen en waarvan zullen we ons afscheiden?
– A.W. Tozer –

Lucy had liever niet dat ze ging, maar Liz ritste haar jas dicht en pakte zalf en het koffertje waarin een tweede injectienaald met verdovingsmiddel zat. 'Maak je geen zorgen. Ze is te zwak om me iets aan te doen.'

'Niet als je haar beter maakt.'

'Het komt allemaal goed, gekkie. Ik wil alleen maar even controleren of haar wonden goed genezen.' En of haar puppy's in orde zijn. Maar dat zei ze niet hardop. Dat zou ze als verrassing houden. Twee puppy's uit hetzelfde nest.

Ze kuste Lucy op haar voorhoofd. 'Rust jij nou maar uit en maak je geen zorgen om mij.'

Ze stond al bij de deur van de slaapkamer toen Lucy zei: 'Wie wil je nou het liefst zien, de coyote of de politiecommandant?'

Liz draaide zich om. 'De commandant heeft de coyote, lieve schat. Anders zou ik geen reden hebben om hem op te zoeken.'

Lucy bestudeerde haar gezicht en haar ogen knipperden als vissenmondjes toen ze haar tranen probeerde terug te dringen. 'Geef hem niet de kans om je weg te halen.'

'Weg te halen?'

'Bij mij vandaan.'

Ze zoog Lucy's angst in zich op. 'Er is niets wat ons kan scheiden. Dat weet je.'

Lucy snoof. 'Ik ben bang.'

'Niet doen. Alles komt in orde.'

De tranen rolden Lucy over de wangen. 'Beloofd?'

'Beloofd.'

Ze reed naar het huis van de commandant toe, dat ver bij iedereen vandaan stond. Waarom woonde hij zo afgelegen? Misschien kon hij zich niks veroorloven wat dichterbij stond. Ze had het geld van de vroegere interviews en twee televisieoptredens aangewend om de dierenkliniek en het huis te kopen, en dat was een behoorlijke smak geld geweest.

Jonah had een goed bijgehouden tuin en tegen één muur stond brandhout opgestapeld tot aan het dak. Langs de veranda groeide hulst. In een cirkel om het huis stonden enkele espen, op een open plek tussen de veel hogere sparren. Er stroomde een flinke kreek langs de bergachtige kant van de open plek, die het landschap verlevendigde. Binnen brandde er licht en de deur stond open. Verwachtte hij soms iemand?

Toen ze het huis naderde, zag ze met scherpe teleurstelling de lege dekens op de veranda. Als het dier verdwenen was, zou ze geen puppy's krijgen en wat voor reden zou ze dan nog hebben om Jonah Westfall te ontmoeten? Lucy's vraag welde nadrukkelijk bij haar op, maar ze duwde hem van zich af. Haar geflirt was onschuldig geweest. Maar toch ...

Ze klopte op de deurpost. Een man, niet Jonah, kwam in zicht en nam haar op met één opvallend blauw en één bruin oog. Ze had dat nog nooit gezien bij een mens en besefte dat ze hem stond aan te staren.

Hij zei: 'Hoi.' Alsof hij eraan gewend was.

'Ik ben dokter Rainer. Ik kom voor de commandant – de coyote. Ik kom de coyote behandelen.'

'O, jij bent de dierenarts.'

Ze knikte en keek over haar schouder naar de lege stapel dekens. 'Is ze dood?'

'Verhuisd.'

'Heeft Jonah haar naar binnen gebracht?'

'Dat heeft ze zelf gedaan.' Hij draaide zich om en liep weg. Liz beschouwde dat maar als uitnodiging om binnen te komen.

Ze stopten voor een kamer die duidelijk van Jonah was. Zijn politiejack hing aan een haak naast de deur en de kamer rook naar hem. Ze voelde dat ze een rood hoofd kreeg. Ze raapte zichzelf bij elkaar toen Jonah opstond vanuit zijn geknielde positie bij de openstaande kast. Hij was lang. En zo in zijn spijkerbroek en sweater straalde hij pure mannelijkheid uit. Toen hij zich omdraaide naar Jay proefde ze een vertrouwelijkheid tussen hen die dieper leek te gaan dan vriendschap. Duidelijk geen bloedband. Waren ze misschien ...

Jay ging opzij en Jonah zag haar. 'Liz.'

Haar naam in plaats van haar titel zond een huivering door haar heen. 'Ik kom de coyote controleren.'

Hij keek naar de kast.

'Zit ze daarin?'

'Je kunt er niet bij komen.'

'Ik heb een verdovingsmiddel bij me.'

'Tja, zij deelt nu de lakens uit, om het zo maar te zeggen.' Hij gebaarde naar de deur. 'Laten we haar maar met rust laten.' Hij voerde haar mee naar een kamer met twee leren banken en twee gemakkelijke stoelen. Eenvoudige maar stevige houten tafels glommen van de goudgele beits en een stenen open haard met een halve boomstam als schoorsteenmantel creëerde een mannelijke plek die vreemd genoeg een overdadige hoeveelheid kaarsen herbergde.

'Zijn die van de Half Moon?'

'Ja. Maar niet verder vertellen.'

Ze trok haar wenkbrauwen op.

'Lang verhaal.'

Jays vreemde ogen waren waakzaam en schrander. Beschermend en vertrouwelijk.

'Hoelang wonen jullie al ... hier?'

De mannen keken elkaar aan en schoten in de lach.

Jay zei: 'Jij denkt dat wij ...' Hij gebaarde heen en weer tussen hen. '*Samen* zijn?'

Jonah keek opeens weer ernstig. 'Jay is mijn beschermheer, om het zo maar te zeggen. Hij heeft mijn leven gered.' Hij maakte een kantelbeweging met zijn pols.

'O.' Ze had het gevoel dat ze vuurrood werd. 'Het spijt me. Ik ... ik dacht niet echt dat ... het leek alleen ...' Ze liet haar handen langs haar zijden vallen.

Jonah schraapte zijn keel. 'Wil je iets drinken? Koffie, thee? Misschien een colaatje?'

Ze schudde haar hoofd. 'Geen cafeïne. Het loopt me al in mijn bovenkamer.' Stommerd, stommerd.

Met een scheve grijns pakte Jay een jack van de armleuning van een van de banken. 'Ik moet er vandoor. Leuk je te hebben ontmoet.' Hij knikte naar Jonah. 'Zie je nog wel.'

Toen Jay was verdwenen, streek Jonah met zijn vingers door zijn haar. 'Ik geloof niet dat ooit iemand aan mijn seksuele voorkeur heeft getwijfeld.'

'Dat deed ik ook niet. Echt waar. Maar er was gewoon iets tussen jullie.'

Hij zuchtte diep. 'Ik zal je jas even ophangen.'

'Ik kan maar beter weer gaan. Als ik dat beest niet kan behandelen, heb ik eigenlijk geen enkele reden om hierheen te komen.'

'Je bent helemaal naar hier gereden.'

Ze trok haar jas dichter om zich heen. 'Ik heb het een beetje koud.'

'Jay had de deuren opengezet, zodat de coyote kon komen en gaan. Ik zal wel even een vuurtje maken.' Met het grootste gemak liet hij even later een vuur door de schoorsteen bulderen. Toen ging hij naar de keuken en kwam even later terug met een mok warme chocolademelk. 'Bijna geen cafeïne.'

'Dank je.'

'Graag gedaan.' Hij liet zich op de oude gemakkelijke stoel neerzakken.

Zij nam de andere en had het gevoel alsof haar ledematen van karton waren. 'Dus Jay heeft je geholpen om af te kicken van de drank.'

'Inderdaad. Jay heeft me gevonden met meer alcohol dan bloed in mijn aderen. Hij heeft stoombaden, allerlei drankjes en weet ik veel wat gebruikt. Ik was helemaal van de kaart.'

'Hoelang heeft dat geduurd?'

'Vijf weken. Hij heeft me als een baby verzorgd en lepelde havermout in mijn mond. Hij heeft me weer overeind geholpen en me leren houtbewerken, zodat ik een baan kon zoeken, want we geloofden geen van tweeën dat ik mijn oude baan nog terug zou krijgen.'

'Je oude baan?'

'Commandant van politie.' Het vuur knetterde en verjaagde de kilte.

'Maar die kreeg je dus wel terug.'

'Ja.'

'Maakten de mensen zich geen zorgen of je het werk wel aan zou kunnen?'

'Ze wisten dat ik het kon.' Zijn ogen veranderden in stukjes vuursteen. 'Dat heb ik bewezen toen ik de baan aannam.'

'Ik wilde niet zeggen dat ...'

'Ik ben al zes jaar nuchter.'

'En Jay?'

'Negen. De langste periode daarvoor was drie jaar. Hij was bijna weer teruggevallen, maar we zijn er samen doorheen gekomen en houden dat min of meer zo.'

'Een erg goede vriend.'

'Dat is hij inderdaad.'

Ze bestudeerde hem. 'Is het voornamelijk een lichamelijk verlangen? Je verslaving?'

Hij hief zijn ogen langzaam op in hun overschaduwde kassen. 'Of onderliggende oorzaken?' maakte hij haar vraag af.

'Sorry, ik ga te ver. Wetenschappelijke nieuwsgierigheid.'

'Het verlangen gaat nooit weg. Maar er zijn andere dingen die het aanzwengelen.'

'Ik wilde niet bemoeizuchtig zijn.'

'Toegeven is een deel van het herstel.' Hij stond op en pookte het vuur op, waarbij hij de stukken hout opnieuw schikte. De vlammen schoten met hernieuwde energie omhoog. Liz stond een beetje stijf op en kwam naast hem bij de open haard staan. Hij had haar behoorlijk persoonlijke dingen verteld. Durfde ze die van haar aan hem te vertellen?

Nadat hij de pook had opgehangen, verplaatste zijn blik zich naar haar. Een gevoel dat ze nog niet eerder had ervaren, leek haar botten te doen smelten. Met haar ogen strak op de zijne gericht, deed ze een stapje dichterbij. Haar huid prikte van de hitte van het vuur. Er was hier een duidelijke aantrekkingskracht aanwezig. Dat moest hij zien en voelen. Hij wist het.

Zijn stem klonk iets geforceerder. 'We zouden hier iets kunnen beginnen.'

Haar zwakke been begaf het bijna. Ze was nog nooit bij een man als hij in de buurt geweest.

'Het zou kunnen, Liz, maar dat zou niet eerlijk zijn.'

'Want ...?' Zou hij zijn zelfbeheersing verliezen? Zijn hart? En toen zag ze het in zijn ogen. 'Er is iemand anders.'

'Ik zou me eroverheen zetten als ik kon. Maar ik kan gewoon niet ...' Hij spreidde machteloos zijn handen.

Ze kon hem helpen, veranderen. 'Voelt zij hetzelfde voor jou?'

'Nee. Ja.' Hij schudde zijn hoofd. 'Het is nogal ingewikkeld.'

'Wat is dat níét?'

Hij liet zijn duim langs haar kin glijden. 'Dit.'

Dat tedere gebaar trok een put van verlangen open. Ze wilde alles doen, geven en zijn wat hij wilde. 'En morgenochtend? Is het dan nog steeds ingewikkeld?' Waarom had ze dat gezegd? Omdat haar eigen ingewikkelde probleem opborrelde en haar verstikte. Hij zou het zien. Hij zou het weten.

Met dichtgeknepen ogen liet hij zijn hand zakken. 'Ja. Nog steeds.'

Liz dwong haar benen sterk te zijn. 'Hoelang houd je al van haar?'

'Ik weet niet wanneer het is gebeurd. Ik ken haar al vanaf mijn negende.'

'Kalverliefde?'

'Niet precies. Ik ben verloofd geweest met haar zus.'

Haar hart leek een slag over te slaan. Had hij van beiden gehouden?

Hij greep naar zijn hoofd en wendde zich van haar af. 'Ik moet je niet zo veel vertellen.'

'Ik ben een goede luisteraar.' En ze wilde weten hoe hij zich verbonden had aan de ene vrouw en van de andere had gehouden. Zussen.

Hij leunde met een hand tegen de schoorsteen. 'Je kunt maar beter gaan.'

'Maar ...'

'Voor je eigen bestwil, Liz. Ga naar huis.' De klank van zijn stem liet haar geen keus.

Met gebalde vuisten luisterde Jonah tot de deur werd dichtgedaan en Liz was verdwenen en haar weerloze blauwe ogen hem niet langer onderzoekend aankeken. Hij schudde van frustratie en opluchting zijn hoofd. Ze was bereid geweest, zelfs nadat hij het haar had verteld, omdat er iets in een vrouw huisde dat haar liet geloven dat ze kon veranderen wat er in een man huisde. Maar wat er in hem huisde, had niets met haar te maken.

Tia's afwijzing had pijn gedaan. Hij wilde een zekere ... macht doen gelden. Hij slenterde naar de plank en pakte de fles. Hij draaide de dop open en ademde de geur in als een astmapatiënt met een inhalator. Zijn mond raakte het glas aan, zijn tong de gladde, koude rand.

Hij voelde iets achter zich, draaide zich om en zag haar kijken, met ogen die rood opgloeiden in het haardvuur. Haar lippen trokken zich terug tot een grauw, een laag rommelen in haar keel. Hij zou langs haar heen moeten om de deur open te doen, maar ze liet haar kop weer zakken en hinkte terug naar de slaapkamer. Haar met bloed aangekoekte zijde ging zwoegend op en neer. Hij volgde haar.

Ze ging deze keer niet zo diep de kast in, maar plofte neer op de korte broek en het T-shirt waarin hij gisteren had gewerkt. Ze moesten bol staan van zijn geur, maar dat leek haar niet te deren. Misschien gebruikte ze het wel om haar eigen geur mee te camoufleren. Hij ging op bed zitten en zag haar hijgen. Er zat water in haar kom, maar ze keek er niet eens naar.

Ze keek hem scherp aan, rekte zich uit, krulde zich op en rekte zich weer uit, waarna ze haar kop naar beneden bewoog en een klein, donker hoppertje likte. Ze scheurde het zakje eraf, waardoor er een nat gezicht zichtbaar werd. Hij ging op zijn hurken zitten en kon nauwelijks geloven dat er puppy's in zijn kast werden geboren.

Hij had Liz moeten laten blijven. Nee. Hij wreef over zijn wang. Niet dus. Hij had de juiste beslissing genomen, hoewel zijn lichaam het daar niet mee eens was. Hij had trek in een borrel. Hij verlangde naar een verlossing van de behoefte die hem uitholde. Dat oude liedje had gelijk. *Love hurts*. Liefde doet pijn. Het verwondt je en laat soms diepe littekens achter.

Jonah wreef met zijn handpalmen in zijn ogen. De coyote gromde toen hij opstond, maar hij liep langzaam de kamer uit, zette een pot koffie en keerde toen terug. Er lag een tweede pakketje tegen haar buik, dat ook een likbeurt kreeg. Hij strekte zich uit over het voeteneind van zijn bed, nam een slokje van de hete, zwarte koffie en voelde zich vereerd door haar vertrouwen. Ze had haar leven in zijn handen gelegd terwijl dat van hemzelf niet eens veilig bij hem was.

Piper had Tia alleen gelaten in de woonkamer nadat de commandant haar thuis had gebracht. Maar nu ging ze op de bank naast haar zitten. 'Ben je boos?'

'Boos?'

'Dat ik hem heb gebeld?'

Tia schudde haar hoofd. 'Het spijt me dat je je zo'n zorgen om me hebt moeten maken.'

'Met Miles en de dierenmartelaar in de buurt ...'

'Weet ik. Dat heeft Jonah er ook al bij me ingewreven.' Tia masseerde haar neusbrug. 'Maar om eerlijk te zijn kan ik mijn huis nog met mijn ogen dicht vinden.'

'Niet met zo'n been.'

Tia zuchtte. 'Je hebt gelijk. Ik denk dat die pijnstiller me onder zeil heeft gekregen. Maar ik wilde nu dat ik er nog een had.'

'Je moet morgenochtend echt naar de dokter. In de tussentijd komen er een ijszak en een brufennetje aan.' Ze haalde een zak uit de vrieskist en een wat lichtere maar hopelijk redelijk afdoende pijnstiller uit het medicijnkastje.

'Je bent een prima verpleegkundige.'

'Alleen maar een vriendin, hoop ik.'

Tia glimlachte. 'Dat in elk geval.'

'Of een zusje. Ik zou het geweldig vinden om jou als zus te hebben.' Als enigst kind dat van hot naar her werd gesleept, had ze nog het meest naar een zus verlangd.

Tia's glimlach vervaagde. 'Dat zou je niet zeggen als je de waarheid kende.'

'O, zeker wel.' Ze wilde dat Tia zou beseffen hoezeer ze dit meende. Ze pakte haar hand. 'Wat er ook is gebeurd, het was niet jouw schuld.'

Tia sloot haar ogen. 'Dat was het absoluut wel.'

'En wat dan nog? Ben je dan opeens een vreselijk mens? Iedereen maakt fouten.'

'Je klinkt nu net als een liedje uit *Sesamstraat*.'

Piper schoof tegen Tia aan. 'Ik was gék op *Sesamstraat*.'

'Reba ook.' Er trok een vreemde grimas over Tia's gezicht. 'Ik zei tegen haar dat Pino een groeistoornis had en Grover een moederskindje was.'

Piper liet haar hoofd tegen Tia's schouder rusten. 'En Oscar?'

'Ik vond Oscar wel leuk. Die zei wat hij dacht.'

Piper giechelde en sloeg haar enkels op de salontafel over elkaar, vlak naast die van Tia. 'Zullen we een pyjamafeestje houden?'

Toen Tia opstond en naar de keuken hinkte, vermoedde Piper dat ze het te ver doorgedreven had, maar toen kwam Tia terug uit de keuken met een fles rode wijn in de ene en een doos pure Godivachocolade in de andere hand. 'Ik heb deze truffels vorige maand voor mijn verjaardag gekocht. En volgens mij is dit een uitstekend moment om ze op te eten.'

Twaalf

Maak kinderen vertrouwd met de natuur. Laat hun de schitterende vermenging en onderlinge samenhang van dood en leven zien, hun vreugdevolle, onafscheidelijke eenheid, zoals die zich uit in de bossen en op de velden, op de vlakten en in de bergen, en in de stralen van onze gezegende ster, en dan zullen ze leren dat de dood zonder prikkel is en net zo mooi als het leven.
– John Muir –

Jonah werd wakker met zijn armen en hoofd over het voeteneind van het bed. Zijn lege koffiemok lag op het tapijt en de coyote hield hem in de gaten over drie levende en één niet bewegende pup heen. Die laatste moest zijn gekomen toen hij al in slaap gevallen was, toen hij dacht dat ze klaar was. Was hij doodgeboren? Of had de moeder niet de energie meer gehad om er nog één tot leven te likken? Er bekroop hem een vervelend gevoel toen ze hem met beschuldigende blik aankeek.

'O ja? Ga maar achter in de rij staan.' Hij duwde zich omhoog van het bed, kleedde zich uit en ging douchen. Hij had gisteravond door woelige wateren genavigeerd en hoewel hij bepaalde dingen beter had kunnen aanpakken, was hij er nuchter en maagdelijk doorheen gekomen. Het had erger gekund.

En toen realiseerde hij zich dat het zondag was. Misschien zou hij voor de verandering eens op woensdag of zaterdag bij zijn moeder moeten gaan kijken. Of helemaal niet. Of misschien moest hij maar gewoon naar de kerk gaan en stoppen met klagen. Zoals Jay zei, hij had zijn vonnis zichzelf opgelegd. Hij hoefde zich er niet mee te verbinden. Maar dat deed hij wél.

Tijdens de bijbellezingen zat hij over van alles en nog wat te peinzen en stond toen samen met de rest van de gemeente op om de geloofsbelijdenis te citeren. Hij geloofde in God de Vader, de Almachtige. Stan Westfall had die persoon van de Drie-eenheid belichaamd. Hij veranderde de energie van de ruimte waarin hij zich bevond met een alles verterende macht die kon worden ontketend door elke willekeurige misstap. Hij begreep de Zoon, gebroken door de wil van de Vader, opgeofferd om mensen te redden die in zonden waren gevallen. Het verschil was dat Jezus zijn Vader had verhoogd, niet vernietigd.

Die beelden waren oud en hij wist wel beter. Hij had de levende God ontmoet. Hij kon alleen niet altijd door de mist heen kijken – het glas was nog steeds donker. Sommige dagen zo donker als de bodem van een vat Engels bier.

In plaats van eerst naar huis te rijden om zichzelf op te peppen, reed hij rechtstreeks naar het huis van zijn moeder toe. Ze reageerde niet toen hij aanklopte. Nog niet thuis, vermoedde hij. Ze ging naar een kerk die anderhalf uur rijden verderop stond, om haar voormalige gemeente niet te grieven en ook de familie van de jonge vrouw die was overleden niet.

Met een golf opluchting welden de woorden *waardeloos, laf en karakterloos* in hem op.

Er lag niet al te veel brandhout meer. Hij beende naar het splijtblok toe, rukte de bijl eruit en ging aan het werk. De frisse lucht koelde zijn zoute zweet af en zijn spieren bolden op en rekten zich uit. Het had hem altijd al een prettig gevoel gegeven om zich lichamelijk in te spannen, en nu veegde het zijn gedachten schoon van de frustraties van de vorige avond en hielp het hem weer om zich te concentreren. Tegen de tijd dat de Blazer van zijn moeder aan kwam rijden, had hij haar voorraad weer op peil gebracht. Hij liet de bijl zakken en draaide zich om.

Ze stapte uit en sleepte twee boodschappentassen achter zich aan. Hij zag dat er nog twee meer op de achterbank stonden. Ze liep langs zonder te laten blijken dat ze hem zag staan. Hij greep de andere twee tassen en was bij de veranda aangeland toen ze weer naar buiten kwam om ze te halen. Ze rook naar slagroom en mondwater. Ze pakte de tassen zonder hem de kans te geven over de drempel te stappen. Hij staarde lang naar de gesloten deur voor hij weer vertrok.

Hij begreep de haat. Als hij zich er niet mee zou hebben bemoeid, als hij zou zijn weggelopen toen het onderzoek op een einde liep, zou alles anders zijn gelopen. Als hij zich niet druk had gemaakt om wat hij wist – of vermoedde – en hij de bevindingen had gelaten voor wat ze waren, zou zijn vader nog hebben geleefd.

Hij ging naar huis, parkeerde voor de veranda en begroef zijn gezicht in zijn armen, die lusteloos over het stuur hingen. Jay was vroeg naar zijn huis toe gekomen. Joost mocht weten hoe hij dat uitkiende. Jonah vroeg niet om verklaringen. Hij stapte uit en liet het geluid van de kreek over zich heen vloeien. De zomerse stroom was nog steeds sterk en voerde smeltende sneeuw naar bassins en reservoirs.

Hij ging naar binnen, wierp een blik op de dieren in zijn kast en ging daarna op zoek naar Jay, die in de aanbouw een plank aan het schaven was. 'Hoe heb je de dode pup eruit gekregen?'

'Mamma ging naar buiten.'

'Heb je haar opgevoed?'

'Dieren bevuilen nooit hun eigen nest.'

'Ja, maar ze had de keuken kunnen gebruiken of ... of is mijn hele huis haar nest?'

Jay grinnikte. 'Ik vermoed dat ze al eerder onder de mensen is geweest.'

'Wil jij beweren dat ik niet haar eerste ben?'

'Het is maar een gedachte.' Jay produceerde een nieuwe stroom houtkrullen, waardoor hij een harsachtige geur verspreidde. 'En, heb je gisteravond je mannelijkheid nog bewezen?'

Jonah wierp hem een vuile blik toe. 'Ik hoef niks te bewijzen. Haar hoofd was op hol geslagen door dat knappe smoelwerk van jou.'

Met lachende ogen voelde Jay of de plank al glad genoeg was. 'Ja, dus.'

'Nee, dus. Ik heb geen misbruik gemaakt van een eenzame vrouw om te bewijzen dat ik geen homo ben.'

'Waarom zeg je eenzaam?'

Jonah haalde zijn schouders op. 'Nieuw in het dorp. Ik zie haar nooit met iemand.'

'Hoe vaak heb je haar gezien?'

'Niet zo vaak. Maar ze komt nogal ... kwetsbaar over.'

'Bedoel je Liz of jezelf?'

Jonah zuchtte. 'Ik voelde me niet echt een slimmerd.'

'Weet je hoe dat voelt, dan?'

'Ik herinner het me vaag, ja.'

Jay verborg een glimlach. 'Je had een interessante vrouw over de vloer, maar in plaats daarvan heb je de nacht doorgebracht met Enola.'

'Enola? Heb je mijn hond een naam gegeven?'

'Is ze van jou?'

Jonah knikte. 'Maar waarom *Enola*?'

'Dat betekent solitair. Misschien dat dat beest naar jou toe gekomen is omdat jij je ook alleen voelt.'

'Moet je hem horen.' Jay ging al vier jaar uit met de nicht van de districtsaanklager zonder ook maar enige vooruitgang te boeken. 'Ik weet in elk geval wat ik wil.'

'En is iets willen hebben wat je niet kunt krijgen beter dan het hebben van iets anders?'

Jonah ging op de plastic stoel bij het raam zitten. 'Dat is geen vrije keus.'

'Natuurlijk wel.'

'Nee.' Hij schudde zijn hoofd. 'Ik heb zojuist besloten welke verslaving ik te lijf wil gaan.'

Enola liep langs de half afgebouwde wand en staarde hem op weg naar buiten aan door het houten skelet. Jonah keek haar na met een ongemakkelijk gevoel in zijn maagstreek. 'Ik heb haar gisteravond in de steek gelaten door in slaap te vallen voor die laatste pup geboren was.'

'Wat had je nou kunnen doen?'

'Ik had haar kunnen aanmoedigen om er vaart achter te zetten.'

'De natuur gaat haar eigen gangetje.'

'Had ze de vruchtzak opengemaakt?'

'Nee.'

'Als ik wakker was geweest, had ik hem zelf kunnen openscheuren.'

'Misschien was het beestje al dood.'

Een deel van hem besefte maar al te goed dat hij zich veel te druk maakte over de pup van een bastaardcoyote, maar hij en Enola hadden een onuitgesproken afspraak. Zij had hem uitgezocht en hij had dat geaccepteerd. Ze waren met elkaar verbonden.

Zijn pieper ging af. Hij keek wie het was en belde terug. 'Sue, zeg het eens.'

'De kinderbescherming heeft Eli meegenomen.'

'Wat? Waarom hebben ze me niet gebeld? Ik zou hebben getekend voor het feit dat je op je werk was toen ...'

'De röntgenopnames lieten zien dat er nog meer haarscheurtjes waren. Oudere. Hij is al eerder mishandeld, Jonah. Hoe kan het dat ik dat nooit heb geweten?'

Jonah wreef over zijn voorhoofd. Wanneer Sue werkte, paste Sam op het kind. Maar had ze hem dan nooit horen huilen wanneer ze thuiskwam? 'Was hij onder invloed?'

'Wat bedoel je?'

'Had Sam hem "iets" gegeven?'

'Geen sprake van. Hij ...' Haar ademhaling klonk luid door de telefoon. 'Zou hij zoiets hebben kunnen doen?'

'Je kunt maar beter even zijn bloed laten nakijken.'

'Jonah, die verwondingen zou hij per ongeluk kunnen hebben opgelopen. Maar in dat geval zou er opzet in het spel zijn.'

Oude verwondingen die pas op röntgenfoto's werden ontdekt, waren zelden ongelukjes. 'Als hij de pijn van je zoontje heeft onderdrukt, zou het je niet eens zijn opgevallen dat Eli iets had.'

'Ik dacht dat hij gewoon lekker rustig was. Gewoon een lief karakter.'

'Je moet niet jezelf van alles gaan verwijten.'

'Hoe kun je dat nou zeggen? Ik wist dat Sam gebruikte. Ik weet dat hij een driftkop is. Als hij Eli een ruk aan zijn arm heeft gegeven ...'

'Wat nu het belangrijkste is, is dat je duidelijk maakt dat jij goed voor hem kunt zorgen, dat hij veilig is bij jou. Hoe aannemelijk is het dat Sam jou of je moeder de schuld in de schoenen zal schuiven?'

'Dat doet hij niet. Toch?'

'Jullie moeten met de kinderbescherming gaan praten. Jij en je moeder. Ik zal garant voor je staan.'

'Jij hebt me alleen op het werk gezien. Dat kun je dus helemaal niet.'

'Ik heb een behoorlijke ervaring op dat gebied.'

'Dat is geen informatie uit de eerste hand.'

Hij maakte een flinke gedachtesprong. 'Als jij zeker weet dat hij gebruikt of handelt ...'

'Sam is Eli's vader. Moet ik hem vertellen dat ik zijn pappa in de gevangenis heb gestopt?'

'Wanneer de aanklager hem beschuldigt van mishandeling, denk je dan dat hij jou ook uit de vuurlinie zal proberen te houden?' Hij wachtte op een reactie.

Uiteindelijk zei ze: 'Ik moet in elk geval iets doen. Kun jij mijn dienst waarnemen?'

'Natuurlijk.' Hij hing op en zei tegen Jay: 'Ik moet weer aan het werk.'

'Ik kan nog wel een paar uurtjes blijven. Maar ik weet niet of Enola daar wel op zit te wachten.'

'Haar verwondingen zouden nog steeds roofdieren kunnen aantrekken.'

'Ze is zelf een roofdier.' Jay ging staan. 'Vergeet dat niet.'

Liz keek verbaasd op en haar hart maakte een sprongetje toen ze de Bronco van Jonah op haar parkeerplaats zag stoppen.

Lucy keek verongelijkt over haar schouder. 'Wat wil hij nou weer?'

Zich verontschuldigen, vermoedde Liz, zeggen dat hij een vergissing had gemaakt en dat hij wilde dat de avond anders verlopen zou zijn. Haar wangen werden warm. 'Geen idee.' Ze greep de halsband van de Rottweiler die ze had gecastreerd en liep met hem naar buiten om weer helder te worden. Omdat ze wist dat Lucy vanachter het gordijn stond toe te kijken, leidde ze de hond bij het raam vandaan. 'Ik wist niet dat de commandant van politie ook op zondag werkte.'

'Ik val in voor een collega.'

Hun routes kwamen samen bij het hek van de hondenkennel. Ze liet de in zijn mannelijkheid aangetaste hond los in de lange, met harmonicagaas afgesloten tunnel. 'Titan voelt zich vanmorgen niet helemaal zichzelf.'

'En volgens mij heeft hij daar redenen genoeg voor.' Jonah keek naar de onvaste stappen van de hond. Hij draaide zich om, maar ze zag geen spijt, alleen maar vriendelijkheid. 'Ik wilde ...'

'Ga je niet verontschuldigen.' Boosheid redde haar van haar tranen, maar ook die boosheid verborg ze voor hem. 'Het was maar een moment. Het is voorbij.'

Hij liet het gaan, zo te zien opgelucht dat ze het hem van zijn schouders had genomen. Maar wat had ze anders verwacht?

'Ik hoop dat je niet alleen daarvoor hierheen bent gekomen.'

'De coyote heeft jongen.'

Haar adem stokte in haar keel. 'Hoeveel?'

'Drie levende en één doodgeboren.'

Ze knikte. 'Die zou gewond kunnen zijn geraakt door het schot.'

'Zou kunnen.'

'Ik dacht dat het nog wel een paar dagen zou duren. Als ik haar had onderzocht, zou ik de gezwollen melkklieren hebben gezien.'

'Je steekt niet zomaar je hoofd in een kast waarin een coyote zit.'

Je legt ook niet zomaar je hart op je tong bij een man die je amper kent.

'Liz, ik weet dat je er één ...'

'Twee. En ik wil ze meteen. Ik hoop dat ik door ze de fles te geven het wilde eruit kan krijgen en een band met ze kan opbouwen.'

Hij fronste zijn voorhoofd. 'Ik denk dat je meer succes zult hebben met een op een.'

'Ik wil dat ze elkaar hebben.' Ze had bijna gezegd dat ze er een voor zichzelf en een voor haar zus wilde hebben. Maar na gisteravond kon ze niet over Lucy beginnen.

'Dan heeft ze er nog maar één over.'

'Met haar verzwakte conditie is dat waarschijnlijk alles wat ze kan voeden.'

'Ik weet het niet.' Hij wendde zijn blik af.

'Het is belangrijk dat ik ze snel krijg. Wanneer ze hun ogen opendoen, wil ik dat ze zich realiseren dat de hand die hun flesje vasthoudt die van mij is. Inprenting. Net als bij eendenkuikentjes.'

'Dit zijn geen onschuldige eendenkuikentjes. Coyotes bijten strotten door en werken prooien naar binnen die groter zijn dan zijzelf. Ze kraken de schedels van kleinere dieren. Je moet ook even nadenken over de huisdieren die hier worden gebracht en over je eigen veiligheid.'

'Ik beloof je, commandant, dat als ik ze niet tam krijg, ik ze eigenhandig laat inslapen. Dan hoef jij je ook niet meer druk te maken over gevaarlijke roofdieren. Maar ik denk dat het me wel lukt.'

Hij zuchtte. 'Het heeft geen zin om met jou in discussie te gaan, of wel?'

Ze schudde haar hoofd. 'Wat ga je met de derde doen?'

'Dat ligt aan mamma.'

Liz glimlachte. 'Wie had kunnen vermoeden dat jij een blanke pit had?'

'Ik neem mijn verantwoordelijkheden serieus.'

'Is zij jouw verantwoordelijkheid?'

'Daar lijkt het wel op.'

Ze duwde een gevoel van spijt van zich af. Ze hadden iets moois kunnen beginnen. 'Heb je hun geslacht al kunnen bepalen?'

'Zo dicht ben ik nou ook weer niet in de buurt geweest.'

'Wanneer de moeder van het nest gaat, kijk dan even.'

'Dan hebben ze mijn geur.'

'Ze liggen hoe dan ook in jouw kast.'

'Daar zit wat in.'

'En trouwens,' zei ze, 'het is een oudewijvenpraatje dat dieren hun jongen verlaten door een menselijke geur.'

'Echt?'

'Echt waar. Maar goed, ik heb het liefst vrouwtjes, of in ieder geval twee van hetzelfde geslacht.'

Hij fronste zijn voorhoofd. 'Ik weet nog steeds niet of ...'

'Pak ze terwijl de moeder weg is.'

'En dan? Wat als ze terugkomt en ziet dat ze weg zijn?'

'Zo werkt het nou eenmaal. Ze zal zich er eerst van verzekeren dat ze niet zijn afgedwaald en daarna vergeet ze dat ze ooit hebben bestaan.'

Hij keek haar nog steeds besluiteloos aan.

'Ik waardeer je bezorgdheid, maar ik wil die puppy's. Op dit gebied heb ik meer ervaring dan jij.' Ze zou geen nee accepteren en dat had hij blijkbaar begrepen.

Hij gooide zijn handen in de lucht. 'Als je het dan zeker weet.'

'Ik weet het zeker.'

Toen hij was verdwenen, leidde ze Titan weer terug naar binnen en mompelde tegen hem: 'Ik weet dat het niet makkelijk is.' Hij zou zich niet meer vermenigvuldigen, maar hij zou wel een trouwe metgezel zijn. Een diepe pijn holde haar uit toen ze hem weer opsloot in zijn kooi om op zijn baasje te wachten. Een metgezel wordt nooit echt ...

'Je bent verdrietig.' De hand van Lucy voelde licht en koel aan op haar arm.

'Ik vind het rot voor hem dat ik hem pijn heb moeten doen.' Ze keek in de suffe ogen van de hond en beeldde zich in dat hij begreep wat hij kwijt was en dat hij erom rouwde.

'Ik weet dat het niet door de hond komt.'

'Natuurlijk wel. Wat bedoel je?'

'Ik weet wat voor gevoelens je voor de commandant hebt.'

'Nee, dat weet je niet.'

'Och, Lizzie.' Lucy liet haar armen om haar heen glijden. 'Je kunt dat niet voor me verbergen. En waarom zou je ook?'

'Hij houdt van iemand anders.'

'Omdat hij jou nog niet kent. Als hij dat wel deed, zou hij net zo veel van je houden als ik. Zoals ik altijd van je heb gehouden. Mijn zus, mijn hart.'

Liz omhelsde haar. 'Ik hou ook van jou, Lucy. Jij bent de enige die er echt toe doet voor mij.'

'Val jij in voor Sue?' vroeg Moser, die aan zijn dienst begon in een smetteloos, geperst uniform. Zijn ringbaardje omcirkelde bijna volmaakt zijn mond en tekende zijn kin scherp af.

'Hoelang duurt het altijd voor jij klaar bent om naar je werk te gaan, Moser?'

'Het gaat niet om de hoeveelheid tijd, maar om de hoeveelheid zorg die je eraan besteedt.' Hij streek met zijn lange bruine vingers over zijn gezichtsbeharing, om elke haar eraan te herinneren geen gekke dingen te doen. 'Of je wilt natuurlijk voor de sjofele maak-geen-grappen-met-mij-blik gaan.'

'Kijk, nou begin je zinnige taal uit te slaan.' Jonah grinnikte. 'Maar voor feestjes haal ik wel een washandje over mijn gezicht. En wanneer ik met kinderen werk.'

'Dat heb ik gezien en dat was een hele opluchting.' Moser keek over zijn schouder naar de computer. 'Nog steeds bezig met die wasberen?'

Omdat hij Liz had gezien, knaagde dat gedoe met die wasberen weer aan hem. Liep er iemand rond met wrede neigingen, die hij botvierde op een bepaalde diersoort? 'Weet je wat me dwarszit aan die wasberen?' Jonah draaide zich om. 'Ik zie wreedheid, maar geen razernij.'

Moser haalde die informatie door zijn grondige en systematisch werkende brein. 'Jij vindt dit geen razernij – ervoor zorgen dat twee dieren elkaar verscheuren?'

'Misschien wel, maar dit komt veel meer berekenend over.' Hij leunde achterover op de krakende bureaustoel. Een coyote aan flarden schieten was zelfverdediging of sport. Maar de moeite nemen om twee wasberen aan elkaar te naaien was iets heel anders. 'Denk je eens in wat een moeite dat kost. Twee dieren vangen en verdoven.'

'Of verdoven en dan vangen.'

Jonah spreidde zijn handen. 'Misschien heeft er een verdovingsmiddel in het aas gezeten, maar dat moet sterk genoeg zijn om ze onder zeil te houden terwijl hij ze opensnijdt.'

'Nogal grofstoffelijk.'

'Maar wel pijnloos.' Jonah tikte met zijn potlood op zijn lip. 'Anders zouden ze tegenspartelen en zou hij niet kunnen snijden en naaien. In elk geval niet zo precies. Het is veel te netjes gedaan.'

'Maar er is natuurlijk wel pijn wanneer ze wakker worden. Uitgestelde bevrediging kan ook een soort razernij zijn, maar dan dieper.'

'Heel erg diep. Maar bekijk het eens zo. De eerste twee waren oppervlakkig aan elkaar genaaid en bleven in wezen twee afzonderlijke dieren. Wat is de motivatie daarachter?'

'Ik denk nog steeds dat marteling steekhoudend is. Alleen in een andere vorm dan we tot nu toe hebben gezien.'

Jonah haalde zijn schouders op. 'Misschien heb je wel gelijk.'

'Ben je nog achter de vent aan gegaan die de Half Moon overhoop heeft gehaald? Er zou een verband kunnen bestaan tussen vreemd dierengedoe en vreemd flipgedoe.'

'Ja, dat zou kunnen.'

'En Caldwell?'

'Een eventueel verband, bedoel je?'

'Nee. Nog nieuws?'

'Newly is ermee bezig.'

Moser knikte. 'Maar goed, ik ben er.' Hij hing zijn jack op en schraapte zijn keel. 'Nog iets van Sue gehoord?'

'Nee. En ik moet een beetje afstand zien te houden.'

Er kwam een telefoontje binnen en omdat Ruth niet in het weekend werkte, nam Jonah op. 'Met de politie van Redford.'

Een jonge stem zei: 'We hebben hier, eh ... dode katten en zo.'

Een andere stem fluisterde op de achtergrond: 'Vertel hem dat ze aan elkaar vastzitten.'

Jonah schreef de namen en het adres van de meisjes op. Hij had het nummer al op zijn schermpje staan. 'We hebben weer een koppeltje.'

Piper sloot af en begon langs de achterkant van de bakkerij naar het pad te lopen, maar gaf een gilletje toen Miles naast haar opdoemde. Hij drukte met grote ogen zijn handen tegen zijn oren.

Ze haalde een paar keer diep adem om te kalmeren en zei toen: 'Waar denk je dat je mee bezig bent?'

'Ik zocht naar jou.'

Een beetje eng. 'Waarom?'

'Ben je alleen?'

'Eh ...'

'Ik bedoel, is de bakkerij gesloten?'

'Hij is maar tot twee uur open. En ik heb ook alles al verkocht.'

Er stond teleurstelling op zijn gezicht te lezen.

'Heb je honger?'

'Ik hoopte eigenlijk dat je nog iets interessants had liggen.'

'O ja?' Als hij een geintje liep te maken, deed hij dat wel op een erg vreemde manier. 'Ik kan denk ik wel iets voor je maken.'

Er gleed een glimlach over zijn gezicht. 'Dat zou mooi zijn. Heel mooi.'

Ze had niks nieuws meer geprobeerd sinds Sarge haar had ontslagen, maar er lagen ingrediënten in de koelruimte waar ze mee had willen experimenteren voor de grote aanvaring. 'Kom mee.' Ze deed de keukendeur weer van het slot en liet Miles binnen. Het was waarschijnlijk niet al te slim om alleen te zijn met een vent die ze eigenlijk niet kende. Maar toen ze hem in zijn gezicht keek, zag ze geen enkele kwaadwilligheid. En Tia diende niet eens een aanklacht in. Ze zei: 'Wil je kijken?'

Zijn gezicht verhelderde. 'Ja. Als je je handen wast.'

'Dan moet je die van jou ook wassen.'

'Doe ik al. Elk uur en wanneer dat nodig is.'

'Omdat je niet zou willen dat de bacteriën zich vermenigvuldigen.'

'Lach je me nou uit?'

Ze glimlachte. 'Dat heet nou plagen.'

'O. Het klinkt alsof je me uitlacht.'

'Maar als je me aankijkt, zie je het verschil.'

Hij knikte langzaam. 'Ja, ik zie het verschil.'

'Nou, kom op dan. Laten we er een puinhoop van maken! Geintje.' Ze lachte. En toen nog harder. 'Ik maak maar een geintje.'

'Het was grappig, ja.' Hij knikte. 'Als je een geintje maakte.'

Dertien

Het nummer twee werd door de barbaren als vervloekt beschouwd, omdat het de eerste afbrokkeling van de eenheid was.
– Joseph Trapp –

Jonah bestudeerde de katten en streek de vacht weg van de geschoren plekken waar de hechtingen eruit gerukt waren. Weer waren beide dieren een voor- en een achterpoot kwijt, afgesneden bij de heup en de schouder. Deze keer waren de aan elkaar genaaide flanken vast blijven zitten.

Hij duwde met zijn pen op de buiken. Hij wist niet veel van fysiologie, maar het leek erop dat sommige organen aan elkaar waren bevestigd om van de dieren een soort Siamese tweeling te maken, die samen met één bepaald orgaan moesten doen. Hij zag geen tekenen van een gevecht. Misschien hadden ze de operatie niet overleefd. Maar waarom waren ze hier dan neergegooid? Een pesterijtje?

Jonah bleef op zijn hurken zitten. De meisjes die hadden gebeld stonden nog steeds vanuit het bovenraam toe te kijken, hoewel hun moeder hen met ferme hand naar binnen had gestuurd. Hij wilde dat ze het niet hadden gezien, maar het huis was tegen de berg aan gebouwd en Jonah vermoedde dat de katten van het pad erboven waren gevallen. Of gegooid.

Deze keer waren het tamme dieren. Misschien wel iemands huisdieren. Dat zou je als een escalatie kunnen beschouwen. En de chirurgische mutaties als een verfijnde manier van martelen. Er waren zaken bekend van psychopaten met een medische fetisj, zoals Jack de Ripper. Misschien zag die vent zichzelf als een chirurg, een soort dokter Frankenstein. Maar waarom twee dieren aan elkaar?

Hij kwam weer uit op motivatie. Wreedheden begaan en doodmaken waren geworteld in macht, het verlangen om een absolute controle uit te oefenen over levende wezens, in dit geval het dwingen van dieren om tegen hun natuur in te gaan of te sterven. Er was hier een erg zieke geest bezig en hij had geen idee wat hij ermee aan moest.

Hij pakte zijn telefoon en belde Liz. Ze nam niet op. Tja, het was zondag. Ze had ook recht op vrije tijd. En anders meed ze hem. Hij deed de katten in een zak en bracht ze naar het mortuarium.

'Je maakt een geintje, toch?' Morey Bejoe knipperde traag met zijn ogen.

'Nee. Ik moet ze goed zien te houden tot de dierenarts ernaar kan kijken.'

Morey schudde zijn hoofd en haalde toen zijn schouders op. 'Oké. Jij bent de baas.'

Hij gaf de katten af en reed terug door het dorp, de hoofdstraat uit, op weg naar huis, naar zijn hamer, zijn boortol en zijn zaag. Toen hij in de buurt van de bakkerij kwam, moest hij aan Sarge denken. Misschien moest hij even bij hem langs gaan. Het was al een paar dagen geleden. Hij wierp een blik in de bakkerij toen hij voorbijreed en ging toen boven op zijn rem staan, gooide de auto in zijn achteruit en kwam slippend tot stilstand voor de etalage.

Piper zat aan een tafeltje bij het raam, samen met een man die aan zijn grootte en aan zijn kapsel te zien de ongrijpbare Miles moest zijn. Hij parkeerde de Bronco voor de deur en stapte uit. Hij beende naar de voordeur en rammelde eraan tot Piper hem van het slot deed, waarna hij hem openduwde en de ruimte achter haar rondkeek.

'Hij is weg. Via de achterdeur.'

Hij kon niet ver zijn. Jonah sloop door de keuken en duwde de buitendeur open. Alles rustig. Niks te zien. Hij doorzocht de voorraadkast, liep terug naar Piper en fronste zijn voorhoofd. 'Zei jij tegen hem dat hij ervandoor moest gaan?'

'Ikke? Ik vind jou juist schattig. Maar *híj* vindt jou angstaanjagend.'

Jonah keek naar de ovenplaten die her en der op de tafeltjes stonden. 'Wat is dit? Wat ben je aan het doen?'

'Aan het bakken.'

'Met ... Miles?'

'Hij zegt wat hij denkt. Hij is een perfecte voorproever.'

'Hij is gewelddadig en destructief.'

'Niet expres.'

'Maakt dat iets uit?' drong hij aan. 'Eén aanraking is al genoeg om hem te laten flippen. En dan slaat hij heel de zaak van Sarge kort en klein en wat dan?'

'Dus het gaat puur om Sarge?' Ze sloeg haar armen over elkaar.

'Het gaat erom dat ik met hem wil praten.'

'Ik ben ermee bezig.'

Hij keek haar perplex aan. Dit was gevaarlijk. Begreep ze dat dan niet? 'Wat bedoel je?'

'Ik stuur hem er stukje bij beetje naartoe.'

'Nou, je hebt al aardig vooruitgang geboekt.'

Ze zette haar vuisten in de zij. 'Luister, hij is aardig. Hij is grappig. Ik mag hem wel.'

'Weet je zijn achternaam?'

'Die wil hij niet vertellen.'

'Gaat er dan geen belletje bij je rinkelen?'

'Nou, en dan ís hij paranoïde. Dat heeft waarschijnlijk zo zijn redenen.' Ze pakte een vruchtenslof. 'Proeven?'

'Piper, ik probeer enkele zorgwekkende zaken uit te zoeken.'

'Weet ik. Dat gedoe met die dode beesten.'

Hij fronste zijn voorhoofd. 'Wat heeft Tia je verteld?'

'Alleen maar wat jij haar hebt verteld. Ik heb hier en daar geïnformeerd, maar niemand lijkt verder iets gezien of gehoord te hebben.'

'Heb je rondgevraagd?'

'Jij bent maar alleen.'

'Ik heb een hele afdeling onder me.'

'Soms vertellen mensen me dingen.'

Hij stak zijn onderkaak iets naar voren. 'Jij denkt dus dat je alleen maar vriendelijk hoeft te glimlachen om iemand zijn hart te laten uitstorten over het feit dat hij voor zijn plezier dieren doodmartelt?'

'Misschien.' Haar ogen hadden de kleur van helderblauwe knikkers en leken net zo onschuldig.

Hij deed een stap dichter naar haar toe. 'En dan? Vraagt hij je daarna of je zijn operatiekamer wil zien?' Hij leunde naar haar toe. 'Maar goed. Misschien is hij wel aardig. En grappig.'

Ze deed een stap terug en haar ademhaling versnelde. 'Ik probeerde alleen maar te helpen.'

'Je kunt helpen door me niet voor de voeten te lopen.'

Haar wenkbrauwen kropen naar elkaar toe. 'Tia zei al dat je zo was. Ik vermoed dat ze je aardig goed kent.'

'Leer dan van haar fouten.' Hij draaide zich om en verdween. Het laatste wat hij kon gebruiken, was Piper die haar neus in zijn zaken stak. Hij ramde de Bronco in zijn versnelling en was al bijna het dorp uit toen zijn telefoon overging. Hij zette hem op handsfree. 'Ja?'

'Jonah, kunnen we even praten?'

'Wat is er aan de hand, Sue?'

'Kun je naar het bureau toe komen?'

Hij spande zijn kaakspieren en kneep zijn ogen tot spleetjes. 'Ja. Natuurlijk.' Hij nam gas terug en maakte een bocht van honderdtachtig graden, ook al had hij hier helemaal geen zin in. Hij was er eerder dan Sue en wachtte in zijn kantoor, in de hoop dat ze niet haar ontslag kwam aanbieden. Toen ze binnenkwam, liep hij om zijn bureau heen en ging op de rand zitten. 'Wat is er aan de hand?' Hij had haar wel meer kwaad gezien, maar dit was andere koek.

'Je had gelijk. Sam schuift de schuld af.'

'Dat had ik wel verwacht.'

'Ik bedoel, kom op. Mijn moeder? Ze weegt nog geen vijfenveertig kilo. En het gaat niet alleen om Eli, Jonah.' Ze wendde haar blik af. 'Ik wilde je het al vertellen ...'

'Ik weet het.'

Ze keek hem weer aan. 'Wist jij dat ik zwanger ben?'

'Gefeliciteerd.'

Ze sloeg haar ogen neer en keek toen weer op. 'Er ontgaat jou ook niks, of wel?'

Hij glimlachte.

'Ik weet niet hoe ik mijn hoofd boven water moet houden met een tweede op komst en zonder het inkomen van Sam. Maar dat verandert niet zo veel aan de zaak, hè?'

'Niet echt, nee.'

Ze kauwde op de nagelriem van haar rechterwijsvinger, besefte dat opeens en liet haar hand zakken. Toen ze net was begonnen op dit bureau, had hij haar gezegd dat ze zich die gewoonte maar beter kon afwennen, gewoon uit professioneel oogpunt. Ze deed het dan ook zelden meer.

'Goed, dit is wat ik weet. Er is iemand die Greggor heet. Ik weet alleen niet of het zijn voornaam, zijn achternaam of zijn bijnaam is.' Ze beschreef hem zo goed mogelijk en vertelde Jonah het weinige dat ze van hem wist – in elk geval genoeg om er iemand op te kunnen zetten. 'Dat is alles wat ik weet en het grootste gedeelte ervan is giswerk.'

'Het is een begin.'

Ze sloeg haar ogen neer. 'Hij had van mijn kind moeten afblijven.'

'Regel nummer één.'

'Ik weet dat het verkeerd is, maar ik zou hem anders nooit hebben aangegeven.'

'Weet ik.'

'Ik wil mijn zoontje terug.'

'Dat komt wel in orde.'

Ze haalde diep adem. 'Jij zei dat je garant voor me zou staan.'

'Dat staat nog steeds.'

Ze knikte. 'Hoe wist je het?'

'Dat je zwanger bent?'

'Dat Sam zich tegen me zou keren.' Ze keek hem aan.

'Je moet een bepaald type man zijn om een kind te mishandelen.'

'En hij is dus zo'n type?'

Jonah bleef haar aankijken en zei niets.

Tia keek om zich heen naar de kring grijzende vrouwen. De een was weduwe, de ander gescheiden en allemaal hadden ze kinderen die op een enkeling na volwassen waren. Sommigen waren vijftien en anderen wel dertig jaar ouder dan zij. Hoewel ze gek was met allemaal, zou ze stevig gelachen hebben als er een paar jaar geleden tegen haar gezegd was, dat op zevenentwintigjarige leeftijd dit haar vriendinnen zouden zijn.

Ten eerste, zou ze hebben gezegd, zouden ze haar niet moeten. Ze was te eigenzinnig en te koppig. Ze hadden maar weinig gemeen en niet een van hen kon beweren zo hard redding nodig te hebben als zij. Niet dat ze daar iets van wisten – in elk geval niet de details. Ze hadden allemaal een rustig, godvruchtig leven geleid, en hadden hun middelbare leeftijd zonder veel rimpels in hun levensvijver bereikt. Hoe kon ze anders hun liefdevolle houding verklaren?

Hoewel er in Redford wel meer vrouwen van haar leeftijd zonder kinderen en zonder vaste relatie rondliepen, was ze in de Worship Chapelgemeente een uitzondering. Het was haar beurt om de vraag te beantwoorden en ze las het antwoord op dat ze de vorige avond had opgeschreven. Beseften ze wel hoe kwetsbaar ze zich opstelde, elke keer dat ze iets van zichzelf deelde, hoe ze zich suf piekerde voor ze iets opschreef of zei, omdat ze geen enkele ruimte wilde laten voor eventuele kritiek?

Een van de andere vrouwen knikte. 'Erg diepzinnig, Tia. Wanda?'

Er was maar één persoon die haar complete, walgelijke verhaal had gehoord en die keek haar vanaf de andere kant van de tafel vriendelijk aan toen Tia haar handen op het kleine notitieblok legde waaruit ze haar antwoord had voorgelezen. Carolyn wierp haar een milde glimlach toe. God zij dank.

Om Reba de vernedering te besparen had haar moeder het verhaal niet aan de grote klok gehangen. Tia had het geheim voor zich kunnen houden, maar ze had het aan Carolyn voorgelegd als bewijs dat ze niet zou moeten worden toegelaten tot welke gemeente dan ook. Maar Carolyn had volgehouden dat ze ernaast zat. *'Er is geen enkele vlek die niet kan worden weggewassen in het bloed van het Lam.'*

Omdat deze vrouwen naar haar keken zonder haar te veroordelen, was ze de samenkomsten gaan bezoeken, zat ze in diverse comités, ging ze naar bijbelstudies en hield ze zich aan haar belofte, een belofte die ze in aanwezigheid van Carolyn aan God had gedaan. Ze had behoefte aan wat ze haar te bieden hadden, deze vriendinnen en mentoren. Ze zou hen niet teleurstellen.

'Wil jij het volgende gedeelte lezen?' vroeg Carolyn.

Tia las het met heldere stem en met overlopend hart voor. Ze wilde dat het allemaal waar zou blijken te zijn. Hun discussie duurde twee uur. Toen de theekopjes en de plaat met brownies leeg waren, en ze hun spullen en jassen pakten, mompelde Carolyn tegen haar: 'Wacht je nog even?'

Tia bleef achter en voelde zich net een schoolkind dat moest nablijven vanwege wangedrag. Het was een beetje koud en Carolyn deed de deur dicht nadat de laatste was vertrokken. 'Je komt vandaag een beetje zwaarmoedig over.'

'Is dat zo?'

'Heb je last van je been?'

'Ja. Behoorlijk veel, eigenlijk.' Ze leunde tegen de deuropening van de binnendeur om haar gewicht naar haar gezonde been te verplaatsen. 'Het zet me wel stil bij het feit dat ik toch niet zo taai ben als ik dacht.'

Carolyn glimlachte. 'Dat hebben we van tijd tot tijd allemaal nodig. Hoe gaat het trouwens met de Hooplijn?'

'Vijf à zes telefoontjes per week. Meestal 's avonds.'

'Hoelang is het nu geleden? Drie jaar?'

'Bijna vier.'

'Herhalingen?'

'Ik probeer er niet aan te denken.'

'We zouden die tijd kunnen meetellen voor je vergunning.'

'Weet ik.'

'Ik vind het vreselijk om te zien dat je verder niks met je opleiding doet. Je zou het goed doen met een eigen counselingpraktijk.'

Tia haalde haar schouders op. 'Voorlopig heb ik genoeg aan de Hooplijn.'

Carolyn aarzelde en zei toen: 'Rosemary zag dat de politiecommandant je gisteravond naar huis bracht.'

Tia's glimlach vervaagde. 'Ik had een Percocet genomen en was daardoor van mijn stokje gegaan. Piper was ongerust geworden en had hem gebeld.'

Na enkele momenten knikte Carolyn. 'Als je ooit wilt praten ...'

'Bedankt. Dat zal ik doen.'

'Vrienden kunnen soms helpen.'

Dat was iets wat ze nog maar net begon te begrijpen. Ze had met haar energieke karakter de vriendinnen uit haar kindertijd helemaal opgebrand. En anders kwam het wel doordat hun ouders vonden dat ze slecht gezelschap voor hun kinderen was. Het was belachelijk wat de mensen haar allemaal hadden toegeschreven. Spieken, vandalisme, van de ene jongen naar de andere vliegen.

Ze was een van de intelligentste kinderen van de school geweest. Waarom zou ze spieken? Van die beschuldiging van vandalisme was ze goed kwaad geworden, omdat ze nooit rotzooide met de spullen van een ander. Ze hadden nooit bewijzen in handen gehad en dus was ze er niet voor gestraft, maar de achterdocht bleef. En jongens? Misschien als ze niet zo had vastgezeten aan ...

Ze zuchtte. 'Het gaat verder goed met me, Carolyn. Ik ben gewoon suf van de pijnstillers.'

'Natuurlijk. Ik ben hoe dan ook blij dat je bent gekomen.'

Dat was te verwachten, nietwaar? Ze had zich verbonden aan deze groep. 'Ik ook.'

Ze omhelsden elkaar en Tia vertrok.

Mary Carson stond buiten op haar te wachten. 'Ik zag dat je hierheen bent komen lopen.'

Tia knikte. 'Ik dacht dat lopen goed zou zijn voor mijn been.'

'Je weet nu wel beter. Ik zal je een lift naar huis geven.'

Tia glimlachte. Er waren ergere dingen in het leven dan vriendelijke oude vrouwen.

Piper was bezig de schommelstoel op te poetsen toen Tia naar binnen hinkte en zich met een van pijn vertrokken gezicht op de bank liet zakken. 'Zou je de kaarsen op de schoorsteenmantel even willen aansteken, Piper? En zet de mp3-speler maar zachtjes aan.'

En dat deed ze. 'Gaat het wel?'

'Niet te geloven dat je zo'n last van een blauwe plek kunt hebben.'

'Een gekneusd bot is wel meer dan alleen maar een blauwe plek.'

'Maar toch.'

'Jij bent altijd in zo'n goede conditie. Je bent het gewoon niet gewend om niet uit de voeten te kunnen.'

'Waarschijnlijk, ja.' Maar wat haar echt dwarszat, was dat Carolyn en Rosemary van Jonah wisten. Hij had haar alleen maar naar huis gebracht, maar ze kon wel raden hoe het moest zijn overgekomen toen hij haar arm vasthield en haar gezicht in zijn hand nam. En dan nog hun heftige gesprek.

Ze sloot haar ogen en de muziek van Coldplay bracht haar een beetje tot rust. 'Maar hoe was jouw dag?'

Piper kwam ook op de bank zitten. 'Tja, zondag blijkt een drukke dag te zijn. Sarge heeft de kerkgangers over het hoofd gezien.'

'Maar zo heb jij nooit een vrije dag.'

Ze haalde haar schouders op. 'Als ik niet werk, dan ...'

'Dan krijg je het gevoel dat je misbruik van iemand maakt?'

Piper hield haar hoofd een beetje schuin. 'Stom, hè?'

'Niet gezien je achtergrond. Je bent gewoon aan het compenseren.'

Piper trok haar knieën op tot tegen haar borst. 'Toen ik had afgesloten, kwam Miles langs. Ik besloot de ingrediënten op te maken die ik had ingeslagen voor Sarge uit zijn dak ging en me ontsloeg. We hebben een hele berg verschillende dingen gebakken.'

Tia fronste haar voorhoofd. 'Je weet dat hij niet spoort.'

'Misschien. Maar als je tegen hem zegt dat hij iets moet fijnhakken, dan hakt hij.'

Tia moest lachen.

'Hoe dan ook, we zaten onze creaties te beoordelen toen de commandant ons door het raam aan tafel zag zitten.'

'Oh-o.'

'Ja. Miles is er via de keuken vandoor gegaan.'

'Och heden.'

'Ik begrijp het dat Jonah hem wil ondervragen over jouw winkel, maar hij heeft het mis als hij denkt dat Miles iets te maken heeft met die dode dieren.'

'Hoe weet je dat?'

'Ik weet het gewoon. Ik vertelde de commandant dat ik een beetje had rondgevraagd en ...'

'Ik wed dat hij daar erg blij mee was.'

'Hij deed een beetje eng.'

'Het is geen veilige man, Piper.'

'Toch wel. Zelfs als er een keiharde, intense blik in zijn ogen en komt, weet ik dat hij me wil beschermen.'

Tia staarde naar de kaarsen. 'Ik wil alleen maar zeggen dat je bescherming niet met veiligheid moet verwarren.'

Veertien

Wanneer je bij elkaar slaapt, geef je warmte aan elkaar,
maar hoe krijgt iemand die alleen slaapt het ooit warm?
– Prediker 4:11–

Toen Jonah de volgende morgen in zijn naar lysol ruikende Bronco naar het dorp reed, belde hij Liz. 'Het spijt me dat ik je zo vroeg moet bellen, maar ik hoopte je te pakken te krijgen voor je zou opengaan.'

'Wat is er?'

'Nog een stel dieren die ik je wil laten bekijken.'

'Net als de vorige?'

'Het lijkt er sterk op.'

'Ik weet niet wat ik je nog meer moet vertellen.'

'Ik hoop eigenlijk dat je iets kun verifiëren.'

Na een korte stilte zei ze: 'Waar ben je nu?'

'Kun je naar de rouwkamer toe komen?'

'De ...'

'Het mortuarium zit in de kelder.'

'Oké.'

'Ik leg het wel uit wanneer je daar bent.'

'Ik ben al op weg.'

Hij wachtte op haar voor het twee verdiepingen tellende huis in Georgische stijl, dat werd geflankeerd door hoge sparren, die voor een roestkleurig tapijt van dennennaalden en dennenappels zorgden. Met zijn vlakke stenen pui met ramen was het een van de beschermde historische gebouwen in het dorp. Het diende al vijftig jaar lang als rouwkamer, maar ook als woonhuis.

Liz parkeerde haar auto en liep met haar ongelijke gang naar hem toe. Hij wilde er niet naar vragen, maar hoopte dat ze hem een keer zou vertellen wat er was gebeurd. Ze had haar haar in een paardenstaart gedaan, had vrijwel geen make-up op en droeg een donkerblauw joggingpak met een gele streep langs de broekspijpen. Het was duidelijk dat ze niet probeerde indruk op hem te maken en hij hoopte dat dat betekende dat zijn uitglijder van die avond geen schade had aangericht.

Hij vond haar aardig en wilde het er niet ingewikkelder op maken. Ze begroette hem met een afgepaste glimlach. Beleefd. Professioneel. Vriendelijk.

Hij zei: 'Dank je dat je bent gekomen.'

'Je hebt me nieuwsgierig gemaakt.'

'Sorry van het mortuarium. Ik moest ze koel zien te houden tot je ernaar kon kijken, en omdat ik daar niet mijn eigen vrieskist voor wilde gebruiken ...' Hij gebaarde naar de deur. 'Morey heeft toestemming gegeven om ze hier te bewaren. Hij zal ons zo binnenlaten.'

'Er gaat niets boven een mortuarium om de dag mee te beginnen.'

Met een glimlach drukte hij op de bel en na enkele momenten kwam Morey naar de deur. Zijn buik liet zijn pyjama opbollen. Hij had Morey verteld dat ze zouden komen, maar blijkbaar had hij dat niet genoeg reden gevonden om zich aan te kleden. Jonah wierp haar een verontschuldigende blik toe.

Ze trok haar wenkbrauwen op en volgde Morey naar binnen. Ze passeerden de rouwkamers en bereikten een zware metalen deur die achter zwartfluwelen gordijnen verborgen ging, waarna ze via een trap afdaalden in het mortuarium. De lucht was lekker koel en de geur niet al te weerzinwekkend. Morey trok aan een van de metalen laden, waarbij hij zijn hoofd schudde en iets mompelde.

Jonah zei: 'Bedankt.'

'Katten?' Liz drukte de rug van haar hand tegen haar neus. Ze waren niet schoongemaakt, alleen maar gekoeld om verdere rotting tegen te gaan. Hij realiseerde zich hoe goor en verontrustend dit was.

Ze draaide haar hoofd naar haar schouder. 'Ik help dieren, Jonah.'

'Ik weet het. Het spijt me.'

Ze haalde adem en kreeg daar waarschijnlijk meteen spijt van. Morey gaf haar een doekje met een lekker luchtje.

Ze raapte zichzelf bij elkaar en leunde naar voren. 'Bij beide dieren ontbreken twee ledematen aan de tegenovergestelde zijde. Ze zijn bij de heup en bij de schouder aan elkaar vast gelijmd.'

'Gelijmd?'

'Met een bottenepoxy. Je kunt bij de schouders zien waar het gescheurd is. Misschien van een klap.'

'Of een val?'

'Zou kunnen.'

'En de andere lichaamsdelen?'

Ze bestudeerde de katten. 'Geen volledige set voor twee dieren. Sommige lichaamsdelen zijn weg en sommige zijn aan elkaar vastgemaakt.'

'Maar waarom?'

'Geen idee.'

'Kijk eens naar de maag.'

'Maar één voor beide katten. Ook maar twee longen voor beide.'

'Ze zijn dus operatief aangepast.'

'Ik ben bang van wel.' Ze keek op. 'Is dat wat je wilde weten?'

Hij knikte. 'Zijn ze gestorven toen ze zich van elkaar los probeerden te rukken?'

'Ik zie geen tekenen van een gevecht.'

'Ze zijn dus gestorven door de operatie?'

'Het zou door een infectie kunnen zijn gebeurd. Het lijkt erop dat de aantasting al was begonnen voor ze doodgingen. Ik heb meer dieren gezien die zo ziek waren en toen heb ik hun baasjes verteld dat ik niks meer kon doen.'

'Ze waren dus al ziek. Voor iemand ze aan elkaar naaide.'

'Misschien, ja. Ik weet het eenvoudigweg niet.'

Hij duwde de lade weer dicht en bedankte Morey. Eenmaal buiten haalden ze allebei een paar keer diep adem. Jonah keek haar aan. 'Dat was zeer bruikbare informatie, Liz. Ik waardeer het echt dat je bent gekomen. Kan ik je trakteren op een ontbijt?'

Ze trok een wenkbrauw op. 'Ja, daar heb ik nou echt trek van gekregen.'

'Sorry. Ik vermoed dat ik dit soort dingen wat gemakkelijker van elkaar kan scheiden.'

'Had je iets in gedachten?'

'Op weg naar het bureau komen we langs de bakkerij van Sarge.' Hij keek op zijn horloge. 'Ik heb niet al te veel tijd.'

Ze pakte haar autosleutels. 'Ik rijd wel achter je aan.'

Ze vonden gemakkelijk een parkeerplaats in Old Town, omdat de meeste winkels nog niet open waren. Op deze frisse, heldere morgen vormde de lucht een azuurblauwe achtergrond voor de steile, met sparren bedekte hellingen. Een dikke grijze gaai zat op de hoek van een dak herrie te maken en een tweede sloot zich bij hem aan. Hoewel het nog fris was, beloofde het wolkenloze zonlicht wat warmte en Liz nam even de tijd om het allemaal op zich in te laten werken. Op dit soort dagen was alles mogelijk.

Jonah had de bakkerij naast de kaarsenwinkel Half Moon uitgekozen, waar ze die geurschijven voor Lucy had gekocht. Ze zou graag Tia weer zien, even met haar praten.

Hij hield de deur voor haar open. Was het daardoor een afspraakje, of waren ze meer collega's die samen ontbeten? Hij schatte haar kennis op waarde en consulteerde haar, hoewel ze niet het gevoel kreeg dat hij haar vaak om hulp vroeg. Hij waardeerde haar gevoel voor humor en reageerde op haar snedige opmerkingen. Hij wilde van die andere relatie af – dat had hij zelf gezegd. Hij had gewoon de juiste vrouw nodig. En wie zou beter geschikt zijn dan degene die hem al zo goed begreep?

De jonge vrouw achter de balie merkte Jonah op zodra hij binnenkwam. Ze waren nummer vier in de rij, maar plotseling was alles wat het jonge blondje deed voor hém. Of misschien, moest Liz toegeven, projecteerde ze haar eigen gevoelens wel op haar.

Een man die naar buiten liep met zijn bestelling knikte. 'Commandant.'

'Môgge, Don.'

'Mevrouw.'

Ze glimlachte.

Ze bereikten de balie en het meisje keek zichtbaar met gemengde gevoelens op naar Jonah, waarna ze met een hand over haar waren gebaarde. 'Strikt volgens de reglementen. Er zit nog geen grammetje verboden handel tussen.'

'Ik ben hier niet om je in de gaten te houden, Piper.'

Ze produceerde een brede glimlach. 'Mooi. Wat mag het zijn?'

'Liz?'

Ze bestudeerde de baksels die in de vitrine naar haar lagen te wenken. 'Ik heb al in geen jaren meer een vruchtenslof gegeten.'

'Dan bent u bij ons aan het juiste adres,' reageerde Piper. 'Een bastion van vergane glorie.' Ze pakte een servet uit een doos.

'Doe dan maar twee vergane vruchtensloffen,' zei Jonah. 'En koffie, alsjeblieft.'

Liz bestelde ook koffie.

Piper schonk twee thermosbekers vol en zette ze op de balie. 'Hoe is het met Sarge?'

'Het gaat. En hoe loopt het hier?'

'Hier? Geweldig. Er loopt niemand tegen me te schreeuwen. Nou ja, behalve jij dan.'

Liz trok haar wenkbrauwen op.

'Ik schreeuwde niet.'

'Maar je gezicht wel.'

'Dan zal ik daar eens een hartig woordje mee moeten wisselen.'

Door haar gegiechel klonk ze twee keer zo jong als Jonah. Piper legde de vruchtensloffen naast de koffie. 'Dat wordt dan zeven vijfennegentig.'

Jonah betaalde en dat voelde ... prettig aan, dacht Liz. Er verspreidde zich een warmte door haar borst. Ze namen een tafeltje voor twee bij het raam. Ze zette haar koffie en gebakje neer en klemde zich toen vast aan de kleine tafel en de stoel om te gaan zitten. Jonah zei niets over haar onbeholpen bewegingen.

Ze trok een minikuipje met room open voor haar koffie. 'Aardige meid.'

Jonah wierp een blik over zijn schouder. 'Laat je niet voor de gek houden door dat lieve bekkie. Het is er eentje om rekening mee te houden. Buiten de klusjes die Sarge mij vroeger liet doen, heeft hij nog nooit iemand ingehuurd. En nu runt Piper de tent.'

'Waarom heb je tegen haar geschreeuwd?'

Hij zuchtte. 'Ik moet iemand ondervragen en zij loopt in de weg. En ze steekt haar neus in het onderzoek naar die dieren.'

Liz voelde een steek van ergernis. Dat was het verband. 'Op wat voor manier is ze er dan bij betrokken?'

'Zij heeft het eerste paar gevonden. Maar ze is er niet bij betrokken. En dat probeer ik haar dan ook duidelijk te maken.' Hij nam een hap van zijn vruchtenslof. 'En ik heb niet geschreeuwd.'

Een van de mondhoeken van Liz ging een beetje omhoog. 'Ze is verliefd op je.'

'Houd maar op.'

Ze nam ook een hap. 'Hmm.'

'Ja, ze kan uitstekend bakken. En misschien zou je dat niet zeggen, maar ze werkt hard. Zelfs Sarge geeft dat min of meer toe.'

'Sarge?'

'Ach, ik vergeet even dat je nieuw bent.' Jonah nam een slok koffie. 'Sarge is hier zo'n beetje meubilair. Hij heeft deze bakkerij al dertig jaar en ...' Zijn blik werd naar het raam getrokken en bleef daar hangen.

Liz keek van Jonah naar het raam, waar Tia heel even aarzelde en toen van koers veranderde, op weg naar haar eigen winkel. Op dat moment vielen alle stukjes op hun plaats. De kaarsen op zijn schoorsteenmantel. Zijn oude vlam.

Ze slikte. Alleen iemand als Tia zou hem kunnen binden, iemand die dieper ging dan je zou denken. Dat had ze tijdens die ene ontmoeting al gevoeld, door de manier waarop haar persoonlijkheid bleef hangen en alles doordrenkte, zoals een van haar geuren. 'Wat wilde je zeggen?'

'O, eh ... sorry.' Jonah wierp een blik op zijn horloge. 'Ik haat het om snel te eten, maar ik moet weg.'

'Geen probleem.' Liz nam een slokje van haar koffie. 'Ga je gang.'

Hij had iets in de ogen van Liz zien flitsen. Verrassing, irritatie – die daar beide niet thuishoorden, maar wel begrijpelijk waren. Je betaalt niet iemands ontbijt waarna je die persoon gewoon laat zitten. Niet als het geen noodgeval is. En zeker niet omdat Tia geschrokken, verbijsterd en gewond door het raam had gekeken, als een vogel die daar net tegenaan was gevlogen.

Hij ging direct door naar zijn kantoor en zag Ruth een blik wisselen met Newly toen hij langskwam. Er viel weer genoeg te speculeren. Wat is er met de commandant aan de hand? Hij deed de deur achter zich dicht. Hij had toegestaan dat zijn persoonlijke leven de overhand kreeg. Of nog erger, zijn persoonlijke fantasie. Tia was zelfs niet eens werkelijkheid.

Wat maakte het Tia uit als hij met Liz ging ontbijten? Hij zou er een echt afspraakje van moeten maken, met een dinertje, wat dansen – misschien beter niet met haar handicap – en dan teruggaan naar zijn huis en een borrel of twee drinken. Of twaalf.

Maar dat was vroeger. Hoewel de verleiding nog steeds groot was, zag hij de leegheid van die keuzes in. Dronken worden en met een vrouw naar bed gaan van wie hij niet hield zou hem nu ziek maken, zwak, hem onderdompelen in modderplassen waar hij al in gelegen had. Dan was het alsof hij in de spiegel keek en zijn vader zag. Maar waarom?

Omdat hij trouw boven bevrediging stelde? Hij kneep zijn ogen dicht en zette in stilte zijn hart open voor God, de hogere macht, de macht buiten hemzelf, bij wie zelfbeheersing en genade vandaan kwamen. Anders dan Jay wilde hij niet schermen met een excuus om zich niet aan iemand te hoeven toewijden. Hij wilde stabiliteit, volheid. God wist dat. Hij kende Jonah, zijn verlangens, zijn falen, zijn fouten.

'Je bent een lafaard en een sukkel. Wanneer word je nou eens een man?'

Dat was God niet. Tussen zijn vingers door staarde Jonah naar de muur, waar nog steeds te zien was waar de foto's hadden gehangen die hij had weggehaald. Het laatste wat hij wilde, was dat die ouwe naar hem hing te kijken terwijl hij aan het werk was.

'Je doet wel stoer, maar vanbinnen ben je zo zacht als een plumpudding, nog zachter dan je moeder. Je bent echt een mietje.'

Dat was de laatste keer dat zijn vader hem had zien huilen, hoe lang de straf ook had geduurd. Jonah leunde achterover op zijn stoel. Tia strafte hem al negen jaar lang en hij huilde nog steeds niet. Maar wanneer zou het moment komen dat hij zich vermande en verder ging?

Hij sloeg het dossier open dat Newly had achtergelaten, waarschijnlijk met de gedachte om hem persoonlijk bij te praten over

Tom Caldwell. Omdat de aanklager de zaak had laten vallen door gebrek aan bewijs, werd Tom een beetje losjes in de gaten gehouden. Meestal door Newly of McCarthy, die wat extra verdienden met overwerk door 's avonds voor zijn huis te posten. Maar ze hadden niet veel te melden.

Jonah deed het dossier weer dicht. Iemand anders had de advocaat gebeld en alle belastende spullen weggehaald. Dat was degene die hij wilde hebben, maar hij had geen geluk. Het natrekken van Caldwells telefoontjes had niemand opgeleverd die naar de naam Greggor luisterde. Hij haatte het wanneer een onderzoek doodliep of werd getorpedeerd door advocaten.

Ruth over de intercom.

'Ja?'

'De burgemeester aan de lijn.'

Jonah viel onder wethouder Dave Wolton, maar de burgemeester hield ook graag een vinger in de pap. Owen Buckley hield van een flinke dosis aandacht. 'Wat kan ik voor u doen, burgemeester?'

Zijn vader was nogal familiair geweest met alle hoge heren, maar Jonah voelde zich nog steeds een nieuwkomer die te maken had met de oude maten van zijn vader.

Tia zette de werktafel neer die ze naar de vrijgekomen plek bij de balie had gesleept. Ze had de vorige avond een tiental kaarsen gemaakt die ze kon opsieren terwijl ze de winkel in de gaten hield. Ze probeerde zich daar dan ook op te concentreren. Maar het feit dat ze Jonah met die dierenarts op de plek had zien zitten waar hij vroeger met Reba had gezeten, had haar van streek gemaakt.

Hij had het volste recht om verder te leven en het zou haar niet moeten verbazen dat hij eenzelfde soort vrouw had uitgekozen als Reba, maar dat maakte het er niet makkelijker op. Ze sloot haar ogen en keek op toen de vingerafdrukman binnenkwam. Geweldig.

Hij had tegen Piper gezegd dat hij haar winkel niet had willen slopen. Zij had hetzelfde gezegd, in de veronderstelling dat ze die grote vent nooit meer zou zien, maar daar was hij weer.

'Je bent gewond geraakt,' deelde hij haar mede.

'De sculptuur is op mijn been gevallen. Toen jij ertegenaan botste.' De huid was helemaal paars geworden en de kneuzing klopte bij elke stap. Ze liet haar telefoon in een zak van het ponchoachtige katoenen shirt glijden.

Zijn grote handen gingen open en dicht onder de onberispelijke mouwen van zijn nette blauwe overhemd. 'Je hebt wat dingen veranderd.'

'Ik heb de beschadigde artikelen en het display weggehaald.'

'Het is niet meer zo overvol,' zei hij oprecht opgelucht. 'Beter. Veel beter.'

Ze liet haar kin iets zakken. 'Kan ik je ergens mee helpen?'

'De kaarsen zijn gebroken. Toen ze vielen.' Hij trok zijn schouders iets naar voren. 'Ik heb ze nodig.'

'Gelukkig dat het display niet was beschadigd.'

'Mooi.' Hij draaide zich om en liep naar de zijmuur, waar hij de kaarsen bestudeerde en er een paar pakte. Hij bracht ze naar de balie. 'Deze zijn erg leuk als cadeau.'

Was het mogelijk dat hij zijn deel van het incident had verdrongen, dat hij zijn geheugen terug had gespoeld tot het tijdstip voor hij in paniek raakte? Zou dit een herkansing zijn? Ze voelde een soort verwantschap, een scheut hoop voor zijn overwinning. 'Zal ik ze voor je inpakken?'

'Nee.' Hij haalde zijn portemonnee tevoorschijn. 'Gewoon zo.'

Met een déjà vu-gevoel zag Tia haar hand langs de zijne strijken en de chaos die daarop volgde. Met alles wat ze in zich had dwong ze dit moment om anders te verlopen. Als *hij* het kon ... 'Miles?'

Hij schrok, verbaasd dat ze wist hoe hij heette.

'Waarom vind je het zo erg als iemand je aanraakt?'

Hij verstijfde. 'Mensen raken elkaar niet aan. Mensen ...'

'Raken elkaar *constant* aan.'

Hij liet de portemonnee vallen en sloeg zijn handen over zijn oren.

Probeerde ze hem nou gek te maken? Hij had de gok gewaagd om terug te komen. 'Het spijt me.' Ze gebruikte haar Hooplijntoontje. 'Praten kan soms helpen.' En soms dus duidelijk niet.

Hij wist niet wat haar opleidingen waren, wat voor diploma's ze had of wat Carolyn dacht dat ze allemaal kon. En waarschijnlijk kon het hem niet schelen ook. Hij wilde gewoon met rust gelaten worden. Ze nam het geld voor de kaarsen aan, deed het wisselgeld in het zakje en legde zijn portemonnee naast de kaarsen op de balie.

Omdat ze eigenlijk geen zin had om het al op te geven, legde ze haar Hooplijnkaartje naast zijn portemonnee. 'Ik ben er voor je als je ooit wilt praten.'

Hij griste alles van de balie en haastte zich naar de deur. Ze keek hem na toen hij naar buiten liep, een beetje verdrietig dat hij menselijk contact alleen maar als een bedreiging kon zien. Maar was hij zoveel anders dan zij? Misschien gewoon eerlijker.

Maar alsof ze nog niet chagrijnig genoeg was, kwam ook Jonah nog eens binnen, ruim één meter tachtig aan gespannenheid. 'Ga me nou niet vertellen dat dat die vent was die je halve winkel heeft verbouwd.'

'Goed, dan niet.' Hij moest Miles hebben zien weglopen.

'Ik vermoed dat je bent vergeten dat hij gevaarlijk is?'

'Ik denk dat hij dat niet is.'

'O, je bent expert?'

Hij moest eens weten. Ze liep mank naar de werktafel en dompelde de injectienaald met glinsterend gouden was in het warme water. 'Het is gewoon een jongen met wat problemen.'

'Als je zou hebben gebeld, had ik zelf even kunnen komen kijken of dat inderdaad zo is.'

'Luister.' Ze keerde zich naar hem toe. 'Die eerste keer, dat was net een aanval. Zo weinig controle had hij erover.'

'Wat als hij zo'n aanval in de bakkerij krijgt en Piper aanvalt?'

'Hij kan mensen niet eens *aanraken*.'

'Je loopt nog steeds mank van het feit dat hij geen mensen kan aanraken.'

Ze zuchtte. 'Als hij in plaats van deze winkel die van Helen Henratty had gesloopt, zou je er dan ook zo achteraan zitten?'

'Helen Henratty zou meewerken. Die zou een vergoeding voor de schade willen hebben.'

'En zou je je net zo persoonlijk verantwoordelijk voelen als nu het geval is?'

Hij kwam dichter bij haar staan. 'Je weet wat het antwoord op die vraag is.'

'Jonah, ik wil geen speciale behandeling. Geloof me, hij is niet de psychopaat naar wie je zoekt.'

Jonah zette zijn handen in zijn zijden. 'Wat kwam hij hier doen?'

'Hij wilde kaarsen.'

'Kwam hij hier gewoon iets kopen?' De ergernis deed enkele spiertjes in zijn gezicht samentrekken.

'De andere kaarsen waren gebroken. Hij had nieuwe nodig.'

'Tia ...' Hij wist even niet wat hij moest zeggen.

'Je neemt dit veel te zwaar op.'

'Dit gaat niet alleen om jou. Er zijn hier nog meer winkeleigenaren over wie ik me druk maak. Als hij zomaar weer in de winkel kan komen na wat hij je heeft aangedaan ...'

'Hij deed het niet expres, Jonah. En ik kon het gewoon niet over mijn hart verkrijgen om hem ... jou op zijn nek te sturen.'

Hij keek alsof ze hem een klap in zijn gezicht had gegeven. 'Mij *op zijn nek* te sturen?'

Ze slikte. 'Ik weet hoe jij kunt zijn.'

Zijn ogen vernauwden zich. 'Hoe ik kan *zijn*?'

Ze drukte een hand tegen haar voorhoofd. 'Hoor je jezelf wel praten? Realiseer je je dan niet hoe intimiderend je bent? Waar de mensen denken dat je toe in staat bent?'

Zijn blik verkilde. 'Waar ik toe in staat ben, Tia? Met een geweer het hoofd van mijn vader van zijn romp schieten?'

Ze haalde snel en scherp adem. 'Nee.'

'Vind je dat ik te aardig ben?'

Ze schudde haar hoofd. 'Hou op, Jonah.'

'Je weet het niet, of wel? Je hebt het nooit gevraagd.'

'Dat is ook niet nodig.'

'Maar je hebt wel een prettige, veilige afstand bewaard.'

'Dat is niet de reden waarom ...'

'Vraag het.' De ijzige ondertoon in zijn stem verkilde haar tot op het bot.

Er brandden tranen achter haar ogen. 'Dat doe ik niet.'

Zijn tanden klemden zich op elkaar in een koud gefluister. 'Vraag het me.'

Ze moest hard slikken. 'Heb jij je vader neergeschoten?'

'Nee. Maar ik moest wel toekijken, wat bijna net zo bevredigend was.'

'Niet doen.'

'Wát niet?'

'Doe je niet voor als iemand die je niet bent.'

'Waarom denk jij dat ik niet zo ben?' Er klopte een ader op zijn slaap. 'Jij ziet het. Diep binnen in me. De razernij.'

'Er zit in ons allemaal een bepaalde razernij.'

'Niet zoals die van mij.'

'Dat is een leugen.' Haar stem klonk schor.

'Die jij gelooft.'

'Nee, dat doe ik niet. Ik heb nooit geloofd dat jij hem hebt neergeschoten.'

Zijn adamsappel ging op en neer. 'Maar waarom ...' De pijn kwam aan de oppervlakte zoals blaren op een brandwond. Ze moest het een halt toeroepen. 'Jij wilde Reba beschermen tegen de nasleep en zei tegen haar dat ze het niet verdiende om aan een man als jij vast te zitten. Maar de realiteit is dat jij niet vast zou moeten zitten aan iemand als ik.'

Hij wendde zijn hoofd af en vloekte, waarna hij haar weer aankeek en haar bij haar schouders pakte. 'Dit, hoe ik me voel, is niet gekomen door wat we hebben gedaan, maar door *waarom* we het hebben gedaan.'

Ze bekeek onderzoekend zijn gezicht.

'Ik hou van je. Ik hield al van je voor we je zus bedrogen, voor ik die ring om haar vinger deed. Voor je familie afstand van ons nam.'

Ze slikte haar tranen weg. 'Ik heb nooit ...'

'Die dag op die rotsrichel, toen je me naar het arendsnest was gevolgd? Toen wilde ik met je vrijen. Ik wilde je kleren uittrekken en de zon op je laten schijnen. Dat was waar ik aan dacht toen we het over je zus hadden.'

Haar tranen waren niet meer te houden. Als dat toch eens waar zou zijn ... 'Maar waarom ...'

'Ik wilde dat iedereen zou weten dat ik goed genoeg was voor *Reba* Manning.'

Haar keel voelde rauw aan en haar hart leeg.

'*Dat* is waartoe ik in staat ben.' Hij liet haar los en deed een stap achteruit.

Ze had een gevoel alsof hij een dolk uit haar borst had getrokken en haar leven door het ontstane gat wegvloeide. Ze bleef onbeweeglijk staan toen hij wegliep.

Vijftien

Trouw betekent niets, of hij moet gecentreerd zijn rond
het absolute principe van zelfopoffering.
– Thomas Woodrow Wilson –

Jonah verliet met tollend hoofd de winkel van Tia. Zijn lichaam beefde helemaal. Hij was vast van plan geweest om door te zetten, maar er was iets in hem geknapt. Hij had haar net zo afgestoten als wanneer hij haar een stoot tegen haar sleutelbeenderen zou hebben gegeven. Er brandde in hem een zinderend verlangen naar haar, dat hem bijna weer naar binnen dreef, maar hij had haar het beest laten zien en ze zou alleen maar terugdeinzen.

Zijn telefoon ging over en hij had zin om hem tegen een muur te smijten. 'Ja, wat?'

'Jonah Westfall?'

'Ja.' Hij klemde zijn kaken op elkaar.

'Sarge heeft me gevraagd je te bellen.'

Sarge. Dit moest de verpleegkundige zijn. Hoe heette ze ook alweer. 'Lauren.'

'Heel goed.'

'Wat is er met Sarge aan de hand?'

'Zijn dochters zijn er. Ze verhuizen hem naar een verpleeghuis.'

'Wat? Niet dus.' Hij kneep zijn telefoon bijna doormidden. 'Ik heb nog geprobeerd ze te bellen. Ze hebben nooit ...' Hij wreef over zijn gezicht. 'Kun je ze aan het lijntje houden tot ik er ben?'

'Hoe dan?'

'Vertel ze maar dat er nog een onderzoek gedaan moet worden of dat de arts nog moet tekenen of zoiets.'

'De arts heeft al met hen gepraat.'

Hij haalde heel diep en hoorbaar adem. 'Vraag ze dan maar of ze willen wachten tot ik er ben.'

'Je kunt maar beter opschieten. Ze willen dit zo snel mogelijk achter de rug hebben.'

Achter de rug hebben. Sarge. Hij zou niet over de redenen van hun beslissing beginnen, maar hij hoopte dat hij hen van gedachten zou kunnen laten veranderen. Jonah klikte zijn telefoon dicht en sprintte naar de Bronco. Hij zette zijn zwaailicht en sirene aan en gaf vol gas.

Hij had al zijn emotionele energie al opgebruikt bij Tia en had zich hier niet op kunnen voorbereiden, maar dit zou weleens de enige mogelijkheid kunnen zijn om Sarge terug te betalen voor wat hij voor hem had gedaan. Misschien had de oude man het alleen maar gedaan vanwege zijn schuldgevoelens, maar het resultaat was hetzelfde. Met de razernij die Jonah had opgebouwd, had hij allang achter de tralies kunnen zitten in plaats van dat hij anderen achter de tralies zette, als Sarge niet de loopgraven in zou zijn gegaan, ongeacht wat de vijand van plan mocht zijn.

Stan had zich er voor op de borst geklopt dat zijn zoon net als hij bij de politie was gegaan, maar het was Sarge geweest die hem ertoe aangemoedigd had. 'Houd de vijand in de gaten,' had Sarge tegen hem gezegd. 'Schat zijn sterke punten in en doe het beter, harder, en met een zuiver geweten.'

Het kwam allemaal voort uit die tragedie, van die avond in het bos, toen hun zielen elkaar kruisten. In bepaalde opzichten was het leven van Sarge die avond opgehouden. De klok hield op met tikken. Hij was een tunnel in gelopen waar alles hetzelfde bleef. Zijn menu, zijn dagschema. Piper inhuren was een grotere stap voor hem geweest dan iedereen zich realiseerde, zeker voor de dochters die zich al jarenlang niet meer hadden laten zien. Misschien bezeerd door zijn onvermogen om het verleden los te laten, hadden ze zonder hem een nieuw begin gemaakt.

En nu had Sarge een nieuw begin nodig, maar niet een dat zij in gedachten hadden. Toen hij de lift uit beende, kwam hij Lauren tegen, die er uitgeput uitzag. 'Waar is iedereen?'

Ze wees naar de kamer van Sarge. 'Nog steeds daar. Maar niet lang meer.' Ze nam hem van boven tot onder op. 'Je bent dus echt van de politie.'

Hij had het uniform aangetrokken omdat hij vanmiddag in de rechtszaal moest verschijnen. 'Dacht je dan dat ik dat verzonnen had?'

'Zien is geloven.'

Hij wierp haar een scheve glimlach toe. 'Bedankt dat je me hebt gebeld.'

Ze glimlachte terug. Een heerlijke, hoopvolle glimlach.

Jonah bereikte de kamer en ging naar binnen. De vrouwen die zich naar hem omdraaiden, waren vijftien of twintig jaar ouder. Ze konden zich hem waarschijnlijk niet meer herinneren. Maar misschien herinnerden ze zich nog wel zijn vader, zo deed hun blik vermoeden. Hij leek namelijk heel erg op zijn vader. Vooral in uniform.

'Hallo.' Hij stak zijn hand uit. 'Jonah Westfall.'

'Natuurlijk. Ik ben Billie. Dit is Stacey. Pa roept continu om jou, maar ik heb geen idee wat jij hiermee te maken hebt, of hij moet de wet overtreden hebben.' Op zich al een belachelijke gedachte, vertelde haar ene opgetrokken wenkbrauw hem. Sarge schreef de wet voor, hij brak hem niet.

'Hij heeft geen enkele wet overtreden.' Jonah keek naar Sarge in het bed, nog meer verschrompeld dan voorheen. 'Hé, Sarge.' Hij brandde op een laag pitje, gezien de starende blik.

'Het ziekenhuis is zover dat ze hem kunnen overbrengen naar een verpleeghuis waar ze zijn pijn verder onder de duim kunnen houden en ...'

'Ik kan zelf mijn pijn wel onder de duim houden. Dat heb ik altijd al gedaan.'

Billie rolde met haar ogen. 'De medicijnen zorgen voor evenwichtsstoornissen en sufheid. Hij zal geen hele stukken kunnen rijden of lopen. Hij is ...'

'Niet doof en ik lig ook niet op mijn sterfbed.' Er begon iets te koken.

'Hij heeft een verdoofd gevoel en een lichte verlamming in zijn rechterbeen, die erger zal worden wanneer de ruggenwervels harder op de zenuwen gaan drukken. Hij heeft zorg nodig die mijn zus en ik hem niet kunnen geven.'

Jonah knikte.

'We hebben nagedacht over de mogelijkheden, maar ...'

'Ik zou er graag eentje met jullie willen bespreken waar jullie nog niet aan gedacht hebben.'

Dat bracht haar even in de war. 'Een andere mogelijkheid?'

'Laat hem bij mij intrekken.'

Beide vrouwen staarden hem aan en knipperden langzaam met hun ogen.

'Wil je dat pa bij jou komt wonen?' Stacey probeerde het als een gewone vraag te brengen, maar ze klonk ronduit verbijsterd.

'Ik ben bijna klaar met de aanbouw aan mijn huis.' Hij was daar niet mee begonnen met Sarge in gedachten, maar onderweg naar het ziekenhuis had dat idee langzaam vorm aangenomen. Het was het enige wat hij kon verzinnen om Sarge weg te houden van een plek waar hij totaal machteloos zou zijn.

'Maar ik snap nog steeds niet hoe jij hierbij betrokken bent.' Billie keek achterdochtiger dan haar zus. 'Wat voor voordeel heb jij hieraan?'

'Sarge is een goede vriend van me.'

Ze wist nauwelijks haar ongeloof te verbergen. 'Ik weet niet wat hij je heeft beloofd ...'

'Ik zit niet te wachten op een beloning. Ik wil hem graag een plekje geven waar hij op de berg kan blijven en betrokken blijft bij de bakkerij.'

Billie keek haar zus aan. 'Wij dachten er eigenlijk over om de bakkerij te verkopen.'

'Over mijn lijk!' blafte Sarge.

'Dat zou de kosten dekken van het verzorgingstehuis ...'

'Mijn graf wordt gegraven door mijn eigen dochters.'

'Sarge,' zei Jonah vriendelijk. 'Iedereen wil het beste voor je.'

'Het beste voor mij? Laat mij mijn eigen leven leiden. Op mijn manier.'

'Dat proberen we juist voor elkaar te krijgen.'

'Niet die ...'

'Je doet zo geen goed aan de zaak, Sarge. Laat mij dit afhandelen.'

Billie fronste haar voorhoofd. 'Heeft hij eigenlijk gezegd dat hij bij jou wil wonen?'

'Ik heb het hem nog niet gevraagd. Wat zeg je ervan, Sarge? Voel je er iets voor om in die hut van mij te komen wonen?'

'Ik hoef niet in die hut van jou te wonen. Ik heb mijn eigen huis.'

Jonah zette zijn handen in de zij. 'Dat is geen optie. Het is *mijn* huis of het verpleeghuis.' Een verpleeghuis was niet goedkoop. Zijn dochters zouden deze kans met beide handen moeten aangrijpen.

'Pap?' Billie keek hem strak aan met de woeste, roofvogelachtige blik die ze duidelijk niet van een vreemde had. 'Om redenen die ik me in de verste verte niet kan indenken, doet commandant Westfall je een aanbod.'

Sarge keek op. Jonah zag een wanhoop die zo bij de gewonde coyote vandaan had kunnen komen. Kom op, Sarge. Hij wachtte af. Grijp die kans. Sarge had het liefst willen doorvechten, het touw blijven vasthouden en niet opgeven. Hij had zich nooit anders voorgedaan dan hij was, maar het was duidelijk dat hij nu niet meer wist wie of wat hij was.

'Het lijkt erop dat ik niet veel keus heb.' Zijn stem klonk zwak, maar in zijn ogen lag nog steeds dezelfde onverzettelijke blik.

Jonah haalde opgelucht adem en veegde het zweet van zijn handpalmen. Het leek niet uit te maken wie degene was die zich in een kwetsbare positie bevond. Het raakte hem altijd.

'De details werken we nog wel uit, Sarge.'

De mond van Sarge bewoog, maar er kwamen geen woorden. Zijn grote handen klauwden in het laken.

'Ik zou je graag even op de gang willen spreken,' zei Billie. 'Jij blijft bij pa, Stacey.'

De appel viel niet ver van de boom. Jonah volgde haar de kamer uit.

'We verkopen het huis. We hebben niet het geld om te betalen voor een huis waar hij niet in woont en nooit meer in zal wonen. Hij had het jaren geleden al moeten verkopen om fatsoenlijke medische zorg te kunnen betalen.'

'Het is al afbetaald, maar je hebt gelijk.' Jonah knikte. 'Ik zal hem helpen het huis leeg te ...'

'Nee. Stacey en ik zijn er nu. Wij ruimen de boel wel op.'

Jonah keek naar de kamer. 'Daar zal hij ook iets over te zeggen willen hebben.'

'Hij wil het liefst alles bepalen, maar daar krijgt hij de kans niet voor. Jij vindt dat ik een harde vrouw ben, ik zie het in je ogen. Maar ik heb samen met hem onder één dak gewoond. Langer dan gezond was. Deze keer doen we het op mijn manier.'

Jonah maakte er verder geen punt van. Hij zou wel langsrijden en wat spullen meenemen waaraan Sarge gehecht was, wanneer het zover was. Hij zou Jay moeten bellen om het timmerwerk af te maken. Ze zouden het meubilair van Sarge moeten verhuizen en daarna de man zelf. Hij wist niet wie het grootste risico vormde, Sarge of de coyote, maar daar zou hij nu niet over beginnen.

Lauren raakte zijn elleboog aan. 'Koffie?'

Hij pakte het bekertje aan. 'Dank je.'

'En, wie heeft gewonnen?' Ze sloeg haar volle wimpers op.

'Het lijkt erop dat ik hem mee naar huis krijg.'

Er verscheen een zachte blik in haar ogen. 'Worden er bij politiepenningen meteen aureooltjes bijgeleverd?'

'Als dat zo is, is dat van mij allang verdwenen.' Hij nam een slokje van zijn koffie. 'Lekker.'

'Het nieuwe cappuccinoapparaat. Altijd een perfecte bak koffie.'

'Het haalt het menselijke element eruit.'

Ze knikte. 'Maar heb je hier wel goed over nagedacht?'

'Om eerlijk te zijn ben ik op het ogenblik een beetje aan het freestylen.'

'Ik heb de dokter opgepiept om met je te komen praten.' Ze tekende de kaart die haar werd aangereikt door een knokige jongeman die probeerde te verbergen dat hij graag bij haar in de buurt was. Ze draaide zich weer om naar Jonah. 'Je zult medische hulp nodig hebben met sergeant Beaker. Ik zou je kunnen helpen om hem te installeren en verdere verzorging te regelen.'

'Het is een eind rijden.'

'Ik zit in de richting. Mijn familie heeft een appartementencomplex in Pine Crest en ik heb daar mijn eigen appartement.'

Hij bestudeerde haar gezicht. 'Heb je een visitekaartje?'

Ze haalde er een uit haar dunne portemonnee. 'Het nummer van mijn mobieltje staat achterop.'

'Weet je dit zeker?'

'Ik ben ingeënt.' Er verschenen lachrimpeltjes in haar ooghoeken. 'Waar vind je verder nog iemand die het tegen hem wil opnemen?'

'Daar zeg je me wat.'

Hij liet het kaartje in zijn borstzak glijden. Hij had zojuist de laatste eventuele brug naar Tia achter zich verbrand. Nu hij zo naar Lauren keek, zou hij iets moeten voelen – naast lust. Hij zuchtte.

'Bel me vanavond.'

'Ik moet eerst even alles op een rijtje zetten.'

'Morgen dan. We sturen Sarge naar huis met een rollator, maar het zal niet lang meer duren voor hij in een rolstoel belandt. Ik kan je laten zien wat je nodig hebt.'

Hij had nog niet nagedacht over de details van zijn overhaaste aanbod. De onderhandelingen over zijn vrijlating waren goed verlopen, maar hij had waarschijnlijk hulp nodig om Sarge op de rit te krijgen. Hij kon samen met Jay een oprit bij de achterdeur maken, maar er waren waarschijnlijk nog heel wat andere dingen waar hij niet aan zou denken. 'Oké.'

Ze keek op. 'Daar is de dokter.'

Jonah draaide zich om en realiseerde zich plotseling dat hij zojuist de verantwoordelijkheid voor een ander op zich had genomen. God, sta ons beiden bij.

Piper keek op toen Jonahs metgezel van die morgen weer de bakkerij binnenkwam en met haar blik de tafels afzocht in plaats van naar de counter toe te lopen. Piper hield haar nieuwsgierig in de gaten. 'Kan ik u helpen?'

'O.' Liz draaide zich om. 'Ik had iets nodig uit de kaarsenwinkel hiernaast, maar er is niemand. Ik dacht dat Tia misschien hier zat.'

'Ik heb haar niet gezien. Hangt het bordje 'Gesloten' of iets dergelijks voor het raam?'

'Nee, maar ik heb in de hele winkel gezocht. Zelfs het toilet was leeg.'

'U bedoelt dat de winkel open is, maar dat Tia er niet is?'

'Ja. En dat vond ik nogal vreemd.'

Erg vreemd zelfs. Tia zou nooit de winkel zomaar onbeheerd achterlaten.

'Ik wil graag bestellen.' De vrouw die naar het menu stond te kijken had haar keuze gemaakt.

'Kun je dit rozijnenbroodje nog even voor me opwarmen?' vroeg de gedrongen man achter haar.

Piper liet haar adem ontsnappen. 'Ja. Prima.' Ze pakte het broodje en vroeg aan de vrouw: 'Wat wilt u hebben?'

De magnetron wilde maar niet opschieten, daarna liep de rol papier van de kassa vast en wilde iemand anders ook nog een tweede bak koffie. Toen ze opkeek, was Liz verdwenen. Ze zou zelf even in Tia's winkel moeten gaan kijken.

Op het moment dat ze om de balie heen wilde lopen, kwam Bob Betters binnen met een vrouw die te veel tanden had en veel te veel make-up gebruikte, waarschijnlijk om er chic genoeg uit te zien voor meneer Succesvol. Bob had het weer hoog in zijn bol en dus zou hij echt niet kunnen wachten terwijl zij naar Tia zocht.

'Wat mag het zijn?'

'Geen geitenkaas?' Een echte sneer was het niet.

'Alleen maar wat Sarge op het bord heeft staan.' Schiet op, schiet op, schiet op.

'Twee broodjes cheddar. En warm ze even voor me op, snoes.'

Misschien was dat wat zijn metgezellin wilde, maar ze had het hem haar niet zien vragen. Piper deed zijn bestelling in een zakje, maar ze gingen aan een tafeltje zitten. Ze vond het niks om haar klanten alleen te laten, maar ze móést weten wat er met Tia aan de hand was. En hoe irritant Bob ook mocht zijn, ze zag hem nog niet de geldlade leeghalen. Ze deed de kassa op slot en haastte zich door de keuken naar buiten.

Tia's achterdeur zat op slot, maar toen ze om het gebouw heen was gelopen, bleek de voordeur inderdaad open te zijn. 'Tia?' Zou ze vergeten zijn de winkel af te sluiten? Met de winkel zelf leek niets aan de hand te zijn. De werkruimte zag er hetzelfde uit als altijd, behalve dan dat Tia haar werktafel naar voren had verplaatst. Piper controleerde de plank waar Tia haar rugtasje altijd neerlegde. Leeg.

Piper belde haar op haar gsm en kreeg haar voicemail. 'Tia, wil je me zo snel mogelijk even bellen?' Ze deed Tia's voordeur op slot en keerde terug naar de bakkerij.

Bob leunde achterover. 'Alles in orde?'

'Ja.' Ze knikte. 'Nog wat ijsthee?'

'Graag.' Toen ze hem inschonk, zei hij: 'Bedankt, snoes.'

Waar kwam dat snoes vandaan? Ze vulde het glas van zijn afspraakje bij. 'Ik ben Piper.'

'Ainsley.' Het meisje had lippenstift op haar tanden.

'Hoe smaakt het broodje?'

Ainsley keek naar Bob en toen weer naar haar. 'Lekker.'

Mary Carson kwam binnen. 'O, heerlijk. Je hebt nog een laatste citroenscone, zie ik.'

'Speciaal voor u.' Piper tilde de scharnierende plank op en ging weer achter de balie staan. 'Meenemen?'

'Ja, graag.'

Piper pakte de scone. 'Weet u misschien waar Tia is gebleven?'

'Is ze niet in de winkel?'

Piper schudde haar hoofd. 'Ze heeft het bordje niet omgedraaid en is ook al vergeten de deur op slot te doen.'

'Misschien een noodgeval.'

'Iemand voor de Hooplijn?'

'Het is niet de bedoeling dat ze naar de bellers toe gaat. Veel te makkelijk om je voor iemand anders uit te geven en je weet niet waar je terechtkomt. En Tia weet dat.'

'Misschien iemand van de kerk?'

'Dat is mogelijk.' Mary knikte. 'Maar om nou de winkel zomaar open te laten?'

Piper slikte. 'Dit klopt niet.'

'Nee.' Er verscheen een bezorgde frons op Mary's voorhoofd. 'Dit lijkt inderdaad niet te kloppen, hè?'

Zelfs met haar niet al te drukke afsprakenschema was ze zolang ze kon bij de kliniek en bij Lucy vandaan gebleven om op Tia te wachten. Teleurgesteld dat Piper de deur op slot had gedaan, leunde Liz nog een keer tegen het raam om naar binnen te kijken. Ze had er graag nog eens doorheen gelopen, zonder Tia, om zich haar in te beelden, haar te voelen, te zien wat Jonah zag, wat hij wilde.

Ze was van plan geweest een kaars voor hem te kopen om hem te bedanken voor de puppy's. En om zijn reactie te peilen wanneer ze de kaars gaf. Ze wilde dat hij begreep dat ze het wist, dat ze had geraden wat hij haar niet had verteld. Maar het maakte niet uit. Het enige wat ze nu van hem wilde, waren de jonge hondjes, kleine pasgeboren puppy's die tot nu toe het grootste deel van hun leven opgerold in hun moeder hadden doorgebracht.

Ze sloot haar ogen en dacht aan hen, aan hun samenzijn, hun één zijn. Ze had gehoopt dat misschien bij Jonah te vinden toen ze de eenzaamheid in zijn ogen had gezien. Maar die gedachten strookten niet met de werkelijkheid. De enige die ze had, degene die ze altijd al had gehad, was Lucy.

Het enige wat er nu toe deed, was dat ze voor haar tweelingzus zorgde, haar andere ik. Zoals bij alle eeneiige tweelingen waren ze één eitje geweest waaruit twee foetussen waren gegroeid, van wie het DNA alleen maar op enkele minieme punten verschilde. Maar zij waren op een nog dieper niveau met elkaar verbonden. Bij monozygotische tweelingen, wanneer de eicel binnen twee dagen na de bevruchting splitst, ontwikkelt elke foetus zijn eigen placenta en vruchtwaterzak. Maar meestal voltrekt de splitsing zich later, waardoor ze wel hun eigen vruchtwaterzak, maar een gedeelde placenta hebben.

In ongeveer één procent van de gevallen voltrekt de splitsing zich zo laat, dat de foetussen zowel de placenta als de vruchtwaterzak delen. In dat geval ligt het sterftecijfer op vijftig procent, wat grotendeels wordt veroorzaakt door het verstrikt raken in een navelstreng. En in de zeldzame gevallen dat de eicel extreem laat splitst, is er sprake van een Siamese tweeling. Het sterftecijfer is in die gevallen ook veel hoger, omdat de overlevingskansen worden verkleind doordat de foetussen organen moeten delen.

Dit is zo zeldzaam dat het een wonder op zich is als zulke tweelingen overleven.

Zestien

Ons levensweb is gesponnen uit twee verschillende draden, goed en slecht tegelijk.
– William Shakespeare –

Tia vulde de blauwe waterzak met water, propte hem in haar rugzak en trok de draagbanden over haar schouders. Ze klikte de band voor haar borst vast en trok haar jack onder de middelband door. Ze pakte haar wandelstok en liep enigszins mank naar buiten. Haar lichaam was niet bepaald in voor de bergwandeling, maar haar geest stond erop.

Jonah had haar opengebroken. Ze moest naar de plek waar ze zich compleet voelde. Op de berg, hoe bewolkt het ook was, zou ze verlichting kunnen vinden voor die vreselijke pijn. Die rotsachtige hoogten waren altijd al haar toevluchtsoord geweest. Wanneer ze weer het gevoel kreeg dat ze niets waard was, had ze zich de hellingen op gehaast, op zoek naar vrijheid, verlossing.

Van haast kon nu geen sprake zijn. Ze hobbelde van haar achtertuin naar het pad dat horizontaal langs de beboste helling liep. De kneuzing deed bij elke stap pijn. Haar borst brandde toen het pad begon te stijgen. Maar dat zou overgaan wanneer ze haar ritme had gevonden.

In haar eentje eropuit trekken zonder het tegen iemand te zeggen was niet bepaald slim, vooral niet nu een storm zich over de bergpieken heen klauwde. Maar ze kón niet anders. Er zouden klanten voor de gesloten winkel staan. Ze fronste haar voorhoofd en stond stil door een verontrustende gedachte. Had ze de deur eigenlijk wel op slot gedaan? Ze aarzelde, maar liep toen weer door.

Het kon haar niet schelen. Het was zelfs niet eens haar zaak. En de kaarsen? Wat ze al niet was kwijtgeraakt door de paniekaanval van Miles, zou opbranden alsof het nooit had bestaan. Zo voelde zij zich ook. Opgebrand, uitgebrand.

Ze bereikte het eigenlijke bergpad en sloeg af, waarbij ze de punt van haar wandelstok in de grond plantte en flink door zwoegde. Gedeeltes met espen vormden goudgele banden tussen de blauwgroene sparren, maar ze werd deze keer niet warm of koud van het uitzicht. Tegen de tijd dat ze zevenhonderd meter hoger was gekomen, vulden de wolken als grijze watten de lagere gedeeltes, wat veel beter bij haar gemoedstoestand paste. Haar vochtig geworden haar krulde wild alle kanten op en plakte aan haar gezicht en haar nek. Ze ademde de koude, vochtige lucht in als een roker die na een vliegreis zijn eerste lange trek neemt.

Ze zette door, harder, sneller. Ze kon haar oude ritme niet vinden, maar ontwikkelde een nieuw. Toen de wolken over het pad begonnen te kolken, had ze alleen maar een vaag bewustzijn van de opdoemende piek links van haar en de steile afgrond rechts. Op het moment dat ze helemaal werd ingesloten door een dichte mist, verlaagde ze haar tempo en hield dat zo.

Er ging een uur voorbij. En nog één. Ze klauterde over de keien en rotsblokken waaruit het pad bestond. Ze was zich maar vaag bewust van haar kloppende kuit, zoals een vermoeide spier een langeafstandsloper niet afhoudt van zijn doel. Het wolkendek brak open en ze werd een tijdje overspoeld door helder zonlicht voor de lucht weer dichttrok, nog woester dan voorheen. Gedonder in de verte kaatste van de ene bergtop naar de andere, maar ze klom verder, omdat ze de top moest bereiken.

Dat was iets wat Jonah en zij gemeen hadden, niet wegrennen, maar naar een plaats gaan waar ze vrij kon ademen en haar longen de restanten van de atmosfeer in zich opzogen, die op haar inwerkten als drugs. Hoewel ze nooit samen hadden geklommen, had ze Jonah vaak nagekeken wanneer hij de bergen in trok. En toen ze hem die dag was gevolgd, wist ze dat ze op de berg iets zouden delen wat Reba nooit zou begrijpen. Reba ademde zuurstof.

Tia's knokkels werden wit van het knijpen in de wandelstok.

'Ik hield al van je voor ik die ring om haar vinger deed.'

Tia schudde haar hoofd. De eerste keer dat hij met zijn eigen beschadigde blik in haar ogen keek, hadden ze een band gehad. Maar ze had gedacht dat alleen zij er in haar hart en haar gedachten meer achter had gezocht. Nu bleek dat hij er hetzelfde over had gedacht, maar dat hij toch voor Reba had gekozen.

Tia struikelde, herstelde zich en verhoogde haar tempo. Enkele donderslagen. Nog ver weg, maar wel dreigend. Haar haar, ondertussen een doorweekte massa, plakte aan haar hoofd. Jonah móést Reba gewoon hebben. Hij zou geen nee accepteren. Hij had naar haar, Tia, verlangd, maar niet voor haar gekozen.

'Ik hield al van je voor je familie afstand van ons nam.'

Hij had haar zo veel gekost. En dan durfde hij het nog liefde te noemen ook. Haar hand gleed weg op het natte hout van de wandelstok. Haar neusgaten vulden zich met ozon. Er flitsten bliksemschichten door de vallei, diep in het donkere hart van de storm.

Ze zou moeten terugkeren. Maar dat deed ze niet. Meer dan op welke plek dan ook voelde ze in de bergen de aanwezigheid van God. Eerbied. Grootsheid. Almacht. Een kracht die haar zou kunnen vernietigen, maar dat niet deed. Ze liep een scherpe bocht om en keek recht in de wolk; een grijze, zijden cocon, een baarmoeder. Als ze echt terug zou kunnen klimmen naar haar geboorte, zou ze dan ook als een ander mens weer tevoorschijn komen? Zou ze dan een milder, wat minder koppig type zijn, een Tia die iemand zou willen hebben?

Ze schudde de druppeltjes uit haar haar. Een karakter dat wordt gevormd, zal gedijen. Een karakter dat wordt afgewezen, zal wegkwijnen. Ze was geboren met een innerlijk vuur dat een bosbrand kon veroorzaken. De mensen om haar heen waren er bang voor geweest en hadden zich ertegen verzet, hadden geprobeerd het uit te slaan, het te verstikken. Maar ze hadden nooit de kleurenpracht ervan gezien, nooit de geur ervan opgesnoven.

Jonah had dat vuur wel gezien en ernaar gehunkerd. Maar zelfs hij had zich er niet aan willen branden. Hij had voor Reba gekozen. De lieve, stralende Reba.

Een stekende pijn in haar kuit. Haar voet gleed weg en haar andere been vouwde dubbel. Haar wandelstok kletterde over de keien een jeneverbes in. Ze schaafde haar handen, haar wang brandde, en haar hoofd en schouder knalden ergens hard tegenaan. Ze greep naar een boom en scheurde bast en mos van de stam en de huid van haar handen voor ze halverwege een ravijn met een klap tot stilstand kwam.

Piper liep te ijsberen. Het was al veel te laat en Tia had nog steeds niet gebeld en was ook niet naar huis gekomen. Zelfs al zou ze zijn weggegaan voor het een of andere noodgeval, zou ze dan niet even hebben gebeld? Piper keek weer op het schermpje van haar telefoon. Ze had drie voicemails achtergelaten. Geen reactie. Ze keek naar buiten. De regen kletterde tegen de ramen. De bliksem flitste en de donder rolde nadrukkelijk door de straat.

Ze was elke mogelijke plek langsgegaan, zelfs Tia's kerk en de bibliotheek. Niets. Ze wilde het liefst Jonah bellen, maar ze had Tia beloofd om niet overhaast te reageren. Als ze het politiebureau zou bellen en hun zou vertellen dat Tia was vertrokken zonder de winkel af te sluiten, zouden ze dan iets ondernemen? Er was meer nodig voor een zoekactie – sporen van een gevecht of een dreigement. Dat soort dingen.

Ze kauwde de nagel van haar wijsvinger kort en liep de trap op. Ze was niet eerder zonder toestemming op Tia's kamer geweest, maar nu duwde ze de deur open en liep naar binnen, in de hoop … Ja, wat eigenlijk? In de hoop bepaalde aanwijzingen te vinden? Een briefje? Dan zou Tia dat in de keuken hebben achtergelaten.

De slaapkamer was netjes. Geen sporen van paniek, een worsteling of wat dan ook. Ze ging weer naar beneden en keek nog eens naar de donkere ramen. Tia zou bij iemand anders thuis kunnen zijn, waar ze misschien bezig was die persoon te troosten of te bemoedigen. Ze zou bij een vriendin kunnen zijn.

Maar de niet-afgesloten winkel zat haar dwars. Om haar zaak zomaar open te laten moest Tia afgeleid of ergens erg van in de war zijn geweest. Of van iemand. Er zouden natuurlijk geen sporen van een worsteling te vinden zijn als iemand een pistool tegen haar hoofd had gedrukt. Haar middenrif trok zich samen.

Tia had gezegd dat ze zich veel te snel zorgen maakte. En dat was waar. De wetenschap dat elke keer wanneer haar familie naar 'het werk' ging, hun iets zou kunnen overkomen of dat ze in de gevangenis zouden kunnen belanden, hadden haar zenuwen voor jaren op scherp gezet. Maar op dit moment was haar bezorgdheid ergens op gefundeerd. Tia was niet te bereiken en de winkel zat niet op slot.

Piper kauwde op haar nagelriem. Ze had Miles voorbij zien lopen en het had haar verbaasd dat hij de bakkerij niet binnen was gekomen. Was hij doorgelopen naar Tia? Had ze Tia ervan weten te overtuigen dat hij niet gevaarlijk was terwijl dat wél zo was? Ze pakte haar mobieltje weer en belde Jonah.

Met behulp van Jay schoof Jonah het bureau tegen de muur. Nadat hij had getuigd in de districtsrechtbank hadden Jay en hij Sarges bed in elkaar geschroefd en zo veel mogelijk van zijn spullen verzameld. Billie zou hem over een uur hier afleveren. Toen zijn telefoon overging, dacht hij dat het Lauren was, die met hem over haar aanbod wilde praten. Maar het bleek Piper te zijn.

'Wat is er aan de hand?'

'Tia is verdwenen.'

'Wat bedoel je met verdwenen?' Hij zag in gedachten een flits van haar verslagen gezicht, toen hij haar verbijsterd en verwond had achtergelaten.

'Ik kan haar nergens vinden.'

Hij keek op zijn horloge. 'Ze heeft pas een paar uur geleden afgesloten.'

'Ze is voor de middag al verdwenen. En zonder af te sluiten. Ze heeft de winkel de winkel gelaten en heeft niet eens de deur op slot gedaan. Er klopt iets niet.'

Hij schold zichzelf in stilte de huid vol.

'Ik denk dat Miles daar naar binnen is gegaan.'

Jonah slikte. 'Dat klopt, maar er is niks gebeurd. Ik heb haar daarna nog gesproken.'

'Dus ze is oké?'

Hij drukte zijn vingers tegen zijn slaap. 'Ben je thuis?'

'Ja.'

'Loop even naar de bijkeuken.'

'Goed.'

'Ik wil dat je kijkt of haar wandelstok, haar waterzak en andere dingen er nog liggen die ze vaak meeneemt als ze de bergen in trekt.'

'Denk je dat ze met deze storm de bergen in gegaan is?'

'Tussen de middag stormde het nog niet.' Tia wist wel beter dan er in slechte weersomstandigheden op uit te trekken, maar wanneer ze van streek was, zocht ze altijd de bergen op.

Piper zei: 'De wandelstok is verdwenen. En haar waterzak. En ook haar dikke jack met die zakken en haar bergschoenen.'

Hij haalde diep adem. Ze was in elk geval goed voorbereid vertrokken. En ze was een ervaren bergbeklimmer. 'Tia zwerft haar hele leven al door deze bergen. Ze kent ze als haar broekzak.'

'Heb je al naar buiten gekeken?'

De regen had plaatsgemaakt voor natte sneeuw.

'Ik heb tig keer geprobeerd haar te bereiken, maar ze neemt haar telefoon niet op.'

'Ze gaat altijd naar boven om alleen te zijn en het bereik is daar slecht.'

'Maar wat dan? Laten we haar daar maar gewoon ronddolen?'

Hij sloot zijn ogen. 'Ik zal de dienstdoende agenten bellen en zeggen dat ze paraat moeten zijn. Als ze over twee uur nog niet terug is, laat het me dan weten.'

'Wat als ze gewond is?'

Die gedachte stak dwars door zijn gezonde verstand heen. Hij wist waarom ze de berg op gegaan was. Tia zou woest zijn als er een team achter haar aan zou komen. Of ze moest hulp nodig hebben. Maar zelfs dan zou ze die nog niet van hem willen aannemen.

Er werd op de deur geklopt. Jonah slikte iets weg. 'Bel me als ze over een uur nog niet terug is.' De paden daarboven waren duidelijk gemarkeerd – als ze er niet van afweek. Aan een uur zou ze genoeg hebben om geen heisa te veroorzaken. En hij had andere dingen aan zijn hoofd.

Jay liet de dochters van Sarge binnen. Sarge schuifelde met een rollator achter hen aan. Het moest aan hem vreten dat hij zo zwak was. Hij zag bleek, maar er stond niet langer een wanhopige blik in zijn ogen.

Jonah had de coyote opgesloten in zijn slaapkamer. Ze maakte geen enkel geluid, maar hij voelde haar oplettendheid. Hij had het met Billie en Stacey niet over het wilde dier gehad toen hij zijn aanbod deed. Hij moest een manier bedenken om ze bij elkaar vandaan te houden zolang ze verkoos te blijven, maar op dit moment had hij een ander alfavrouwtje waar hij zich mee moest zien te verzoenen. Billie liep door naar wat de slaapkamer van haar vader zou worden en vond hem ruim en fris. De ramen namen het grootste deel van een van de muren in beslag en boden uitzicht op de kreek die werd omgeven door naaldbomen en espen. De belendende badkamer zou iets moeten worden aangepast als Sarge eenmaal in een rolstoel terecht zou komen, maar hij betwijfelde of ze over nog andere dingen zou kunnen vallen. Stacey liep zenuwachtig om hem heen te drentelen terwijl hij zich op de gemakkelijke stoel bij het raam liet zakken. Sarge bromde.

Hoe eerder de dochters zouden vertrekken, hoe beter dat voor iedereen zou zijn. Ze moesten het daarmee eens zijn, want binnen een kwartier kondigden ze aan dat ze dit vonden voldoen en nog geen minuut daarna waren ze verdwenen.

Jonah ging op de rand van het bed zitten en keek Sarge aan. 'Voldoet dit voorlopig?'

Sarge knikte.

'Trek in biefstuk?'

Er gleed een glimlach over Sarges gezicht. 'Ik heb trek in alles wat niet is gepureerd.'

Jonah knikte. 'Er komen drie T-bones aan.'

Hij verdween met Jay op zijn hielen naar de keuken. Vanavond draaide het om Sarge, omdat hij de overgang zo pijnloos mogelijk wilde laten verlopen. Tia zou wel terug kunnen komen met de ervaring die ze had. Of ze moest gewond zijn geraakt.

Hij belde het bureau en zei dat ze paraat moesten zijn.

Tia hief haar hoofd op. De regen geselde haar. De geur van modder vermengd met hars en verse aarde drong haar neusgaten binnen toen ze haar situatie opnam. Ze was een heel eind bij het pad vandaan gerold en haar wandelstok lag nog verder in het ravijn. Het was duidelijk dat ze die hard nodig zou hebben wanneer ze zich eenmaal terug naar het pad zou hebben gesleept. Ze hief zich op op haar ellebogen en voelde dat haar nek- en rugspieren een flinke optater hadden gekregen. Maar het had erger gekund.

Ze dronk wat door haar waterslangetje en trok toen haar capuchon over haar hoofd tegen de ijzig koude regen. Ze zette haar geschaafde handen op de grond en ging zitten. Er flitsten bliksemschichten achter de loodzware, donkere wolken langs. Het daglicht dat nog over was, kwam er nauwelijks doorheen. Ze had naar haar lichaam moeten luisteren, naar de pijn die haar had gewaarschuwd dat ze niet sterk genoeg was. Ze was dom geweest. En dat zou haar opbreken.

Ze probeerde op te staan en hapte naar adem. Er trok een stekende pijn van haar enkel naar de al gekneusde kuit. Ze liet haar kin op haar borst zakken tot de golven pijn waren weggeëbd, waarna ze voorzichtig aan de opzwellende huid rond haar enkel voelde. Waarschijnlijk verrekt of verstuikt.

Met opeengeklemde kaken zakte ze verder de rotsachtige helling af, die glad was van de afgeschilferde boombast en roestkleurige dennennaalden. Ze raapte de wandelstok op en kroop met behulp daarvan weer naar boven. Haar vingers werden ijskoud toen de regen overging in natte sneeuw. De late zomer en vroege herfst konden op deze hoogtes wel winter lijken. En zo voelde het dan ook al aan. Het begon te hagelen, een onophoudelijke naaldenregen die in haar huid stak. Nou ja, er zou met dit weer in elk geval geen psychopaat buiten rondlopen.

Die gedachte zou haar moeten troosten, maar deed dat niet. Ze deed al bergwandelingen in haar eentje zolang ze zich kon herinneren. En nu was er opeens iemand die dieren martelde en ze stervend achterliet op de bergpaden. Vond die persoon ze in gewonde toestand en greep hij ze als ze op hun zwakst waren? Ze schrok en keek met een ruk naar rechts. Er klauterde een eekhoorn tegen een boom omhoog.

Ze krabbelde verder tegen de helling op. Er staken scherpe keien en dunne boomwortels in haar knieën. Zwaar hijgend bereikte ze het pad en wist met behulp van haar wandelstok omhoog te komen. Ze gilde het uit toen een mannetjeseland zich iets verder op de helling tussen de bomen door uit de voeten maakte.

Wat was er met haar aan de hand? De kans dat hier in de bergen op dit tijdstip en met dit weer een moordenaar zou rondlopen, was veel kleiner dan de kans dat ze gewond of onderkoeld zou raken. Want het zou weleens een aantal graden onder nul kunnen worden. Ze haalde een paar handschoenen uit haar rugzak en stak haar stekende handen erin.

In een ander compartiment van haar rugzak zat haar mobieltje. Ze zette het aan, maar zoals ze al had verwacht, had ze geen bereik. Ze trok de capuchon nog dichter over haar ogen. Elke keer dat ze haar gewicht naar haar gewonde been verplaatste, kromp ze ineen van de pijn, maar toch begon ze het rotsachtige pad af te lopen.

Afdalen was altijd een hachelijker aangelegenheid dan klimmen. En water en ijs maakten het ronduit verraderlijk. En gewond zou het bijna onmogelijk worden. Maar ze móést het gewoon proberen. Piper zou zich zorgen maken. En daar hield het niet mee op bij Piper. Ze zou Jonah bellen.

Tia huiverde. Als ze maar snel genoeg zou zijn – nee, ze moest voorzichtig doen. Ze stak de stalen punt van de wandelstok stevig in de grond, stak haar hand uit naar een rotsblok en hipte op één voet over een brede kei.

De hagel bedekte ondertussen de grond als een laagje versgevallen sneeuw. Ze probeerde zich te herinneren wat voor maan ze zou hebben, maar met dit wolkendek maakte dat toch niet veel verschil. Ze bad. Waarom was dat altijd haar laatste redmiddel? En dat terwijl ze een gebedslijn beheerde!

Alle dingen zijn mogelijk bij God. Hij zal in al mijn behoeften voorzien. Vraag en het zal je gegeven worden. Uit de diepten van mijn benauwdheid schreeuw ik het uit en de Heer hoort naar mijn gebed.

Heer, help me alstublieft. Ze veegde de nattigheid van haar gezicht en strompelde verder, terwijl ze intens bad dat ze beneden zou zijn voor Jonah gewaarschuwd werd. Ze wilde hem nu niet zien. Niet in deze toestand. In geen enkele toestand trouwens.

Jonah veegde zijn mond af en nam de telefoon op.

'Ze is er niet.'

Hij, Jay en Sarge zaten net samen achter de biefstuk en de aardappelpuree. Hij stond op en liep naar het raam, waar hij de kou van de storm kon voelen. Er had hagel op het dak gekletterd, die zich nu ophoopte op de grond.

'Jonah?' drong Piper aan.

Hij schudde zichzelf wakker. 'Ik stuur wel een team.'

Het bleef een hele seconde lang stil aan de andere kant van de lijn. 'Heb je dat stukje gemist waarin ik zei dat het om Tia gaat? En dat ze weleens gewond zou kunnen zijn?'

'Nee, dat heb ik niet gemist.'

'En je gaat haar niet zelf zoeken?'

'Ik zorg ervoor dat ze gevonden wordt.'

'En wat als die psychopaat daarbuiten rondloopt?'

De enige die gek genoeg was om nu buiten rond te lopen, was Tia. 'Piper, ik regel het verder.'

Ze zuchtte diep en hing op. Hij pleegde het beloofde telefoontje. 'Hé, Moser. Kun jij McCarthy en degenen die dienst hebben bij de sheriff meenemen om de wandelpaden boven Prague Street te controleren? Ik kreeg een telefoontje dat daar waarschijnlijk iemand zoek is, misschien wel overvallen door de storm.'

'Naar wie zoeken we?'

'Tia Manning.'

'Wie zei je?'

'Je hoorde me wel.'

Moser zweeg net iets te lang. 'En dan stuur je mij?'

'Heb jij de leiding?'

'Ja, Jonah, ik heb de leiding.'

'Regel het dan.' Hij verbrak de verbinding.

Twee paar ogen keken hem aan toen hij weer aan tafel ging zitten.

'Van mij kun je gaan,' gromde Sarge. 'Ik heb geen babysitter nodig.'

Jonah spande zijn kaakspieren. 'Moser regelt het.'

Jays tweekleurige blik probeerde hem te peilen. Jonah stond weer op en liep naar zijn kamer, waar het roofdier in zijn kast hem nog steeds even doordringend aankeek.

Zeventien

Een deel van jou groeide op in mij. Zij aan zij. Jij en ik, voor altijd bij elkaar en nooit apart, misschien qua afstand, maar nooit in ons hart.
– Schrijver onbekend –

Piper had van bezorgdheid een knoop in haar maag. Elke keer dat haar moeder een bepaalde jurk had aangetrokken, dat haar vader met een berekenende uitdrukking op zijn gezicht rondliep of dat ze een hele avond met oom Joe doorbrachten, had ze geweten dat er een nieuwe zwendel op stapel stond. Zelfs wanneer ze niet probeerden haar erbij te betrekken, had ze toch het gevoel gehad dat ze er deel van uitmaakte.

Ze was zo bang geweest dat hun iets zou overkomen, dat haar vader gewond zou raken, dat haar moeder in de gevangenis gestopt zou worden, dat de politie aan de deur zou komen en haar zou meenemen om haar bij een vreemd gezin te plaatsen. Haar hand ging dan automatisch naar haar mond. Eerst kauwde ze op haar nagelriemen en daarna moesten de nagels zelf eraan geloven. Het was haar een tijdje gelukt om ermee op te houden, maar nu proefde ze bloed. Van haar pink, waarvan ze de nagel veel te ver had afgekloven.

Ze keek naar de donkere nacht en huiverde. Laat Tia alsjeblieft zijn opgehouden door de storm en niet in handen zijn gevallen van een gestoorde wasberendoder. Ook al was ze niet onder bedreiging van een pistool uit haar winkel ontvoerd, wilde dat nog niet zeggen dat ze niet te grazen was genomen door een psychoot. Piper drukte haar handen tegen haar gezicht. Ze moest iets *doen*. Bij een zoektocht zouden ze niets aan haar hebben. Maar wat dan? Ze sloot haar ogen en probeerde te verzinnen wat Tia zou doen.

Bidden.

Och heden. Niet bepaald de juiste persoon, hè?

Tia had haar verteld dat bidden bepaalde krachten vrijmaakte. Maar wat zou er gebeuren als ze het verkeerd deed? En het zou hoe dan ook al helemaal fout kunnen zijn omdat ze niet in God geloofde. Ze beet weer op haar nagels. Het was eigenlijk niet zozeer dat ze *niet* geloofde, maar meer dat ze niet wist *hoe* of in *wat* ze moest geloven.

Wat ze nodig had, was iemand daar verstand van had, die naar de kerk ging. Jonah Westfall ging naar de kerk. Hij zou wel weten hoe je moest bidden. Maar als ze hem nog eens belde, zou hij haar gegarandeerd arresteren. Ze had een geoefende bidder nodig die haar kon vertellen hoe ze dat moest doen. Dat was het. Ze zou Tia's oudere vriendinnen uit de kerk bellen.

Ze haastte zich naar de keuken en vond het dunne boekje met het logo van de kerk op de omslag. Ze zou beginnen met iemand die ze kende ... Mary Carson. Buiten adem legde ze uit: 'Weet u nog dat ik tegen u zei dat Tia haar winkel onbeheerd had achtergelaten? Nou, ze is verdwaald op de berg, in de storm.'

'O nee.'

De donder rommelde langs de hemel.

'Ik zoek iemand die bidt. Iemand die dat kan. Die weet hoe je dat moet doen.'

'Wil je dat ik met je bid?'

'Nee. Ik bedoel, ik denk dat Tia dat zou willen, maar ik weet niet hoe. Ik heb de politiecommandant ervan weten te overtuigen dat hij een zoekactie moet opzetten, maar ik wilde ook iets doen en het enige wat ik kon verzinnen, was bidden.'

'Weet je wat? Ik rijd niet met dit slechte weer, dus laat me Carolyn bellen. Ben je thuis?'

'Ja.'

'Tenzij je anders hoort, komen we er direct aan.'

Piper hoopte dat het beven van haar stem van de Parkinson was. Eén hopeloze paniekkip was genoeg. 'Dank u.' Ze wist niet precies wat ze aan het overhoophalen was, alleen maar dat Tia dit zou willen.

Een kwartier later stonden de twee vrouwen op de stoep. Mary zei: 'Dit is Carolyn Wells, lieverd. We zouden het fijn vinden om samen met jou te bidden voor de veiligheid en de redding van Tia.'

Tia strompelde hevig huiverend een scherpe bocht om en zag lichten, de felle stralen van drie zaklampen, maar nog wel zo ver naar beneden dat het een tijd zou duren voor ze die zou bereiken. Ze haalde beverig adem. Ze zag niet uit naar de grote mond die ze gegarandeerd van Jonah zou krijgen, maar ze zou hun hulp wel aannemen. De vermoeidheid begon haar te overmannen.

Ze vertraagde haar snelheid. Het had geen zin om te haasten nu er al een team naar haar was komen zoeken. Ze hoopte in elk geval dat het een reddingsteam was en niet de plaatselijke dierenmartelclub. Ze huiverde. Haar tanden hadden het afgelopen half uur zo hard geklapperd, dat ze ze zou moeten laten nakijken op afgeschilferde plekjes. Weer een huivering.

Ze was van plan geweest te roepen wanneer ze dichtbij genoeg zouden zijn, maar nu was ze daar niet zo zeker meer van. Ze greep haar wandelstok nog iets steviger vast en beet op haar onderlip tegen de pijn in haar handpalmen, haar knieën, haar ellebogen en bijna haar hele linkerbeen. Het voelde aan alsof een hond zijn tanden in haar enkel had gezet en zich er bij elke stap steeds dieper in vastbeet.

Pas toen de kou zich in haar knieën zoog, besefte ze dat ze als een boeteling op de grond was neergezegen. Weer opstaan leek een net zo grote uitdaging voor haar als het beklimmen van de Mount Everest. Maar Jonah zou haar niet op haar knieën vinden. Ze klom bijna tegen haar wandelstok op om overeind te komen en stond weer toen ze gevangen werd in de lichtbundels van de zaklampen.

'Tia Manning?!' De stem van Moser.

'Ja!' riep ze terug. 'Alles is oké.'

Ze wachtte tot Jonah met woeste blik zou komen opdagen, maar hij was er niet bij. Ze hoopte dat dat niet betekende dat er nog een team in deze storm naar haar liep te zoeken.

'Ben je gewond?'

'Niet echt. Mijn enkel heeft me opgehouden.'

Een hulpsheriff sloeg een deken om haar schouders. Ze zakte bijna in elkaar door het verwaarloosbare gewicht ervan.

Een agent die ze niet kende, zei: 'Sla je arm maar om mijn schouder. Wij zullen er wel voor zorgen dat je beneden komt.' Hij was klein en zo robuust als een pony. En met Adam Moser aan de andere kant hoefde ze zelf bijna niks meer te doen. Ze was opeens zo opgelucht, dat haar lichaam er helemaal van trilde. Ze was dichter bij een instorting geweest dan ze zich had gerealiseerd.

'Ik zal je naar de Eerste Hulp brengen,' zei Adam toen ze bij het begin van het pad aankwamen.

'Kun je me alsjeblieft gewoon naar huis brengen?'

'Je moet je eigenlijk even laten nakijken.'

'Het gaat echt wel. Er loopt daar verder toch niemand te zoeken, hè?'

'Nee.' Hij deed de politieauto van het slot. Ze liet zich naar binnen zakken, uit de regen, en sloot haar ogen toen de ondergeschikte van Jonah om de auto heen liep en instapte met een telefoon tegen zijn oor. 'Ja, commandant, met Moser. We hebben mevrouw Manning gevonden. Lichte verwondingen en een beetje onderkoeld. Ze wil niet naar het ziekenhuis, dus rijd ik even met haar langs de brandweerkazerne, zodat de medische jongens daar even naar haar kunnen kijken.'

Ze begon al te protesteren, maar realiseerde zich dat Jonah dat ook zou horen. En trouwens, Moser had het haar niet gevraagd; hij had het besloten.

Moser luisterde een paar seconden. 'Goed dan.' En hij klikte zijn mobieltje dicht.

Tia keek opgelucht en uitgeput naar het beregende raam. Ze had Jonah niet onder ogen willen komen en wilde niet dat hij zou denken dat dit een stunt was om zijn aandacht te trekken, zoals ze ooit als meisje allerlei stunts had uitgehaald en hem had uitgedaagd. Ze zou het vreselijk hebben gevonden als hij haar zou hebben opgespoord en haar op haar kop zou hebben gegeven, maar een nieuwe angst kroop als een agressieve infectie door haar heen. Jonah wist dat ze in moeilijkheden verkeerde en had het aan iemand anders gedelegeerd. Hij had haar eindelijk losgelaten.

Jonah stopte zijn telefoon in zijn zak. Tia was gevonden, in veiligheid en net zo koppig als anders. Hij had de juiste beslissing genomen. Hij liet toe dat zijn spieren zich weer ontspanden en masseerde zijn nek. Toen Sarge eenmaal op bed lag, liet hij Enola nog een keer naar buiten voor ze ging slapen. Haar vermoeide ogen en haar flank, die flink onder de korsten zat, herinnerden hem eraan hoe kort het nog maar geleden was dat ze zich zijn tuin in had gesleept.

Dit kon inderdaad nooit haar eerste ervaring met de mensenwereld zijn. Misschien was ze wel doelbewust gefokt, net zoals de wolfshonden. Hij liet de buitendeur open, liep terug naar de kast en keek naar de kleine, krioelende puppy's. Hij wilde ze niet weghalen en snapte ook niet waarom Liz erop had gestaan dat hij ze vanavond langs bracht. Er zat iets in dat ze ze wilde hebben wanneer hun ogen open zouden gaan, maar dat duurde zeker nog een week.

Met een zucht tilde hij ze één voor een op om te kijken of het een mannetje of een vrouwtje was. Twee vrouwtjes, een mannetje. Hij draaide de laatste om en bestudeerde het kopje. Ze zagen er meer uit als ratten dan als honden. Maar je kon nog niet zien of de moeder nu gedekt was door een coyote of door een tamme hond. Waar haalde hij het idee vandaan om ze aan een vrouw te geven die dacht dat ze er twee schattige huisdieren van kon maken? Het was gewoon niet ...

Jay klopte op de deur. 'De dierenarts is er.'

Nu?

Ze liep met natgeregende jas en haren de kamer in, maar er lag een vastberaden uitdrukking op haar gezicht. 'Je hebt me de puppy's beloofd.'

Hij hield er nog steeds eentje in zijn handen. 'Het is nog te vroeg, Liz.'

'Over zes weken denk je dat nog steeds en dan zien ze mij niet meer als hun moeder.'

Ze wierp een blik door de kamer waarnaar hij haar pas nog had willen meenemen. Die misstap gaf haar wat in handen en dat wist ze. Maar ondanks haar besluitvaardigheid voelde hij toch een zekere ongemakkelijkheid, een naïviteit die niet strookte met haar vastberaden buitenkant.

Ze keek hem recht aan. 'We hadden een afspraak.'

'Ik weet het.' Hij knikte. 'Ik stond op het punt om ze te komen brengen.'

'Het zal wel.' Ze produceerde een scheve glimlach en keek op haar horloge.

'Ik had het nogal druk vanavond.'

'Dan bespaar ik je de rit.'

Hij nestelde het exemplaar dat hij in zijn handen had tegen zijn borst. 'Volgens mij zijn dat twee vrouwtjes.' Hij knikte in de richting van de kast. Als ze die beesten dan per se wilde hebben, kon ze maar beter opschieten voor Enola terugkeerde. 'Heb je iets om ze in te vervoeren?'

Ze haalde een kleine reiskooi uit de gang, bekeek ze, bevestigde dat hij gelijk had en zette ze in de kooi. 'Dit is een mogelijkheid om de natuur te overwinnen.'

'De natuur geeft niet snel op.'

Ze keek opzij. 'Ik ook niet.'

Jay mompelde: 'De coyote is al bij de deur.'

Ze tilde de reiskooi op.

Hij zette de laatste pup in de kast. 'Ik zal je via de achterkant uitlaten.' Hij leidde haar door de nieuwe gang langs de kamer van Sarge. Toen ze de deur bereikten, schudde hij zijn hoofd. 'Waarom heb ik het gevoel dat ik de vos in de kippenren laat?'

'Het kleintje dat ze nog heeft, zal al haar aandacht opslokken. En die van jou.' Ze keken elkaar aan.

Omdat hij niet wist wat hij verder nog moest zeggen, duwde hij de deur open. Hij kreeg een vlaag regen in zijn gezicht. 'Wees voorzichtig, Liz. Neem geen risico met die beesten.'

'Er kleven risico's aan alle dingen die waardevol zijn. Je neemt ze of je neemt ze niet.'

Hij keek toe hoe ze een beetje mank wegliep met de pups en deed toen de deur dicht. Er stroomden allerlei schuldgevoelens door hem heen toen Enola op een drafje door de kamers liep, terwijl ze de vreemde geuren en het spoor van haar verdwenen pups op zich in liet werken. Steeds weer gleed haar blik over hem heen, maar niet beschuldigend. Ze besefte niet dat hij haar nageslacht had weggegeven.

Uiteindelijk keerde ze terug naar de kast en likte ze zijn geur van het enige exemplaar dat ze nog overhad.

Jonah bleef een tijdje zitten toekijken, waarna hij naar de woonkamer liep en naar de fles staarde. Hij herinnerde zich hoe het voelde om in die verdovende dieptes te duiken, de warmte, de troost, de bevrediging. Het gevoel alsof zijn hersens in een zachte vacht werden gewikkeld.

Jay kwam naast hem staan. 'Delen?'

Jonah slikte. 'Goed.'

Daar stonden ze dan, schouder aan schouder. Ze voelden de bedreiging en bleven staan waar ze stonden. Jonah ging zitten. Hij steunde met zijn onderarmen op zijn knieën en liet zijn hoofd hangen. 'Ik wou dat ze niet was gekomen.'

'Je dierenarts?'

Jonah fronste zijn voorhoofd. *Zijn* dierenarts. 'Enola. Waarom heeft ze mij uitgekozen?'

'Misschien vanwege de halve koe in je vrieskist.' Toen Jonah niet glimlachte, haalde Jay zijn schouders op. 'Misschien kon ze niet meer. Misschien was ze te zwak om verder te lopen.'

'Jij zei dat ze met een reden hierheen was gekomen, om me iets te leren, om me bepaalde dingen te laten zien.'

'Dat was het Cherokee-antwoord. Dit is de Deen.'

Hij hield het er maar liever op dat ze gewoon bij hem in de buurt was ingestort. Maar dat was niet wat hij had gezien. Die ene kleine buikschuiver in zijn richting maakte een leugen van Jays verklaring. Ze had hem vertrouwd. Zijn mond voelde uitgedroogd aan. Zijn handen beefden.

Jay zei: 'Dit gaat niet om die hond, of wel?'

Jonah balde zijn vuisten en ontspande ze weer. En nog eens.

'Waarom ben je niet zelf naar Tia gaan zoeken?'

Hij keek Jay aan. Zijn vriend had Tia nooit ontmoet, maar hij wist hoe de vlag erbij hing en dat de tank bijna leeg was. Jay wist alleen niet dat hij die ochtend het laatste restje in brand had gestoken. Hij had de angst van zich afgezet toen ze daar buiten rondliep. Maar nu ze in veiligheid was, kwam het opeens hard aan. Wat als ze haar niet zouden hebben gevonden? Wat als ze de dood zou hebben gevonden? Hij wreef met zijn handen over zijn gezicht. 'Omdat het voorbij is.'

Jay liet die woorden tot rust komen. Jonah had dit niet eerder gezegd, zelfs niet tegen zichzelf. Hij was haar winkel in gelopen met een bepaald doel, maar had het tegenovergestelde bereikt. 'Cold turkey?'

Jonah knikte. Hij had een verslaving overwonnen. Kon hij haar nu maar uit zijn hoofd krijgen …

De regen werd minder en liet wat uiteengerukte wolken achter in een flauw verlichte sterrenhemel. Ten slotte stond Jay op. 'Ik moet morgen aan een renovatie beginnen, dus de volgende drie dagen, of misschien wel langer, kan ik niet weg.'

Jonah knikte.

'Zes jaar nuchter.'

Jonah knikte nog eens.

'Yellow Hawk, het opperhoofd van de Lakota Sioux, zei: "Ik zoek kracht, niet om groter te worden dan mijn broeder, maar om mijn grootste vijand mee te bevechten – ikzelf." Kracht, broeder.' Jay kneep hem in zijn schouder op weg naar buiten.

Met elke trage hartslag verlangde Jonah naar de fles. Had hij wel zin om tegen zichzelf te vechten? Wat maakte het eigenlijk uit? Dan zóú hij dronken worden. Wat dan nog? Wie zou het iets kunnen schelen? Wie had er last van? Hij zou alles kunnen verdrinken, de pijn bedekken met dat milde vuur. Zijn keel was uitgedroogd, smachtte naar het geestrijke vocht.

Jay had hem verteld dat die fles vasthouden hetzelfde was als de duivel een hand geven. Jonah wilde dat het hem eraan zou herinneren dat hij zich kon branden. Hij hield zichzelf niet voor dat hij het bij één slok zou houden. Als hij die fles opende, hem tegen zijn lippen zette, zouden ze de liefde bedrijven tot alles op was.

De duivel zat niet in de drank. Die zat in hem, diep naar binnen gedreven, dieper met elke vuistslag, elke striem, elk verschroeiend woord, waardoor zijn ziel net zo rauw werd als zijn huid. En met de slagen de geur van whisky, de smaak van angst in zijn mond en neus en longen.

Och, Heer. Hield dit dan nooit op?

Hij had Reba afgeschermd tegen zijn ondergang. Maar Tia was er wel bij geweest. Ze was er altijd geweest, in het duister en de verschrikkelijke angst. In de pijn. In de schaamte.

'Het ergste is nog,' mopperde Sarge, die achter hem naar binnen schuifelde, 'dat je door moet, dag na dag. En waarvoor?' Hij spreidde zijn handen en liet zich in de andere gemakkelijke stoel zakken. Hij rook naar een oude jas, uit een hutkoffer gehaald waar hij al te lang in had gelegen.

'Ik hoop dat je het niet erg vindt om hier te zijn, Sarge. Dit betekent veel voor me.'

'Jij houdt ervan om mensen te redden.'

'Ik heb niet ...'

Sarge stak een hand op. 'Dit is niet de eerste keer.'

Jonah wachtte af.

'De eerste keer was de nacht dat Marty overleed.'

Sarge had daar niet eerder over gesproken. In elk geval niet met hem.

'Toen ik jouw gezicht zag, een kleine jongen die werd gekweld door een gestoorde man, wíst ik het. Op het moment dat ik faalde, had ik een tweede kans gekregen.'

'Je hébt niet gefaald, Sarge. Je bent niet tekortgeschoten met Marty.'

Sarge schudde zijn hoofd. 'Ik verschilde niet zo veel van die ouwe van jou.'

'Jij bent anders.'

'Hard en onvermurwbaar. Altijd iets te bewijzen. Weet je hoe het voelde om kok te zijn terwijl anderen hun leven op het spel zetten? Ik voelde me onzichtbaar, onbeduidend. Een aansteller in uniform.' Hij sloeg zijn vermoeide ogen op. 'Maar thuis was ik generaal.'

Jonah ging daar niet tegen in.

'Marty.' Hij hield zijn hoofd een beetje scheef en zag er aangeslagen uit. 'Marty maakte geen problemen, niet zoals de meiden. Hij was gevoelig. Intelligent. Was kritisch op zichzelf. Hij was zacht en Ellen stond niet toe dat ik hem harder maakte.'

Dan had Billie waarschijnlijk wat minder geluk gehad.

Sarge perste zijn lippen op elkaar en zijn wenkbrauwen kropen naar elkaar toe. 'Ze was een goede moeder en een goede echtgenote. Beter dan ik verdiende.'

'Ik wilde dat ik haar had gekend.'

Sarge knikte. 'Ze zou jou onder haar vleugels hebben genomen.'

'Die vleugels van jou waren groot genoeg.'

Sarge keek op. Ze bleven elkaar aankijken.

'Je bent goed voor me geweest, Sarge. Alles wat ik voor je doe, doe ik uit dankbaarheid dat je me de kans hebt gegeven om iets te worden.'

Jonah bestudeerde zijn gezicht, elke rimpel en vouw ervan, elk lijntje dat daar was achtergelaten door het leven. Hij hield van de oude man. Met dichtgeknepen keel knikte hij.

Nog steeds bibberend van de kou, hoewel ze er alles aan deed om het klapperen van haar tanden tegen te gaan, bedankte Tia Adam Moser dat hij haar had gevonden en naar de eerstehulpafdeling van de brandweerkazerne had gebracht, waar de jongens er veel te veel gedoe van hadden gemaakt. Ze hadden erop gestaan dat ze in dekens gewikkeld warme chocolademelk dronk terwijl zij haar enkel in het verband wikkelden en de agent op zijn huid zaten om het feit dat hij hen niet had meegenomen met de reddingsactie.

'Opdracht van de commandant,' zei hij, waarbij hij zonder het te weten het haar nog eens extra inwreef.

Hoe sneller ze binnen zou zijn, hoe sneller ze dit hele gedoe achter zich zou kunnen laten. Leunend op haar wandelstok en de arm van de agent bereikte ze de deur, waar ze Moser nogmaals bedankte en nadrukkelijk afscheid nam. 'Ga gauw weer de warmte opzoeken.'

'Weet je zeker dat je het redt?'

'Absoluut.'

Haar kuit en haar enkel leken in brand te staan en haar hart was tot pulp vermalen. Ze wilde alleen maar haar in bed duiken en zich daar als een worm opkrullen. Maar toen ze naar binnen ging, stond Carolyn op van haar plaats bij het haardvuur. Mary Carson zat samen met Piper op de bank. Haar hart begon te bonken. 'Is er iets ergs gebeurd?'

'Wat? Nee, we zijn hier voor jou. En voor Piper.'

Ze verborg haar verbijstering. 'Mij mankeert verder niks. Alleen een verzwikte enkel. Niet mijn meest slimme zet, maar ik heb het gered.' Ze steunde zwaar op haar wandelstok en bewoog zich naar het vuur toe om de kou uit haar botten te krijgen.

'Je bent half bevroren,' zei Mary Carson.

Piper sprong op. 'Ik heb de commandant uren geleden al verteld dat je hulp nodig had, maar hij bleef maar zeggen dat je jezelf uitstekend kon redden.'

Jonah kon het weten. 'Die verzwikte enkel remde me af en toen ging het stormen, waardoor alles nat en glibberig werd.' Tia strekte een voor een haar handen uit en haatte het dat deze twee vrouwen haar in de nasleep van een niet al te beste beslissing aantroffen. Ze had zich er bij Piper met een losse opmerking vanaf kunnen maken, maar er stond zo veel bezorgdheid in de blik van Carolyn te lezen dat het gewoon pijn deed. 'Niks aan de hand. Echt.' Ze wierp een verontschuldigende blik op hen. 'Het spijt me dat jullie voor mij helemaal door dit weer moesten.'

'We waren hierheen gekomen om Piper te helpen bidden,' zei Mary.

'Bidden?' Tia draaide zich om naar de jonge vrouw, die daar nooit iets van had willen weten.

'Ik wist niet wat ik anders moest doen.' Haar treurige blik maakte duidelijk dat het niet genoeg was geweest. 'Toen de commandant niet wilde luisteren.'

'Je gebed heeft geholpen, Piper. Kijk maar, ik ben weer terug.'

'Maar je bent gewond.'

'Alleen maar een verzwikte enkel.'

'Waar je niet op zou moeten staan.' Carolyn ondersteunde haar bij de elleboog en leidde haar naar de tweezitsbank.

Piper ging naast haar zitten en trok een deken over hen beiden heen. 'Ze hebben gebeden dat je niet verdwaald en ook niet gewond zou zijn.'

Dat waren de twee dingen die haar de storm in hadden gedreven, maar zij bedoelde het fysiek. Niemand wist hoeveel zielenpijn ze had gehad. Behalve Jonah. En die had tegen hen gezegd dat ze voor zichzelf kon zorgen. Dat had hij ook tegen haar gezegd.

'Ik ben niet echt gewond, Piper. Het had veel erger kunnen zijn. Een verzwikte enkel is niets. Zelfs de Eerste Hulp van de brandweer liet me zo weer naar huis gaan.'

Het keteltje begon te fluiten en Carolyn liep naar de keuken. Even later keerde ze terug, niet met een kop thee, maar met hete citroensap met honing. De warmte van nog een heet drankje was welkom, maar ze wilde het liefst alleen zijn. Deze vrouwen braken haar hart.

'God houdt van je, Tia. En ook van jou, Piper.'

Piper kroop tegen Tia aan. 'Raak alsjeblieft niet nog eens verdwaald.'

Tia leunde met haar hoofd tegen dat van Piper, maar ze was al verdwaald. En ze viel, zo de afgrond in.

Liz zette de reiskooi naast de roestvrijstalen tafel, droogde haar handen, haar gezicht en haar haar af, waarna ze naar de vormeloze puppy's keek, nog bijna zonder vacht, en egaal bruin zonder vlekken. Hun ogen waren nog spleetjes, hun neus stomp, afgeronde oortjes die mettertijd puntig zouden worden. Ze hadden zich samen in de reiskooi tegen elkaar opgerold en ze tilde ze als één kluwen op toen Lucy binnenkwam.

'O. O, Lizzie.' Lucy keek er met intense blik naar. 'Ze zijn zo nieuw.'

Liz glimlachte. 'Splinternieuw. Help me de druppelaars te vullen om ze te voeden. Ze hebben een zeer speciale verzorging nodig.'

'Zijn deze van die coyote?'

'Ja.'

'Dan heb je de commandant gezien.'

'Net lang genoeg om deze voor je mee te nemen.'

Lucy straalde. 'Ik heb nog nooit zoiets moois gezien. Kijk toch eens hoe ze samen nestelen.'

'Ja,' zei Liz.

'Vond hij het erg dat je ze meenam?'

'Een beetje.'

Ze gaf een van de pups aan Lucy. Ze voedden ze met de druppelaars en stopten ze daarna in de kennel waar ze al dekens had neergelegd.

'Blijven ze zo warm?'

'Er ligt een verwarmingsplaatje onder de dekens. Maar we zullen ze een tijdje elk uur moeten voeden. En aaien, zodat ze gaan poepen.'

Lucy knikte. 'Dat kan ik wel.'

'Ze horen of zien nog niks. Maar ze kunnen ons ruiken en voelen.'

Lucy stak een hand uit en legde die op de puppy's. Zachtjes, heel zachtjes begon ze hen te strelen. Liz sloot haar ogen, overweldigd door een pijnlijk gevoelig besluit.

Achttien

De één redt het, de ander gaat onderuit; maar vergeet dat verschil.
Alleen door de verbintenis van de één, die samen met en door de ander
heen werkt, ontstaan er grootse dingen.
– Antoine de Saint-Exupery –

Piper drukte haar handen in het deeg. Er was iets met Tia gebeurd, iets wat buiten haar hachelijke onderneming op de berg stond, maar ze wilde er niet over praten. Ze wilde niet zeggen waarom ze op die manier was vertrokken. Piper rolde en drukte nog eens. Voor ze vertrok was ze nog even Tia's kamer binnengeglipt en had gezien dat ze in een lade zat te rommelen die vol zat met lege parfumflesjes, opgedroogde en gebarsten nagellak, kindertiara's, oorbellen en lipglossflesjes waar nog maar een klein bodempje in zat. En een papieren prinsessenpop met getekende kleertjes.

'Wat is dit allemaal?' fluisterde ze.

'Reba.' Tia legde de lade opzij en trok de dekens over haar schouders heen.

'Ik hoop dat je vandaag in bed blijft.'

Haar stilzwijgen straalde een ongelofelijke vermoeidheid uit. God mocht haar dan van de berg af hebben gehaald, maar niet helemaal compleet. Wat haar ook die storm in mocht hebben gedreven, het was de hele terugweg aan haar blijven kleven.

Piper hijgde van schrik toen de achterdeur van de bakkerij rammelde en openzwaaide. Haar ogen werden groot en haar mond zakte open. 'Sarge!'

Er verscheen een lichte gloed op zijn wangen toen hij de rollator naar haar toe duwde. 'Kijk niet zo verbaasd. Ik ben krijgsgevangene, geen slachtoffer.'

'Ik ben niet verbaasd; ik ben enthousiast. U ziet er zoveel beter uit.' Hij was twee weken weg geweest en de laatste keer dat ze hem had gezien, was toen hij lag te kronkelen in een ziekenhuisbed en schold als een bezetene.

Sarge fronste zijn voorhoofd. 'Zet niet van die grote ogen op. Toon een beetje trots.'

Piper glimlachte naar Jonah, die achter Sarge stond. 'Hij is weer helemaal de oude.'

Sarge hijgde toen hij dichterbij schuifelde achter zijn aluminium loophulpje. 'Wat ben je aan het maken?'

'Krentenbollen.' Ze probeerde niet verveeld te klinken. Dit was Sarges thuiskomst.

'Jonah zei dat je allerlei brouwsels in elkaar had gedraaid.'

Verrader. 'Ik heb alleen maar reglementaire baksels geserveerd sinds u me mijn baan hebt teruggegeven.' De uitspatting met Miles was in haar eigen tijd geweest, om de voorraadkast leeg te krijgen. 'Jonah?'

'Dat klopt.'

Sarge keek op zijn gemak de keuken rond. 'En je bent op de zondagen open geweest en dat soort flauwekul.'

'Tja, ik had bedacht dat u toch een aantal rekeningen betaald moest zien te krijgen.'

Sarge schuifelde naar de voorkant van de zaak, als een generaal die de barakken inspecteert.

Ze sloeg haar armen over elkaar en wierp een fronsende blik op Jonah. 'Waarom heb je me niet gewaarschuwd?' fluisterde ze.

'Ik wilde dat Sarge je op je natuurlijkst zag. Hij heeft gegarandeerd je verrassing gezien en nu weet hij dat zijn inspectie een reëel beeld geeft van wat jij hier aan het doen bent.'

'Wat als het hier een puinhoop zou zijn geweest en … en …'

'Het is niet meer dan eerlijk als Sarge het ziet zoals het is.'

Ze hief een hand op en kauwde op haar nagelriem.

'Ik heb een van mijn agenten van die gewoonte afgeholpen.'

Piper deed vlug haar hand op haar rug. 'Hoe dan?'

'Ik vertelde haar dat ze het zelfvertrouwen moest uitstralen dat bij haar taak hoorde. Heb jij je taak naar behoren vervuld?'

'Dat weet je.'

'Toon dan geen zwakte als je onder vuur ligt.'

Dat kon hij makkelijk zeggen. De laatste keer dat ze Sarge zag, schoot hij haar bijna neer.

Tegen de tijd dat Sarge weer terugkwam naar de keuken, zag hij een beetje bleek. Zijn ene voet sleepte, maar ze kon niet zien of dat vermoeidheid of teleurstelling was. Hij hief zijn hoofd naar haar op en hield dat een beetje scheef, keek haar enkele lange momenten in haar ogen en zei: 'Goed gedaan, soldaat.'

Ze voelde haar wangen rood worden. 'Bedankt, Sarge.'

'En ik denk dat als je zo staat te springen om iets anders te maken, een specialiteit van de dag niet de ondergang van de zaak zal worden.'

Het duurde even voor dat bezonken was. 'Meent u dat?'

'Je hebt het verdiend.'

Als ze iets met knopen zou dragen, zouden die nu knappen. Ze keek van Sarge naar Jonah. Zijn ogen straalden een warmte uit die haar deed smelten.

Sarge stak een knokige vinger in haar richting. 'Maar ik wil niet dat je op zondag open bent. Je hebt een vrije dag nodig.'

Piper knikte. 'Okidoki.'

'En ik verhoog je loon met een dollar per uur, omdat jij nu de leiding hebt.'

Ze beet op haar onderlip terwijl er een glimlach over haar gezicht gleed. 'Waar is Sarge en wat heb je met hem gedaan?'

Sarge deed zijn best om niet ook te glimlachen en ging met een gemoedelijk 'hmpf' op weg naar de achterdeur. 'Ga zo door.'

Nog steeds glimlachend om het 'rechtsomkeert' van Sarge ging Jonah weer aan het werk. Ruth had hem al een lijst met aandachtspunten in zijn handen gedrukt voor hij drie stappen over de drempel had gezet. Boven aan de lijst: *Bel de burgemeester*.

'Die kleur staat je goed, Ruth.' Haar wangen en hals werden nog iets dieper roze boven het mintgroene shirt.

'Heb je die notitie over de burgemeester niet gelezen?'

'Jawel.'

'Meestal word je daar nogal chagrijnig van.'

'Dat wil nog niet zeggen dat ik dat op jou moet afreageren.' Hij liep verder naar zijn kantoor. Hij zou liever aan de gang gaan met alle andere punten op de lijst, maar hij greep de telefoon en leunde achterover op de krakende stoel. 'Met Jonah Westfall. Mag ik burgemeester Buckley van u?'

De wachttijd kwam overeen met de belangrijkheid van de burgervader. Hij was hoofd van de gemeenteraad en vervulde diverse publieke functies, hoewel de wethouder, David Wolton, de laatste zeven jaar de leiding had over alle echte verantwoordelijkheden.

De burgemeester kwam in een joviale bui aan de telefoon. 'Jonah. Bedankt dat je zo snel terugbelt.'

'Wat kan ik voor u doen?'

'Nou, ik wil graag iets met je bespreken. Heb je al ontbeten?'

'Ja.'

'Ik zou je even onder vier ogen willen spreken.'

'Dan kom ik naar uw kantoor.'

'Eh, nee ... Laten we elkaar ontmoeten op de brug van Wesley Park.'

Die brug overspande de Kicking Horse Creek, die in de bebouwde kom ongeveer zeven meter breed was. In de politiek was het niet ongebruikelijk om gevoelige zaken te bespreken op plaatsen waar niemand je kon horen, maar Jonah kon zich niet indenken wat voor gevoelige zaak er te bespreken viel. 'Goed.'

Toen hij na enkele minuten in Wesley Park arriveerde, stond de burgemeester midden op de brug in de kreek te staren. Zijn zilvergrijze haar bewoog in de milde ochtendbries en de bladeren aan de bomen begonnen na de eerste koude nachten langzaam van kleur te veranderen. Aan beide zijden van zijn met kronen gerestaureerde gebit verschenen kuiltjes in zijn wangen. 'Weet je nog dat de oude brug werd weggevaagd door die vloedgolf?'

'Jazeker.' Jonah keek door het heldere, snelstromende water naar het goudgespikkelde kiezelbed.

'Beeld je eens in dat je hier staat en dat alles onder je weggerukt wordt.'

'Gelukkig stond er niemand op.'

'Maar toch. Voel je het in je voeten?'

'Ja, ik denk het wel.' Hij keek de oudere man aan en realiseerde zich dat hij probeerde iets duidelijk te maken.

'Ik werk erg hard om deze gemeenschap te promoten.'

Jonah wachtte af.

'De mensen realiseren zich niet hoeveel tijd en energie daarin gaat zitten, want het hangt er maar helemaal van af wat voor beeld de mensen ervan hebben. Begrijp je?'

'Ik denk van wel.'

'En dat beeld kan van het ene op het andere moment worden weggevaagd, net zoals die vloedgolf deze brug wegvaagde.'

Jonah had het verband al gelegd.

'Het kost tijd om het te herbouwen. Tijd en middelen, die in een tegenvallende economische periode misschien niet voorhanden zijn. Zoals je weet zal de Pine Crestuitbreiding een bepaald type inwoner aantrekken. Je hebt de huizen gezien die ze bouwen, niet alleen op de Pine Crestverkaveling, maar in de hele vallei. De inkomsten die daaruit voortvloeien, belanden in de schatkist van onze gemeente, waaruit uiteindelijk jouw salaris wordt betaald.'

'Dus ik moet om een salarisverhoging vragen?'

De burgemeester glimlachte. 'Dat kun je natuurlijk altijd met Wolton opnemen, of niet?'

'Maar goed, wat kan ik voor u doen?'

De burgemeester leunde met een heup tegen de reling. 'Ik heb gehoord dat jij enkele bizarre dierenverminkingen tegen het lijf bent gelopen.'

'Zo zou u dat kunnen noemen, ja.'

'Het maakt niet uit hoe ik ze noem. Als dit bekend wordt, lopen hier binnen de kortste keren door buitenaardse wezens ontvoerde idioten rond die rare cirkels in onze grasvelden maaien, operaties op onze huisdieren uitvoeren en beweren dat dat door buitenaardse wezens is gedaan.'

'Maar één paar zouden huisdieren kunnen zijn geweest.'

'De Dierenbescherming hijgt ons zo in onze nek en geloof me, zoon, dat is het begin van de ellende.'

Dat *zoon* zette hem op scherp. 'Nou ja, ik was niet van plan om het te gaan rondbazuinen. Maar ik ben ermee bezig.'

'En dan vinden ze vast wel ergens een bedreigde muizensoort, waardoor de bouw stilgezet moet worden en onze inkomsten kelderen. Begrijp je me?'

Hij begreep hem.

De burgemeester hield zijn hoofd een beetje schuin. 'Goed, je weet dat het waarschijnlijk een uit de hand gelopen geintje is – een paar jongeren die de mensen de stuipen op het lijf willen jagen. Waarom zouden ze die beesten anders ergens achterlaten waar ze zeker gevonden zullen worden?'

'Dit is een ziek gebeuren en ik denk niet dat dit een geintje is van een stel baldadige tieners. Het wordt gedaan met een vakkundigheid die me zorgen baart, iets wat zou kunnen escaleren. En misschien is dat al aan de gang, omdat er is overgestapt van wilde dieren naar huisdieren.'

'Alleen maar een paar katten.'

'Opengesneden en aan elkaar genaaid.'

'Wat zegt de dierenarts? Je hebt haar geraadpleegd, toch? In het mortuarium?'

Had hij dat van Morey? 'Ze had dit nooit eerder gezien. Het zou een sekte ...'

'Ho, begin daar nou niet over. Denk je dat het woord "sekte" onze zaak goed zal doen? We hebben deze uitbreiding nodig.'

'Hoezo?' Redford had het al die jaren prima gered als goed bewaard geheim.

'Voor de groei en een aanhoudende welvaart.'

'M-hm.'

'Politiek is een evenwichtsspelletje. Het slappe koord, zo je wilt. Leun te ver naar links of naar rechts, doe een te grote stap vooruit, een hachelijke stap achteruit ...' Hij zweeg even. 'Als er in onze veelbelovende gemeenschap verhalen gaan rondzwerven over sektes en dierenoffers, nou ja, dan kan deze brug net zo goed meteen onder ons instorten.'

'Ik kan niet zomaar iets negeren dat een bedreiging voor onze veiligheid zou kunnen vormen.'

'Och, je moest eens weten hoeveel dingen er zomaar weer ...' Hij spreidde zijn handen. ' Verdampen. Onze banen, die van jou en van mij, balanceren op dat slappe koord. Je vader begreep dat.'

Jonah spande onbewust zijn spieren.

'Waarmee ik niet wil zeggen dat hij aan het eind niet het zicht op de juiste gang van zaken verloor. Zeker niet. Dat was allemaal niet best. Onze gemeenschap heeft daar toen een flinke tik van gekregen. En zo'n tik kunnen we ons niet nog eens veroorloven, begrijp je?'

'Ik weet het niet.'

'Wat ik wil zeggen, is dat je er beter maar geen aandacht aan kunt besteden.'

'Laat nou maar zitten. Gewoon negeren.'

Hij keek naar beneden, naar het water. Was de burgemeester over zijn vader begonnen om hem mee te krijgen, of om hem eraan te herinneren hoe beroerd dat was afgelopen?

De burgemeester stond hem een tijdje zwijgend aan te kijken en zei toen zacht: 'Ik wil niet dat dit project aan onze neus voorbijgaat. En zeker niet om een paar dode wilde dieren.'

'Eigenlijk wilt u dat ik mijn werk niet meer doe.' *'We vormen bij dit soort dingen een front. Dat is de eerste regel die ik je heb geleerd.'*

'Ik zeg alleen maar dat je dit potentiële probleem in evenwicht moet houden met het grotere goed.' Buckley leunde naar hem toe. 'Begrijp je?'

'Ik zal nadenken over wat u hebt gezegd.'

Burgemeester Buckley keek hem enigszins onderkoeld aan, maar al snel verscheen er weer wat warmte in zijn ogen. 'Ik had zo mijn bedenkingen over jou. Maar er schuilt een legende in je, Jonah. Dat zei Stan altijd al.'

Het was al halverwege de ochtend voor Tia's ziekmakende zelfmedelijden haar uit bed joeg. Ze douchte nogal onbeholpen, verbond opnieuw haar enkel en liep mank het pad uit naar de winkel. De zomer liep op zijn eind en het leek wel of de storm van gisteren de schakelaar had overgezet. Zelfs de lucht voelde anders aan.

De herfst was nog steeds een goede tijd voor toeristen, wanneer de espen verkleurden en de skihellingen een voor een open gingen. Vooral skiërs uit andere staten waren gek op ambachtelijke producten uit de bergen. Ze zou weer gouden espenbladeren en vuurrode bladeren van de looiersboom in de grote kaarsen verwerken, en ook twijgjes die ze in de glycerine had bewaard aan aardewerken potten bevestigen.

En al gauw zouden daar dennenappels, jeneverbessen en hulst in was bijkomen. De beren-, elanden- en naaldbomenfiguurtjes. Harde vingers van wanhoop probeerden haar te wurgen en toen er een klant binnenkwam, bleef Tia zitten waar ze zat. De vrouw kon zelf wel beslissen of er iets voor haar bij zat.

En blijkbaar was dat ook zo. 'Ik vind die kaarsen met bladeren echt iets aparts. Maar ik ben bang dat ze in brand zullen vliegen wanneer ik de kaars aansteek.'

'Ze zitten alleen maar aan de buitenkant. De was in het midden smelt weg en de vlam schijnt door de bladeren. Het geeft een schitterend effect.'

'Ik vind vooral die met die steentjes en die doorzichtige was mooi. Net de bedding van een bergbeekje.'

'Dat is een nieuwe glycerinewas.' Ze had die kaars gemaakt voor ze de werkelijke lading van het bijbehorende bijbelvers had gevoeld: *Zoals een hinde smacht naar stromend water, zo smacht mijn ziel naar u, o God (Psalm 42:2).*

Haar werk had haar iets duidelijk gemaakt wat ze nog nooit had toegegeven, zelfs niet tegenover zichzelf. Ze was uitgedroogd. De hoop die haar ooit had staande gehouden, was opgedroogd als een bergbeekje nadat de sneeuw was weggesmolten. Zij kon haar dorst er net zomin in lessen als een hinde.

'Ik neem hem,' zei de onbekende. 'Hij is zo apart.'

'Ze zijn allemaal uniek.'

'Van jou?'

Tia knikte.

'Je hebt behoorlijk wat talent.'

'Dank u.' Ze pakte de aankoop in, deed er een strikje om en plakte er een sticker op. Ze had Piper verteld dat ze daarvan genoot, maar nu haatte ze het met alles wat in haar was. Hoelang kon haar moeder nog van haar verwachten dat ze ermee door zou gaan?

Voor altijd. Stella Manning had de ultieme manier van onderdrukken ontdekt – een diep, verwoestend schuldgevoel. Maar zelfs dat schuldgevoel was geen partij voor de pijn die het verlies van Jonah veroorzaakte. Ze had deze straf gedragen, omdat hij hem samen met haar gedragen had, zelfs toen ze hem wegduwde. En nu was hij losgebroken.

Toen de klant was vertrokken, stormde Piper naar binnen. 'Je bent aan het werk!'

Ze realiseerde zich niet hoe beschuldigend dat klonk.

'Ik dacht dat je in bed zou blijven.'

'Dat ging niet.' Tia sloeg haar armen over elkaar. 'Moet je jezelf nou toch eens zien. Je geeft bijna licht.'

'Is dat zo?' Ze maakte een klein rondedansje. 'Tja …'

Er stroomde een hele woordenvloed over haar lippen. Sarge. Specialiteiten. Een hele dollar opslag.

'Dus waar zal ik eens mee beginnen? Ik wil zo veel mogelijk verkopen om Sarge te laten zien dat dit absoluut de juiste beslissing was.'

'Ik vind je croissant met gruyère en zongedroogde tomaat nog steeds de beste.'

'Vond je de tomaten niet een beetje te visachtig?'

De herinnering aan de opmerking van Jonah stak. Moesten zelfs de blije momenten pijn doen? 'Helemaal niet. Ze waren heerlijk.'

'Dan begin ik daarmee. Maar Sarge had het over een specialiteit van de *dag*. Elke dag iets nieuws!'

'Nou, dat was precies wat je wilde.' Het was gevaarlijk om iets te willen. 'Maar je hoeft niet elke dag iets anders te hebben.'

'Je hebt gelijk. Ja, natuurlijk.' Piper omhelsde haar woest en sprong toen weer achteruit. 'Sorry.'

Ze had haar gezicht niet moeten vertrekken van pijn.

'Tia, wat doe je hier eigenlijk?'

Daar zou ze heel wat antwoorden op kunnen geven.

Misschien was het dat stukje kwaadaardigheid in hem dat kwam bovendrijven, maar toen Jonah terug was, schoof hij alle administratieve papierwerk opzij en pakte het dossier over die dieren. Niet veel nieuwe informatie, maar …

Hij keek op toen Sue voor hem bleef staan, haar armen over elkaar geslagen. De twee dagen dat ze Eli nu al door het systeem haalden, had haar hart opengereten. Ze had hem mogen bezoeken en had haar zaak aardig kunnen bepleiten, maar er was nog steeds geen beslissing genomen. 'Wat is er aan de hand?'

'Sam heeft Eli bij het pleeggezin weggehaald.'

Jonah legde zijn pen neer. 'Wanneer?'

'Zojuist. Hij is naar binnen gelopen en heeft hem meegenomen.'
'Dat is ontvoering.'
Het huilen stond haar nader dan het lachen. 'Als hij met hem verdwijnt, Jonah ...' Ze slikte.
Hij stond op. 'Hoe labiel was hij?'
'Ik weet het niet. We hebben elkaar niet meer gesproken. Ik logeerde bij mijn moeder.'
Diverse triggers. Misschien was Sam over het randje gegaan.
'Hoe ben je erachter gekomen?'
'Connie belde me. Ze dacht dat ik er ook bij betrokken was en dat we ervandoor gingen.'
Connie Wong voerde haar taak plichtsgetrouw uit en was de enige sociaal werkster in de regio. Maar als ze dat had gedacht, had ze Sue toch verkeerd ingeschat. Er brandde een vuur in de ogen van zijn ondergeschikte.
'Als ik achter hem aan ga, Jonah, kan het gebeuren dat ik mijn wapen gebruik.'
'Je bent een agent die erop getraind is om zich te beheersen.'
Ze stak haar onderkaak naar voren. 'En een zwangere vrouw met een kind dat in gevaar verkeert. Als hij Eli iets aandoet, schiet ik hem voor zijn kop. En als hij denkt dat hij hem zomaar bij me vandaan kan halen ...'
'Ik begrijp het.'
Ze trok met een huivering haar schouders recht. 'Zorg dat je hem vindt, Jonah. Vind mijn kleine jochie.'
'En Sam?'
'Ik denk dat ik toch maar liever niet heb dat je hem doodmaakt.'
'Ik zal eraan denken.'
Jonah reed eerst naar hun huis, omdat hij dacht dat Sam misschien nog wat kleren zou gaan halen, als hij van plan was te vertrekken. De pick-up stond voor de garage. Jonah zette hem klem met de Bronco, die hij er dwars achter parkeerde. Hij naderde voorzichtig het huis en liet zijn pistool in de holster zitten, hoewel het natuurlijk wel doorgeladen was.
Hij klopte op de deur. 'Sam?!'
Geen antwoord.
'Ik kom nu naar binnen.'

Hij draaide aan de deurknop en duwde tegen de deur, maar hij drukte zichzelf tegen de muur voor het geval er geschoten zou worden. De deur zwaaide onbelemmerd tegen de muur. Hij kon om de deurpost heen een blik in de keuken werpen. Sam zat aan de keukentafel, met Eli op schoot. Toen Jonah dichterbij kwam, keek Sam op, maar Eli bleef tekenen in het boek dat voor hem lag.

'Waar ben je mee bezig, Sam?'

Hij gaf geen antwoord. Eli hield op met krassen en stak het groene vetkrijtje omhoog. Sam pakte het aan en gaf Eli een geel krijtje, een procedure die ze beiden leken te kennen. Sams ogen waren roodomrand. 'Ga je me arresteren?'

'Je hebt het gerechtelijk bevel aan je laars gelapt.'

'Ik had gebeld. Ik wilde met hem praten, maar ze zeiden dat hij al te erg van slag was. Ik hoorde hem huilen. Je weet niet wat het is om je eigen kind te horen huilen en hem dan niet te kunnen helpen. Niet te *mogen* helpen.'

'Omdat je als een gevaar voor hem wordt gezien.'

'Ik ben in slaap gevallen en toen is hij naar beneden geduikeld. Ik wil niet doen voorkomen alsof dat niks bijzonders was, begrijp me goed, maar ik heb mijn zoon nog nooit mishandeld. Ik weet niet waar die oude breuken vandaan komen. Misschien door Sue, misschien door haar moeder. Misschien door een van zijn speelkameraadjes. Een tijdje terug was hij erg lastig en ja, toen heb ik een flinke scheut hoestsiroop bij hem naar binnen gegoten om hem te helpen in slaap te komen. Ik wist niet dat hij gewond was.'

Jonah keek hem alleen maar aan.

'Hij lijkt op mij. Toen ik drie was, kreeg ik het voor elkaar om mijn been te breken in een zandbak. En het andere toen ik van de bank sprong. Misschien heeft hij dat van mij geërfd. Maar ik heb nooit zijn arm gebroken.'

'Mensen doen gekke dingen wanneer ze gebruiken, Sam.'

Sam knipperde met zijn ogen.

Een ontkenning zou de verdere gang van zaken bepalen.

Zijn kin trilde. 'Ik kan het overwinnen. Dat heb ik al eerder gedaan.'

'Je bent een tijdje clean geweest, maar je weet net zo goed als ik dat je het nooit echt hebt overwonnen.'

Het leek erop of Sam daartegen in zou gaan. Maar het maakte niet uit wat hij zei.

'Waar het om gaat, is dat we ons zorgen maken om Eli.'

Sams mond maakte enkele keren een valse start. 'Hij is mijn zoon. Denk je dat een stel pleegouders meer van hem kunnen houden dan ik?' Er verscheen een grimmige blik in zijn ogen, maar hij had het tegen de verkeerde. Jonah zou vroeger maar al te graag in een pleeggezin zijn geplaatst.

Er voer weer een huivering door Sams kin. 'Ik zweer je, ik zou dit kind nooit iets aandoen.'

Hij klonk oprecht. Maar als hij onder invloed van de drugs was, zou hij dan hetzelfde kunnen zeggen?

'Maar Sam, wat we nu moeten doen, is hem terugbrengen.'

Sam schudde zijn hoofd, maar er lag niet veel vechtlust in zijn ogen.

'En ik zal jou moeten opsluiten.' Hij had niet verwacht dat het zo gemakkelijk zou gaan. Hij had al met een Amber Alert en snelwegblokkades in zijn hoofd gelopen. Maar Sam had daar de middelen niet voor. En ook niet het lef.

Jonah zag hoe die woorden hem raakten, zag bij hem het besef rijzen van hoe zinloos zijn actie was geweest. De tranen stonden de man in de ogen toen hij Eli dicht tegen zich aan drukte en hem op zijn kruin kuste. 'Het was niet de bedoeling dat het zover zou komen.'

'Dat is het nooit.' Jonah moest slikken.

Negentien

In wat ik droom en in wat ik doe, zijt ook gij, omdat de wijn
van zijn eigen druiven moet proeven.
– Elizabeth Barrett Browning –

Ze moest het zeker weten. En dus deed ze de deur van de kaarsenwinkel open, waardoor er een belletje rinkelde toen ze naar binnen liep.

Tia keek op, zette zich onopgemerkt schrap en forceerde toen een glimlach die nooit haar ogen bereikte. 'Dokter Rainer, toch?'

'Och, noem me alsjeblieft Liz, Tia.'

'Liz,' zei ze vlak. 'Kan ik je ergens mee helpen?'

'Ik heb Lucy beloofd dat ik nieuwe geurblokken voor haar mee zou nemen. En ik zoek ook nog iets voor iemand anders. Jij kent Jonah Westfall, hè?'

Tia hield haar gezicht strak en knikte.

'Ik wil hem bedanken voor de puppy's die hij me heeft gegeven.'

'Puppy's?'

'Coyotepups.' Liz duwde een lok haar achter haar oor. 'Ik heb de moeder opgelapt toen ze zijn kast had ingepikt als nest.'

Tia zette haar handen in de zij. 'Heeft Jonah een coyote in zijn kast?'

'En nog één pup. Heb jij een idee?' Door Tia's vragende blik verduidelijkte Liz: 'Iets wat Jonah leuk zou vinden.'

'Nee, ik zou niet weten wat hij leuk vindt.' Ze klonk een heel klein beetje geïrriteerd. Ze leek het te beseffen en daar meteen spijt van te hebben.

'Dan kijk ik wel wat rond.'

Tia fronste haar voorhoofd. 'Ik heb trouwens geen idee waarom hij een van deze kaarsen zou willen hebben.'

Liz draaide zich half om. 'Om zijn verzameling uit te breiden.' Ze keek toe hoe dat doel trof. Tia wist dat dus duidelijk niet. 'Geloof me, Tia, hij is gek op je werk.' Ze koos een grote kaars met espenbladeren uit. Het maakte eigenlijk niet echt veel uit wat ze kocht. 'Deze past goed bij de andere die hij thuis heeft staan.' Ze zette hem op de balie.

Tia keek haar aan met een vlaag pijn in haar ogen. 'Wilde je ook nog geurblokken?'

'O ja, dat vergat ik bijna.' Ze pakte ze van de plank. Lucy zou er blij mee zijn en het zou haar afwezigheid verklaren.

'Zal ik ze voor je inpakken?'

'Ja, apart. En dat is bijna nog het mooiste deel.'

Tia's gezicht zag bleek en er was geen twijfel mogelijk. De pijn die ze gisteren door het raam heen had gezien, was echt.

Tia sloot om precies zes uur de winkel af en begon aan de trage, manke klim naar haar huis. Ze had met de auto kunnen gaan, maar ze zou zich niet laten belemmeren door een verzwikte enkel en een gekneusde kuit. En trouwens, de pijn voelde goed aan. Elke pijnscheut in haar been bood haar de kans om terug te vechten, om nog een stap te nemen.

Ik ... loop ... nog ... steeds.

Ze wist niet tegen wie ze dat zei. Het maakte ook niet uit.

Liz had haar pijn blootgelegd en ze was stervende. Eigenlijk was ze dat al meer dan negen jaar lang. Of als ze echt depri wilde doen, al sinds haar geboorte. Stukje bij beetje.

Dat was bij iedereen zo, bedacht ze, maar de meeste mensen zagen kans om daartussenin nog een leven te leiden. Ze had zo vaak geprobeerd haar vleugels uit te slaan, maar kritiek en veroordeling hadden tralies gevormd waar ze zich telkens weer tegenaan had geworpen. En als het enige wat ze nu nog kon doen het terugdringen van de pijn was, dan zóú ze die terugdringen, met elke stap. Ze mocht dan geen vleugels hebben, maar ze had benen. Ze had een wil. Ze klemde haar kaken op elkaar tegen de pijn. Ze ... leefde ... nog ... steeds.

Liz liep over straat en zag Tia verschijnen, waarna ze weer verdween tussen en achter de gebouwen. Hun snelheid en ritme leken ironisch genoeg veel op elkaar. Een sterke en een zwakke stap – spiegelbeelden. Hoewel Tia's gezicht vertrokken was van de pijn, zouden haar blessures weer genezen. Liz was lang geleden genezen, maar haar blessure bleef.

Ze was niet van plan geweest haar te volgen en deed dat dan ook niet. Ze liepen gewoon toevallig dezelfde kant op. Ze wreef over haar zijde, haar heup. De klim was steil en Tia sloeg af, bij de bedrijfsgebouwen vandaan. Liz liep de steeg tussen twee winkels in en wachtte even terwijl Tia naar boven liep, naar een straat met huizen die uit het begin van de twintigste eeuw stamden en tegen de berg aan gebouwd waren.

Liz fronste haar voorhoofd. Ze zou haar achterna moeten klimmen of eenvoudigweg wachten tot ze zag waar ze heen ging. En dat was alleen maar interessant omdat als ze Tia zou begrijpen, ze ook Jonah beter zou begrijpen. Ze kon geen pijn verdragen en de pijn die ze in zijn ogen had gezien toen Tia door het raam van de bakkerij had gekeken, was een rauwe pijn geweest.

Dat besef had haar geraakt, maar slechts voor even. Hij had haar de puppy's gegeven en daarmee dienden ze gezamenlijk een prachtige taak. Wat zou hij nou kunnen delen met een ander dat er net zo toe deed als dit?

Piper trok Tia bijna naar binnen. 'Niet te geloven dat je met dat been nog loopt.'

Tia zuchtte. 'Ik kan niet toestaan dat dat been me verslaat.' Ze liet zich duidelijk met flinke pijn op de bank zakken.

'O?' Er welde frustratie in haar op. 'Of misschien kun je het gewoon niet laten genezen.'

Tia keek verbaasd op.

'Zo reageer je op alles, of niet? Ook met Jonah. Je wílt gewoon dat het pijn doet.'

De pijn op haar gezicht sprak voor zichzelf.

Piper ging naast haar zitten en vouwde haar benen onder zich. 'Maar waarom?'

'Ik begrijp je niet.'

'Waarom kunnen jij en Jonah niet rechttrekken wat er fout gegaan is?'

Tia slikte. 'Omdat dat andere mensen pijn zal doen.'

'Je zei dat hij het hart van je zus heeft gebroken ...'

'*Ik* heb het hart van mijn zus gebroken.' Tia's ogen waren nu net open wonden. 'Jonah was haar grote liefde. Ze wilde trouwen, kinderen krijgen. Hij had zijn opleiding criminologie afgerond en was bij de politie aan de slag gegaan. Reba studeerde binnenhuisarchitectuur.' Er verscheen een bijna boze uitdrukking op Tia's gezicht. 'Ze hadden het allemaal zo mooi gepland.'

'Maar ze trouwden dus niet?'

Tia zweeg even en zuchtte toen. 'Zijn vader, de vorige commandant van politie – je had hem moeten kennen om het echt te kunnen begrijpen – was charmant en charismatisch en echt knap.'

'Zo vader, zo zoon.'

Tia wierp haar een aangeslagen blik toe. 'Als je dat tegen Jonah zegt, ontploft hij. En het klopt ook niet. Stan Westfall was hard en gestoord vanbinnen. Zelfs ik ken niet alle schade die hij heeft aangericht, maar geloof me, Jonah draagt er nog steeds de littekens van.' Ze had de schaduwen ervan in zijn ogen gezien.

'Maar wat is er dan gebeurd?'

'Er is een jonge vrouw gestorven toen Stan Westfall haar arresteerde.'

'Gestorven aan wat?'

'Hij heeft haar neergeschoten met zijn pistool.'

'Heeft hij haar neergeschoten?'

'Volgens het onderzoek wilde ze zijn pistool grijpen en ontstond er een worsteling. Hij is onschuldig verklaard.' Ze likte haar lippen. 'Maar Jonah vermoedde dat er bepaalde dingen uit het rapport waren weggelaten. Hij ging naar zijn vader om hem ermee te confronteren en toen heeft Stan Westfall zichzelf doodgeschoten.'

Piper hapte naar adem. 'Afschuwelijk!'

'Ja.'

'Maar wat was Jonahs vermoeden dan?'

'Dat heeft hij me nooit verteld.' Haar stem klonk ver weg. 'Daarna was Jonah een tijdje de weg kwijt. Hij begon te drinken. Reba probeerde hem te bereiken, maar dat lukte niet. Ze had niet de puzzelstukjes die hij mij had gegeven, al die dingen die hij me door de jaren heen had verteld, dingen waarvan hij niet wilde dat zij ze zou weten.'

Tia's gezicht vertrok. 'Ik wist dat ik het niet recht kon trekken, maar ik wilde hem zo graag helpen. Hij kwam naar ons huis en Reba was er niet. Ik was alleen thuis. Hij vertelde me dat hij de verloving zou verbreken.'

Tia drukte met haar vingers in haar ooghoeken. 'Ik wilde hem alleen maar vasthouden, maar toen stonden we opeens te kussen. Hij smaakte als whisky en steeg me direct naar mijn hoofd. Het was de eerste keer dat ik ooit ...' Ze zuchtte diep. 'We werden betrapt door mijn hele gezin. We waren zelfs niet eens naar boven gegaan.'

'Oôôh ...'

'Wat ik nooit meer kan veranderen en waar ik nauwelijks mee kan leven, is de blik die op het gezicht van mijn zus stond.'

Jonah zat alleen en in het donker op zijn veranda. Met zijn ellebogen op zijn dijen en zijn handen in zijn nek trok hij met koude vingers de spanning uit zijn rugspieren. Het gedoe met Sam en Eli had zijn gedachten een tijdje afgeleid van zijn gesprek met de burgemeester, maar het zat hem nu weer op zijn nek.

Hoe vaak hadden Buckley en de vorige commandant van politie niet besloten dat het beter was om de andere kant op te kijken? Stan Westfall had een legendarische reputatie, en de houding en manier van doen van een man die elke wetsovertreder die zijn pad kruiste zou verpletteren. Was het een schijnvertoning geweest?

Jonah kende maar al te goed de wreedheid die onlosmakelijk verbonden was met de straffen die zijn vader uitdeelde. Wat had Buckley kunnen aanbieden als tegenwicht voor die neiging, als ze tenminste echt hun belangen in *evenwicht* hadden gebracht ten behoeve van Redford? Een wederzijdse selectieve blindheid?

Voor wat? Huiselijk geweld? Kindermishandeling? Geen enkel onderzoek. Niet één. Waar was Stan Westfall allemaal nog meer onderuit gekomen voor zijn zoon hem confronteerde met de waarheid?

Zijn maag speelde op. Als Buckley dacht dat hij de huidige commandant kon manipuleren, dan zat hij er stevig naast. Nog eens nauwgezet het dossier doorsnuffelen had geen nieuwe sporen opgeleverd, maar hij zou een duistere en mogelijk dodelijke bedreiging niet zomaar negeren. Hoewel hij de methode wel een beetje begreep, had hij geen idee wat de reden was die achter de verminkingen stak. Hij zou blijven graven tot hij het wél wist. En als hij een sekte, buitenaardse wezens of, zoals hij verwachtte, een zieke, gestoorde geest zou opdiepen, zou het recht zegevieren.

Maar dat gesprek bleef nog steeds aan hem knagen. Er was een jong meisje gestorven. Zouden er nog meer zijn geweest? Hij drukte zijn handen tegen zijn gezicht. Hij kende de potentiële valkuilen van het opkijken tegen iemand. Hij had liever dat elke beweging onder de loep zou worden genomen dan dat hij een vrijkaartje zou hebben. Het hele leven van Stan Westfall was een vrijkaartje geweest. Tot het einde toe.

Tussen zijn handen en zijn voorhoofd ontstond een laagje zweet. Zijn ademhaling werd oppervlakkig. Hij proefde de roestige smaak van bloed. Hij greep met beide handen in zijn haar en knarsetandde van woede. Hoe kon die burgemeester denken dat hij ooit in de voetstappen van zijn vader zou treden?

Vanuit de diepten van een uitputtende slaap ving ze het geluid van een drilboor op, waarna het weer stil werd en het opnieuw begon, tot ze zich realiseerde dat het haar mobiel was die op trilfunctie stond. Tia deed haar ogen een heel klein beetje open om hem te kunnen pakken, hem open te klikken, hem op te rapen toen hij viel en op het display te kunnen kijken. Op een sterfgeval in de familie na, en misschien dat niet eens, kon dat op dit onbeschoft vroege uur alleen voor de Hooplijn zijn.

'Hallo?' Ze probeerde de slaap uit haar stem te schrapen. 'Hooplijn.'

'En als dat er niet is?'

'Neem me niet kwalijk?'

'Wat gebeurt er wanneer er geen hoop is?'

Tia richtte zich op op een elleboog, geprikkeld door de vraag. 'Dan vertrouwen we op ons geloof.'

De raspende stem kon van een man, maar ook van een oudere vrouw zijn. Of van iemand die veel te lang had gerookt. 'En wat is geloof?'

'Een doelbewust vertrouwen in het karakter van God, of we dat nu begrijpen of niet.' Haar versie van Oswald Chambers en de enige uitleg die ze kon behappen.

In de stilte die erop volgde vroeg ze zich af of dat niet te gelikt had geklonken. Of gewoon berustend. Geen van twee was de bedoeling geweest. 'Zonder hoop blijven er maar twee keuzes over – geloof en wanhoop.'

De stem raspte: 'En hoe zit het dan met blijdschap?'

'In mijn ervaring bestaat er geen blijdschap zonder hoop. Maar met geloof is er nog steeds een mogelijkheid om te overwinnen.'

'Hoe kun je een overwinning hebben zonder blijdschap?'

'Je klemt je vast aan wat er nog is overgebleven en je slaat niet op de vlucht voor waar je bang voor bent, maar je ziet het onder ogen. Het is niet gemakkelijk en je voelt je er misschien niet prettig bij, maar het is beter dan opgeven.' Voor het eerst in jaren zag ze zichzelf als piratenkind, zich vastklemmend aan de tuigage, terwijl de storm op haar inbeukte, die met graaiende vingers aan haar klauwde en in haar oren loeide. Ze had zin om terug te schreeuwen. Hoe waagde die wanhoop het om haar te willen verslinden?

'Ik heb nog zes weken te leven.'

Haar hart bonkte. Ze drukte een hand tegen haar borst, greep haar shirt en zei toen het enige dat in haar opkwam. 'U moet wel erg veel verdriet hebben.'

'Longkanker. De kinderen hebben me mijn hele leven gesmeekt om te stoppen met roken. Maar ik kon het niet. Ik wílde het ook niet. Ik heb het zelfs niet geprobeerd. Nooit gedacht dat er ooit een tijd zou komen dat het niet meer uitmaakt. Ik ben nu negenenvijftig en ik zal de zestig nooit halen.'

'Hoe zou u de tijd willen doorbrengen die u nog rest?'

Haar stilzwijgen voelde de daaropvolgende twee minuten aan als dieplood. 'Ik wil niet dat ze hoop hebben terwijl er geen hoop meer is.'

'Als u de komende zes weken niet meer zou roken, wat voor boodschap zou u hun daarmee geven?'

'Dat ik het voor hen heb gedaan.'

Ze lieten dat even bezinken.

'Ze zullen woest zijn dat ik het niet eerder heb gedaan.'

'Boosheid is een uiting van verdriet. Als het je allemaal niks kan schelen, word je ook niet boos. Liefde en boosheid zijn met elkaar verstrengeld.'

De vrouw begon te huilen, met hartverscheurende snikken, waarna ze een hoestbui kreeg die haar longen uit haar borst leek te scheuren.

Toen het voorbij was, zei Tia zacht: 'Misschien is er geen hoop dat u deze ziekte zult overwinnen, maar er ligt hoop verborgen in moed, in opoffering en in zo veel liefde aan anderen geven dat ze er vreugde uit kunnen putten, zelfs wanneer u die in uzelf kunt vinden.'

Een lange zucht, bezwangerd van de emoties, maakte duidelijk dat ze een gevoelige snaar had geraakt.

'Wanhoop verslindt alle goede dingen, tot er niets anders overblijft dan bittere gevoelens van spijt. Maar als u ervoor kiest om te geloven – geloven dat zelfs dit een doel heeft, ook al ziet u dat niet – dan vindt u misschien toch hoop. En blijdschap.'

Een zucht zo diep dat Tia hoopte dat het niet haar laatste was.

En dan een nauwelijks verstaanbaar gefluister. 'U hebt mijn leven gered.'

Ze slikte. 'Ik bid dat de vrede van God, die verder gaat dan het menselijk verstand kan bevatten, uw hart en uw gedachten zal bewaren in Jezus Christus. En dat genade, hoop en blijdschap tot het einde toe uw metgezellen zullen zijn.'

'God zegene u,' hijgde de vrouw en dat was het einde van het telefoongesprek.

Tia ging weer liggen en staarde in het duister. Hoe lang zat ze al in de houdgreep?

Jonah wierp een blik op zijn horloge. 06.25 uur. Hij had best goed geslapen, maar hij moest op tijd in de rechtszaal zijn voor Sams aanklacht, en hij hoopte hem daarvoor nog even te spreken. De douche zorgde ervoor dat de melancholische zwaarmoedigheid van de afgelopen nacht uit hem wegebde. En hete koffie en gebakken eieren gaven hem de energie om weer aan de slag te gaan.

Buiten de ondervragingsruimte keek hij Sue aan. Hij had haar verteld hoe hij Sam en Eli in de keuken had aangetroffen en zag de boosheid uit haar wegvloeien. 'Hij wil jullie geen van twee pijn doen, maar dat wil nog niet zeggen dat dat niet zou kunnen gebeuren.'

Ze knikte.

'Door zijn eerdere botsingen met justitie zullen ze dit niet door de vingers zien. Alleen al het negeren van een justitieel besluit kan hem in de gevangenis doen belanden. En de positieve uitslagen voor marihuana en methamfetamine zullen hem waarschijnlijk een verblijf in een afkickcentrum opleveren voor hij Eli weer mag zien. Als hij ons iets geeft wat we kunnen gebruiken, laten ze misschien de aanklacht voor ontvoering vallen.'

Er verschenen enkele diepe rimpels op haar voorhoofd. 'Zijn advocaat is jong en heeft genoeg eigendunk om een toegeeflijke jury aan zijn kant te krijgen, zodat hij er nog onderuit kan komen.'

'Uh-huh.'

Sue rolde met haar ogen. 'Jij vat hele gesprekken samen in die twee lettergrepen.'

'Ik moet weten wat jij wilt.'

Ze sloeg haar armen over elkaar. 'Dat is nogal ingewikkeld.'

'Vertel mij wat.'

'Als hij ons zou kunnen helpen om dat laboratorium te pakken te krijgen ...' Hier sprak weer de agente.

'Als het een plaatselijk gebeuren is – en we hebben redenen genoeg om te geloven dat dat inderdaad zo is – dan halen we alles uit de kast.'

Haar gezichtsuitdrukking werd zachter. 'Hij heeft ons nooit expres iets aangedaan. En de meth, als hij dat al gebruikt, moet dan iets nieuws zijn.'

'Als hij het niet heeft gebruikt, kunnen er ook geen sporen van in zijn bloed aanwezig zijn. Maar het is mogelijk dat het door de wiet gemengd is. Dat is de manier waarop ze nieuwe klanten werven.' Ze hadden marihuana in zijn pick-up gevonden toen hij Eli had ontvoerd. Het lag nu op het lab om onderzocht te worden. Hij keek nogmaals op zijn horloge. 'Ik moet naar binnen als we nog willen praten voor hij voor het hekje moet verschijnen.'

'Doe wat je moet doen om ons te helpen deze puinhoop op te ruimen. En grijp dat tuig dat die drugs op straat brengt.'

Dat betekende een deal met de aanklager. Als hij ook maar een beetje het gevoel had dat Sam hem vitale informatie zou geven, zou hij ermee naar hen toe stappen.

Hij gaf haar een kneepje in haar schouder en liep toen de verhoorruimte in. Jonah ging tegenover Sam aan tafel zitten. Hij zag een angst die hij nog niet eerder had gezien, maar ook een wanhopig soort hoop. 'Je gaat echt stevig de bak in, Sam, of je moet de aanklager iets geven waarmee hij iets kan.'

'Of de jury moet in ons voordeel beslissen.' De jonge jurist hoefde zich waarschijnlijk nog maar net te scheren.

'Ik weet niet wat je wilt. Ik heb je al verteld dat ik Eli niks heb aangedaan. Zijn val was een ongeluk.'

Het joch naast hem moest hem hebben opgestookt. 'Nalatigheid terwijl je onder invloed van drugs verkeerde, wat weer resulteerde in de verwonding van een minderjarig kind. Het bezit van bovengenoemde drugs. Het naast je neerleggen van een justitieel besluit. Ontvoering.'

Sams schouders zakten een volle twee centimeter. Hij deed zijn mond open en weer dicht.

'Die ontvoering is flauwekul.' De jurist snoof. 'Hij heeft alleen zijn zoon maar getroost.'

Jonah kneep zijn ogen tot spleetjes. 'Hij heeft hem weggehaald bij de tijdelijke voogden die door de rechtbank waren aangewezen.'

'Ze lieten me niet met hem praten, om hem gerust te stellen.'

De advocaat legde een hand op Sams arm. 'Niks meer zeggen.'

Jonah tegen Sam: 'Dat begrijp ik. Maar je zult me iets moeten geven waar ik wat mee kan.'

'Wat moet ik nog meer zeggen?'

'Greggor.'

'Wat?'

'Werk met ons mee bij een ander onderzoek en wij helpen jou met dit.'

'Ik ken geen Greggor.' Sam spreidde zijn enigszins bevende handen uit. De eerste afkickverschijnselen?

'Ontwenningsverschijnselen?'

Hij kneep zijn handen dicht, opende ze weer en sloot ze nogmaals. Hij keek naar zijn advocaat, die zei: 'Geen commentaar.'

Sam krabde aan zijn onderarm. Het was niet de eerste keer.

'Voelt het aan als insecten?'

Zijn ademhaling versnelde. Hij grimaste. Hoewel hij al geen hagelwit gebit had, zagen zijn tanden er stukken beter uit dan ze in de nabije toekomst zouden doen. 'Zijn je sjekkies de laatste tijd wat steviger dan voorheen?'

Sams ogen vlogen alle kanten op.

'Kom op, Sam.'

Zijn gezicht vertrok. 'Luister, ik heb wat wiet van Caldwell gekregen. Ik ken geen Greggor.'

'Ik denk van wel.' Dat had hij van Sue gehoord, maar dat zou hij niet tegen Sam zeggen, als dat enigszins mogelijk was.

'Nee, echt. Je moet bij Caldwell zijn.'

'Je moet je hebben afgevraagd wat er in de marihuana zat. Of misschien wist je dat al en dacht je dat een beetje extra geen kwaad zou kunnen. En misschien wilde je daarna meer. Het pure spul. Misschien kón je niet anders meer.'

Sam krabde weer aan zijn armen en liet rode strepen achter.

'Misschien heeft Greggor je bedreigd. Misschien heeft hij gedreigd je gezin iets aan te doen als je je mond opentrok. Ik bedoel, kom op, je vrouw is agent.'

Weer die angst. 'Man, ik kan echt niks zeggen.'

Sue stormde naar binnen. 'Doe het gewoon, Sam.'

Sam verstijfde een beetje, kneep zijn handen samen en slikte. Hij wilde ertegen ingaan, dacht misschien dat hij het wel in zijn eentje af kon, maar realiseerde zich toen dat hij geen andere mogelijkheid had. 'Als ik je vertel wat ik weet, gaat Sue niet met je mee wanneer je eropaf gaat.'

'Dat bepaal jij niet,' beet Sue hem toe.

'Maar ik wel.' Jonah draaide zich naar haar om. 'Jij moet een beetje aan jullie nieuwe baby denken.'

Sam keek haar met pijnlijke blik aan en liet toen zijn ogen over de lichte welving onder haar blauwe dienstkleding glijden. Jonah gaf hem enkele seconden om het nieuws op zich in te laten werken. Sam was geen geharde misdadiger. Misschien zelfs geen doorgewinterde verslaafde. In de gevangenis zou dat veranderen. En dat besefte hij maar al te goed.

Zijn ogen begonnen rood te worden. Hij keek weer naar Jonah. 'Ik wil niet dat mijn kinderen zonder mij opgroeien.'

Jonah fronste zijn voorhoofd. 'Met methamfetamine is die kans groter dan met alles wat je verder nog in deze kamer zou kunnen zeggen. Maar dat is een ander verhaal.'

Sam kneep zijn bevende handen weer samen. 'Ik weet alleen dat Greggor de koker is.'

'Waar?'

Hij schudde zijn hoofd en zijn afgezakte schouders maakten duidelijk dat dit geen koppigheid was. 'Ik weet het echt niet.'

'Heb je hem gezien?'

'Misschien. Met een andere vent. Groot. Kaal. Hij heet Malcolm. Malcolm heeft me bedreigd.'

Die Malcolm zouden ze misschien wel kunnen achterhalen. Jonah pakte een schrijfblok. 'Schrijf op wat je weet en onderteken dat.'

In de speciale kamer die ze voor de puppy's hadden gereserveerd, vouwde Liz de doek open die hen bij elkaar hield. Ze waren nog maar een paar dagen oud en bewogen zich nauwelijks, maar elke beweging díé ze maakten, maakten ze samen, zij aan zij. Zulke innige lotgenoten. Ze tilde hen op en nestelde hen onder haar kin.

Lucy leunde over haar schouder heen. 'Heb je ooit zoiets liefs gezien?'

Liz liet haar hoofd tegen dat van Lucy rusten. 'Nooit.'

'Gaat het goed met ze?'

'O, zeker.'

'Zullen we ze een naam geven?'

'Als je dat wilt.'

'Zal ik de ene een naam geven en jij de andere?'

'Jij mag ze allebei wel een naam geven.'

'Nee, Lizzie. We moeten het samen doen.'

'Goed, dan noem ik die van mij Daisy.'

'Dan gaat die van mij Bell heten. Net als het liedje.' Lucy sloeg een arm om de schouders van Liz en begon heen en weer te wiegen. Haar stem klonk helder en hoog. *'There is a flower within my heart, Daisy, Daisy! Planted one day by a glancing dart, planted by Daisy Bell.* Nu jij.'

Er waren er maar weinig die het begin van hun liedje kenden, maar zij hadden het eindeloos gezongen terwijl ze op de draaimolen zaten. *'Whether she loves me or loves me not, sometimes it's hard to tell. Yet I am willing to share the lot of beautiful Daisy Bell.'*

En toen samen. *'Daisy, Daisy, give me your answer do. I'm half crazy, all for the love of you.'* En dan het gedeelte dat ze erbij hadden verzonnen: *'It won't be a stupid marriage. We can't afford a carriage. But we'll look sweet upon the seat of a bicycle built for two.'*

Liz legde de puppy's neer en wikkelde de doek weer om hen heen. Maar wel iets losser nu, met ruimte om te groeien. Maar niet apart. Nooit apart.

Op het kantoor van de aanklager in de districtsrechtbank deelde Jonah zijn bevindingen mee en wachtte. Hij had na de aanklacht van Sam twee dagen moeten wachten op een afspraak met de assistent van de aanklager die met die zaak was belast, maar omdat Sam geen geld had om de borg te betalen, moest hij hoe dan ook zitten tot de rechtszaak.

Assistente van de aanklager Ana Ramirez tikte met haar pen op haar kin. Ze was een kleine, ronde latina met zwart haar dat ter hoogte van haar schouders recht was afgeknipt. Het was geen klassieke schoonheid, maar wel iemand van wie hij zich kon voorstellen dat hij er een paar interessante avonden mee kon beleven, iemand bij wie er een vuur onder de oppervlakte brandde dat alleen onder de juiste omstandigheden zou oplaaien. Hij zat er niet mee om haar op die manier in te schatten, omdat zij hetzelfde deed met hem, elke keer dat ze elkaar spraken.

Ana zei: 'Ik weet dat hij getrouwd is met een van jouw ondergeschikten, maar zou zijn advocaat hier niet moeten zitten?'

'Zijn advocaat is amper uit de luiers en denkt dat hij de jury mee heeft.'

Ana snoof. 'En waarom zou ik deze vent een deal gunnen? Je weet hoe ik denk over het in gevaar brengen van kinderen.'

'Weet ik.' En zij wist dat er in hem datzelfde vuur brandde. 'Maar ik denk dat hij kan veranderen. Die val was een ongeluk. Onachtzaamheid, maar geen opzet. De medische dossiers van zowel Sam als Eli vermelden een aandoening waardoor ze snel iets breken, maar in zo'n lichte vorm dat ik het tot nu toe nog niet had opgemerkt. Sam heeft hem nog nooit iets aangedaan en dat zal hij ook niet doen als hij geen drugs gebruikt.'

'Je weet hoe dat gaat.' Ze riep zichzelf een halt toe. 'Ik wilde niet ...'

Hij wierp haar een scheve glimlach toe. 'Ik besef het. Elke dag.'

'Waarom heb ik altijd het gevoel dat jij de boel regisseert?'

'Geen idee.'

'Ik bedoel, je ziet er zo macho uit, terwijl je eigenlijk erg zacht bent.'

'Dan vermoed ik dat dat het is.'

'Maar aan de andere kant kom je zo zacht over, terwijl je eigenlijk een toreador bent.'

'Te flitsend.'

Ze glimlachte. 'Begrijp je mijn dilemma?'

'Helemaal.'

Ze hield haar hoofd een beetje scheef. 'Hoe is het met Jay?'

'Prima. Gaat hij nog steeds om met je nicht?'

'Ze blijven datzelfde rondje vliegen tot bij een van de twee de brandstof op is.'

'Of tot een van de twee toestemming krijgt om te landen.'

Ana sloeg haar armen over elkaar. 'Denk je dat we iets hebben aan wat Sam ons heeft gegeven?'

'Als hij iemand zou kunnen identificeren, zou dat nog beter zijn. Maar zelfs als hij alleen maar getuigt, is dat al genoeg.'

'Goed. Ik moet het nog even met aanklager Cutler bespreken, maar als hij een methamfetaminelaboratorium te pakken kan krijgen, denk ik dat hij wel een deal wil sluiten.'

'Gegarandeerd.'

Jonah zou nog niks tegen Sam zeggen voor er een stempel en een handtekening onder de deal stonden, maar hij had hem respijt gegeven en Sue de kans om de boel weer op te lappen. En dat voelde goed. Ondanks de statistieken geloofde hij persoonlijk in een tweede kans. Hij moest wel.

Twintig

Maak mij dan volmaakt gelukkig door eensgezind te zijn,
één in liefde, één in streven, één van geest.
– Filippenzen 2:2 –

Tia keek op toen Miles voor de tweede keer sinds zijn instorting bijna vier weken geleden binnenkwam. Het was nog geen maand geleden, maar er leken wel jaren voorbij te zijn gegaan sinds Jonah haar naar huis had gebracht, verdoofd en gewond, en voor hij haar ziel al net zo grondig had verwoest als Miles haar winkel.

Haar keel smoorde de begroeting die in haar opkwam toen Miles zijn grote lichaam tussen de ruimer opgezette displays door manoeuvreerde. Hij ging gekleed in een geperst ribfluwelen jasje en een kakikleurige broek met messcherpe vouwen boven glimmend leren instappers. Hij zorgde ervoor om zelfs niet met een elleboog langs een display te strijken. Iedereen zou zo voorzichtig moeten zijn.

Omdat ze er zeker van was dat Miles wel de laatste was waar wie dan ook – nee, vooral Jonah – zich druk om hoefde te maken, keek ze weer naar de voorraadlijst die ze aan het samenstellen was. Ze moest haar uiterste best doen om haar gedachten bij de oliën, tincturen, paraffine, glycerine en bijenwas te houden. De vraag die ze de vrouw aan de andere kant van de Hooplijn had gesteld, had continu door haar hoofd gespeeld. Hoe zou je de tijd willen doorbrengen die je nog rest?

Ze wilde mensen helpen op de manier waarop ze deze vrouw had geholpen, luisteren en begrijpen, pijn en schuldgevoelens en angst afbreken, en nieuwe hoop geven. Maar ze zat zo vast in zichzelf dat ze dat talent alleen maar summier had gebruikt voor haar bel-voor-een-gebedlijn. Als ze vandaag ter verantwoording zou worden geroepen, zou ze zeggen: 'Heer, ik heb mijn talent in de grond begraven, omdat ik bang was dat het niet goed genoeg was.'

Ze beet op haar onderlip en keek toe hoe Miles, gevangene van zijn eigen angsten, naar kaarsen stond te kijken die hij als veilig beschouwde, zonder menselijke vingerafdrukken, met de gedachte dat hij niet gekwetst zou worden als hij niet werd aangeraakt. Misschien had hij gelijk.

Hij pakte er paar bij de lont beet die ze verbond, ironisch genoeg hetzelfde gedeelte waaraan zij ze zelf had vastgehouden om ze op te hangen, waarna hij ermee naar de balie kwam. 'Ik zou deze graag meenemen.'

'Natuurlijk, Miles.'

Hij haalde een biljet uit zijn portemonnee, legde het op de balie en trok zijn hand terug. Ze wilde hem geruststellen met de mededeling dat hij van haar niks hoefde te vrezen, maar hoe kon iemand nou voorkomen dat hij een ander leven beïnvloedde?

Ze gaf hem zijn wisselgeld. 'Ik neem aan dat je ze niet ingepakt wilt hebben?'

'Jawel. Met een heleboel paarse lintjes. En de maansticker.'

Ze trok haar wenkbrauwen op. 'Oké.'

'En deze krijg je terug.' Met één vinger schoof hij haar Hooplijnkaartje over de balie.

Dat was een tegenvaller. Daar gingen haar gaven en talenten ...

'Ik heb het nummer uit mijn hoofd geleerd.'

Ze staarde naar het kaartje en keek toen op. Hij keek haar heel even aan. Er gleed een glimlach over haar gezicht. 'Je kunt het vierentwintig uur per dag bellen.'

Hij pakte de kaarsen. 'Gaat het alweer wat beter met je been?'

'Zo goed als nieuw.'

Hij liep naar de deur en stond weer stil, begon iets te zeggen, maar liep toen naar buiten. Ze keek naar het kaartje, pakte het op en drukte het tegen haar borst. Onder het kaartje klopte nauwelijks voelbaar haar hart. *Heer*.

'Jonah.' Ana's stem door zijn bluetooth-oortje.

'Hé, Ana.' Ze hadden elkaar niet meer gesproken sinds ze drie weken geleden de deal met Sam rond hadden gekregen en hij hoopte maar dat dat zo kort voor de rechtszaak niet van de baan was.

'Zit je op de weg?'

'Ja.'

'Wil je je auto even aan de kant zetten?'

Plotseling werd alles in een lagere versnelling gezet. Zijn Bronco die in *slow motion* ging, de omgeving die voorbij kroop. Zijn hartslag en zijn ademhaling leken weinig meer met elkaar te maken te hebben en zijn armen en benen voelden aan alsof ze door water bewogen. 'Wat is er aan de hand?'

'Sam hoeft niet meer voor de rechtbank te verschijnen, Jonah. Het spijt me, maar hij is dood.'

Zijn mond viel open. Sam. Dood. Zijn keel kneedde eerst de woorden voor ze over zijn lippen rolden. 'Ik ben op weg.'

Ze hadden zijn lichaam naar het mortuarium gebracht. Sams botten waren inderdaad niet dik en hij had gewicht verloren sinds die dag in de Eerste Hulp. Jonah stond samen met Ana en de lijkschouwer, Hao Sung, bij de roestvrijstalen tafel en probeerde de stap te maken van dit levenloze lichaam naar de man die hij nog maar enkele dagen geleden had gesproken.

'Wat is er gebeurd?'

Hao hield een plastic zakje met een injectienaald omhoog. 'We hebben dit in zijn cel gevonden.'

Jonah vroeg niet waar hij die vandaan had. Gevangenissen waren zo lek als een mandje. De vraag was wie. En waarom. Had iemand gehoord dat Sam meewerkte met justitie? Of hadden ze hem wat toegestopt in de hoop dat hij dusdanig onder invloed zou raken dat hij niet meer zou willen meewerken tijdens de rechtszaak? Of had Sam het gewoon te pakken kunnen krijgen en het willen uitproberen?

'Heeft iemand iets gehoord of gezien?'

Ana zei: 'De jongens aan beide kanten zeiden dat hij flipte en heen en weer vloog alsof hij hallucineerde. En toen kreeg hij een aanval en stortte hij in.'

Hij draaide zich naar Hao toe. 'Kan dat door meth alleen veroorzaakt zijn?'

Hao haalde zijn schouders op. 'Zou kunnen. Van roken naar spuiten is een flinke stap. We zullen de spuit onderzoeken. En ik heb hem nog niet opengemaakt.'

'Zou het kunnen zijn dat ze het spul hebben vermengd?'

En weer haalde Hao zijn schouders op. 'Ik zal het doorgeven zodra ik iets weet.'

Jonah knikte. Het maakte ook eigenlijk niet uit. Sam zat opgesloten in zijn cel en had het spul in zijn arm gespoten. Geen tweede kans dus. 'Ik zal het aan agent Donnelly vertellen.'

Deze keer was de rit veel te snel voorbij. Hij nam Sue mee naar zijn kantoor en liet haar plaatsnemen op een stoel. Hij trok het enige andere exemplaar bij en ging ook zitten.

Ze zei: 'Het is Sam.'

Hij knikte. 'Een overdosis of vergiftiging.'

'Vergiftiging?'

'Hij heeft iets geïnjecteerd. We weten nog niet wat. Het spijt me, Sue. Hij is er niet meer.'

Haar gezicht worstelde zich door de pijn. 'Heb jij hem geïdentificeerd?'

Hij knikte. 'Maar je kunt natuurlijk bij hem gaan kijken. Hao ...'

'Nee.' Ze veegde haar tranen weg. 'Ik heb hem voor het laatst gezien toen hij nog leefde en hoop had en de juiste beslissingen wilde nemen. Ik wil de andere man niet zien.' Ze drukte een hand tegen haar buik. 'Kunnen we zijn verklaring nog steeds gebruiken?'

Hij keek haar in haar ogen. 'Hij is getekend, we hebben er getuigen van en het staat op video. Hij kan er niet meer bij zijn om het in de rechtszaal te bevestigen, maar ...' Hij spreidde zijn handen. 'Het is in elk geval iets.'

'Goed dan ...' Ze schraapte haar keel. 'Laten we ze te grazen nemen.'

'Sue.'

'Ik wil ze pakken, Jonah.'

'Luister even.' Toen hij haar aandacht had, zei hij: 'Ik heb met Connie gepraat. Ze wil dat je naar haar toe komt om Eli op te halen.'

Haar mond viel open. Ze kon maar één woord uitbrengen. Fluisterend. 'Nu?'

Hij knikte nogmaals.

Ze drukte bevend haar handen tegen haar gezicht. 'O, God. O, mijn God.'

'Ja,' zei hij. Haar gebed was van een zuiverheid die hij niet vaak had gehoord.

Liz zag hem op een rotsblok zitten, op de oever van de kreek, niet ver bij de brug vandaan. De wind speelde met de sparren en de wilgen aan beide zijden van het water, maar hij leek het niet eens op te merken. Zijn vingers boorden zich in zijn voorhoofd en slapen, alsof hij bang was dat zijn hoofd van zijn romp zou vallen. Een toonbeeld van neerslachtigheid.

Ze liep zachtjes naar hem toe en ging op een rotsblok naast dat van hem zitten. Hij hield zijn hoofd schuin om naar haar te kijken.

Ze produceerde een dun glimlachje. 'Het moet wel erg beroerd zijn.'

'Ja.' Zag ze hem iets verstijven, zijn muren optrekken? Hij fronste zijn voorhoofd. 'Het spijt me. Heb je iets nodig?'

Ze onderdrukte een lach. 'Sta jij ooit weleens toe dat iemand je helpt?'

Hij duwde met zijn tong tegen de binnenkant van zijn wang. 'Dit gaat niet om mij. Een van mijn agentes heeft net haar man verloren.'

En toch leek de wond wel degelijk bij hem te zitten. 'Kende je hem goed?'

'Nauwelijks. Ze hield werk en privé strikt gescheiden.'

Dan had hij verdriet om de vrouw.

'Het moet niet makkelijk zijn om te weten dat er zo veel mensen van jou afhankelijk zijn.'

'Ach ...'

'Is het wél makkelijk, of hebben de mensen je niet nodig?'

Hij drukte zijn handen tegen zijn gezicht en wreef erover. 'Ik wilde alleen maar dat het anders was gelopen.'

'Kinderen?'

'Eentje van twee jaar. En nog eentje op komst.'

Liz schudde haar hoofd. 'Ik wilde dat ik wist wat ik moest zeggen.'

'Tja.' Hij wierp een blik op zijn horloge. 'Het spijt me, Liz, maar ik heb zo een bespreking met de burgemeester.'

'En daar zit jij volgens mij niet om te springen.'

'Om eerlijk te zijn, zit je er niet ver naast, Liz – even tussen jou en mij.' Hij produceerde een vreugdeloos glimlachje. 'Nou ja, ik kan hem in elk geval vertellen dat er geen verminkingen meer hebben plaatsgevonden.'

'Zoals met die wasberen, bedoel je?'

'Ja. Hij is bang dat er geruchten de ronde zullen gaan doen dat buitenaardse wezens operaties op onze huisdieren uitvoeren.'

Ze staarde hem aan. 'Meen je dat?'

'Hij zit er niet op te wachten dat dierenrechtengroeperingen de groei en gezondheid van onze gemeenschap in de weg lopen. Het is allemaal politiek. Een deel van mijn beroep dat ik haat, hoewel die keuze vandaag niet makkelijk is.' Hij stond op, lenig en wolfachtig, maar met een geïrriteerdheid in zijn vermoeide ogen.

'Pas goed op jezelf.'

Ze zei: 'Doe ik.' Maar wie zou er op hém passen?

Ze stond op en keek hem na tot hij was verdwenen, waarna ze een hand tegen haar hart drukte. Lucy zat te wachten.

Piper glipte vanachter de balie de keuken in om de zuurdeegspons in de gaten te houden die ze in proefstukjes gesneden in de grote glazen schaal had liggen. Ze had nooit kunnen vermoeden dat Sarge de ban op nieuwe probeersels zou opheffen. Ze was thuis begonnen met het uitproberen van nieuwe dingen, in de veronderstelling dat ze dat in haar eigen tijd in de keuken van Tia moest doen. Ze had het brouwsel drie dagen lang gevoed als een huisdier tot zich een soort schuim ontwikkelde, waarna ze ermee aan de slag ging. Ze had de spons zes uur geleden gemixt. En nu was het wit en het schuimde, met een zurige bierlucht.

De bel op de balie zou haar wel waarschuwen als iemand iets wilde hebben, maar ze hoopte dat deze rustige periode van de dag duurde tot ze het deeg af had. Nadat ze genoeg spons had afgewogen voor het recept, deed ze de rest terug in de schoongemaakte pot, deed er nieuwe bloem en warm water bij en zette het in de voorraadkast om het te laten aangroeien voor de volgende partij. Ze voegde suiker, zout en olie toe aan de spons, en kneedde dat met de enorme deegmixer in de bloem.

Het was echt vreselijk simpel en toch kreeg ze er een kick van. Ze kon zich niet herinneren dat haar moeder ooit een maaltijd had klaargemaakt die niet uit de magnetron kwam. Ze hadden bijna altijd buiten de deur gegeten en haar familie vond dan altijd wel iets wat niet klopte, zodat een deel van de kosten of zelfs de hele rekening werd geschrapt. Piper schudde haar hoofd. Gewoon eenvoudigweg brood maken van bloem, water, suiker, zout en olie was al net zo'n verklaring van onafhankelijkheid als alle andere dingen die ze in haar eentje had gedaan.

Er sloeg niemand op de bel, maar toen ze de kom leeg kiepte op de plaat om het te laten rijzen, dacht ze dat ze de deur open hoorde gaan. Ze klopte voorzichtig op het deeg, dat aanvoelde als een babyhuidje, en bedekte het met een theedoek. Ze moest giechelen om hoe vaak ze haar maaksels vergeleek met baby's. Misschien kwam elke creatieve neiging wel voort uit de drang om te vermenigvuldigen.

Ze waste haar handen en liep naar voren. Niemand. Ze stond op het punt om terug te keren naar de keuken toen ze het pakketje op de balie zag liggen. Met een vraagteken op haar gezicht pakte ze het op, herkende meteen Tia's manier van inpakken, maar zag niks wat de aanwezigheid van het pakketje verklaarde.

Piper fronste haar voorhoofd en zag toen een strookje papier dat op de grond gevallen moest zijn. Het handschrift leek bijna uit een printer te komen en er stond alleen 'Voor Piper' op. Ze liep helemaal naar voren en speurde via de winkelruit de straat af. Er bevonden zich enkele mensen op straat, maar niemand die ze kende. Ze maakte het papier los. Twee bleekgouden kaarsen van natuurlijke, naar honing ruikende bijenwas. Ze deed de kassa op slot en haastte zich naar de winkel ernaast. 'Tia?'

Tia richtte zich op vanachter een van de displays. 'Hoi.'

'Heb jij deze voor iemand ingepakt?'

Tia keek naar wat ze in haar handen had. 'Heeft hij ze aan jou gegeven?'

'Iemand heeft ze op de balie achtergelaten.'

'Dat was Miles.'

'Miles?'

Ze knikte. 'Hij leek heel erg in zijn nopjes te zijn.'

'Heb ik deze van Miles gehad?'

'Ik denk dat je er een vriend bij hebt.'

'Wat *lief*.'

'En geen vingerafdrukken. Hij heeft je de bacterievrije kaarsen gegeven.'

Ze werd warm vanbinnen. 'Ik vraag me af waarom hij niet is gebleven om te zien dat ik ze openmaakte.'

'Ik vermoed dat het een verrassing was.'

De warmte groeide uit tot een gloed. 'Ik wist niet dat hij in verrassingen kon denken.'

'Onder die fobie lijkt hij me erg intelligent.'

'Zo, ja! Je had alle wetenschappelijke verklaringen moeten horen die hij me gaf over het rijzen van deeg en hoe hitte en druk en zuurstof en weet ik veel wat nog meer effect hebben op eten en koken, en ook hoe het lichaam energie verwerkt. Net zo'n teddybeer op batterijen die een encyclopedie heeft ingeslikt.'

Ze moesten allebei lachen.

Piper wikkelde de kaarsen weer in het papier. 'Ik ben blij dat hij geen psychopaat is.'

'Hij blijft vreemd.' Tia streek haar pony uit haar gezicht. 'Ik zou graag aan hem werken, die fobie tot op de bodem uitzoeken. Maar daar zou ik misschien medicijnen voor nodig hebben die ik niet kan voorschrijven.'

'Wat bedoel je met graag aan hem werken?'

'Ik bedoel therapie. Ik heb enkele diploma's behaald in professionele hulpverlening en klinische psychologie.'

'O ja?' Piper keek haar onderzoekend aan. 'Maar waarom doe je daar dan niks mee?'

'Dat vroeg ik mezelf ook af.'

Piper schudde haar hoofd. 'Je blijft me verbazen.'

'Er zijn maar weinig mensen die het weten. Ik moest de opleidingen online doen, omdat ik verantwoordelijk was voor de winkel. Ik moet nog steeds stage lopen en een vergunning krijgen om een praktijk te kunnen openen.'

'Maar je zou mensen kunnen helpen. Meer dan met de Hooplijn.'

'Dat besef ik nu ook. Ik zat te wachten tot bepaalde dingen zouden veranderen.' Tia keek naar de vloer. 'Maar dat kan alleen ikzelf.'

Jonah had zijn hele korps bij elkaar geroepen, op Sue Donnelly na. Het vergaderzaaltje waarin ze bij elkaar kwamen, rook naar bittere koffie en naar McCarthy, die zojuist uit de fitnessruimte was gehaald. Ze keken nieuwsgierig en leken een beetje ongemakkelijk. Jonah praatte hen bij. Moser legde een hand over zijn gezicht toen hij over de dood van Sam vertelde.

Newly zei: 'Hebben ze hem te pakken gekregen? In de gevangenis?'

'Iemand heeft iets aan hem gegeven.' Hij had het niet over dat wat ze zich uiteindelijk allemaal zouden realiseren, dat Sam zelf de keuze had gemaakt om die naald in zijn arm te zetten. Of het moest hem met geweld zijn opgedrongen voor hij werd opgesloten. Hij moest met Hao gaan praten, tegen hem zeggen dat hij verder moest kijken dan naar de meest aannemelijke dingen. Vingerafdrukken waar hij vastgehouden zou kunnen zijn. Een beurse plek waar de naald in zijn arm was gestoken.

'Dit staat boven aan de lijst. Ik wil dat Tom Caldwell vierentwintig uur per dag in de gaten wordt gehouden. Ik wil dat jullie alle lege gebouwen, stacaravans en motelkamers natrekken waar is geklaagd over stankoverlast.'

'Dat komt neer op de meeste plaatsen waar ik ben geweest,' probeerde Newly de boel wat op te vrolijken.

'Vooral wanneer je burrito's hebt gegeten.' McCarthy gaf hem een duw tegen zijn hoofd.

'Nee, dat was zijn vriendin.' Moser.

Jonah liet ze begaan. Ze moesten het vreselijk vinden wat dit voor hun collega betekende. 'Ik ga de sheriff bellen voor ondersteuning. En jongens? Alles volgens het boekje. Ik wil niet met ongeldig verklaard bewijsmateriaal te maken krijgen omdat we het niet helemaal volgens de regels hebben aangepakt. Beatty, jij blijft bij Moser. Hij zit al bij de politie sinds Cortez hier voet aan wal zette.'

'Ik heb hem leren navigeren.' Moser liet een vinger over zijn perfect onderhouden gezichtsbeharing glijden.

Jonah keek de tafel rond. Zo'n beetje het ergste waarmee ze tot nu toe te maken hadden gehad, waren meldingen van huiselijk geweld. Hij had het vermoeden dat die tijd voorbij was.

Eenentwintig

Mijn tweelingzus en ik waren eerst baarmoedergenoten en toen kamergenoten. En ooit zullen onze lichamen grafgenoten zijn.
– Clara Taipale –

Ze zou Lucy niet alleen moeten laten. Ze werd nerveus door haar steeds vaker voorkomende afwezigheid. Het brak haar hart om haar verwarring te zien, maar hoe moest ze dit uitleggen? Ze kon het niet alleen en nu was er nog iemand die anderen opmonterde, die zonder klagen de zwakken ondersteunde.

'Het komt door hem,' zei Lucy schor. 'Ik wéét het gewoon.'

Ze zuchtte. 'Ik blijf niet lang weg.'

Lucy geloofde haar niet.

'Ik beloof het.' Ze legde een hand tegen Lucy's bleke wang en wendde zich af.

Het was al tweeënhalve week geleden dat ze de kaars had gekocht en ze had geen idee of ze hem het cadeautje ooit zou geven. Toen ze hem bij de kreek zag, waar hij open tegen haar was en haar zijn ware gevoelens toonde, zag ze dat als een teken, als een aanmoediging om hem te behandelen zoals ze elk ander gewond dier deed. Als er iemand anders was, zou ze misschien moeten vertrekken.

Maar ze greep haar pakketje en liep naar zijn voordeur. Haar hart maakte een sprongetje toen hij riep: 'Kom binnen!' Alsof hij haar verwachtte.

Ze hoorde een minder robuuste stem schelden. Nieuwsgierig liep ze door het huis heen naar het achterste gedeelte, dat hij en Jay ondertussen wel zouden hebben afgemaakt. Vanaf een stoel naast een eenpersoonsbed schold een oude man, die helemaal naar voren gebogen zat, een jonge vrouw de huid vol. Ze hield haar hand net buiten bereik, om hem zover te krijgen dat hij zich verder uitstrekte dan hij wilde.

Jonah gaf met een hand op de borst van de oude man tegendruk. Hij wierp een blik over zijn schouder. 'Liz?'

'Ik wist niet dat je het druk had. Ik kom later wel terug.'

'Hoeveel moeten we er nog?' Hij draaide zich weer om naar zijn metgezel. 'Nog tien keer strekken?'

'Nog tien.'

De oude man gromde.

'Nog maar tien,' drong de vrouw aan.

Jonah mompelde: 'Er staat warme chocolademelk in de keuken.'

Een herinnering aan de avond dat hij zijn hart voor haar opende? Liz glimlachte. 'Nee, dank je.'

'Nog eens.' De vrouw stak haar hand uit en de oude man probeerde hem weer te grijpen.

Zijn slechte humeur deed haar aan de humeurige oude honden denken die de mensen naar haar toe brachten om te laten inslapen. Ze namen aan dat het dier liever dood was, omdat ze niet wilden hoeven kijken naar iets wat niet perfect meer was. Jonah was anders. Zijn geduld en medeleven verwarmden haar meer dan de kachel in de hoek.

Toen ze klaar waren met de strekoefeningen, zei de vrouw: 'Goed gedaan, sergeant Beaker. Het opentrekken van het bovenste deel van de ruggengraat zorgt voor een betere flexibiliteit van het onderste deel, en een beetje kracht opbouwen tussen de schouderbladen verlaagt de spanning.' Ze begon aan een lichte massage van de spieren waarmee ze zojuist hadden gewerkt en wierp Jonah een snelle blik toe. 'We stoppen ermee voor vandaag.'

'Oké.' Hij tikte tegen zijn hoofd en Liz ging hem voor de kamer uit. Toen ze wegliepen, mompelde de vrouw iets tegen Sarge waar hij op reageerde met een lach. Jonah schudde zijn hoofd. 'Nimue die Merlijn het hof maakt.'

'Sorry?' Ze draaide zich verward om.

Jonah wees met zijn duim over zijn schouder. '*Le Morte d'Arthur.* Als Sarge niet uitkijkt ...' Hij keek haar onderzoekend aan. 'Laat maar.'

'Is dat je vader?'

Jonah deed zijn mond open en weer dicht. 'Mijn vader is dood. Sarge is een oude vriend.'

'Sarge, de eigenaar van de bakkerij?'

'Je hebt een goed geheugen.'

'Heb jij hem bij je in huis genomen?'

'Hij woont hier, ja.'

Ze waren in de keuken aanbeland.

'Heb je trek in chocolademelk? Iets fris? Water?'

Waarom kon ze niet helder nadenken? 'Moet je de therapeut niet uit laten?'

'Lauren? Dat is Sarges verpleegkundige. Die is hier nog wel even.'

Liz zag drie borden met drie setjes bestek klaarstaan op de keukentafel. Ze draaide zich om en produceerde een aarzelende glimlach. 'Ik heb iets voor je meegenomen.' Ze stak hem het pakketje toe.

Hij keek van het pakketje naar haar.

'Een bedankje voor de pups. En omdat je al aardig wat werk van Tia had verzameld, dacht ik ...' En weer was ze kwijt wat ze eigenlijk dacht.

Hij pakte het cadeautje aan, trok de linten los en liet het papier vallen. De espenbladeren spiraalden naar de voet van de kaars, net zoals ze in een najaarsbui naar de grond dwarrelden.

'Vind je hem mooi?'

'Erg mooi. Maar Liz, jij hebt voor Enola gezorgd ...'

Ze haalde een schouder op. 'Ik vond het gewoon leuk om hem aan je te geven. Tia wist niet eens dat je van kaarsen houdt. Die van haar, bedoel ik. Ze zei dat ze zich niet kon voorstellen dat jij er een zou willen hebben.'

Zijn wenkbrauwen zakten een halve centimeter. 'Heb je het haar verteld?'

'Was dat dan geheim? Ze zien er zo leuk uit.' Ze keek door de deuropening naar de schoorsteenmantel in de woonkamer en draaide zich toen met zinderend hart naar hem om. Dit was waarvoor ze eigenlijk was gekomen. 'Zij is het, of niet? Degene die je niet kunt vergeten?'

Zijn gezicht betrok zienderogen. 'Ik snap niet helemaal wat we hier aan het doen zijn.'

'Ik zeg alleen maar dat ik het weet, Jonah, en het is goed.'
'Ik begrijp het niet.'
Maar dat deed hij wel. 'Je zei dat we iets zouden kunnen beginnen, maar dat dat niet eerlijk was omdat ik niet van Tia wist. Nu weet ik dat wel. Ik begrijp het en het maakt me niet uit.'
Hij streek een beetje te hard met zijn hand door zijn haar. 'Dat was ... niet zo'n beste dag. Ik had er niks over moeten zeggen.'
'Hoezo? Heb je een betere keuze gevonden? De verpleegkundige van Sarge misschien?'
Hij kneep zijn ogen tot spleetjes. 'Zo is het wel weer leuk geweest.'
'Jonah, ik *ken* je. Ik begrijp het. We hebben ... zo veel gemeen.'
'Liz.'
'Je hield van twee zussen en ik ...'
Hij hief zijn handen naar haar op. 'Je moet hiermee ophouden. Ik kan hier nu niks mee.' Zijn spijkerharde gezicht was een en al scherpe lijnen.
Dit was niet de man die ze met pijn in zijn ogen bij de kreek had gezien, die bij haar had aangeklopt om hulp, die haar nodig had. Hij was een vreemde, een leugenaar, een dief. Hij had haar vertrouwen gestolen en haar dat weer in het gezicht gesmeten. Ze griste de kaars uit zijn handen en haastte zich langs hem heen naar buiten.

Hij bleef daar met gebalde vuisten staan, tot een hand op zijn arm de spanning verminderde.
'Jonah?'
Toen hij zich omdraaide, keek Lauren hem onderzoekend aan.
'Slecht nieuws?'
Hij kreeg met moeite zijn ademhaling onder controle.
'Kun je niet beter even gaan zitten?' De verpleegkundige in haar.
'Nee.'
Haar aanraking was zacht, haar gezicht straalde zorg uit. Ze hadden samen enkele maaltijden aan deze tafel genuttigd, omdat lekker voor haar koken wel het minste was wat hij voor haar kon doen na de scheldpartijen van Sarge.
'Ik neem aan dat dat niet je vriendin was.'
'Ik heb geen vriendin.'
'Je voormalige verloofde?'

'Het komt zelfs niet in de buurt.'

Haar grijsgroene ogen glinsterden als beschaduwde vijvers. Hij zag haar al als de betoverende vrouw uit de verhalen van Malory, waaruit Tia ooit hardop had voorgelezen, gek op ridders en koningen en magie. Hij zou zich graag laten verleiden, bekoren, betoveren, als alles daarmee zou ophouden.

'Je hart gaat als een gek tekeer.'

Wanneer was hij zo boos geworden? Toen hij Liz voor zich zag in de winkel van Tia, waar ze het hele zielige tafereeltje beschreef. En Tia die zich afvroeg waarom hij iemand naar haar toe had gestuurd om kaarsen te kopen voor in zijn huis, zodat hij zich kon omringen met iets van haar. Echt triest.

En Liz. Hij wreef met een hand over zijn gezicht.

'Kan ik ergens mee helpen?' Lauren bleef zijn arm vasthouden.

'Nee, dat denk ik niet.'

'Je hoeft niet alles alleen te doen.'

'Nou, dat is anders wel een stuk slimmer.'

'Slimmer? Of veiliger?'

Hij ademde diep uit. 'Dat, ja.'

De geur van butterscotch van de in was gedrenkte dennenappels, die zich vermengde met het houtvuur, was een van de beste geuren die ze kende om je in een bepaalde gemoedstoestand te brengen. Ze wierp een blik in de richting van Piper, die aan de andere kant van de bank zat opgekruld met een boek op schoot. Tia zou ook graag iets hebben zitten lezen. Ze vond het heerlijk om te lezen. Maar op dit moment had ze geen zin om weg te dromen in een verzonnen werkelijkheid. Het was tijd om de echte werkelijkheid onder ogen te zien.

De deurbel ging. Piper rukte zich met moeite los uit haar boek. 'Verwacht je iemand?'

'Nee.' Tia stond op en deed de deur open voor de laatste die ze hier had verwacht. 'Liz?' Ze keek van de vrouw naar de kaars die ze in haar handen had. 'Is er iets mis?'

'Ik wil mijn geld terug.'

Tia staarde haar aan terwijl er een huivering over haar rug kroop. 'Dit is mijn huis, niet mijn winkel. Hoe wist je ...'

'Jonah vond het niks.'

De ironie. 'Waarom kom je niet gewoon langs in de ...'

'Ik heb achtentwintig dollar plus btw betaald.' Liz keek langs haar heen naar Piper.

Ze begon geïrriteerd te raken en dat was te horen in haar stem. 'Dat was inclusief de smeltblokken voor je zus. Heb je het bonnetje bij je?'

'Nee.'

'Weet je wat? Laat maar. Ik zal even mijn portemonnee pakken.'

'Tia?' Piper wierp haar een ongelovige blik toe.

Wat maakte het ook uit? Toen ze naar de bijkeuken liep, waar haar rugzakje hing, hoorde ze Liz vragen: 'Wat doe jij hier?'

En Piper: 'Ik woon hier.'

Dit was erg vreemd. Tia pakte een twintigje en een tientje. Liz was voor de open deur blijven staan en de kou die om haar heen naar binnen waaide, zou zo van haar eigen lichaam af kunnen zijn gestraald. Tia gaf haar het geld en voelde zich overdonderd.

Liz duwde haar de kaars in haar handen. 'Hij had tegen me gezegd dat hij nog niet over je heen was, maar dat is dus wel zo.'

Tia drukte de kaars tegen haar borst. 'Dat had ik je ook wel kunnen vertellen.'

'Hij heeft daar iemand anders, op dit moment zelfs.'

'Dat gaat mij niet aan. En jou trouwens ook niet.'

Er veranderde iets in het gezicht van de vrouw. 'Toen we elkaar de eerste keer ontmoetten, wilde ik dat we vriendinnen zouden worden.' Een vluchtige ontroering kleurde haar stem. 'Voor ik het wist.'

'Wát wist?'

'Wat je hem hebt aangedaan. Hoe je hem innerlijk hebt verwond.'

Tia moest even slikken. 'Tja, daar zijn we goed in.' Dat had ze waarschijnlijk beter niet kunnen zeggen.

De ogen van Liz vernauwden zich. 'Ben je zo haatdragend?'

Blijkbaar. 'Het spijt me als ik je heb beledigd.'

Liz' ene mondhoek en neusvleugel gingen omhoog. 'Je zou eerst iets moeten betekenen voor je me kunt beledigen.'

Tia uitte een korte lach. 'Goed. Zo is het wel genoeg geweest.' Ze deed de deur dicht.

'Wat was dat?' vroeg Piper half fluisterend.

Tia masseerde haar slapen. 'Een wandelend bijverschijnsel.'

Piper greep haar bij de schouders. 'Je moet het hem vertellen.'

'Wie?'

'Jonah.'

'Wat moet ik hem vertellen? Dat zijn gedumpte vriendin zich op mij heeft afgereageerd omdat hij iemand anders heeft?'

'Vertel hem dat ze ... vreemd is.'

Tia trok haar wenkbrauwen op. 'Ik vermoed dat hij dat al weet. En wat dan nog? Weet je wat ik denk, Piper? Dat iedereen vreemd is. Iedereen heeft wel iets. En zij is gewoon zo gekwetst dat het bij haar zichtbaar wordt.'

De volgende morgen vroeg keek Liz toe hoe Tia vertrok. Naar de berg natuurlijk, als een geestverschijning de koude mist in. Tegen de zijkant van het huis naast dat van Tia gedrukt, keek Liz haar na. Ze had van Catrin Draper gehoord, wier bruine labrador veertig hechtingen moest hebben, dat Tia in die storm verdwaald was op de berg. Verdwaald en gewond geraakt. Alleen maar een verzwikte enkel, had Catrin haar verzekerd. *'Maar ik zou doodsbang zijn geweest. Bergen tonen geen medelijden.'*

Mensen ook niet. Toen Tia werd geconfronteerd met de pijn van Jonah, had ze zich niet eens verdedigd. Elkaar verwonden was dus iets waar ze goed in waren. Liz balde haar vuisten. Ze had het haatdragend genoemd, maar dat wás het toch ook? Was het misschien die eerlijkheid die haar telkens weer naar de vrouw toe dreef die ze eigenlijk wilde verachten?

Tia dook weer op uit de mist, waar het pad een slinger maakte. Ze stond stil, liet haar hoofd achterover hangen en strekte haar armen uit. Net een mythisch wezen dat enkele hartslagen lang zo bleef staan terwijl de mist als een gescheurde strook gaas langs en over haar heen vloeide. Toen Tia langzaam haar hoofd ophief en haar armen liet zakken, haalde Liz weer adem, alsof ze wakker werd uit een trance, en zag ze alleen een gewone vrouw de berg op lopen.

Na een lange dag, inclusief twee telefoontjes over huiselijk geweld, verliet Jonah de rechtbank met een aanhoudingsbevel om een stuk tuig te ondervragen dat drugs verhandelde op de middelbare school. Met een beetje geluk zouden ze hem in verband kunnen brengen met Caldwell of Greggor. Of misschien wel met allebei. Hij stond op het punt om naar huis te gaan, maar toen hij zijn auto bereikte, klonk de stem van Ruth over de radio. 'Jonah, je weet dat ik er een hekel aan heb om me meer zorgen te maken dan nodig is.'

'Zeg het maar.'

'We hadden een alarmtelefoontje. Van het adres van je moeder.'

'Medisch?'

'De ambulance is al op weg. Het klinkt als een hartaanval. Sorry.'

'Wie heeft er gebeld?'

'Laraine belde zelf, maar ze ging onderuit terwijl ze daarmee bezig was.'

Hij startte de Bronco, deed de zwaailichten aan en gaf gas. Hij had dit niet zien aankomen, maar wie deed dat wel? Hij zette zijn oortje aan en belde Jay. 'Ik denk ik voorlopig wel even bezig ben. Kun jij een kijkje nemen bij Sarge en Enola?'

'Ik weet niet of ik weg kan.'

'Laat dan maar. Ze zullen hoe dan ook een keer vriendschap moeten sluiten.'

'Wat is er aan de hand?'

'Mijn moeder heeft een hartaanval gehad.' Vreemd dat dat nu pas moest gebeuren. Waarom niet in al die jaren dat haar hart gebroken was? Behalve dan dat het nooit echt haar hart was geweest dat gebroken was.

'Ga je erheen dan?'

'Ze is toch mijn moeder.'

'Begrijp me niet verkeerd, Jonah.'

Hij zette zich schrap. 'Zeg het maar? Is dat wel het beste voor haar?'

'Je bedoelt dat je bang bent dat ik het alleen maar erger maak?'

'Om het rechttoe rechtaan te zeggen – ja.'

Jonah moest daar even over nadenken. 'Ik geloof niet dat ze nog iemand anders heeft. Ik wil niet dat ze alleen is.'

'Ja, je kunt inderdaad maar beter gaan. Maar vergeet niet dat als een cirkel te ver wil buigen, het niet langer een cirkel is.'

'Waar haal je dat soort dingen vandaan?'

Jay lachte niet. 'Onthoud gewoon wie je bent.'

En ook, zoals Sarge had gezegd, wie hij nooit wilde zijn. Vooral in zijn ouderlijk huis was alles niet altijd even helder. Hij zag zichzelf in die ouwe en die ouwe in hem. Net als in het verhaal dat Jay hem had verteld toen hij de alcohol eruit zweette.

'Er is een gevecht gaande in jou, een gevecht tussen twee hongerige wolven. De ene wolf is angst, afgunst, verdriet, spijt, hebzucht, arrogantie en zelfmedelijden. Plus schuld, minachting, valse trots, superioriteitsgevoel, egoïsme en ontrouw. De andere wolf is blijdschap, vrede, liefde, hoop, nederigheid, vriendelijkheid en vergevingsgezindheid. En ook integriteit, goedheid, vriendschap, medeleven, vrijgevigheid, waarheid en trouw. Het gevecht duurt maar voort en allebei proberen ze de overhand te krijgen. En welke wolf er zal winnen? Dat is de wolf die jij te eten geeft.'

Hij bereikte het huis van zijn moeder en parkeerde naast de ambulance. Het team was al binnen en Jonah liep naar hen toe. De gordijnen zaten dicht, waardoor het schemerig was in huis. Overal slingerden er stapels post en tijdschriften rond, en waar die niet lagen, stonden plastic bekertjes en servies. Hij liep door de kamers heen naar haar met muskietengaas afgezette veranda, waar zijn moeder op de rode keitjes lag. Ze was bij bewustzijn, zag bleek en beefde. Er zat een bloeddrukmeter om haar arm, een sensor op haar vinger en een zuurstofkapje over haar mond en neus.

Ze zei: 'Wat doe jij hier? Het is niet eens zondag.' Er verschenen blosjes op haar wangen.

'Hoe gaat het, ma?' Toen ze geen antwoord gaf, vroeg hij het aan een van de mensen van de ambulance, Mack Dougal.

'Haar pols is zwak.'

'Ik zou niet meer dan één keer per week met je te maken moeten hebben. En dat is eigenlijk al te veel.' Het plastic zuurstofmasker besloeg.

'Rustig aan, ma,' mompelde Jonah.

'Rustig?!' snauwde ze. Haar onregelmatige harttonen vermeerderden.

Jay had gelijk dat hij zich zorgen maakte. Jonah kende het team en wist daarom dat ze de hulp kreeg die ze nodig had. Hij deed een stap naar achteren. 'Je bent in goede handen.'

'Ha!' Ze kneep zo hard in haar linkerarm dat het wit werd rond haar vingers. 'Jij hebt ervoor gezorgd dat dat nooit meer zo zal zijn.' Dit gesprek zou weer een aantal vragende blikken gaan opleveren. Hij was min of meer bevriend met het ambulancepersoneel, maar dat zou hen er niet van weerhouden om wat vervelende geruchten te verspreiden.

Jonah keek naar Mack en zag zijn bezorgdheid.

'Laten we gaan,' zei Mack. 'Rijd jij mee?'

Hij schudde zijn hoofd. 'Ik ga met mijn eigen auto.'

'Doe maar niet,' siste zijn moeder.

Haar lang gekoesterde wrok vulde zich steeds meer met minachting en razernij. De wolf die ze had gevoed, was verzadigd en keek hem nu aan. Hij begon te beven en zag in haar ogen wat hij die avond had gezien, toen hij achteruit strompelde, onder het bloed en ondefinieerbare stukjes. Toen ze haar de ambulance in reden en de deuren achter hen dichtgingen, balde hij zijn vuisten.

Hij deed het huis op slot en was van plan in zijn auto te stappen. In plaats daarvan liep hij om het huis heen en keek naar de schuur. Angst en afkeer overspoelden hem. Zijn benen bewogen zich voort als automaten waar hij geen controle over had. Hij wrong de deur open en rook de ranzige lucht. Of beeldde zich die in.

Houtspinnen hadden webben langs het plafond geweven. De lagere hoeken waren gereserveerd voor de krakende webben van zwarte weduwen. Maar zijn gedachten lieten de angsten uit zijn kindertijd links liggen en concentreerden zich op de rookkast achterin, de zwarte vlekken die dik onder het stof zaten.

De voormalige commandant van politie verscheen – rechte houding, voeten iets uit elkaar, handen in de zijde. *'Ik zei dat je het moest laten rusten.'*

'Je weet dat ik dat niet kan.'

'We vormen bij dit soort dingen een front. Dat is de eerste regel die ik je heb geleerd.'

'Stacie Williams is dood.'

'Een dronken junk die niet meer in de hand te houden was.'

'Jij hebt op die oproep gereageerd en bent naar dat feestje gegaan. Toen Stacie ruzie zocht, heb je haar gearresteerd en in je auto gezet.'

'Bla, bla, bla.'

'Je bent een kilometer of twee bij dat feestje vandaan gestopt.'

'Ze werd misselijk. Ik liet haar uit de auto en deed haar handboeien af, zodat ze niet op haar gezicht zou vallen als ze moest kotsen. Het staat allemaal in het dossier.'

'Ik heb een verkrachtingstest gedaan.'

'Wat?'

'Een van de testjes kwam overeen met jouw DNA.'

De verwachte ijzige blik bleef uit. Hij glimlachte, maar zijn ogen deden niet mee. Hij wist beter dan in te gaan tegen een DNA-test. En dus probeerde hij zichzelf te rechtvaardigen. *'Ze wilde een dealtje sluiten.'*

'Seks voor schappelijkheid?' Hij kon de walging niet weghouden uit zijn stem.

De neusvleugels van zijn vader sperden zich open. *'Jij denkt dat je beter bent dan ik.'*

'Ik wil je dienstwapen, pa.'

'Jij weet niet wanneer je moet ophouden.'

'Dat heb jij me geleerd.' Hij hield zijn hand op. *'Je wapen.'*

Met een laag gegrom haalde de commandant zijn pistool uit de holster en gaf hem aan met de kolf naar voren. *'Dus jij bent nu de grote jongen. Jij denkt dat je het beter kunt dan die ouwe van je. Je zult zien hoe de groten der aarde vallen.'*

Jonah pakte het wapen aan en toen hij het magazijn verwijderde, greep zijn vader zijn jachtgeweer en laadde dat door. Heel even was Jonah bang dat zijn vader hem zou doden.

Maar Stan Westfall ramde het onder zijn eigen kin en haalde de trekker over. Happend naar adem en geschokt struikelde Jonah met suizende oren naar achteren. Met afgrijzen rook hij de geur van de dood. Het gegil van zijn moeder verscheurde het duister.

Door de levendige herinnering begaven Jonahs benen het. Hij viel op de stille, muffe plek op zijn knieën en keek naar het smerige zonlicht dat de plek overstroomde waar zijn vader was gevallen. Hij proefde maagzuur. Hij had de man gehaat, en toch …

Tweeëntwintig

Uithoudingsvermogen stijgt boven geweld uit; en veel dingen die niet kunnen worden overwonnen wanneer zij samengaan, geven het op wanneer ze stukje bij beetje worden aangepakt.
– Plutarch, *Het Leven van Sertorius* –

Tia deed de winkel op slot en liep naar huis. De wandeltocht van vanmorgen en een dag in de winkel hadden haar gedachten opgefrist. Ze ging via de bijkeuken het huis binnen, zocht naar Piper en vond die in de keuken, terwijl ze honing van haar vinger stond te likken. 'Miles zou daar de rillingen van krijgen.'

Piper giechelde, liep naar de gootsteen en waste haar handen. 'Wat niet weet, dat niet deert.' Ze roerde in haar thee en nam een slokje. 'Heerlijk.'

Tia kamde met haar vingers door haar weerbarstige haar. 'Hé, ik ga een tijdje de stad uit. Ik wil niet dat iemand denkt dat ik ontvoerd, verdwaald in de bergen of in stukken gesneden ben.'

Piper stond stil, met de mok bijna tegen haar lippen. 'Met iemand bedoel je mij?'

'Ik ben er vrij zeker van dat als jij je geen zorgen maakt, anderen dat ook niet zullen doen.'

'Hé! Elke keer dat ik hulp ingeroepen heb, had je het nodig.'

'Deze keer niet.' Ze moest moeite doen om haar stem vlak te houden. Dit zou moeilijker en gevaarlijker en waarschijnlijk pijnlijker zijn dan een verzwikte enkel oplopen op een berg. 'Over een paar dagen ben ik weer terug.'

'Krijg ik nog te horen waar je heen gaat?'

Tia aarzelde. 'Arizona.'

'Ga je je zus opzoeken?' Er stond opwinding in Pipers ogen te lezen.

'Dat ga ik proberen. Amanda houdt de winkel in de gaten, maar jij zult het thuisfront moeten bewaken.'

'Dat lukt me denk ik wel. Moet ik je naar het vliegveld brengen?'

'Ik ga met de auto.'

'Nu? Het is bijna donker.'

'Koplampen, een geweldige uitvinding.'

Piper zette giechelend haar mok neer. 'Bel je wanneer je daar aangekomen bent?'

'Tuurlijk.' Tia lachte.

'Zeg je het nog tegen Jonah?'

Ze zuchtte. 'Laat dat nou maar los, lieverd.'

Piper strekte haar armen uit en gaf haar een knuffel. 'Wees voorzichtig, goed?'

Tia drukte haar even dicht tegen zich aan. 'Je ziet me gauw weer terug.'

'Ik ga nergens heen.'

'Mooi. Want je weet dat ik je niet laat gaan, hè?'

Piper lachte. 'Ja.'

Ze pakte snel haar spullen; wat benodigdheden en een paar verschoningen. Ze zou recht op haar doel af rijden en morgenochtend meteen de koe bij de horens vatten. Met de weinige rust die ze de afgelopen week had gehad, zou ze zich uitgeput moeten voelen. In plaats daarvan had ze het gevoel dat ze ontwaakte uit een zeer lange slaap.

In de vage gloed van de straatlantaarn aan de andere kant van het erkerraam zag Piper Jonah uit zijn Bronco stappen en het huis naderen alsof iemand de grond onder zijn voeten vandaan had getrokken. Ze rukte de deur open en vroeg schor: 'Is er iets met Tia?'

Hij stond stil. Verward.

Ze sloeg een hand over haar bonkende hart. 'Is haar auto gecrasht?'

Hij fronste zijn voorhoofd. 'Is ze dan niet hier?'

Piper viel tegen de deurpost aan. 'Ze is naar Phoenix gereden.'

Hij knipperde met zijn ogen. De informatie laadde nog wat meer lood op zijn schouders. Maar zelfs al hingen emotioneel gezien de rafels eraan, hij was nog steeds een lot uit de loterij. Hij droeg onheil als deo en wekte geen medelijden op, maar wel een vrouwelijk oerinstinct om hem te pakken te krijgen en te verdedigen.

'Wanneer is ze vertrokken?'

'Een paar uur geleden. Ik denk dat ze het goed probeert te maken met haar familie.' De lijnen tussen zijn wenkbrauwen verdiepten zich. 'Je zou haar op haar mobieltje kunnen bellen.'

Hij schudde zijn hoofd.

'Ik zou voor je kunnen bellen.'

'Nee, laat haar maar gewoon met rust.'

'Het gaat toch niet om Sarge?'

'Sarge is prima in orde. Ik wilde alleen maar ...' Hij gooide zijn handen in de lucht. 'Ik weet eigenlijk niet wat ik wilde, om je de waarheid te vertellen.'

Het was duidelijk dat er van binnen iets bij hem schrijnde. 'Wil je binnenkomen?'

'Nee.' Een kalme glimlach. 'Bedankt, Piper. Hou je haaks.'

Hij begon terug te lopen naar zijn auto.

'Jonah?'

Hij keek over zijn schouder.

'Ze zou willen dat je belde.'

Er verscheen een peinzende blik in zijn ogen. 'Ik denk het niet.'

Al net zo hulpeloos als ze zich had gevoeld toen Tia de berg op was gegaan, zag ze hem wegrijden. En alweer kon ze niks doen. Behalve bidden?

Jonah liep de trap op en ging voorovergebogen op de stoel op zijn veranda zitten. Ondanks de vochtige kou had hij geen zin om naar binnen te gaan. Het zou Enola en Sarge toch niks uitmaken. Hij zou de fles aan zijn lippen zetten en hem legen tot elke cel in zijn lichaam ervan doordrenkt was.

Een maf iets, alcohol. Op sommige mensen had het een opwekkende invloed, maar anderen werden er melancholiek van. En er waren er heel wat bij wie het agressie opwekte. En er waren er ook heel wat die het gewoon bij één glaasje konden houden en het dan laten staan. Maar voor hem was het de zang van een sirene, vanuit de leegte, vanuit de verdovende diepte van een bodemloze put.

En zo leek het ook met liefde te zijn. De meeste mensen zwierven moeiteloos van de ene naar de andere relatie en lieten gerust een halfleeg glas alcoholhoudend op de bar staan. Hijzelf zou eerst nog de rand en de binnenkant aflikken, zover zijn tong reikte, als dat alles was wat hij nog had. En dan zou hij wachten tot er bijgeschonken werd, iets wat misschien nooit gebeurde.

Zijn langdurige relatie met drank was waarschijnlijk een poging geweest om zijn leven op te offeren voor het leven dat was weggenomen. Was zijn relatie met Tia op hetzelfde neergekomen? Hij erkende dat hij destructieve neigingen had. Maar het verlangen dat hij voor haar voelde, de band die hij met haar had ervaren, leek zijn enige kans op overleven.

Hij sloot zijn ogen en keek toen naar zijn bevende handen. Het hart van zijn moeder zou het kunnen begeven en ze wilde hem niet eens in de buurt hebben. Hij had Pete, zijn broer, gebeld en hem verteld wat er was gebeurd. Het enige wat die zei, was: 'Hou me op de hoogte.' Wat betekende: 'Laat het me even weten als ze dood is.' Geen van beiden veinsden ze genegenheid wanneer ze dat niet voelden.

Pete had hem tijdens de begrafenis van hun vader apart genomen en gezegd: 'Stan Westfall deed wat hij van plan was en verder niks. Als je denkt dat ma ook maar een snipper anders is, heb je al die tijd niks geleerd.'

Jonah liet zijn hoofd tegen de rugleuning vallen en leed pijn om Tia. Hij had haar al wekenlang niet gesproken, maar ondersteboven van de ervaring in de schuur was hij naar de enige op deze aarde gestruikeld die het begreep. Hij balde zijn vuisten en hoorde de verleidelijke zang van de fles. Hij zou Jay kunnen bellen om hun gezamenlijke nuchterheidbelofte nog eens te bekrachtigen. Of hij kon proosten op de gezondheid van zijn moeder, in een eerbetoon die de illustere commandant Stan Westfall paste.

Er klonk een eenmalig gekras tegen de deur achter hem. Hij stond op en deed hem open, waarna Enola naar buiten kwam. Hij keek naar binnen en streelde de fles met zijn blik. De geur van de drank doordrong zijn nachtmerries. Hij had het gehaat, had zichzelf gehaat om de geur ervan die uit zijn poriën sijpelde.

Hij trok met een ruk de deur dicht en keerde terug naar zijn stoel, waar hij zijn gezicht in zijn handen liet zakken. Hij keek tussen zijn vingers door hoe Enola verdween en daarna weer opdook uit de schaduwen langs de rand van zijn tuin, voorbij de lichtcirkel van de verandalamp. Hij wilde al opstaan om haar weer binnen te laten, maar ze bleef naast hem stilstaan en keek hem met berekenende blik aan.

Hij wachtte af. Normaal gesproken maakte hij geen lang oogcontact, omdat hij niet wilde dat ze het gevoel kreeg dat ze werd uitgedaagd. Maar iets in haar stille manier van doen, in de manier waarop ze bleef treuzelen, hield hem gevangen. Voorzichtig liet hij zijn arm langs de stoelleuning naar beneden glijden en liet zijn hand bungelen.

Bijna niet waarneembaar bewoog ze haar neus en snoof ze zijn geur op. Hij had haar niet eerder zijn geopende hand aangeboden, maar ze strekte zich uit en stak haar neus tussen zijn duim en zijn handpalm. Er welde een onuitsprekelijke blijdschap in hem op. Centimeter voor centimeter liet hij zijn hand over haar snuit glijden en krabbelde hij met zijn vingertoppen in de vacht van haar voorhoofd.

En al die tijd hadden ze oogcontact gehouden. Toen hij zijn hand over de zijkant van haar kop liet glijden, hoopte hij met heel zijn hart dat de wildernis haar niet terug zou roepen.

Tia was rond vier uur 's nachts aangekomen en had nog een paar uurtjes onrustige slaap gepakt. Ze douchte, temde haar haar met conditioner en liet het aan de lucht drogen. In de hoop dat het adres dat ze van Reba had nog actueel was, luisterde ze bij de receptie van het motel naar de uitleg hoe ze er moest komen.

De tuinen in de goedverzorgde buurt van Reba werden hier en daar opgesierd door slungelige palmen. Vrijwel iedereen leek een citrusboom voor zijn huis te hebben staan – citroen, sinaasappel en zelfs hier en daar grapefruit. De veel op elkaar lijkende, in ranchstijl opgetrokken bungalows met zwembad in de achtertuin werden van elkaar gescheiden door hoge schuttingen. Tia remde af voor het leigrijsblauwe met witte stenen huis en parkeerde in de bolletjesschaduw van een sinaasappelboom.

Ze wist eigenlijk niet eens of haar zus binnen- of buitenshuis werkte. Hun drie kinderen waren nog vrij jong en Mark verdiende volgens haar behoorlijk wat. Ze had hem al wel een beetje gekend, maar toen hij en Reba eenmaal met elkaar begonnen uit te gaan, zag ze hem niet veel meer. Reba bracht hem zelden mee naar huis en dat was ook niet zo verwonderlijk.

Tia sloot haar ogen en vroeg zich af of ze het wel voor elkaar zou krijgen om uit te stappen. Wat als Mark de deur opendeed en tegen haar zei dat Reba niet wilde dat hij haar ooit binnen zou laten? Wat als Reba opendeed en hetzelfde zei? Er was maar één manier om daar achter te komen.

De voordeur stond half open en door de hordeur van de veranda kon ze een blik in de kamer en de gang werpen. Toen ze aanbelde, riep Reba: 'Je weet dat je gewoon verder kunt komen!'

Nee, dat wist ze dus niet. Maar ze ging wel naar binnen. De hordeur viel met een venijnige klap achter haar dicht. Omdat ze niet onder valse voorwendselen naar binnen wilde, bleef ze staan en keek naar links en naar rechts. De woonkamer had een Mexicaanse uitstraling die ze nooit achter Reba zou hebben gezocht en toch had ze het er uitstekend afgebracht. In aardewerken potten in de hoek stonden zwarte mesquitetakken en nog een andere soort, die als knobbelige grijze rook omhoog spiraalde.

De bank was bekleed met saliegroene suède met een rood, goud, oranje en zwarte doek over de rugleuning gedrapeerd. De stoelen die erbij hoorden, hadden poten die wel leken gemaakt van iets wat tussen een kachelpijp en een cactus in zweefde. De salontafel was een schijf versteend hout, waar twee pick-ups met grote banden en een stoffen konijn het speeluurtje afwachtten.

Met snelle stappen beende Reba naar binnen. Haar zijdeachtige blonde haar hing tot halverwege haar rug, met highlights om het meeste rood weg te werken, en haar felblauwe ogen straalden geschoktheid uit, of misschien wel verbijstering. 'O, ik dacht dat je ma was die te vroeg kwam.'

'Nee.' Tia produceerde een aarzelende glimlach.

'Het was me nooit opgevallen hoeveel je op haar lijkt, maar nu je wat ouder wordt, kun je daar niet meer omheen.'

'Ik hoop dat ik niet stoor.'

'Nee hoor. Ik bedoel, ma past straks op de kinderen, terwijl Mark en ik – waar héb ik het over. Niet te geloven dat je hier bent.'

'Ik ben er.'

'Je bent veranderd.'

'Ik was achttien toen jij vertrok.' Ondanks alle inspanningen klonk haar stem toch schor.

'Tja,' zei Reba vaag.

'Maar moet je jezelf zien. Je zou niet zeggen dat je drie kinderen hebt gehad.'

Reba bloosde een beetje. 'Vier zelfs. Drie maanden geleden is Robbie geboren.'

Verbijsterd maskeerde Tia de pijn over het feit dat ze daar niet van op de hoogte was gebracht. 'Je bent alle gewicht alweer kwijt.'

'Van het achter de anderen aan rennen. Ik wilde je nog een kaartje sturen. Maar eigenlijk heeft ma die dingen voor me gedaan, omdat ik mijn handen vol had.'

Achter haar ogen staken de tranen. 'Is niet erg.'

'Ik ... ik ben blij je te zien.'

'Misschien.' Tia's glimlach ging mank. 'Maar misschien ook niet helemaal.'

'Nee, echt. Ga zitten.'

'Ik weet dat je het druk hebt.'

'Altijd. Je weet hoe dat gaat. Je rent hierheen en daarheen en altijd heeft er wel iemand iets nodig.'

Tia glimlachte alsof ze het inderdaad wist.

'Maar wat kom je hier eigenlijk doen?' Reba duwde haar haar achter haar oor, een eenvoudig, maar elegant gebaar.

Daar kwam het. 'Ik wilde je om vergeving vragen.'

Reba keek haar onderzoekend aan en begon toen haar handen te bestuderen. 'Dat was lang geleden.'

'Ik heb me toen verontschuldigd en begreep ook waarom jij dat niet kon aanvaarden. Mocht het van belang zijn, ik begrijp het nu nog beter. Maar ...'

Reba sloeg haar ogen weer neer. 'Ik wil niet in het verleden gaan zitten wroeten.'

'Natuurlijk. Het spijt me.' Tia stond op van de bank. 'Dan ga ik weer. Ik moet nog tegen mam zeggen ...'

'Hoe is het met Jonah?'

Tia moest even slikken. 'Geen idee.'

'Zijn jullie dan niet meer samen?'

'Dat zijn we nooit geweest.'

Reba wierp haar een ongelovige blik toe.

Tia hield haar hoofd een beetje scheef. 'Dacht je dat dan?'

Reba's ogen werden groot. 'Waarom zou ik iets anders moeten denken?'

Tia's longen leken langzaam leeg te lopen. 'Denkt ma dat ook?'

'We praten niet over jou.'

Ze bestond dus eigenlijk niet meer voor hen.

'Dus al die tijd ...' Jonah had gelijk gehad. Ze wisten geen van beiden wat ze had opgeofferd en het kon hen ook niet schelen.

Reba's stem werd zachter. 'Het spijt me, Tia.'

'Jij hoeft nergens spijt van te hebben.'

Reba stond op. 'Jawel. Ik heb aan ma voorgesteld dat ze jou de winkel zou laten beheren.'

Tia staarde haar aan. Ze was er zeker van geweest dat dat de ultieme straf van haar moeder was. Maar Reba wist hoe graag ze los wilde breken, vrij wilde zijn. Hoewel ze er nu echt niet aan zou moeten denken om Redford te verlaten, had ze toen gesmacht naar een nieuw begin, naar een plek waar ze haar eigen gang kon gaan. Waar van haar gehouden zou worden en ze zou worden geaccepteerd zoals ze was.

Reba spreidde haar handen. 'Ik dacht ...'

Er naderden voetstappen en een slanke en blonde Mark verscheen met een huilerige baby die op zijn vuistje sabbelde. Mark glimlachte zonder blik van herkenning naar haar. 'Sorry dat ik jullie moet storen, maar hij stikt van de honger.'

Reba draaide zich om. 'Herinner je je Tia nog, Mark?'

Een blik van herkenning. 'O. Wauw. Ja, natuurlijk.'

'Ik laat jullie verder alleen.' Tia draaide zich om naar de deur. 'Woont ma drie blokken verderop?'

'Ja, maar ...' Robbies huilerigheid werd erger en Reba nam hem over van haar man. 'Ze kan hier elk moment ...'

De deur ging open en Tia stond oog in oog met haar moeder.

'Goede God.' Stella drukte daadwerkelijk haar hand tegen haar borst.

Een verschrikkelijk moment lang schoot Tia bijna in de lach. Ze had nauwelijks beroerder door hen ontvangen kunnen worden als ze op gespleten hoeven had gelopen.

'Wat doe jíj hier in vredesnaam?'

'Maak je geen zorgen. Ik blijf niet. Ik wilde alleen maar even zeggen dat je iemand anders zult moeten zoeken om de winkel te runnen. Ik ben geen winkelmeisje.'

Haar moeder liet de hordeur achter zich dicht klikken. 'Wat ben je dan wél?'

'Een psychisch hulpverlener.'

Stella liet haar adem ontsnappen. 'Wat kun jij nou weten waar een ander mee gebaat zou zijn?'

Tia wendde haar blik af en negeerde de pijn. 'Ik heb wel het een en ander geleerd toen ik mijn titels haalde.'

'Titels?'

'Of je het nou wilt geloven of niet.' Haar moeder kon haar academische titels niet onder het vloerkleed bezemen. Wat moest ze in haar nopjes zijn geweest toen de kans zich voordeed om haar slimste dochter achter de balie te zetten. Op Reba's verzoek.

Stella's wenkbrauwen gingen op en neer. 'Als ik de winkel verkoop, verkoop ik ook het huis.'

De moed zakte Tia in de schoenen. Het bedrag aan aflossingen dat ze de afgelopen negen jaar voor haar ouders had betaald, lag ver onder de geëscaleerde huizenprijzen van dit moment. En omdat het huis nog steeds op hun naam stond, had ze geen eigen vermogen opgebouwd. Zelfs al zou Piper met haar mee verhuizen, wat zouden ze zich dan helemaal kunnen veroorloven? 'Moet ik het te koop zetten?'

'Dat zal je vader wel regelen.'

Robbie begon te huilen.

'Sorry. Ik moet hem echt even voeden.' Reba wierp haar een meelijwekkende blik toe.

'Ga jij maar voor de baby zorgen,' zei Stella. 'Ik regel dit wel.'

Haar toontje zette Tia op scherp en voor het eerst benijdde ze haar zus niet. 'Er valt niks te regelen. Ik wilde het je alleen maar even laten weten.' Tia bewoog zich naar de deur als een dier dat de vrijheid ruikt. Ze had gehoopt om in elk geval nog een glimp van haar vader op te vangen, maar dat zou geen verschil maken. Hij danste naar het pijpen van haar moeder.

Ze had al uitgecheckt uit het motel. Er stond nu niks meer tussen haar en de totale vrijheid. Ze had zich niet eerder gerealiseerd hoe afhankelijk ze was geweest. Ook al had ze niet eens echt contact met haar gehad, ze was zelfs op deze afstand bespeeld als een marionet. Maar dat was nu dus echt afgelopen. Ze had het kooitje opengebroken en ze zou wegvliegen!

Drieëntwintig

Als we geen vrede hebben, is dat omdat we zijn vergeten dat we bij elkaar horen.
– Moeder Theresa –

Terwijl de ochtend omvloog, maakte Piper de vitrine schoon voor de lunchaanbiedingen die in de oven stonden. Omdat Tia nog niet had gebeld, hoopte ze dat het daar allemaal goed ging. En omdat ze aan een gelukkige hereniging moest denken, viste ze haar telefoon uit haar zak en drukte een sneltoets in. Na enkele seconden: 'Hoi, mam.'

'Piper!' En toen riep ze bij de telefoon vandaan: 'Reg, Archie! Piper aan de lijn. Ik zet je even op luidspreker, lieverd. Hoe gaat het met je? Waar zit je?'

'Redford, in Colorado. Ik ben bakker geworden.'

'Bakker! Wat leuk.'

Ze hoorde de glimlach in haar stem, maar haar moeder had geen flauw benul van hoe leuk het in werkelijkheid was. 'In eerste instantie mocht ik alleen hetzelfde oude spul maken, maar nu mag ik van Sarge – hij is de eigenaar van de bakkerij – een specialiteit van de dag maken. En dus ben ik allerlei dingen aan het uitproberen.'

'Nou, hartstikke mooi, toch? Hoorde je dat? Pappa wil weten wanneer je naar huis komt.'

'En waar is dat tegenwoordig?' Ze hoorde heel wat gelach op de achtergrond.

'We zitten in Dallas.'

'Ik ben hier zo'n beetje gesetteld. Ik heb wat vrienden gemaakt en ik houd echt van mijn werk.'

'Je was altijd al een nieuwsgierig aagje. Je weet dat we je graag in de zaak zouden hebben.'

'Als ik niet zou hoeven overgeven?'

Weer gelach. Dat deed een beetje pijn van binnen. Nog even en dan zouden ze misschien wel vanachter de tralies moeten lachen.

Haar moeder begon ernstiger te klinken. 'Gaat het wel goed met je? Heb je geld nodig?'

'Ik verdien genoeg.'

'We zitten er momenteel warmpjes bij. Oom Archie ...'

'Niet vertellen, mam. Ik wilde alleen maar even zeggen dat ik van je houd. Ik hou van jullie allemaal.' En wat wilde ze graag dat ze niet waren wie ze waren. 'De groetjes weer. En pas een beetje op, hè?'

Ze wilde eigenlijk zeggen dat ze ermee moesten stoppen. Gewoon ermee ophouden.

'Tot ziens, lieverd!' riep haar vader op de achtergrond. De anderen vielen hem bij.

'Laat het gewoon even weten als je iets nodig hebt,' zei haar moeder.

'Dag, mam.'

De pijn verdween toen Miles binnenkwam en voor de balie bleef staan. Ze keek op naar zijn enigszins uitdrukkingsloze gezicht. 'Heb jij die kaarsen voor me achtergelaten?'

Hij draaide een kwartslag en keek naar het bord. 'Je hebt vandaag citroenkwarktaart gemaakt.'

'Die vond je het lekkerst toen we aan het bakken waren.'

'Maar ze waren maar net geëindigd voor de notenmuffins met een laagje veenbessen.'

'Die bak ik morgen.'

Zijn mondhoeken gingen aarzelend omhoog. 'Wat vond je ervan?'

'Ik vond ze lekker omdat we er veel noten in hadden gedaan. En de rozijnen smaakten goed bij de veenbessen.'

'De kaarsen. Wat vond je van de kaarsen?'

'Ik vond ze heel mooi, Miles. Ik heb ze op mijn kamer gezet, op mijn dressoir. Tia heeft me kaarsenstandaards geleend.'

'Ze ruiken lekkerder dan de andere kaarsen, maar ze branden

wel sneller op. Bijenwas is zachter dan paraffine. Het smelt bij een lagere temperatuur. Je moet het me zeggen wanneer ze op zijn.'

'Goed. Zal ik doen.'

Hij keek haar aan. Ze beantwoordde zijn blik.

'Wil je een stuk kwarktaart?'

'Ik wil niet zijn wat ik ben.'

Ze voelde haar hart bijna opzwellen en barsten. 'Heb je het geprobeerd?'

'Fobieën gaan niet zomaar weg.'

'Niet vanzelf. Maar misschien is het net zoals bakken. Je moet ergens beginnen.'

Zijn adamsappel ging op en neer. 'Doe maar een stuk kwarktaart.'

Ze trok een latex handschoen aan, greep een servet en gaf hem er een. 'Weet je waar ik van houd? Dat jij eigenlijk niet anders kunt dan de waarheid vertellen. Net als ik.'

'Je bent mooi.'

'Dank je.'

'Iedereen wil bij je zijn. Ik zie hoe ze naar je kijken. Die vent die auto's verkoopt kijkt naar je alsof je een sappige biefstuk bent die hij naar binnen wil slobberen.'

Piper schoot in de lach. 'Hij zou best willen.'

'Hij vertelt heel vaak niet de waarheid.'

'Hoe weet je dat?'

'Dat weet ik gewoon.'

'Miles. Er zijn dingen die je kunt doen om ervan af te komen. Tia is een therapeut. Misschien kan zij je helpen.'

Hij liet zijn kin zakken en schudde zijn hoofd. 'Dat heb ik al geprobeerd.'

'Sommige dingen die ik heb geprobeerd, werkten ook niet. Maar ik blijf het proberen.'

'Het is niet hetzelfde als een broodje geitenkaas maken. Daarmee doe je mensen geen pijn.'

'Behalve als ze het moeten opeten.'

Hij lachte niet, maar zuchtte alleen.

'Het enige wat ik weet, is dat het deeg moet rijzen,' zei ze. 'Als je het bakt voor het klaar is, mislukt het. Maar als je te lang wacht, worden de bellen te groot.'

Hij knipperde langzaam met zijn ogen en liep toen met zijn taartpunt naar een tafeltje – net op het moment dat de politiecommandant binnenkwam. Miles kon er natuurlijk niet echt vandoor gaan nu hij recht voor hem stond, en dat probeerde hij dan ook niet.

Jonah wierp hem een zijdelingse blik toe en liep toen naar de balie. Hij zag er nog afgetobder uit dan gisteren.

'Gaat het wel goed? Je zag er gisteravond uit alsof je wel een goed gesprek kon gebruiken.'

Hij zweeg even en haalde zijn schouders op. 'Mijn moeder heeft een hartaanval gehad.'

'O! Wat erg!'

'Het had erger kunnen zijn. Ze zijn haar nu aan het oplappen.'

'Tia zou hebben gewild dat ze hier was.'

'Begin daar nou niet weer over, oké?'

'Waarom niet?'

'Alsjeblieft, Piper. Zij gaat op haar eigen manier met de dingen om.'

En misschien was dat wel het hele probleem. 'Heb je ergens trek in?'

'Een vruchtenslof. Koffie. Om mee te nemen.'

Jonah liep met zijn zak naar de tafel waaraan Miles zat.

Miles zakte als een grote knuffelbeer in elkaar. 'Ik wilde haar geen pijn doen.'

'Feit blijft dat de schade nog steeds niet is vergoed.'

Miles keek hem aan, toen naar waar Piper stond toe te kijken en toen weer naar hem. 'Stopt u me niet in de gevangenis?'

Jonah keek hem met scherpe blik aan. 'Als je dit netjes afhandelt, heb je van mij geen last meer.'

Er ging een kookwekker en Piper haastte zich naar de keuken. Toen ze terugkwam, waren beide mannen verdwenen. Tussen de kassa en de muur stond een envelop met Tia's naam erop. Er zaten tien biljetten van honderd dollar in.

Nog vier uur, schatte Tia, en dan zou ze weer thuis zijn. Ze hadden het niet over de details gehad, maar ze vermoedde dat ze in het huis kon blijven wonen tot het verkocht zou zijn. Ze had hun verteld dat ze mensen psychisch zou gaan begeleiden, maar ze zou eerst nog moeten stagelopen, goedkeuring van het NCE moeten krijgen en een vergunning moeten zien te bemachtigen, en dan moest ze ook nog eens een werkplek zien te vinden. Of haar eigen praktijk moeten opstarten.

Haar handen klemden zich om het stuur. Zelfs al zou ze een doctoraat in hersenchirurgie hebben gehad, zou haar moeder nog steeds zeggen: *'Wat kun jij nou weten waar een ander iets aan zou hebben?'*

In eerste instantie was ze aan de opleiding begonnen om te voorkomen dat ze zelf stapelgek zou worden, en daarna om de geest van anderen te begrijpen. Maar dat was niet genoeg. Het geloof was een rol gaan spelen en daarmee de Hooplijn en alle mensen naar wie ze had geluisterd en met wie ze had gebeden.

Wat wist ze nou helemaal? Dat het niet uitmaakte wat ze wist. God had in iedereen een vonk gelegd en haar het verlangen en het inzicht gegeven om die vonk aan te wakkeren. Al zou ze er alleen maar voor zorgen dat er ook maar één vonk niet zou uitdoven, was dat al genoeg.

Heer! Die hartenkreet klonk op zonder woorden. Ze gaf niet om een carrière, om een titel voor haar naam. Ze wilde mensen bevrijden uit hun kooi, hen helpen losbreken uit de ketenen van afkeuring, misbruik, mishandeling en angst. Ze wilde hun vleugels genezen en toekijken hoe ze wegvlogen. Dat was de stroom van levend water waarvan ze zou drinken.

Ze moest bijna hardop lachen toen de ringtone van haar mobieltje duidelijk maakte dat er een telefoontje voor de Hooplijn binnenkwam. Op een gegeven moment zou ze brood op de plank moeten krijgen, maar nu haalde ze diep adem en nam op. 'De Hooplijn.'

'Jij zei dat praten helpt.'

Ze had het nummer niet herkend, maar de stem wel. 'Dat klopt.'

'Ik wil een afspraak maken.'

'Je hebt geen afspraak nodig. Ik luister al naar je.'

'Onder vier ogen zou beter zijn.'

'Dit is het Hooplijnnummer, Miles. Het is een gebedslijn.'

'Piper zei dat jij therapeut bent.'

'Daar heb ik een graad in behaald, ja. Maar ik heb nog geen vergunning om er iets mee te doen.'

'Dat interesseert me niet.'

'Maar ik heb ook geen kantoor of ...'

'Ik kom wel naar de winkel. Naar de kaarsenwinkel.'

Ze staarde naar de enorme massa van de bergen, die steeds dichterbij kwam. 'Dan zie ik je daar morgen, dan kunnen we erover praten. Negen uur?'

'De winkel gaat pas om tien uur open.'

'Dan hebben we een uur voor de eerste klanten komen.'

'Piper vond de kaarsen mooi.'

Tia glimlachte. 'Heel erg mooi zelfs.'

'Je bent terug!' Piper haastte zich naar Tia toe en nam de weekendtas van haar over. Ze wilde alles horen. 'Maar ik zie niet of je nou blij of verdrietig bent.' Ze volgde Tia de trap op om te helpen uitpakken.

'Allebei, vermoed ik. Voornamelijk opgelucht. En een beetje bang.'

'Jij?' Piper tilde de tas op het bed.

'Ik heb tegen mijn moeder gezegd dat ik de winkel zat ben.'

'Wauw. En hoe liep dat verder?'

'Het leek haar niet uit te maken.' Tia ritste de tas open. 'Maar als ze de winkel verkoopt, verkoopt ze ook het huis. En daar heb jij ook last van. Ik weet niet hoelang we hier nog kunnen blijven.'

'Ik dacht dat dit jouw huis was.'

'Ik betaal de aflossing en verhuur kamers, maar het staat nog steeds op naam van mijn ouders. Zoals de huizenprijzen hier de pan uitgerezen zijn, vangen ze er een recordbedrag voor, maar daar zie ik geen cent van.'

'Maar wat ga je dan doen?' Ze haalde Tia's haarborstel, tandenborstel en tandpasta uit de tas.

'Ik hoopte eigenlijk dat we samen iets zouden kunnen vinden.'

Haar hart begon te bonken. 'Dat hoopte ik eigenlijk ook.'

'Maar even serieus. Ik heb voorlopig geen fatsoenlijk inkomen.'

'En therapie geven dan?'

'Dan moet ik eerst een vergunning hebben. En dan moet ik helemaal bij het begin beginnen, een clientèle opbouwen en zo.'

'Miles zoekt hulp.' Piper bracht de spullen naar de badkamer.

'Ik heb hem al gesproken. Morgen zien we elkaar om iets te bedenken. Als hij met me wil werken onder supervisie van Carolyn, zou dat een begin zijn.'

'Denk je dat hij dat zal doen?'

'Hij lijkt gemotiveerd.' Tia produceerde een sluwe glimlach. 'Enig idee waarom?'

Piper liet zich op bed vallen. 'Kun jij hem helpen?' Het verbaasde haar hoe erg ze daarop hoopte.

'Fobieën kunnen symptomen van een psychose of een trauma zijn. Als het het eerste is, nee, dan wordt het niks. Maar therapie kan wel helpen bij het tweede.'

Piper sloeg haar ene enkel over haar andere knie. 'Hij is een beetje maf, maar ... hij zou nooit iemand bedriegen.'

Tia's blik verzachtte zich. 'Ik hoop alleen dat je niet hem probeert te redden als compensatie voor je familie.'

'Wat?' Ze keek Tia aan. 'Je bedoelt alle mensen die ze hebben gebruikt om er beter van te worden?'

'Zoiets, ja.'

Ze wilde die mogelijkheid niet uitsluiten. 'Miles is lief en grappig en wil van zijn rommel af. En ik hoop gewoon dat dat gaat lukken.'

Tia stopte haar laatste kleren in de wasmand en ritste de lege tas dicht.

'En ... hoe verliep de rest? Was Reba blij je te zien?'

'Misschien een beetje. We hadden niet veel tijd. Ze heeft een nieuwe baby – iets wat ik niet wist.'

Losers. Engerds. Uilskuikens.

'Hoe dan ook, ik heb mijn verontschuldigingen aangeboden. Alweer. En toen kwam mijn moeder en die zette me op straat.'

Piper keek haar verbijsterd aan. 'Wat is er mis met die mensen?'

Tia glimlachte door haar tranen heen en ging naast haar op bed zitten. 'Laten we het erop houden dat ik een onvergeeflijke zonde heb begaan, maar dat zij misschien denken dat mijn geboorte al een zonde was.'

'Nou, ik ben anders blij dat je geboren bent.' Piper sloeg haar armen om Tia heen.

Tia deed hetzelfde bij haar. 'Ik wilde alleen dat mijn beslissing verder geen gevolgen zou hebben voor jou.'

'Zover is het nog niet.'

Ze knikte. 'Ik heb nog wat spaargeld en de spullen in de winkel. Miles zegt dat een enkele kaars kan voorkomen dat iemand doodvriest.'

'Miles!' Piper sprong op en griste een envelop van het dressoir.

Tia pakte hem verbaasd aan.

'Voor de geleden schade.'

Ze fronste haar voorhoofd. 'Maar ik heb helemaal niet gevraagd om ...'

'Maar Jonah wel.'

Tia telde de biljetten. 'Dit is duizend dollar.'

'Weet ik.'

'Maar dat is veel te veel. Jonah moet hem met hele volksstammen bacteriën hebben bedreigd.'

'Hij was niet bepaald in de conditie om wie dan ook angst aan te jagen.'

'Wat bedoel je?'

'Eh ... ik heb min of meer beloofd het je niet te vertellen, maar Jonah was gisteravond naar je op zoek.'

Tia keek haar onderzoekend aan. 'Hoezo?'

'Zijn moeder heeft een hartaanval gehad. Ik denk dat het wel weer de goede kant op gaat met haar, maar hij zag er verschrikkelijk uit. Ik heb zelfs gebeden, maar je weet dat ik daar misschien wel een puinhoop van heb gemaakt.'

Een korte lach. 'Je kunt geen puinhoop van een gebed maken, rare.' Maar ze was duidelijk van slag. 'Dus hij is hierheen gekomen en heeft je toen gevraagd dat niet tegen me te zeggen?'

'Hij dacht dat je het weer aan het goedmaken was met je familie en hij wilde daarbij niet in de weg staan.'

Tia sloot haar ogen. 'Wat een zootje.' Ze stond op en begon te ijsberen. 'Ik moet hem bellen.'

Pipers hart maakte een vreugdedansje. 'Ik ben beneden.'

'Je hoeft niet ...'

Maar ze was al weg.

Vierentwintig

Rust komt voort uit inspanning en dissonante akkoorden
brengen de meest hemelse harmonieën voort.
– Sir Lewis Morris, "Love's Suicide" –

Jonah liep zachtjes op zijn huis af om Jay niet te storen, die in kleermakerszit op de veranda zat. Enola drentelde om hem heen en snoof zijn geur op. Ze keek op en zag hem aankomen, waarna ze naar hem toe liep en halverwege de trap bleef staan. Jonah stak een halfopen hand naar haar uit en ze rook eraan. Ze huiverde toen hij haar over haar kop aaide. Ooit zou ze het misschien prettig vinden, maar nu was ze nog te veel op haar hoede.

'Ik heb geprobeerd te bellen.'

'Weet ik,' zei Jay, die bleef zitten waar hij zat. 'We waren stilte aan het beoefenen.'

Jonah knikte. Soms was het maar beter om niks te vragen. Hij deed de deur open, zodat Enola terug kon naar haar pup, en ging toen op de bovenste trede zitten. Het was een vreselijke dag en hij was nog niet voorbij. Maar op dit moment zou hij zelf ook wel wat stilte kunnen gebruiken.

Of niet.

Telefoon. Geen nummer op zijn schermpje. Hij zette zich schrap en nam op. 'Met Jonah.'

'Waar zit je?'

Geen inleiding. 'Ik ben thuis.'

'Kan ik naar je toe komen?'

'Ja, Tia, dat kan.' Hij klikte zijn telefoon dicht en keek naar Jay.

'Ik denk dat ik maar ga.'

'Het duurt wel even voor ze hier is.'

'Ja. Maar dan heb jij nog wat tijd om te ijsberen en jezelf op te frissen.' Jay stond op en slenterde het trapje af.

Dat zou hij ook doen als er ook maar de geringste kans bestond dat dit goed zou aflopen.

'Weet je,' zei Jay over zijn schouder, 'sommige kansen moet je gewoon pakken.'

En sommige niet. Maar hij begon hoe dan ook te ijsberen, tot hij het knerpen van banden hoorde en Tia's terreinwagen tussen de bomen zag verschijnen.

Ze stapte uit, net zo absurd knap als altijd. Hij liep naar haar toe.

'Piper vertelde me over je moeder.' Weer geen inleiding.

'Ik heb haar gevraagd om dat niet te doen.'

'Waarom ben je niet bij haar?'

Hij legde een hand op haar portier en wist zijn blik van haar los te rukken. 'Ze wil me er niet bij hebben. De blik die ze me toewierp toen het ambulancepersoneel haar in de ziekenwagen schoof, was precies hetzelfde als die nacht.' Hij slikte. 'Voor haar idee heb ik hem vermoord.'

Tia schudde haar hoofd.

Toen hij haar weer aankeek, lag er een meelevende boosheid in haar ogen. 'Nadat ze haar hadden meegenomen, ben ik naar de schuur gegaan om te zien of ze gelijk had.'

'Jonah ...'

'Ik had hem klemgezet. Ik confronteerde hem met wat ik wist.' Zijn stem klonk schor. 'Het sperma dat bij het meisje was gevonden bevatte zijn DNA.'

Haar schouders zakten een centimeter. 'Ach nee ...'

'Ik had hem ontwapend. Maar ik had het geweer over het hoofd gezien.' Zijn keel begon dicht te zitten. 'Hij zat ... over mijn hele lijf en ik dacht, ik krijg al dat bloed nooit van me af.'

Ze greep zijn arm. 'Wat erg voor je.'

'In de dagen en de weken daarna had ik nauwelijks de moed om andere mensen aan te kijken. Ik kon niet tegen het medelijden, de twijfels, de veroordeling, en het ergste, de bewondering. Ik werd er misselijk van en het enige wat ik kon bedenken, was het verdrinken. Maar dat hielp niet. Wat ik nodig had – maar dat wist je al – was jij.' Zijn stem liep bijna vast in de lage registers. 'Dus als je bent gekomen om ...'

'Ik ben gekomen om mijn verontschuldigingen aan te bieden. En om te zeggen dat ik het zat ben om het mensen naar de zin te maken die dat geen moer kan schelen. En om je te vertellen dat ik stop met de winkel en dat ze het huis gaan verkopen.'

Hij moest haar even bijbenen. 'Gaan ze je huis verkopen?'

'Het is niet van mij. Ik heb alleen de aflossingen van de hypotheek maar betaald. En nu weet ik dus niet of ik zelfs maar in Redford kan blijven.'

'Je gaat niet weg.'

'Ik ben hierheen gekomen om tegen je te zeggen dat ik je niks kwalijk neem. Echt helemaal niks.'

Zijn ademhaling werd oppervlakkiger. De warmte van haar hand zonk weg in zijn arm.

'Alles, zelfs die dag, was mijn eigen keuze.'

'Je was nog een kind.'

'Ik wist waar ik mee bezig was.'

Hij trok een wenkbrauw op en ze kneep hem in zijn arm. 'Niet van onderwerp veranderen.'

Hij liet zijn hand onder die van haar door glijden en greep hem stevig vast. 'Ik dacht dat je hierheen kwam om me voorgoed te dumpen.'

Ze keek hem aan. 'Het lijkt erop dat ik dat gewoon niet in me heb.'

'Maar wat nu?'

'Geen idee.'

'Wil je binnenkomen?'

Ze schudde haar hoofd.

'Je hoeft je geen zorgen te maken.'

'Ja, Jonah, dat doe ik wel.'

'Het is negen jaar geleden. We moeten het een en ander uitpraten.'

Ze keek van hem naar de deur achter hem, net zo aarzelend als Enola.

Hij gaf een speels rukje aan haar arm. 'Waar is dat piratenkind gebleven?'

Er flitste iets door haar ogen.

'Ah! Daar is ze al.'

Tia bleef stilstaan bij de deur. Ze was nog nooit bij Jonah binnen geweest. Naar binnen gaan voelde aan als een onomkeerbare keuze. Ze wierp hem een zijdelingse blik toe en stapte over de drempel.

'Dat viel mee, of niet?'

Ze gaf hem een elleboogstoot – een zachte – in zijn ribben en keek rond naar de wanden die waren opgetrokken uit boomstammen, het steen in de keuken en van de open haard, en de verzameling kaarsen op de schoorsteenmantel. 'Hoe heb je die te pakken gekregen?'

Hij volgde haar blik. 'Ruth.'

'Dat heb ik nooit doorgehad.'

'Zij is mijn sociale undercover.'

Ze bekeek de rest van de kamer, de hal die naar twee andere kamers leidde, meubels die er stevig uitzagen en comfortabel leken te zitten. Er gleed een glimlach over haar gezicht. 'Dit huis past bij je, Jonah.'

'Sarge woont daarachter. Hij is vandaag niet in orde.'

'Daar zal wel een heel verhaal achter zitten.'

'Hele series verhalen. Heb je honger?'

'Ik heb onderweg al iets gegeten.'

'Iets te drinken dan?'

'Nee, het is goed zo.'

Hij gebaarde naar twee gemakkelijke stoelen die schuin tegenover elkaar stonden.

Ze schudde haar hoofd. 'Ik kan maar beter niet blijven.'

'Dus je bent alleen maar binnengekomen om te zeggen dat je weer weggaat?'

Ze sloeg haar armen om haar schouders. 'Ik weet niet goed wat ik moet doen.'

Hij strekte zijn handen uit en greep haar bij haar ellebogen. 'Jij weet altijd wat je moet doen.'

'Ik heb me dit moment te vaak voorgesteld, op te veel verschillende manieren.'

'Kies er maar een uit.'

'Nee, dat zou niet goed zijn.'

Hij liet zijn handen langs haar armen naar boven glijden en er vormde zich een glimlach rond zijn mondhoeken. 'Ga dan zitten voor mijn verbeelding op hol slaat.'

Ze liep naar de gemakkelijke stoel toe, ging zitten en trok haar benen schuin onder zich, zodat ze er helemaal in paste.

'Vertel me hoe beroerd het is gegaan. In Phoenix.'

'Wil je dat echt weten?'

'Tot op het laatste harteloze woord.'

Haar mondhoeken gingen omhoog. 'Het refrein was "*Hit the Road, Jack*", met coupletten uit "*You're No Good*".'

'Ik had je de reis kunnen besparen.'

'Dat heb je ook geprobeerd. En weet je wat het grappige was? Reba dacht dat we al die tijd samen waren geweest.'

'Verbaast dat je?'

'Jou niet dan?'

'Ik heb nooit begrepen wat je probeerde te bewijzen. Of aan wie.'

Tia werd wakker van de geur van biefstuk en koffie, en van een paar gouden ogen. Ze durfde geen vin te verroeren voordat het beest langs haar heen was gelopen met een gang die niemand zou durven bestempelen als tam. Een kleinere versie van de moeder hobbelde op stompe pootjes achter haar aan.

Coyotes. Liz had dus niet gelogen.

Op het moment dat de dieren voorbij waren vloog ze overeind in Jonahs gemakkelijke stoel, waardoor de deken op de vloer gleed. Ze verdween naar de keuken en ging aan tafel zitten. Het laatste wat ze zich herinnerde, was dat ze Jonah had verteld over Reba's nieuwe baby en het feit dat ze dat niet eens had geweten. Ze liet haar hoofd in haar handen zakken en masseerde haar ogen. En versteende door de hand die Jonah in haar nek legde. Ze draaide zich om. Verkreukeld en uitgewoond als hij was, zag hij er onweerstaanbaar uit.

Hij fluisterde: 'Sarge slaapt uit, dus laten we onze borden meenemen naar de veranda en de honden uitlaten.'

Jonah gedroeg zich alsof het niks bijzonders was om haar 's morgens in zijn keuken aan te treffen. Hij overhandigde haar een bord met biefstuk en eieren, waarvan een verrukkelijke geur omhoog steeg, met een mok koffie met opgeklopte melk, zoals ze het als tiener had gedronken – en nog steeds dronk wanneer ze geen trek had in thee.

'Kom.' Hij liet zijn mok op zijn bord balanceren om de deur open te doen en gebaarde haar stil naar buiten, de mistige bergochtend in.

Een stroompje dat uitkwam op de Kicking Horse Creek murmelde door zijn bedding. En in de bomen hipten en schetterden gaaien en mezen rond. Hij hield de deur open voor de coyote en haar nageslacht. Toen de pup jankte bij de riskante eerste trede van de verandatrap, zette Jonah zijn bord op de reling neer, die was gemaakt van een halve boomstam, tilde de pup op en droeg hem naar beneden, waar hij hem voorzichtig op zijn wiebelige pootjes zette. Enola likte hem meteen ondersteboven.

'Was dat nou nodig?' Jonah zette zijn handen in de zij.

De hond vond dat blijkbaar inderdaad nodig, want ze bleef likken. Jonah ging terug naar de veranda.

Tia zette haar bord en mok ook op de reling. Het puntje van haar neus en haar vingers werden koud, en haar spijkerbroek en sweater van bruine ramee waren nauwelijks warm genoeg. Ze wilde maar liever niet weten hoe haar haar eruitzag. 'De mensen zullen denken dat we bij elkaar hebben geslapen.'

'Dat hebben we ook gedaan.'

'Ik bedoel …'

'Ik snap wat je bedoelt. Jij moet eens ophouden je zorgen te maken over wat de mensen van je denken.'

'O ja?' Ze liet haar adem ontsnappen. 'Jonah, ik heb heel erg mijn best gedaan om mijn reputatie weer op te lappen. Ik heb angstvallig opgelet hoe ik overkwam, maar de mensen zijn het niet vergeten. Er lopen er daar heel wat rond die erop zitten te wachten tot ik mijn ware aard weer laat zien.'

'Zoals?'

Ze wierp een blik over haar schouder. 'Zoals Sarge bijvoorbeeld. Als hij me hier ziet, weet hij dat alles wat mijn moeder over me heeft gezegd, waar is.'

'Je schat hem verkeerd in.'

Ze liet haar hoofd opzij zakken. 'Jonah, ik weet precies hoe hij over me denkt.'

Hij fronste zijn voorhoofd. 'Ik zou een gesprek als dit hebben kunnen verwachten als we vannacht iets geflikt hadden. Maar ik zou nu niet weten waarover ik me schuldig zou moeten voelen.'

'Ik zeg ook niet dat je je schuldig zou moeten voelen. Maar ik heb niet de luxe dat iedereen me respecteert. Ik heb jaren aan eigen opstandigheid en veroordeling van anderen moeten overwinnen. En nu lijkt het erop ...'

Jonah spreidde zijn armen uit. 'Maar wie zou dit gezien moeten hebben?'

Ze keek om zich heen naar de donkere bomen en de espen. Misschien overdreef ze, maar ... 'Eén opmerking en de geruchtenmachine komt weer op gang. De blikken, de opgetrokken wenkbrauwen. Mensen die denken dat ze het weten.' Ze keek hem bijna woest aan. 'Ik heb in mijn eentje door mijn manier van leven moeten wegpoetsen wat we hebben gedaan. Ik kan niet riskeren dat ...'

'Dat je bij mij bent?'

'Dat ik bij wie dan ook ben op een manier dat alle oude koeien weer uit de sloot worden gehaald.'

'Hé, we zijn aan het ontbijten. En ik laat het niet graag koud worden.' Met een frons pakte hij zijn bord en vermoordde hij een hap spiegelei. De dooier liep langs zijn vork.

'Ik wist niet dat jij last had van een ochtendhumeur.'

'Je had heel wat dingen geweten als je me niet de laan uit had gestuurd.'

En nog lichtgeraakt ook. Ze sneed een plakje van de biefstuk, die maar heel even in de pan had gelegen. 'En jij zou ook wat dingen van mij weten.'

'Zoals?'

'Dat ik mijn biefstuk liever medium heb.' Het was een geintje, maar hij griste haar bord van haar schoot en vloog naar binnen. Ze staarde met open mond naar de deuropening. Het was duidelijk dat ze vandaag geen van twee op hun best waren.

Ze pakte de hete mok, nam een slokje en keek toe hoe de coyotes snuffelend om de veranda heen liepen. De pup kon niet meer dan een paar weken oud zijn en struikelde nog steeds. Ze zag wat van een Duitse herder in de moeder, maar de vorm was puur coyote.

Jonah kwam terug, zette haar bord voor haar neer en nam een hap van zijn eigen koude biefstuk. Hij kauwde er in stilte op.

'Ik maakte maar een geintje.'

Hij spoelde zijn hap weg met een slok koffie. 'Laat me je iets vertellen over uiterlijkheden, Tia. Mijn vader zat elke zondag met zijn liefhebbende vrouw in een kerkbank – op de keren na dat haar blauwe plekken te zien zouden zijn geweest. Hij en andere gerespecteerde leden van de gemeenschap hadden samen de grootste lol terwijl ze hun web weefden en met de vrouw van een ander sliepen en besloten wie er gestraft zou worden en wie de dans ontsprong.' Hij priemde met zijn vork in haar richting. 'Dus je raadt het al, ik geef geen bal om uiterlijkheden.'

'Maar dat is jóúw wereldje, Jonah. Maar het is jou de afgelopen negen jaar niet nagedragen.'

'Wél dus.'

'Maar niet door iedereen die je bent kwijtgeraakt.'

'Door degene die er iets toe deed.' Hij zette zijn half opgegeten ontbijt op de veranda en keerde zich naar haar toe. Met één arm tegen een paal van de veranda geleund zei hij: 'Ik wil weten of je verder wilt.'

'Of wat? Heb je iemand anders?'

Zijn gezicht betrok. 'Ja, Tia. Ze staan voor me in de rij.'

Ze sloeg haar ogen neer. 'Dat zei Liz ook al.'

Hij greep haar kin en tilde die een stukje op. 'De enige vrouwen in mijn leven zijn die met die vier poten daar en jij.' Zijn ogen leken zich in de hare te boren. 'Als er geen enkele kans is dat ...'

'Dan zou ik hier niet zijn.' De emoties wrong ze er samen met haar woorden uit.

Hij keek haar onderzoekend aan, begroef toen zijn handen in haar haar en kuste haar. Met gesloten ogen tegen de tranen beantwoordde ze zijn kus met negen jaar aan verlies en verlangen.

Ze verstijfden beiden van het snauwerige gegrom en Jonahs vingers ontspanden zich, waarna ze tot rust kwamen op haar wangen. 'Geen paniek.'

Ze probeerde om hem heen naar de coyote te kijken.

'Beweeg je niet.' Hij liet langzaam zijn handen zakken en verwijderde zich centimeter voor centimeter van haar.

De nekharen van het beest stonden recht overeind en trilden.

Jonah zei 'Rustig' tegen de hond en toen tegen Tia: 'Kijk naar mij. Daag haar niet uit.'

'*Haar* uitdagen?'

De snauw veranderde van toonhoogte. Hij deed een halve stap naar achteren en draaide zich om, zodat hij met zijn rug naar haar toe kwam te staan en het dier aankeek. 'Rustig maar.'

Het was niet helemaal duidelijk tegen wie hij het had, maar ze haalde diep adem door haar neus en ontspande haar schouders. Langzaam ging hij op één knie zitten, met zijn hand naar voren en zijn vingers iets naar binnen gekruld. Hij hield zijn hand daar drie trage hartslagen lang voor de opgetrokken lip weer zakte en Enola iets naar voren leunde om de hand met haar neus een duwtje te geven en er dan aan te snuffelen.

'Ze ruikt nu jouw geur samen met de mijne.'

'Schattig.'

'Jij bent de eerste vrouw die ze moet accepteren.'

Tia schraapte de angst uit haar keel. 'En Liz dan?'

'Liz heeft alleen maar contact met haar gehad toen Enola hier kwam en ze te erg verwond was om iemand aan te vallen. En ik sluit haar altijd op wanneer de verpleegkundige van Sarge komt. Zij en Sarge kunnen nogal bekvechten.'

'De verpleegkundige of de hond?'

Hij grinnikte. 'Allebei.'

Tia keek in de fel gouden ogen van Enola. 'Mag ze naast jou nog andere mensen?'

'Jay.'

'Wie is Jay?'

Jonah aaide de hond langzaam over haar kop en keek over zijn schouder. 'We moeten nog heel wat bijpraten.'

'Hebben we dat gisteravond al niet gedaan?'

'Ongeveer tien minuten. En toen ben je halverwege een zin in slaap gevallen.'

Ze zuchtte. 'Ik heb eenentwintig uur gereden na maar vier uur te hebben geslapen.'

'Daarom liet ik je ook niet terugrijden.' Hij stond op.

'Je had me als een agent met verantwoordelijkheidsgevoel naar huis kunnen brengen.'

'Tja.' Een glimlachje. 'Dat had gekund.' Hij wierp een blik op zijn horloge. 'Over agenten gesproken, er zijn wat mensen die ik zo moet aflossen.'

Ze had helemaal niet aan de tijd gedacht. En toen plotseling: 'Miles!'

Vijfentwintig

Zou ik u vergeten? 's Nachts over u dromen, overdag over u peinzen.
Diepe en stormachtige verheerlijking vanuit een dichterlijk hart.
Zuchtende gebeden om goddelijke bescherming. Als u dat onder vergeten verstaat, dan, inderdaad, zult u vergeten zijn …
– John Moultrie, "Forget Thee?" –

Piper verontschuldigde zich bij het stel dat haar specialiteit van de dag proefde en duwde de deur van de bakkerij open. 'Miles.'

Gekleed in een geperste, kakikleurige broek en een kraakhelder wit overhemd dat in het vroege zonnetje gewoon pijn deed aan haar ogen, draaide hij zich op zijn plek voor de winkel van Tia naar haar om. 'Ze heeft negen uur gezegd.'

'Ik heb haar zojuist gesproken en ze is onderweg. Kom even wat eten terwijl je op haar wacht.' De koele morgen had voor wat extra klandizie gezorgd die snakte naar een kop koffie met een warm broodje, maar het begon al iets rustiger te worden.

Toen ze voor het ochtendgloren van huis was gegaan, had Tia's deur op een kiertje gestaan. Leeg. In hun korte telefoongesprek had Tia duidelijk gemaakt dat ze van uitputting in de gemakkelijke stoel van Jonah in slaap was gevallen. Piper was al blij dat ze een hele avond en nacht bij elkaar waren geweest zonder elkaar te vermoorden. Ze gaf het stel hun bestelling om mee te nemen en bedankte het drietal dat aan de andere kant van de zaak opstond om te vertrekken.

In de deuropening keek Miles over zijn schouder. 'Ik zei haar al dat de winkel niet voor tien uur openging, maar ze wilde om negen uur bij elkaar komen, voordat er klanten kwamen.'

'Dat soort dingen gebeurt nou eenmaal.' Piper verdween weer achter de balie. 'Wat kan ik voor je betekenen?'

'Verras me eens.'

Met een glimlach trok Piper een handschoen aan en gebruikte het bakpapier om hem een kaneelbroodje met zure room aan te geven. Hij betaalde haar met vier smetteloze ééndollarbiljetten. Er leek geen enkel honderdje meer in zijn portemonnee te zitten en ze vroeg zich af of hij blut was na die schadevergoeding aan Tia.

Hij zei: 'Hou het wisselgeld maar. Sommige zaken hebben een fooienpot.'

'Bedankt, Miles.' Ze deed de extra dollar en tien cent in haar zak.

'Wat is er met Tia gebeurd?'

Voor ze antwoord kon geven, duwde Bob Betters met zijn met goud behangen vingers de deur open. 'Daar is ze dan weer, een vat vol lieflijkheid.' In zijn lila overhemd met witte strop, met zijn hagelwitte glimlach en elke blonde haar perfect in de houding leek hij net een splinternieuwe Ken-pop.

Ze probeerde te glimlachen. 'Wat kan ik voor je betekenen?'

'Eén Piper om mee te nemen.' Er kwam een hoog en nasaal gegrinnik uit zijn mond. 'Neem me niet kwalijk,' zei hij tegen Miles, die nog steeds bij de balie stond.

Miles verroerde geen vin.

'Je bent al voorzien. Ga lekker zitten.'

Miles nam een hap van zijn broodje, kauwde er zorgvuldig op en meldde: 'Er moet meer kaneel in.'

'Denk je?' Ze keek toe hoe Bobs gezicht duidelijk maakte dat hij zich herinnerde dat dit de vent was die de vorige keer het laatste vijgenbroodje gekregen had en hem had opgehouden.

'De zure room is lekker.'

Ze richtte zich weer tot Bob. 'Al iets uitgekozen?'

'Schat, ik had al gekozen sinds jij dit dorp kwam opvrolijken met je heerlijke aanwezigheid.' Hij keek weer naar Miles. 'Mag ik even?'

Miles nam nog een hap. Ze kreeg het vreemde gevoel dat hij haar probeerde te beschermen.

'Je kunt ook even lekker gaan zitten, Miles.'

'Ik blijf liever staan.'

'Okidoki.'

'Hé, makker, ze wil graag dat je de balie niet bezet houdt.'

Ze schudde haar hoofd. 'De balie is groot genoeg.'

Er kwam een vrouw binnen met een kale baby, die met alle plezier op de bril kwijlde die aan een touwtje om zijn moeders nek hing.

'Wat kan ik je te eten aanbieden, Bob?' Het was niet makkelijk om een totaal neutrale, Bob-proof zin te verzinnen.

'Hé.' Hij gaf Miles een tik met de achterkant van zijn geringde vingers.

Met een kreet gooide Miles het restant van zijn kaneelbroodje in de lucht en knalde tegen een tafeltje aan, dat weer tegen Bob aanviel. Er gingen twee stoelen ondersteboven en er vlogen servetten en een peper-en-zoutstel over de vloer.

'Wat krijgen we ...' Bob duwde het tafeltje terug en hief zijn vuisten op.

'Nee! Niet doen. Hij kan er niks aan doen.' Piper haastte zich om de balie heen.

De baby begon te huilen toen zijn moeder naar buiten vluchtte.

Bob blokkeerde de voordeur, dus Miles stormde de keuken in, waarbij hij nog een stoel omver liep.

Bob ging achter hem aan.

Piper greep hem bij zijn jasje. 'Laat mij dit afhandelen.'

'Jou?' Hij draaide zich met een ruk om, waardoor zijn jasje uit haar hand glipte. 'Ik wil niet dat jij risico loopt.'

'Nee, luister. Hij is oké. Je moet hem alleen niet aanraken.'

'Hij is niet oké.' Bob wees met een dikke vinger naar de keukendeur. 'Dát is niet oké.'

Ze ging tussen hem en de deur in staan.

Hij fronste zijn voorhoofd. 'Hij viel me aan met die tafel.'

'Hij knalde ertegenaan.'

'Ik bel de politie.' Bob haalde een dure telefoon tevoorschijn.

'Nee, niet doen. Alsjeblieft.'

Bobs vinger bleef boven zijn telefoon zweven. 'Ik zal niet bellen, snoes van me, als je me tijdens een *dinertje* vertelt wat je in hem ziet.'

Ze moest hard slikken, maar ze had niet echt veel te kiezen. 'Oké.'

Er verscheen een brede glimlach op zijn gezicht. 'Waar haal ik je op?'

'Ik kom wel naar je toe.'

'Schat, de rit ernaartoe is de helft van de lol.'

Met tegenzin vertelde ze hem waar ze woonde.

'Zes uur. Cocktailtijd.'

'Ik ben nog niet oud genoeg om te drinken.'

'Zeker wel. Of die identiteitskaart van je moet vals zijn.'

Ze wilde dat dat zo was. 'Zes uur.'

'En doe me dan nu maar die twee gesuikerde rozijnenflappen.'

Toen hij weg was, duwde Piper de keukendeur open. 'Miles?' Ze hoopte dat hij zo naar buiten gerend zou zijn, maar ze vond hem gehurkt in de voorraadkast terug. 'Gaat het?'

Hij schudde vertwijfeld zijn hoofd. 'Hoe hard ik ook mijn best doe.'

'Kom je eruit?'

Weer schudde hij zijn hoofd.

'Oké.'

Toen Tia zich even later naar binnen haastte, knikte Piper naar de keuken. 'In de voorraadkast. Bob Betters heeft hem aangeraakt.'

'O nee.' Tia keek om zich heen om te zien of er iets beschadigd was.

'Ik heb het alweer opgeruimd. De enige schade is een dinertje met Bob vanavond.'

Tia trok haar wenkbrauwen op. 'Dat spijt me écht.'

Tia liep door de naar etenswaren geurende keuken naar de openstaande voorraadkast. Miles zat in een hoekje en had zijn knieën opgetrokken tot aan zijn kin. Hoewel Piper de kast schoon hield, zou iemand met smetvrees als gevolg van een psychose nooit op de grond gaan zitten. Hij leek zeer specifieke triggers te hebben en te reageren via bepaalde patronen.

'Miles?'

'Niet aanraken. Nooit mensen aanraken.'

Hij had het zinnetje dat hij eerder had gebruikt zo'n beetje omgedraaid. Een standje of een geheugensteuntje in plaats van een verklaring? Zijn spanningsniveau leek hoger te liggen dan toen bij haar in de winkel. Omdat Piper erbij betrokken was?

'Mag ik bij je komen zitten, Miles? Of kom je liever naar buiten?'

'Niet aanraken. Mensen. Niet aanraken.'

Het zou een manier kunnen zijn om zichzelf op de regels te wijzen zoals hij ze zag. Ze ging de voorraadkast in en leunde tegen een plank waar zakken met bloem op lagen. 'Piper heeft me verteld wat er is gebeurd. Ik vind het vervelend dat Bob je heeft aangeraakt. Hij had niet het recht om binnen te dringen in jouw persoonlijke omgeving.'

Hij wierp haar een korte blik toe en trok zijn knieën nog strakker tegen zijn borst.

'Ik weet nog hoe erg je van slag was toen onze handen elkaar raakten.'

Hij staarde naar de vloer en zei niets.

'Weet je, Miles, iedereen heeft wel iets waardoor hij zich ongemakkelijk voelt, waardoor hij het gevoel krijgt dat hij slecht is of waardoor hij bang wordt. Dat is een mechanisme dat bij ons ingebakken zit, ter bescherming van onszelf. Dat is een goed iets.'

Hij slikte.

'Chemische of communicatieve problemen in de hersenen kunnen invloed uitoefenen op die natuurlijke sensor, waardoor die overdreven fel kan reageren op een dreiging. Een van de gevolgen daarvan is een dwangneurose.'

Er verscheen een frons in zijn voorhoofd.

'Hebben ze die diagnose weleens bij je gesteld, Miles? Of Asperger?'

'Ze hebben me al heel wat dingen genoemd.'

'Ik heb het niet over scheldwoorden. Dit zijn medische termen die ons helpen om bepaalde gebieden in de menselijke hersenen te identificeren die niet helemaal goed werken.'

Miles liet zijn hoofd in zijn handen zakken, maar bedekte niet zijn oren.

'Ik ben geen psychiater, maar ik moet wel van je weten of ze je medicijnen hebben voorgeschreven en of je die inneemt. Dat maakt deel uit van het profiel dat ik samenstel om hier samen met jou aan te werken.'

'Ik neem geen medicijnen in.'

'Maar zou je dat wel moeten?'

'Het hielp niet. Ik werd er ziek van.'

'Hebben de artsen de medicatie stopgezet?'

Hij knikte. 'Lang geleden.'

'Dat zou kunnen betekenen dat het geen chemische stoornis is. En als dat zo is, zouden we de wortel van het probleem met therapie moeten kunnen aanpakken. Wil je dat?'

Hij staarde naar de vloer en knikte.

'Maar ik mag dit werk alleen doen onder de supervisie van een andere psycholoog. Waarschijnlijk een vrouw die Carolyn heet. Vind je dat goed?'

'Ik ken Carolyn niet.' Hij sloeg zijn armen over zijn hoofd, waarbij zijn vingers doelloos in zijn nek krabbelden. Zijn ademhaling ging moeizaam.

'We kunnen met zijn drieën bij elkaar komen en dan kun je alsnog besluiten of we ermee doorgaan of niet.'

'En wat dan?'

'Dan gaan we eerst een profiel samenstellen, dingen zoals je achternaam.'

'Forsythe.'

Als hij nu al antwoord wilde geven, ook goed. 'Hoe oud ben je?'

'Zevenentwintig.'

Haar leeftijd. En beiden begonnen ze nu pas bevrijding te zoeken. 'Waar woon je?'

'Pine Crest Lane 19.' De feiten. De simpele feiten.

'Pine Crest is een mooie omgeving. Wat voor beroep oefen je uit?'

'Ik vind dingen uit. Hardware- en softwareoplossingen voor bedrijven. Toen ik zestien was, heb ik mijn eerste patent aangevraagd.' Zijn ademhaling werd iets rustiger.

'Niet te geloven.'

Zijn handen zakten terug naar zijn knieën. 'Zo slim was ik nou ook weer niet. Ik had gewoon heel veel tijd.'

'Je houdt mij niet voor de gek. Ik heb gemerkt dat je intelligent bent.'

'Maar niet hoogbegaafd of een wonderkind. Ik had privéleraren. Je leert sneller wanneer je niet in een kudde wordt geplaatst.'

'Heb je niet op school gezeten?'

Zijn knokkels werden wit.

'Daar hebben we het later nog wel over. Voor wie werk je?'

'Voor heel veel mensen. Iemand vertelt me zijn probleem en ik zorg voor de oplossing.'

'Dat is hartstikke mooi, Miles.'

Hij keek op. 'Hoezo?'

'Omdat we een probleem boven water hebben gehaald. Laten we dus samen voor een oplossing zorgen.'

Vanaf haar plaats tussen de bomen had Liz toegekeken hoe Tia vertrok, waarna Jonah naar binnen ging en de deur op een kiertje openhield voor de dieren. Ze had het aan Lucy verteld, had geprobeerd zichzelf wijs te maken dat het niet uitmaakte. Ze minachtte hem om het feit dat hij haar aan het lijntje had gehouden. Zijn duim tegen haar wang had haar gebrandmerkt, haar opgeëist. Hij had van twee zussen gehouden. Als hij haar de kans had gegeven, zou ze hem haar situatie hebben uitgelegd. Lucy's situatie. Hij zou hen in zijn armen hebben gesloten. Daar was zelfs Lucy van overtuigd.

Liz sloot haar ogen. Toen ze Tia's auto gisteravond in de richting van Jonahs huis zag gaan, had ze geweten dat die er de volgende morgen nog zou staan. Het idee dat ze vannacht samen waren geweest brandde in haar ziel. Van alle mannen die Tia had kunnen krijgen, had ze juist degene uitgekozen op wie Liz had durven hopen.

Lucy zou tegen haar zeggen dat Tia hem het eerst had en dat het Jonah was geweest die haar niet los had kunnen laten. Eerlijke Lucy. Ze begreep niet dat vrouwen zoals Tia puur gif waren voor een man. Ze overweldigden hun zintuigen en verlamden hun wil. Ze balde haar vuisten en kermde.

Ze zou hier helemaal niet moeten zijn. Hoe minder ze zag van Jonah Westfall en over hem nadacht, hoe beter. Maar ze kreeg het niet voor elkaar om gewoon weg te lopen.

Enola had haar geroken. Ze zou zich de geur herinneren, maar dat zou niet genoeg zijn om in de buurt te komen. Ze zou zeer alert zijn, zeker met de pup die rond de veranda liep te snuffelen. Het was een enorm risico. Maar als hij haar zou zien, had ze al een plan klaarliggen. Ze zou zeggen dat ze zich kwam verontschuldigen.

Ze knoopte haar jas los en stak haar hand in de grote zak, waarna ze tevoorschijn haalde wat ze nodig had. Het zou Enola maar even verdoven, dus toen de hond struikelde en viel, haastte ze zich naar het huis. Jonahs pup was groter en sterker dan die twee van haar. Hij had borstvoeding gekregen en zag er vol en gezond uit. Hij was vertrouwd met Jonah en was hem gaan vertrouwen. Hij kende geen moeite, geen lijden. Hij kende geen angst.

Gedoucht, aangekleed en bewapend deed Jonah zijn politiepenning op en keek om het hoekje van de slaapkamer van Sarge, die nog steeds sliep. Hij deed zachtjes de deur dicht, pakte zijn sleutels en liep naar buiten. Enola rende op een drafje door de tuin, zwaaide met haar kop heen en weer, en snuffelde aan de grond. Hij floot tussen zijn tanden door.

Ze bleef rondrennen, maar hief plotseling haar kop op, de puntige oren recht overeind. Op het moment dat hij zich realiseerde dat Scout, de pup, nergens te vinden was, rende ze het bos in. Hij ging meteen achter haar aan.

Een scherp gejank. Over een heuvelrug, in een ondiep ravijn, duwde Enola met haar neus tegen wat Scout moest zijn, waarna ze haar kop ophief en huilde. Hij haastte zich naar beneden, duwde haar voorzichtig opzij en pakte de bebloede pup op. Hij drukte het beestje dicht tegen zich aan en begon met brandend hart aan de terugtocht.

Enola duwde tegen zijn been, maar ze kon niks doen. Hij had Liz nodig. Hij trok zijn overhemd uit zijn broek en vouwde het om de pup heen. Hij sloot Enola op in het huis en overtrad daarna elke maximumsnelheid in het dorp, en bonsde toen met zijn voet tegen de deur in de hoop dat ze hem ondanks hun aanvaring binnen zou laten.

'Liz! Ik heb dringend hulp nodig. Liz!'

Ze kwam naar de deur en zag er geschrokken en geïrriteerd uit. 'Ik ben gesloten.'

'Het gaat om mijn pup!' riep hij door de gesloten deur. 'Hij is gewond.'

Ze deed de deur van het slot en hij wrong zich naar binnen, met de bebloede pup nog steeds in zijn overhemd gewikkeld.

'Deze kant op,' zei ze.

Hij volgde haar naar de operatiekamer en legde hem op de roestvrijstalen tafel. De pup huiverde krachteloos.

'Iets heeft hem te pakken gekregen,' zei hij schor. 'Hij is er niet best aan toe.'

Ze liep naar de wastafel en begon haar handen te wassen. 'Heb je gezien wat het is geweest?'

'Nee. Waarschijnlijk weggerend voor Enola.'

Ze droogde haar handen af met papieren handdoeken.

'Kan ik ergens mee helpen?'

'Schrob je handen en armen goed schoon. Hij heeft te veel bloed verloren om hem te verdoven. Je moet hem goed vasthouden en ...'

'Ik heb hem.' Hij was te zwak om zich los te kunnen wringen. Hij volgde haar aanwijzingen en hield Scout stil toen ze hem desinfecteerde en de gapende wonden hechtte. De randen van de wonden waren niet rafelig, maar scherp en recht. En één ervan was diep genoeg om enkele witte ribben te kunnen zien. Zouden tanden of klauwen dat kunnen veroorzaken? Of misschien de klauwen van een arend?

'Hebben ze hem laten vallen?'

'Bedoel je van grote hoogte?'

'Zou het een havik of een arend geweest kunnen zijn? Ik vond hem tussen de bomen, dus de takken zouden zijn val gebroken kunnen hebben.'

'Zonder röntgen kan ik dat niet zien, maar ik denk het niet.'

'De randen van de wonden zijn niet gerafeld, maar scherp. Zou het een das kunnen zijn?'

'Ik weet het niet, Jonah. Ik heb niet echt ervaring met roofdieren.' Ze wierp hem een blik toe die hij later wel zou analyseren.

'Redt hij het, denk je?'

'Hij heeft veel bloed verloren.'

'Kun je hem misschien een transfusie geven?'

'Een grote dierenkliniek zou bloed in voorraad kunnen hebben, maar ik verzamel alleen maar van donors wanneer er een operatie gepland staat. En ik weet niet of we zijn type bloed wel kunnen vinden.'

'Enola?'

'Hoe wil je die hierheen krijgen?'

'Een verdovingsgeweer?' Hij haatte het idee.

'Misschien heeft ze een andere bloedgroep en om dat te onderzoeken heb je tijd en een laboratorium nodig.'

'Jouw pups?' Hij ging een beetje te ver en dat besefte hij heel goed.

'Omdat ze uit hetzelfde nest komen, betekent dat nog niet dat ze dezelfde bloedgroep hebben. Dan moeten we nog steeds het bloed onderzoeken, anders kan het zijn dood worden. En het kost enkele dagen en soms weken voor we dat weten, Jonah.' Liz aaide met een vinger over de nog te grote oren van de pup. 'Je zult het gewoon moeten afwachten.'

Scout maakte een minieme beweging met zijn kop. Jonah boog voorover. 'Bewoog hij nou?'

'Hij heeft flinke verwondingen, maar er zijn geen organen geraakt. Als hij het bloedverlies overleeft, redt hij het.'

Een golf van opluchting.

Ze zei: 'Ik houd hem vannacht wel in de gaten.'

'Nee, ik neem hem mee. Als je toch geen bloed hebt, breng ik hem terug naar zijn moeder.'

'Ze zou de hechtingen kunnen beschadigen wanneer ze de wonden likt.'

'Ik houd het wel in de gaten.' Hij stak zijn hand onder het kopje van Scout.

Ze haalde een potje antibioticatabletten en gaf het hem.

'Bedankt. Stuur je me liever een rekening, of zal ik je nu betalen?'

Haar oogleden zakten iets over haar irissen heen. 'Ik stuur wel een rekening.'

'Dank je. En dat meen ik.' Hij tilde Scout op, wikkelde hem weer in de zoom van zijn bebloede overhemd en liep naar buiten.

Liz keek hem verbijsterd na.

'Lizzie?'

'Ik heb nog nooit iemand expres pijn gedaan.' Ze sloeg haar ogen neer. Haar handen beefden. Niet zo vreemd. Ze waren overdekt met het bloed van Scout.

Ze schrobde en desinfecteerde haar handen, en haar armen tot haar ellebogen en zelfs nog verder. Ze schrobde de tafel, hoewel haar ogen staken van het bleekmiddel, tot er geen molecuul bloed meer was achtergebleven. Ze vond een druppel op de vloer en schrobde de hele vloer tot haar knieën pijn deden en haar knokkels rauw waren. En toen waste ze nog een keer haar handen.

'Je komt er toch niet vanaf.'

'Van wat?'

'Van dat rotgevoel.'

Met een handdoek droogde ze haar bevende handen af. 'Ik ben de rommel aan het opruimen.'

'Maar het leed is al geleden.'

'Waarom zeg je dat?'

'Je had hem met rust moeten laten.'

Ze wist het.

'Maar je wilde dat hij naar je toe zou komen.'

'Ja.' Liz kookte van binnen. 'Is dat zo verkeerd? Dat ik iets wil? Ik heb je alles gegeven. Mijn hele leven.'

'Dat is niet waar.' Lucy's stem was zwak. 'Je weet dat dat niet zo is.'

Liz zonk op haar knieën en haar hoofd tolde. Lucy werd wazig en weer helder, en Liz wist zeker dat ze zou flauwvallen. Ze greep naar haar hoofd, dat heen en weer leek te zwaaien.

'Maar ik hou van je. Ik zal altijd van je houden.' Lucy kwam naar haar toe en hield haar vast. 'Zelfs wanneer ik er niet meer ben.'

Liz nam haar zus in haar armen. 'Je gaat niet weg. Ik laat je nooit gaan.'

'Och, Lizzie. Hoe lang kunnen we hier nog mee doorgaan?'

'Voor altijd.'

Lucy zuchtte. 'Zo lang heb ik niet.'

Jonah reed met Scout op schoot naar huis. Zijn spieren leken wel strak gespannen snaren. 'Jonah.' Ruth over de radio. 'Ben je op weg hiernaartoe?'

'Ik moet eerst langs mijn huis. Wat is er ...'

Op de achtergrond: 'Ik kom wel daarheen. Zeg maar tegen hem ...'

Ruth onderbrak hem. 'De burgemeester zegt dat hij wel naar je toe komt.'

Jonah fronste zijn voorhoofd. 'Wat is er aan de hand?'

'Hij praat daar wel verder met je.'

Burgemeester Buckley stond al op hem te wachten toen hij uitstapte. 'Sorry, maar u zult heel even geduld moeten hebben.'

De burgemeester keek naar zijn bebloede overhemd en het dier dat hij vasthield. 'Kan ik iets doen?'

'Ik zou het u niet aanraden. Zijn moeder is half coyote en ze is al door het dolle heen. Geef me gewoon even een paar minuten om dit af te handelen.'

Enola kwam grommend uit zijn slaapkamer en had haar nekharen overeind staan.

'Rustig maar, meisje.' Hij wist dat ze het bloed van haar jong, de dierenarts en zijn angst kon ruiken. 'Ik leg hem alleen maar op een rustig en veilig plekje neer.' Hij schuifelde langs haar heen naar de kast, hurkte neer en legde Scout op de dekens. En toen bewoog hij zich achteruit om haar erbij te laten, terwijl hij in de gaten hield of ze haar eigen jong iets zou aandoen.

Ze wierp een blik over haar schouder, ging de kast binnen en begon te likken. Liz had zich zorgen gemaakt over de hechtingen, maar ze zagen eruit als – hij hapte naar adem – nee. Hij greep met beide handen naar zijn hoofd en keek met grote ogen naar de scherpe rechte wonden, die netjes gehecht waren. Nee!

Enola keek op omdat ze zijn plotselinge angst voelde. Zijn middenrif trok zich samen. Hij moest een stukje van die draad hebben, om het voor vergelijking naar het laboratorium te sturen. En als het hetzelfde was als dat van de wasberen, wat zou dat dan betekenen?

Experimenten? Onderzoek? Ze moest een reden hebben gehad om niks te zeggen toen hij haar de dieren liet zien. Er ging een volgende schakelaar om. Als ze daartoe in staat was, dan – Scout?

Zijn adem stokte. Scherpe sneden, als van een mes, een scalpel. Hij had geen bewijzen. Hij wilde het ook eigenlijk niet geloven. Maar waarom zou ze Scout – Tia.

Hij had tegen haar gezegd dat niemand het had gezien, maar wat als dat wel zo was? Wat moest het anders zijn? Hij keek naar Scout, die nauwelijks bewoog. Er kroop een kilte door zijn borstholte.

En toen herinnerde hij zich de burgemeester die nog steeds in zijn tuin op hem stond te wachten. Hij liep naar buiten en wist maar net de frons van zijn voorhoofd te krijgen. 'Sorry dat ik u heb laten wachten. Waarmee kan ik u helpen?'

Buckley overhandigde hem een gedrukte uitnodiging. De Stichterslunch. Dat kon hij niet menen. Jonah keek op.

'Vanmiddag twaalf uur.'

'Maar ik ben geen stichter.'

'De helft van het bestuur ook niet. Het gaat om solidariteit. Om Redford. Ik wil dat je de sprekers hoort, zodat je het grotere geheel begrijpt.'

'Ik heb twee onderzoeken lopen die aandacht vereisen. Ik heb geen tijd om ...'

'Laat de sheriff bijspringen als de agenten die we betalen niet genoeg zijn.' Een snelle glimlach. 'Ik zie je vanmiddag.'

Jonah liep scheldend naar binnen en trok zijn nette uniform aan, hing nog een keer zijn wapen om en stond stil toen Sarge zijn kamer uit kwam. 'Ik weet dat je nooit gevochten hebt, Sarge, maar heb je nooit eens iemand willen doodschieten?'

Zesentwintig

Iedereen is blij en gelukkig. De zegen van saamhorigheid vervult ons nog steeds en o, wat een zegen, het zou al het andere in het niets moeten laten verdwijnen.
– Catherine McAuley –

Tia ging de winkel binnen en verbaasde zich erover dat het al zo vreemd aanvoelde. Ze liep verder naar het achterste gedeelte, als een geest die ooit een ruimte bezet had gehouden en maar niet kon begrijpen waarom hij er nog was. Ze pakte een stapeltje kaarten en begon bordjes te maken. Wanneer haar handel eenmaal verkocht was, zou ze nooit meer in deze winkel komen.

Ze zette het grote bord achter het raam en de kleinere op de planken. En toen begon ze rond te bellen. Eerst Mary Carson en toen de anderen die haar altijd trouw hadden gesteund. Met een flauwe glimlach voegde ze ook Ruth toe aan de lijst. Achter in de zaak sorteerde ze de spullen die weg konden en liep weer naar voren toen Mary en enkele anderen haar voorraad kwamen opkopen.

'Zo,' zei Mary, 'een nieuwe richting.'

'Ik hoop dat het de juiste is. Het heeft lang genoeg geduurd voor ik die had gevonden.'

'Nou ja, er gebeurt niets voor niets. De Heer is vindingrijk.'

Tia hield haar hoofd scheef. 'Waar heb ik dat eerder gehoord?'

'Je bedoelt Carolyns lievelingszinnetje?'

Ze moesten lachen.

Mary sloeg haar armen over elkaar. 'Toen ik je boodschap kreeg, dacht ik dat je misschien terneergeslagen zou zijn, maar je lijkt eerlijk gezegd nogal ... vrolijk.'

'Ik heb een vredig gevoel over me, al zou ik het op mijn zenuwen moeten hebben.'

'Een teken dat je op de goede weg zit.'

'Bedankt, Mary. Dank je voor alle kaarsen die je hebt gekocht in al die jaren dat ik open was. En voor je voorbeeld. En je vriendschap.'

Er verschenen tranen in Mary's ogen. 'Ik wil jou net zo goed ook voor die laatste twee dingen bedanken. Maar je klinkt alsof je op het punt staat te vertrekken.'

'Dat weet ik nog niet. Als het huis verkocht wordt en ik geen inkomen meer heb ...' Ze haalde haar schouders op met een quasizielige glimlach. 'Snap je waarom ik het op mijn zenuwen zou moeten hebben?'

'Kijk gewoon uit naar die ene open deur.' Hun omhelzing duurde langer dan al hun eerdere omhelzingen. Na een tijdje werd het weer stil in de winkel.

Ze ging naar achteren en haalde bollen lont en geuren en kleuren tevoorschijn. Toen de bel een volgende klant aankondigde, liep ze naar voren en bleef staan. 'Liz.'

Liz liet haar blik door de winkel dwalen. 'Ga je sluiten?'

'Ja.'

'Hoezo?'

'Daar had ze niks mee te maken, vooral niet na die ene avond, maar misschien had Liz nog steeds een vriendin nodig. 'Ik doe dit al behoorlijk lang. Het werd tijd voor verandering.'

'Maar waarom nu?'

Tia haalde een schouder op. 'Heb je ooit meegemaakt dat je je opeens realiseert dat je helemaal op de verkeerde weg zit? Het is alsof je ontwaakt uit een verlammende slaap en dat alles waarin je geloofde, alles wat je dacht te weten, anders blijkt te zijn.'

Liz stak als een verkeersagent haar arm naar voren: 'Hou op.'

Tia trok haar wenkbrauwen op.

'Je weet niet hoe het is. Jij bent niet net als ik. Jij bent niet speciaal, niet ...'

'Ik had het niet over jou, Liz. Ik spreek voor mezelf.'

'Je bent een leugenaar.' Haar ogen vernauwden zich. 'Je loog tegen me toen je zei dat het over was tussen Jonah en jou.'

Hoe wist zij nou dat dat niet zo was? 'Het zit nogal ingewikkeld in elkaar met Jonah.'

'Nee. Het is heel eenvoudig. Hij heeft tegen me gezegd dat hij ermee zou stoppen als hij kon.'

Dat zou waar kunnen zijn.

'Jij denkt dat hij niet van iemand als ik zou kunnen houden.' De witte huid rond haar lichtblauwe ogen werd rood van de innerlijke pijn. 'Maar hij zei dat als jij er niet was, hij van mij zou houden.'

Hoe zou ze dit benaderen als het een Hooplijntelefoontje was? 'Liz ...'

'Waarom kon je hem niet laten gaan?' Haar gezicht vertrok, maar voor er tranen verschenen, werd het zo uitdrukkingsloos als een masker. 'Je had hem moeten laten gaan.'

De bloedeloze toon verkilde haar tot op het bot.

Liz draaide zich om en verdween door de deur die Piper zojuist had opengedaan.

Piper liep met een vragende blik op haar gezicht naar binnen. 'Was dat net zo bizar als het klonk?'

Tia deed haar haar in een staart en was meer aangedaan dan ze zich had gerealiseerd.

'Ik bedoel bizar zoals *fatal attraction*?' Piper sloeg haar armen om zich heen. 'Maar we zullen geen dode – o nee!'

Tia's mond viel open. 'Niet doen. Niet zo denken. Dat kan niet.'

'De wasberen, Tia. Ze is dierenarts. En ze is stapelgek.'

Haar hoofd tolde.

Piper greep haar bij de arm. 'Dit moeten we aan Jonah vertellen.'

Tia schudde haar hoofd. 'Hij heeft met haar te maken gehad. Hij zou het hebben gezien.'

'Hij heeft haar niet zo gezien. Ik krijg er de rillingen van.'

Tia begon te ijsberen. 'Waarom zou een dierenarts dieren martelen?'

'Misschien heeft het niks met martelen te maken.'

'Vind jij elkaar doodbijten en -klauwen geen marteling?'

'Natuurlijk wel. Maar misschien was dat niet haar bedoeling.'

'We weten niet zeker dat zij ...'

'Tia. Wie anders weet hoe je organen moet verwijderen en weer aan elkaar moet zetten?'

Tia drukte haar handen tegen haar gezicht. Het klonk vreselijk, maar het was ergens wel logisch – tot ze zich Liz als dierenmishandelaar probeerde voor te stellen. 'Dit kan gewoon niet.'

'Voor wat ik zojuist heb gezien, hoe ze jou aankeek, heb ik maar één woord.' Piper huiverde. 'Kwaadaardig.'

Jonah had nog nooit zulke opgeblazen verhalen gehoord. Hij zou politiewerk moeten doen en niet met een geveinsde interesse naar een totaal oninteressante uiteenzetting moeten hoeven luisteren. Toen het eindelijk voorbij was, schudde hij de burgemeester de hand, zei tegen hem dat het een verhelderende bijeenkomst was geweest en verdween. Hij zag dat hij een telefoontje had gemist en belde terug.

'Hallo?'

'Sorry dat ik je telefoontje niet heb opgenomen. Ik heb op bevel van de burgemeester de Stichterslunch moeten verduren en bevind me nu in hogere sferen.'

Tia moest lachen. 'Ik heb die droge humor gemist.'

Hij bereikte zijn Bronco en stapte in. 'Maar waar belde je voor?'

'Vroeg je je niet af of ik je alleen maar belde om je stem te horen?'

'Mijn ego zou daar ja op zeggen, maar mijn hoogontwikkelde politieverstand zegt nee.' Hij startte de motor.

'Ik weet dat je het hartstikke druk hebt ...'

'Eigenlijk was ik op weg naar jou.'

'O ja?'

Hij reed achteruit het parkeervak uit. 'Ik moet je iets vertellen wat je niet leuk zult vinden.'

Een stilte. 'Ik denk dat dat ook voor mij geldt.'

Dat klonk helemaal niet goed. 'Ik ben vlakbij. Over een minuutje ben ik bij je.'

'Oké.'

Hij parkeerde voor haar winkel en ze kwam hem tegemoet bij de deur, met Piper aan haar zijde. Hoewel de bakkerij al gesloten was, had hij haar hier niet verwacht. 'Zeg het maar.'

'Het gaat over Liz, Jonah. Volgens mij kan ze de breuk tussen jullie niet aan.'

'Breuk? Ik had je al gezegd ...'

'In elk geval in haar optiek.' Ze bleef hem met een nuchtere intensiteit aankijken.

'Vertel me gewoon even wat er is gebeurd.'

Tia herhaalde het gesprek met Liz, waarna Piper eraan toevoegde: 'Je had het moeten zien om het te snappen. Er stond een furieuze blik in haar ogen en toen, zomaar opeens, werd haar gezicht net een masker, alsof het niet van haar was. Echt bizar.'

Terug naar Tia. 'Heeft ze je bedreigd?'

'Nee.'

Piper zei: 'Dat hoefde ook niet. Het was net *Fatal Attraction*. En toen dachten we – nou ja, ík dacht – dat ze zo een levend konijntje zou kunnen koken en toen moesten we aan de wasberen denken. Op zich niet zo gek, toch? Ze is tenslotte dierenarts.'

Dit was de tweede keer die dag dat het bloed in zijn aderen leek te stollen.

Tia drukte een hand tegen haar slaap. 'Ik weet dat het een beetje psychotisch klinkt.'

Piper keek haar aan. 'Jij kunt het weten. Jij bent de expert.'

Hij keek van de ene vrouw naar de andere. 'Expert?'

'Niet echt.'

'Ze heeft een doctoraal in klinische psychologie.'

Jonah keek verbaasd. Hij kon het niet helpen. 'Sinds wanneer dan?'

Tia keek op. 'Ik heb een opleiding via het internet gevolgd.'

Op de een of andere manier was dat lastiger te verwerken dan alle informatie over Liz. Niet dat ze het niet zou kunnen, maar dat ze het had gedaan zonder dat hij ervan wist. Negen jaar aan dingen die hij niet wist. 'Maar wat denk je? Is ze psychotisch?'

'Ik ben niet echt gekwalificeerd om daar een uitspraak over te doen. Daar zijn allerlei testen voor nodig.'

'Vertel me wat je denkt.'

Ze haalde haar schouders op en liet ze toen weer zakken. 'Ik maakte me genoeg zorgen om je te bellen.'

Hij wierp een blik op Piper. 'Kun je ons even een minuutje geven?'

Ze straalde. 'Jullie kunnen zo veel minuten van me krijgen als jullie willen.' Ze was al op weg naar de deur. 'Ik zit in Java Cava.'

Toen ze weg was, greep hij Tia's handen, haalde diep adem en zei: 'Ik denk dat Liz vanmorgen naar ons heeft staan kijken.'

'Wat?'

'Ik denk dat je een aardig gevoelige radar hebt.'

Ze hield haar hoofd scheef. 'Hoe weet je dat?'

'Ik weet het niet zeker ...' Hij slikte. 'Maar ik denk dat ze Scout heeft opengesneden.'

'Wat?!' Ze kneep het bloed uit zijn handen.

'Ik vond hem in het bos. Ze moet Enola lang genoeg hebben verdoofd om hem te pakken te krijgen.'

'Scout leeft toch nog wel?'

'Hij leefde nog toen ik van huis ging. Ik had hem naar Liz gebracht voor ...' Hij vocht tegen zijn emoties. 'Voor ik bepaalde vermoedens begon te koesteren. Maar de wonden waren scherp, niet rafelig. En ze zijn net zo netjes gehecht als de wasberen en de katten.'

Ze liet haar schouders hangen. 'Als ze een hulpeloos dier iets aandoet om jou te straffen, dan is dat een escalatie, of niet? Kun je haar arresteren?'

'Ik heb niet genoeg voor een aanhoudingsbevel.'

'Je hebt Scout.'

'Die niet verminkt en ook niet aan een ander dier vastgenaaid was. Het enige fysieke bewijs zou de hechtdraad kunnen zijn, maar zelfs als die overeenkomen, dan is dat nóg niet genoeg. Iedereen kan aan dat soort hechtdraad komen. En iedereen kan iets dichtnaaien.'

'Maar je weet dat ze daar was.'

'Ik heb haar niet gezien. Jij?'

Tia wendde zich af en begon te ijsberen. 'Waarom was ze daar? Heeft ze je in de gaten gehouden? Is ze een stalker?'

'Een vreemd idee.'

'Door Scout te verwonden dwong ze contact af. Ze wist dat je hem naar haar toe zou brengen, dat je haar nodig had.'

Een ziekmakende gedachte.

'Misschien waren zelfs de wasberen bedoeld om jouw aandacht te trekken.' Iets wat voor een politiecommandant bizar genoeg was om achteraan te gaan.

Hij schudde zijn hoofd. 'Dat geloof ik niet.'

'Denk je dat iemand niet wat scenario's in elkaar kan draaien die om een reactie vragen?'

'Zij heeft daar geen initiatief in genomen. *Ik* ben naar *haar* toe gegaan met die wasberen.' En toen begreep hij wat Tia bedoelde. Als ze dat had opgezet om ... Nee, te ingewikkeld. Ze had niet kunnen weten dat Piper hem zou inlichten. Wat zich hier verder ook ontwikkeld mocht hebben, dat gebeurde nadat hij contact met haar had gezocht. Hij was degene geweest die contact was blijven zoeken, die om assistentie bleef vragen. Hij was degene geweest die er iets persoonlijks van had gemaakt. Maar zij was daar veel te ver in gegaan.

'Je hebt haar gesproken, Tia. Is ze boos genoeg om jou iets aan te doen?'

'Mij? Ik maakte me juist zorgen om jou.'

Hij legde zijn hand tegen haar wang. 'Je zou ondertussen moeten weten dat ik onverwoestbaar ben. Dus beantwoord even mijn vraag.'

'Ze leek me eerder verdrietig dan boos. Verdrietig tot in haar ziel. Alsof ze spijt had van ...'

'Wat ze heeft gedaan?'

Tia drukte haar gezicht tegen zijn hand. 'Of nog zou kunnen doen.'

Hij tilde haar kin op. 'Is ze een gevaar voor zichzelf of voor iemand anders?'

'Ik weet het niet, Jonah. Ik heb nog geen psychologische ervaring. Ik praat met mensen via een gebedstelefoon. Ik weet niet hoe een echte gestoorde eruitziet.'

Het belletje boven de deur ging. 'Je gaat toch niet echt dicht, of wel?'

Ze deed een stap naar achteren. Hij liet zijn hand zakken. Tia wendde zich tot een kleine man van middelbare leeftijd.

'Jouw kaarsen zijn veruit favoriet bij mijn vrouw. Wat moet ik haar geven als jij ermee stopt?'

'Mort.'

Tia keek de man aan met een glimlach die Jonah een steek van pijn in zijn hartstreek bezorgde.

Negen jaar lang had ze op heel wat verschillende manieren de levens van de mensen hier beïnvloed en daar had hij geen deel van uitgemaakt. Hij keek toe hoe ze een klant behandelde als een oude vriend – en misschien was hij dat ook wel. De pijn wrong zich dieper naar binnen. Ze had een universitaire opleiding, een gebedslijn, een bloeiende zaak en meer mensen om haar heen die haar waardeerden dan ze zich realiseerde. Als er iets met haar zou gebeuren …

Geen denken aan. Hij zou de rest van zijn leven – hij zuchtte diep – ja, hij zou de rest van zijn leven voor haar zorgen.

Ze deed Mort uitgeleide met een doos vol kaarsen.

Jonah greep haar handen. 'Ik wil met je trouwen.'

Haar lippen weken vaneen. Haar ogen gloeiden op, maar hij wist niet met wat.

'We hebben negen jaar aan ons voorbij laten gaan. Ik kan die jaren niet terug halen, maar ik wil de vent zijn die weet waar zijn vrouw van houdt – en dat ook aan haar geeft.'

'Jonah.'

'Kun je je de eerste keer dat ik je zag nog herinneren?'

'In de speeltuin?'

'Ik zat op de glijbaan. Jij stond daar, zo petieterig. Je haar was net een verzameling donkere vlammen en je ogen keken dwars door me heen.'

'Die van jou waren zwart met blauw.'

'Ik keek naar beneden, naar jou, en het was net of de aarde bewoog.'

Er welden tranen op in haar ogen. 'Maar je koos voor Reba.'

Hij drukte haar knokkels tegen zijn lippen en stak toen haar beide handen onder zijn kin. 'Ik wil dat niet onder het tapijt vegen. Wat de reden ook was, het is gebeurd en ik kan dat niet meer veranderen. Maar jij was altijd degene die in mijn binnenste zat.'

Er wist zich een traan vrij te worstelen, die over haar wang naar beneden rolde. Ze schudde haar hoofd op het moment dat zijn pieper afging. Hij keek erop en fronste zijn voorhoofd. 'Ik moet weg.' Hij hief zijn hoofd weer op en keek onderzoekend naar haar gezicht. 'Vanavond uit eten. Half acht?'

'Vraag je me mee uit?'

Hij boog zich voorover en kuste haar op haar lippen. 'Het werd een keer tijd voor ons eerste afspraakje.' Hij liet haar achter met haar reactie gevangen in haar mond.

Liz zette de pups bij haar op schoot. Ze aaide ze en sprak lieve woordjes terwijl ze ze medicijnen tegen afstotingsverschijnselen gaf om hun immuunsysteem te onderdrukken. Alles zou er een stuk beter op worden. Ze waren nog zo jong toen ze met de therapie begon. Er zou geen emotionele worsteling plaatsvinden, geen valse behoefte aan afstand. Ze zouden nooit afstandelijkheid kennen.

'Lizzie, weet je het zeker?'

'Deze keer is anders.' Ze draaide zich om en keek naar Lucy, misvormd en bleek. Zo klein en breekbaar. 'Voor jou, Lucy.'

De tranen stroomden over Lucy's fletse gezicht. 'Is dit de enige manier?'

'Ik moet het zeker weten.'

Lucy moest slikken en knikte. 'Ik ben er voor je. Ik zal helpen.'

Jonah beende de vergaderruimte in. 'Wat hebben we?'

Moser stond op en wees naar de muur waarop de gegevens van het onderzoek stonden geprojecteerd. 'We hebben Sean Bolton, die drugs verkoopt op school, op borgtocht vrijgelaten. Hij heeft ons Caldwell en Greggor niet gegeven, en zijn maatje Malcolm ook niet. Hij moet te horen hebben gekregen dat praten niet goed voor zijn gezondheid zou zijn.'

Jonah was blij dat geen van zijn ondergeschikten grinnikte. Hij wierp een snelle blik op Sue, die net zo intens naar de briefing van Moser luisterde als de anderen. Hoewel hij haar in eerste instantie buitengewoon verlof had gegeven, was haar aandeel hierbij extra waardevol, zowel voor haar als voor het onderzoek.

'Caldwell heeft zich gedragen als een koorknaapje. Hij weet dat hij op *Candid Camera* is.'

'Candid *wat*?' Newly ging op twee poten zitten.

'Vóór al die reality-tv van jullie,' legde Moser uit, 'filmde *Candid Camera* mensen die ellebogen kusten en dat soort dingen.'

Zoals verwacht probeerden Beatty en Newly het toch.

'Kindertjes?!' Moser knipte met zijn vingers. 'Mag ik jullie aandacht?'

Terwijl Moser hen verder bijpraatte over het onderzoek, dwong Jonah zichzelf om zich te concentreren. De puzzelstukjes leken allemaal aanwezig. Als ze die maar aan elkaar zouden kunnen leggen, konden ze die jongens oppakken. Jonah dacht aan Sam en zijn bloed begon weer te koken. Maar gedachten aan Liz, de pups en Tia bleven terugkomen.

Toen de briefing voorbij was en de agenten zich hadden verspreid, nam hij Moser apart. 'Ik moet even iets met je doorspreken.'

'Oké.'

'Het heeft met de wasberen te maken.' Hij gaf Moser even de kans om om te schakelen en vertelde hem toen van zijn verdenkingen.

'Liz Rainer? De dierenarts?' Mosers gezicht weerspiegelde zijn eigen twijfels. 'Wat is er aan bewijzen?'

Hij vertelde hem het weinige wat hij wist.

Moser schudde zijn hoofd. 'Je kent rechter Walthrup. Je hebt dus geen fysieke bewijzen? Of zelfs maar één ooggetuige? Weinig kans dan.'

'De hechtingen komen overeen. In elk geval de gedeeltes die niet losgerukt waren.'

Moser keek hem met bedenkelijke blik aan.

'Ik heb wél goed opgelet toen jij je lunch weer omhoog werkte. En volgens mij zit ik er echt niet naast.'

'Maar je kunt het niet bewijzen.'

Jonah fronste zijn voorhoofd. De wetgeving zette hem klem. Moser had alleen maar bevestigd wat hij al wist.

Terug in zijn kantoor belde hij Jay, maar die had het weer te druk met stilte beoefenen of om op te nemen. Hij zou erop moeten vertrouwen dat Enola Scout gaf wat hij nodig had. Gefrustreerd dook hij in het werk dat niet kon wachten. Ruth bracht hem koffie, die hij opdronk zonder hem te proeven. De administratieve rompslomp op zijn bureau wegwerken zou de mentale berg openstaande zaken verdringen. En soms kwam hij door het gewone, alledaagse werk tot nieuwe, heldere inzichten.

Dit afspraakje was haar opgedrongen, maar Piper nam haar beloftes serieus. Ze had een witte spijkerbroek aangetrokken, een bijpassend groen T-shirt en een grijze sweater die ze om haar middel had geknoopt. Ze deed mascara op en zette de krultang in haar haar. Eerlijk was eerlijk.

Bob had Miles een hoop problemen kunnen bezorgen en dat had hij niet gedaan. En daar was ze hem dankbaar voor. Als hij wilde weten hoe ze bevriend kon zijn met zo'n vreemde snuiter, zou ze hem dat uitleggen. En ze zou hem ook duidelijk maken dat dit het enige afspraakje was.

Hij pikte haar op in een Camarocabriolet, waarvan ze moest toegeven dat hij ronduit *vet* was. Ze had het gevoel dat de rit de rest van het afspraakje ruimschoots zou ondersneeuwen.

'Hier, doe dit maar aan.' Bob pakte een leren jack van de achterbank. 'We gaan een stukje rijden en de wind kan knap koud worden.'

'Bedankt.' Dat was galant, maar het vormde waarschijnlijk ook een deel van het spel. Het jack rook naar zijn aftershave.

Hij vloog via de snelweg de berg op en nam de bochten als een Grand Prixcoureur. 'Durf eens te beweren dat je deze schoonheid niks vindt.' Zijn kapsel gaf het op door de wind en hij grijnsde breed.

'Niks mis mee.' Ze leunde met haar hoofd tegen de hoofdsteun en genoot van de rit.

De krullen waren uit haar haar gewaaid tegen de tijd dat ze het restaurant bereikten en ze voelde zich een beetje duizelig toen ze uitstapte, alsof ze net een ritje in de achtbaan achter de rug had. Maar hij was een uitstekend chauffeur en, nou ja, een Camaro? 'Lekkere rit, Bob.'

Hij glimlachte zijn perfecte gebit bloot, haalde een kam tevoorschijn en herstelde helaas zijn kapsel. 'Dat heb je binnen waarschijnlijk niet nodig.'

Hij borg het leren jack op in de achterbak en nam haar mee het chicste restaurant van Redford in, in de lobby van het Tarleton Hotel. Hij droeg een net blauw overhemd dat bij het boordje openstond en een crèmekleurige broek. De platte gouden ketting glitterde over de hele breedte van anderhalve centimeter en zijn instappers kostten waarschijnlijk meer dan haar hele schoenenverzameling. Als ze geld zocht, zou hij een prima vangst zijn.

Toen de ober kwam, leunde Bob achterover in zijn stoel. 'Wat wil je drinken, snoes?'

Ze zei tegen de ober: 'Een Chardonnay graag.' Daar zou ze het een tijdje mee kunnen uitzingen.

Met een lichte blos op zijn wangen vroeg de ober: 'Identiteitskaart?'

Ze wierp Bob een ik-had-het-toch-al-gezegd-blik toe, maar toonde de man een geldige identificatie.

'Bedankt. Ik moet erom vragen van de baas.'

'Geen probleem.' Ze glimlachte tegen hem.

Bob bestelde een martini en nam haar met een waarderende blik op. 'Waarschijnlijk vragen ze je op je dertigste nog steeds om je identiteitsbewijs.'

'Waarschijnlijk, ja.' Ze duwde haar haar over haar schouder.

'Jij bent net een puzzel.' Hij keek als een kat die een vissenkom in de gaten hield. 'Maar goed, vertel me eens, schoonheid – waarom ben jij in vredesnaam in die grote mafketel geïnteresseerd?'

En daar had je meteen de reden waarom deze proefrit niet zou eindigen in een aankoop.

Zevenentwintig

Eendracht maakt macht.
– Aesop, "*The Bundle of Sticks*" –

Toen Jonah haar kwam ophalen in een zwart, kraagloos shirt en een kakikleurige broek, zijn haar nog nat van het douchen en een beetje warrig, kon Tia zich er niet toe zetten de deur door te gaan. Hoe had ze negen jaar lang zonder hem kunnen functioneren terwijl ze in hetzelfde dorp woonden?

Hij keek naar haar gelaagde rok waarvan de bovenste laag half doorzichtig was, haar legging en haar laarsjes, haar zachte sweater. 'Je ziet er geweldig uit.' De luchtige kus die hij haar gaf op de grens tussen haar wang en haar hals leek een elektrische spanning door haar heen te jagen. 'En je ruikt ook lekker. Net als je kaarsen.'

'Ik heb de geuren lopen opruimen.' Het was waar, maar dat had ze hem niet hoeven vertellen. 'Is Scout ...'

'Hij leeft nog.'

'En Liz?'

'Ik heb niet genoeg in handen voor een aanhoudingsbevel.' Zijn frustraties vonden weerklank in haar.

Ze had meer medelijden gevoeld dan woede, maar als Liz een puppy had gebruikt om hen te straffen ... 'Maar wat dan? Moet je dan eerst wachten tot ze iets of iemand ...'

'Ik heb geen bewijzen. Het enige wat ik kan doen, is de stukjes die ik heb samenvoegen.'

Dit hele gedoe prikkelde en irriteerde haar. Of kwam het door Jonah? 'Kun je haar niet zover krijgen dat ze het je vertelt?'

'Ik moet eerst een reden hebben om haar te ondervragen.'

'Maar je zou gewoon met haar kunnen praten, haar uit haar tent lokken. Je zou haar kunnen laten denken dat ...'

'Wat? Dat ik iets met haar wil?' Zijn gezicht betrok. 'Haar eerst het hoofd op hol brengen en haar dan vragen of ze mijn pup heeft aangevallen?'

Ze schudde haar hoofd. 'Ik haat het om ergens onzekerheid over te hebben. Wat als ze onschuldig is?'

'Dat is de reden waarom we volgens de regels werken. Goed, zullen we nú gaan eten?' Hij liet een hand om haar middel glijden en duwde haar zachtjes naar buiten.

Als politieagent mocht hij dan zo kunnen omschakelen, maar zij kon niet zomaar die onbehaaglijke gedachten van zich afschudden toen ze het korte stukje naar het Tarleton Restaurant reden. 'Echt?' Ze had hier niet meer gegeten sinds de zestiende verjaardag van Reba en haar onbehaaglijkheid werd alleen maar groter.

'Ik wil flink uitpakken bij ons eerste afspraakje.' Hij parkeerde onder een ouderwetse straatlantaarn. 'Daarna blijft het bij hamburgers met patat.'

'Heb je na zo veel eerste afspraakjes een strategie ontwikkeld?' Ze stapte uit en beschermde haar rok tegen de wind.

Hij liep om de auto heen, zijn hoofd een beetje scheef. 'Ik maakte maar een geintje, Tia. We kunnen hier elke avond eten als je wilt.'

'Van jouw salaris? Of van het mijne?'

'Of we gaan ergens anders heen, als je dat liever hebt.' Hij begon haar gemoedstoestand over te nemen.

En die beteugelde ze dan ook meteen. 'Dat zou ik niet willen.'

'Dan staat onze tafel op ons te wachten.' Hij nam haar bij de hand.

Ze aarzelde even, verplaatste toen langzaam haar gewicht naar voren en stopte met tegenstribbelen. Met dat ze de manager door de elegante, speels opgezette eetzaal volgden, zag ze Piper met Bob Betters aan een tafeltje bij het raam zitten. Het leek erop dat Bob ook breed uitpakte.

Er verscheen een serveerster om hun drankjes op te nemen. Tia bestelde een glas Shiraz.

'Koffie,' zei Jonah tegen haar.

Ze keek hem aan toen de serveerster was verdwenen. 'Zelfs geen wijntje?'

'Zes jaar nuchter.'
'Is Jay jouw mentor?'
'Hoe weet je dat?'
'Door de manier waarop je zijn naam uitsprak.'
'Goed recherchewerk.'
Dat compliment pelde een laagje van de spanning in haar borst af. 'Het stelt niks voor.'
Er verschenen lachrimpeltjes in zijn ooghoeken. 'Uh-huh.'
'Dat zeg je al zolang ik me kan herinneren op die manier.'
'Oké.'
'En dat ook.' Ze sloeg haar menu open. 'Wat is hij voor iemand? Jay ..?'
'Laugerson. Half Deen, half Cherokee.'
Ze trok een wenkbrauw op. 'En dat is *de* manier om hem te beschrijven?'
'Wacht maar af. Je ziet het vanzelf.'
'Is dat zo?'
'Hij wil je graag ontmoeten.'
Ze beet op haar lip. 'Hoeveel weet hij?'
'Hij heeft zo'n beetje mijn leven gered.'
Alles dus. Ze duwde die gedachte naar de achtergrond, nipte aan de wijn en keek toen op. 'Heb je hier last van?'
'Ik ben nooit een wijnliefhebber geweest.'
'Heb je nooit eens gesmokkeld, de afgelopen zes jaar? Niet één keertje?'
'Ik moet opnieuw beginnen als ik dat doe.' Hij nam een slokje van zijn koffie. 'Kun je daarmee leven?'
'Natuurlijk.' Maar toen vroeg ze zich af wat hij precies bedoelde. 'Als het relevant zou worden.'
'O, maar het *is* relevant.'
'Ik bedoel dat moeten leven met elkaars tekortkomingen een gezamenlijke toekomst inhoudt.'
'Ik vermoed dat ik niet helemaal duidelijk ben geweest.'
'Dat was je wel.' Ze keek weer op. 'Maar alleen het feit dat je de een of andere natuurlijke grip op me hebt, wil nog niet zeggen dat daarmee alles zomaar verdwijnt.'
'Dat weet ik.'

'Ik moet dit op de juiste manier doen.' Ze bevochtigde haar lippen. 'Ik heb tijd nodig.'

'Ik ga nergens heen.'

Nog een laagje eraf.

Hij wierp een blik langs haar heen. 'Wat is het verhaal achter Bob en Piper?'

Ze liet een vinger over de rand van haar glas glijden. 'Als ik het je vertel, beloof je dan niet te overdreven te reageren?'

'Ik beloof niks.'

Ze fronste haar voorhoofd. 'Miles had een akkefietje in de bakkerij. Bob liep hem te plagen en toen probeerde hij zijn aandacht te trekken door hem een tik te geven.'

'Raakte hij hem aan?'

Ze knikte.

'En Miles ging door het lint?'

'Hij liep een tafeltje ondersteboven, dat tegen Bob aan viel, die over de rooie ging en tegen Piper zei dat hij het zou laten gaan als Piper met hem zou uitgaan.'

Jonah knikte langzaam. 'En op welk gedeelte van dit verhaal mag ik niet te overdreven reageren? Miles? Of het feit dat Bob Piper heeft gechanteerd?'

Met een golf van warmte leunde ze naar voren en gaf hem een kneepje in zijn handen. 'Goed geantwoord.'

Jonah keek nog eens naar het tafeltje bij het raam. Hij kon het gesprek niet volgen, maar gezien het continue bewegen van Bobs mond kostte dit Piper heel wat geduld. Haar bord was bijna leeg. Bob zweeg zo nu en dan om zelf ook wat naar binnen te proppen, waarna hij verderging waar hij vóór de hap gebleven was.

De ober bracht nieuwe glazen wijn. Piper veegde haar mond af en verdween naar het damestoilet. Jonahs blik verplaatste zich weer naar Tia, maar een verandering van houding bij Bob trok zijn aandacht. Bob had naar voren geleund en liet zich nu weer terugzakken tegen zijn rugleuning.

'Jonah?'

'Sorry.'

'Is er iets mis?'

'Dat weet ik niet zeker.' Toen de serveerster in de buurt kwam, gebaarde hij dat ze wilden bestellen.

'Ik begin met de walnootsalade met gesuikerde peer en dan de gestoofde regenboogforel.'

'Prima. Commandant?'

'Die salade klinkt goed. En doe mij maar kreeft. Dank je.' Hij keek naar Pipers tafeltje. Ze was weer bij Bob aangeschoven en dronk voor een beetje ruggensteun flink van haar wijn.

'Ik dacht dat jij een roodvleestype was,' zei Tia.

Hij keek weer naar haar. 'In dit soort gelegenheden bestel ik graag iets wat ik zelf nooit klaarmaak.'

'Jij vindt het dus niet erg dat ze die wriemelende jongens met hun kop naar voren in het kokende water stoppen?'

'Dank je. Ik geniet er nu alleen maar meer van.'

'Volgens mij krijg je alleen de staart. Er is al van gegeten.'

Ze leek eindelijk los te komen uit haar zorgelijke gemoedstoestand. Bob had weer plaatsgenomen op zijn praatstoel en Piper was halverwege haar tweede glas wijn. Hij bestudeerde haar gezicht, zag haar knipperen.

'Niet dat ik overgevoelig ben, maar zit je nou naar Piper te staren?'

'Ik moet haar even in de gaten houden.'

'Wat is er aan de hand dan?' Tia keek over haar schouder.

'Geen aandacht trekken.'

Ze wierp nogmaals een blik over haar schouder en keek hem met een intense blik aan. 'Is er iets niet in orde met Piper?'

Jonah vouwde zijn servet op en legde het naast zijn vork neer toen Piper een hand tegen de rand van de tafel zette en haar hoofd lichtjes schudde. Hij stond op, liep naar hun tafeltje toe en pakte het glas uit haar hand. 'Geef dit maar aan mij.'

Bob keek op, met een zekere irritatie, gevolgd door bezorgdheid, weer gevolgd door gemaakte joligheid. 'Hé, commandant. Ze is een beetje aangeschoten, maar ik let wel op haar.'

'Dat denk ik niet.' Jonah gebaarde naar de serveerster voor Bobs rekening. Na enkele momenten legde ze het leren mapje op tafel. Jonah zei: 'Betalen.'

'Goed, prima.' Bob haalde een creditcard uit zijn portemonnee en stak hem in het daarvoor bestemde vak in het mapje.

Piper knipperde met haar ogen. 'Jonah?'

Bob spreidde zijn handen. 'Luister, waar gaat dit over?'
'Dit gaat over wat jij in haar drankje hebt gedaan.'
Bob leunde met een scheve grijns achterover. 'Dit meen je niet.'
Jonah hief het wijnglas op. 'Blauwe Chardonnay?'
Bob verbleekte. 'Het is een mixje. Met Blue Curaçao of iets dergelijks.'
'Nee,' reageerde Piper onduidelijk. 'Wit. Witte wijn.'
'Je wist niet dat er kleurstof in die nieuwe pillen zat, of wel?'
Bob keek van Piper naar het glas dat Jonah vasthield. Hij begon iets te zeggen, maar hield zijn mond. Jonah belde het politiebureau, kreeg McCarthy te pakken en bracht hem op de hoogte. Nog geen tien minuten later deden McCarthy en Newly – de een donker, Iers en mager, de ander met melkboerenhondenhaar en vlezig – Bob Betters de handboeien om en namen hem mee het restaurant uit.
Tia was bij Piper komen staan en Jonah vroeg haar de manager op te zoeken en hun bestelling te annuleren. 'Zeg maar dat ik later de rekening kom betalen.'
'Dat hoeft niet, commandant.' De manager praatte zacht en benaderde hem van achter.
Jonah knikte. 'Bedankt. Ik breng het glas terug zodra het laboratorium het heeft onderzocht.'
'Laat me het even inpakken in plastic.'
Hij schudde zijn hoofd. 'Ik mag het niet uit het zicht verliezen. Dat zijn de voorschriften.'
'Zoveel heb ik niet gedronken.' Pipers woorden gleden onduidelijk over haar lippen. Omdat ze slank en jong was en ze al wat alcohol binnen had gekregen, had de drug hard en genadeloos toegeslagen. 'Waarom ben ik ...'
Tia hurkte naast haar neer. 'Het is al goed, lieverd. Wij zorgen ervoor dat je veilig thuiskomt.'
Tia hielp Piper in de Bronco en Jonah trok zijn kit open, goot de vloeistof in een steriele bus en deed toen het glas in een zakje, waarna hij er een etiket op plakte. Tia ging bij Piper achterin zitten.
Hij wierp een blik over zijn schouder. 'Het spijt me van het dinertje.'
'Doe niet zo raar.' Ze streelde Pipers hand. 'Als je dit niet zou hebben gezien?' Ze schudde haar hoofd, een enigszins verbeten uitdrukking op haar gezicht.

Hij overwoog om met Piper naar het ziekenhuis te rijden, maar pakte in plaats daarvan zijn telefoon. 'Hé, Lauren. Ben je al klaar met Sarge?'

'Ja, al even.'

'Ik hoopte dat je nog in het dorp was.'

'Dat ben ik ook.'

'Kan ik je om een enorme gunst vragen?'

'Vragen kan altijd.'

Hij keek in zijn achteruitkijkspiegel. 'Een vent hier heeft een pilletje in iemands drinken gedaan. Ik wil haar niet naar de Eerste Hulp brengen. Zou jij wat bloed kunnen aftappen voor het laboratorium?'

'Wacht even.' Ze praatte met iemand op de achtergrond, iemand met een bekende stem.

Lauren kwam weer aan de telefoon. 'Waar moeten we zijn?'

'Is dat Jay?'

'M-hm.'

Hè? Hij gaf haar Tia's adres en deed toen zijn telefoon weer terug in zijn zak. Tia mompelde de hele weg naar huis allerlei geruststellende dingen in Pipers oor. Daar aangekomen tilde Jonah haar op en droeg haar naar een gemakkelijke stoel, die er comfortabeler uitzag dan de antieke bank. Tia liep de keuken in.

Lauren arriveerde in de pick-uptruck van Jay. Met Jay achter het stuur. Jonah keek van de een naar de ander en zei toen tegen Lauren: 'Het eerste glas wijn was schoon. Ze heeft ongeveer de helft van het gedrogeerde glas op.'

Lauren pakte haar spullen, stak de naald in Pipers arm en tapte wat bloed af. Ze plakte een etiket op het buisje en gaf dat aan hem. Hij schreef er de datum en tijd op, zette er zijn handtekening onder en borg het buisje op.

'Kun je haar bloeddruk en zo ook even nakijken?'

Lauren trok een wenkbrauw op. 'Vind je dat echt nodig?'

O. Hij deed een stap achteruit en keek naar Jay. Jay beantwoordde zijn blik. Jonah hield zijn hoofd een beetje schuin en Jays mondhoeken gingen iets omhoog.

Lauren zei: 'Je let niet echt op, Jonah.'

'Vertel dat maar aan Piper.' Viel hem dan alleen maar crimineel gedrag op? Hij trok zijn wenkbrauwen op naar Jay.

Jay haalde op zijn beurt zijn schouders op. Jonah liet de afgelopen paar weken aan zich voorbijgaan. Was Jay erbij geweest op de avonden dat hij Lauren had uitgenodigd om te blijven hangen nadat ze met Sarge bezig was geweest? Waarschijnlijk. Jay was net meubilair; het stond er altijd wanneer je even moest gaan zitten. Ja, hij was er vrijwel zeker bij geweest toen Lauren nog eens goed nadacht over haar kansen bij de commandant van politie.

'Sorry dat ik jullie plannen in de war heb geschopt.'

Tia kwam binnen met een dienblad met verschillende soorten kaas, Turks brood en plakjes peer. Ze zette het op tafel en ging op haar knieën naast haar half bewusteloze vriendin zitten.

Lauren zei: 'Ze kan waarschijnlijk maar beter niks eten of drinken voor dat goedje is uitgewerkt. Rohypnol is een verdovend middel en een spierverslapper.' Ze tilde Pipers slappe arm op. 'Ze blijft wel een uurtje of vijf in deze toestand en daarna zal ze waarschijnlijk in de war zijn en een kater hebben.'

Tia's gezicht verstrakte. 'Houdt ze hier iets aan over?'

'Door de drug word je sneller dronken, waardoor je evenwichtsstoornissen krijgt en je dubbel gaat praten. Ze heeft geen last van ademhalingsproblemen en dat had ik ook niet verwacht van een half glas gedrogeerde wijn.' Ze keek op. 'Goed dat je haar niet meer hebt laten drinken. Hoe dan ook, misschien moet ze nog overgeven en heeft ze wat last van slapeloosheid. En waarschijnlijk herinnert ze zich dit deel van de avond achteraf niet meer.'

'Dit is dus een rapedrug.'

Lauren leek daar zeker van te zijn, net als hij, maar ze zei: 'We zullen de uitslag van het laboratorium moeten afwachten.'

Tia's ogen waren net brandende kooltjes. 'Bob komt hier toch niet mee weg, hè?'

Jonah schudde zijn hoofd. 'Niet als het aan mij ligt.'

'Jij bent de politiecommandant.'

'De officier van justitie moet hem aanklagen.'

'Er zijn getuigen. Er is bewijsmateriaal. Vertel me – deze keer – alsjeblieft dat je er iets aan kunt doen.'

'Heb ik al gezegd.' Hij had haar in jaren niet zo van streek gezien.

Ze greep Pipers hand en mompelde iets tegen haar heen en weer zwaaiende hoofd.

Lauren pakte haar spullen bij elkaar. 'Een hartaanval is nooit helemaal uitgesloten, dus ik zou haar niet alleen laten. Als ze over acht uur niet wakker wordt, máák haar dan wakker. Als dat niet lukt, meteen naar het ziekenhuis.'

Hij knikte. 'Bedankt, Lauren.'

Ze wierp hem een trage, veelbetekenende glimlach toe en volgde Jay naar buiten.

Toen Jay en Lauren waren vertrokken, stond Tia op en zette haar handen in de zij. 'De verpleegkundige van Sarge?'

Hij spreidde zijn handen. 'Wat?'

'Hadden jullie iets?'

'We zijn nooit iets begonnen.'

'Maar wilde je dat?'

'Wat krijgen we nou?'

'Ik zag die blik tussen jullie.'

'Die hield in dat ze besefte dat ik de liefde van mijn leven heb gevonden.'

Tia beefde over haar hele lichaam. Pipers hulpeloosheid en de angst over wat er had kunnen gebeuren sneden dwars door haar beschermende laagjes heen, waardoor er een kwetsbaarheid overbleef die haar beangstigde. Ze voelde zich net zo machteloos, net zo onbeschermd als Piper. En er had een verlangen in die blik gelegen, wat Jonah ook mocht beweren.

'Liz. Lauren.' Ze snoof. 'Negen jaar, een echtgenoot en vier kinderen, en toch ben ik er nog steeds niet van overtuigd dat Reba jou is vergeten.'

'Waar héb je het over?'

'Ik heb geen zin om gekwetst te worden.' Ze drukte haar handen tegen haar gezicht. 'Als deze negen jaar al iets duidelijk hebben gemaakt, is het wel hoe erg we elkaar kunnen kwetsen.'

'Ja, het doet pijn.' Zijn ogen werden zo donker als obsidiaan. 'Omdat we meer van elkaar houden, kunnen we ook dieper snijden. Hoe gelukkiger ...'

'Denk je dat ik je gelukkig zal maken? Ik ben de *andere* Manning, weet je nog? Degene die je niet hebt gekozen.'

'Ik hou al heel erg lang van je, Tia.'

Ze wendde haar blik af en vocht tegen wat ze in hem zag.

'Zelfs Reba wist het. Ze was alleen zo geprogrammeerd dat ze geloofde dat niemand haar losgeslagen zusje zou kunnen verkiezen boven haar. En ja, ik zag het ook een tijdje niet helemaal helder.'

'Hoe kun je nou zeggen dat ze het wist? Ze was er kapot van.'

'En toch heeft ze ervoor gezorgd dat jij hier bij mij kon blijven.'

Er brandden tranen in haar ogen. 'Wat? Waarom zou ze ...'

'Jij was degene die ze afwezen. Maar heb je er ooit bij stilgestaan hoe het moest zijn geweest voor haar? Opgesloten in hun verstikkende liefde?'

Met tegenzin dacht ze aan Reba, die nog steeds op Stella's dwingende eisen inging, geliefd en ... gedoemd? In Phoenix had ze het bijna gezien, het zich bijna gerealiseerd.

Jonah greep haar bij haar ellebogen. 'Ze heeft je niet in de steek gelaten, Ti. Ze heeft je de vrijheid gegeven.'

Nee. Alsjeblieft. Waarom hield hij niet op? Wist hij niet dat dat haar hart zou breken? Dat Reba er te midden van haar verraad voor had gezorgd dat zij ...

Ze trok haar bevende armen los. 'Ik moet even alleen zijn. Ik zorg verder wel voor Piper.'

Gefrustreerd verliet Jonah het huis. Met één blik was hij veranderd van een halve held in een halve schoft, beschuldigd om iets wat nooit was gebeurd, maar wat alles had opgerakeld dat wel was gebeurd. Misschien zouden ze hier nooit overheen komen. Misschien was er zo veel water onder de brug door gestroomd, dat het de brug had weggespoeld.

Zijn Bronco kwam brullend tot leven. Hij werd belaagd door een plotseling verlangen naar een glas whisky. Dat had hij wel verwacht, omdat dit altijd werd getriggerd door ongefundeerde beschuldigingen. Ja, Lauren was een aantrekkelijk wezen dat hem bepaalde beelden in zijn hoofd had bezorgd. Die hij ook weer uit zijn gedachten had gebannen.

Daar ging het om. Wat was trouw zonder verleidingen? Wat had het voor zin om weerstand aan iets te bieden wat je toch al niet wilt hebben? Een droge keel. Het zweet in zijn handen. Hij ramde de automaat in 'drive'. Ze zou nu toch niet naar hem luisteren. Niet wanneer de rest van wat ze had gezegd aardig wat gewicht in de schaal legde.

Hij had Reba verkozen boven degene die zijn ziel kon blootleggen. Liz was geen probleem. De aantrekkingskracht van Tia, *die* was pas fataal. Hoelang nog ...

Zijn radio kwam tot leven met de stem van Sue. 'Oproep aan alle eenheden. Caldwell komt in beweging.'

'Agent Donnelly, waar zit je?'

Stilte.

'Beantwoord mijn vraag, Sue.'

'Ik houd Caldwell in de gaten. Hij heeft Beatty en Newly afgeschud, maar mij niet.'

'Ik wil dat je hier meteen mee stopt, Sue. Kap ermee.'

'Ik laat hem niet gaan, Jonah.'

'Ik heb je verlof gegeven. Toen heb ik je de kans gegeven om erbij te zijn. En nu geef ik je bevel om je er niet mee te bemoeien.'

'Het spijt me, commandant, maar dat kan ik niet.'

Achtentwintig

Loyaliteit is de zuster van gerechtigheid.
– Horace –

Elke zenuw in zijn lichaam spande zich. Hij verhuisde zijn frustraties naar een ander spoor. 'Wat is je positie?'

'Richting Godfrey.'

Het enige onprettige deel van het dorp, een straat die naar een notoire stroper was vernoemd, die voor een halve eeuw de hele beverpopulatie had uitgeroeid. Het was eigenlijk een verzameling uit hun krachten gegroeide konijnenhokken tussen oude sparren, met onverharde wegen en overal autowrakken en roestige vaten en andere spullen. Mensen die zich vanwege de een of andere complottheorie gewapend in de bossen verschansten en van wie hij geen last had, en niksnutten, van wie hij wel last had.

Ze hadden daar wel meer gepatrouilleerd, maar vrijwel elk onderkomen zou een methamfetaminelab kunnen herbergen. En nu zat Sue dus in een gevaarlijk gebied achter een gevaarlijke man aan. Ze was een uitstekend agent, iemand die goed was in het sussen van echtelijke ruzies. Ze was kort, stevig en had een wat lompe gang, en vond het heerlijk als mannen dachten dat ze bij haar wel onder een bekeuring uit konden komen. Maar ze had geen ervaring met dít soort problemen.

'Sue, luister naar me. Ik heb het Sam beloofd.'

'Ik heb ervoor gezorgd dat hij praatte, Jonah. Ik heb hem zover gekregen dat hij je gaf wat je nodig had om dat tuig op te pakken. Het was mijn schuld.'

'Dat hebben we samen gedaan. En we konden absoluut niet voorzien wat er zou gebeuren.'

'Hij was gewoon een bange man. Maar ik ben een agent.'

'En je bent een goede agent, Sue. Maar dit is niet jouw ding. Ik wil dat je daarvandaan blijft.'

'Ik laat hem niet gaan.'

Jonah gaf nog wat extra gas en deed een oproep voor alle beschikbare agenten. De sheriff reageerde met de mededeling dat zijn bureau flink was geraakt door de griep. En ondersteuning van verderop moest nog een eind rijden voor ze in de buurt zouden zijn. Newly en Beatty meldden zich. Geen levensteken van McCarthy of Moser. Hij gaf hun de locatie. 'Code twee. Ik wil ze niet afschrikken.'

'Begrepen, commandant.'

En toen voor Sue. 'Ik heb versterking gehaald. Blijf op afstand, begrepen?'

'Ik houd me gedeisd.'

'Als je hem ziet, bestaat er een grote kans dat hij jou ook ziet.'

'Misschien is dit de enige kans die we krijgen.'

Jonah scheurde door het dorp naar de omgeving waar Sue zich bevond. Hij pakte zijn koppelriem uit het kluisje tussen de voorstoelen. Zijn tweede vuurwapen zat op zijn rug, achter zijn broekriem. Moser meldde zich. Hij bracht hem op de hoogte. 'Ik ben code elf op Godfrey.'

De verharde weg eindigde. De bomen stonden hier dichter bij de weg. De avond was donkerder in deze omgeving. Hij had zijn raam open en luisterde. Krekels. Honden. Een ver geschreeuw. En daartussen heel wat stilte.

Sue meldde zich. 'Ik sla af. Geen borden.'

'Coördinaten.'

Die gaf ze hem. Hij zette zijn gps aan. 'Wacht op versterkingen.'

'Nee. Ik heb hem in het vizier.'

Zijn nekspieren spanden zich. Hij controleerde of de anderen het ook hadden gehoord. 'Wacht op versterkingen. Heb je me gehoord, Sue?'

Geen antwoord.

Zijn hart bonkte. Maar verder werd hij kalm. Hij wist tot in elke vezel hoe hij de angst moest onderdrukken van wat hem dan ook te wachten mocht staan. De erfenis van zijn vader. Maar de anderen waren wat dat betreft zo groen als gras. Hij klemde zijn kaken op elkaar en concentreerde zich op het vertragen van zijn ademhaling. Heer. Bescherm mijn mensen.

Er schraapten takken langs de zijkanten van de Bronco en hier en daar kroop er wat maanlicht tussen de bomen door. Hij sloeg af waar Sue had gezegd. Met zijn verlichting uit kroop de Bronco verder. Een tweehonderd meter verderop zag hij twee remlichten flitsen en hij raakte bijna een voertuig dat half op de weg stond geparkeerd. Van Sue. Hij parkeerde de Bronco in de berm, gaf zijn positie door en stelde voor dat ze een andere route zouden zoeken.

Hij deed zijn koppelriem om en zijn kogelwerende vest aan, waarna hij de binnenverlichting blokkeerde voor hij uitstapte. Hij sloop zo zacht als de met dennennaalden bedekte grond dat toeliet naar voren. De Jeep was verlaten. Met gebalde vuisten bewoog hij zich voort en liet zijn blik tussen de bomen door glijden.

'Jonah.' Haar gefluister klonk scherp achter een half begraven fornuis vandaan. 'Bij die keet daar.'

Hij knikte en hurkte naast haar neer. Ze was niet in uniform. In haar donkere jack en pet leek ze meer op een tiener die wat wiet probeerde te scoren dan op een wetshandhaver. Geen wonder dat Caldwell haar niet had opgemerkt.

Jonah slikte. 'Waar is je vest?'

'Op het bureau.' Haar stem beefde. 'Maar ik ben gewapend.' Ze had het vuurwapen in haar hand dat ze nog nooit buiten de schietbaan had afgevuurd.

Ze dacht niet als een politieagent. Hij gaf een rukje met zijn kin. 'Wacht in de auto.'

Ze schudde haar hoofd.

Caldwell deed zijn portier open en het binnenlicht verlichtte de directe omgeving. Ze bevroren. Toen Caldwell zich naar opzij boog en met iets zat te rommelen, trok Jonah zijn vest uit en liet dat over haar hoofd heen glijden. Hij had de wapens van Caldwell in beslag genomen, maar misschien had hij die teruggekregen toen de aanklachten waren ingetrokken.

Caldwell stapte uit. Sue greep haar wapen steviger vast. Jonah duwde haar arm naar beneden en wees nog eens met zijn kin naar de voertuigen achter hen. Ze begreep het bevel, maar schudde nogmaals haar hoofd.

Met één snelle beweging ontwapende hij haar. Geen duidelijker manier om haar te laten zien dat hij het meende.

Haar gezicht vertrok. Het portier ging dicht, waardoor het weer stikdonker werd. Hij hield zijn mond vlak bij haar oor. 'Ga naar mijn auto en zorg dat de anderen deze plek omcirkelen.' Als ze nu niet naar hem luisterde, kreeg ze problemen.

Door haar beweging stond Caldwell even stil en keek om zich heen, maar hij liep al snel verder.

Met getrokken wapen sloop Jonah dichterbij en hurkte neer. Hij had versterkingen nodig en wel nu meteen. Bijna verstikt door de omringende sparren ging de keet op in de achtergrond van de helling. De deur ging open toen Caldwell dichterbij kwam. Een groot, kaal, Scandinavisch type met een aanvalsgeweer zocht de omgeving af. Jonah hoopte maar dat hij werd gehinderd door het licht achter hem.

Een andere man met een geweer kwam om de keet heen en stapte de lichtcirkel in die werd veroorzaakt door het licht dat naar buiten stroomde. Sean Bolton, een stuk tuig vanaf zijn tienerjaren, waarschijnlijk onder invloed. De andere vent leek helder te zijn. Malcolm? Of Greggor zelf? 'Wat doe jij hier?'

'Ze hebben die idioten van mijn nek gehaald. Ik heb spul nodig.'

'Greggor heeft tegen je gezegd dat je weg moest blijven.'

Dan was de kale dus Malcolm.

Caldwell zei: 'Kom op, hé. Laat me even met hem praten.'

Jonah hoorde geritsel. Hij stak een hand uit naar zijn broekriem en drukte op zijn radioknop, kreeg een klik terug en daarna nog twee. Moser of McCarthy had zich bij Beatty en Newly gevoegd. Hij keek weer naar Caldwell. Dankzij Sue hadden ze niet alleen het laboratorium, maar ook de 'laboranten' – en geen plan van aanpak.

Jonah voelde iemand achter hem. 'Waar is je vest?' fluisterde Moser.

Jonah schudde zijn hoofd. Geluid droeg hier ver. Hij gebaarde Moser naar rechts en ving toen een glimp op van iemand die zich in de buurt van Sean bevond, aan de andere kant van de keet. Newly?

Binnen klonk een stem. Malcolm hief zijn wapen op.

'Nee!' Caldwell dook en rolde weg op het moment dat Jonah schreeuwde: 'Handen omhoog!'

De kogels vlogen in het rond.

Jonah draaide om zijn as doordat hij door iets werd geraakt. De deur knalde dicht, waardoor ze slechts enkele seconden in het donker zaten voordat de teruggevuurde schoten een *voemp!* aan vlammen veroorzaakten en meteen daarop een explosie die hem als een lappenpop naar achteren smeet. Hij landde hard op zijn rug, hapte naar adem en rolde op zijn knieën. Zwaar hoestend van de chemische rook en de hitte die zijn huid verschroeide, ging hij achter de vluchtende man aan die uit het raam was gevallen. Hij bedekte hem om de vlammen te doven.

Omdat de man niet lang genoeg was om Malcolm de schutter te kunnen zijn en het ook niet Sean kon zijn, omdat die buiten had gestaan, vermoedde Jonah dat hij Greggor te pakken had. Hij fouilleerde en boeide hem, stak een groot kaliber pistool achter zijn riem en sleepte hem verder bij de brandende keet vandaan. Bij het licht van de brand zag hij dat zijn beginneling, Beatty, een gewonde Caldwell in de boeien sloeg.

Verre sirenes sneden door de nachtelijke lucht. Hij hoopte dat ze het vuur zouden kunnen doven voor er hele hectaren bos en het halve dorp in vlammen opgingen. De omringende bomen lieten al klodders brandend materiaal vallen. Er strompelde een hevig hoestende Moser naar hem toe, die een snee in zijn voorhoofd had opgelopen.

'Moser, gaat het?'

'Ik kan Newly niet overeind krijgen.'

'Ik vind hem wel. Neem jij deze.'

Hij rende naar de andere kant van de brandende keet, waar hij Sean en Newly het laatst had gezien. Het vuur likte aan de grond. Er lag een donkere figuur onder een stuk balk. Met stekende ogen trok Jonah de balk opzij en zag Sean. Geen hartslag en allemaal bloed op zijn flink toegetakelde keel en borst. Hij riep: 'Newly?!'

Een gekreun links van hem. 'Ik denk dat mijn been gebroken is.'

Jonah haastte zich naar de plek waar Newly op een roestig autowrak was geland. Terwijl het vuur om hen heen omhoog likte, stak hij een schouder onder de arm van Newly en hees hem omhoog. Newly slaakte een kreet van pijn, maar onderdrukte die meteen.

'We moeten langs de vlammen zien te komen.' De geur van chemicaliën vermengde zich nu met die van gras en bladeren. De keet brandde als een fakkel, in ruime mate gevoed door de methamfetaminegassen. Jonah sloeg zijn arm voor zijn mond en neus, en knipperde verwoed met zijn ogen terwijl hij Newly snel door de kniehoge vlammen sleepte. 'Niet inademen.'

Newly knikte. Met gillende sirenes en flitsende zwaailichten wrong de eerste brandweerwagen zich over het smalle weggetje. Terwijl een deel van de manschappen slangen begon uit te rollen, stuurde Jonah Walsh naar de verbrande Greggor en riep toen: 'Ik heb een lijk! Andere kant!' Het had geen zin om naar Malcolm te zoeken. Er was er maar één uit de keet gekomen.

Jonah liet Newly op de brede metalen dorpel van de brandweerwagen zakken en greep duizelig de deurhendel. 'Wil je op een ambulance wachten?'

Newly schudde zijn hoofd en hoestte. Jonah raapte zichzelf bij elkaar en hielp Newly naar de Bronco, zette hem op de achterbank en wenkte Sue van de bestuurdersstoel. Ze had haar jack over haar mond en neus getrokken, maar zelfs vanaf deze afstand zag hij dat de tranen over haar wangen rolden.

Hij wierp een blik op haar Jeep, om er zeker van te zijn dat ze erbij kon, en zei: 'Kom zo ook naar het bureau toe.'

Jonah klom achter het stuur. Met zijn hand tegen zijn zijde gedrukt zette hij zich schrap tegen de stekende pijn die opkwam. Hij keek achterom naar Newly. 'Nog even volhouden.'

'Dat geldt ook voor jou, commandant.' Newly grijnsde. 'Wat een avond.'

Toen Piper begon te jammeren, greep Tia haar hand.

Pipers ogen gingen knipperend open. 'Ik voel me niet goed.'

'Dat komt omdat Bob je heeft gedrogeerd.'

Een korte stilte. 'Wat? Waarmee dan?'

'Met een rapedrug.'

'Unh …' Piper vloog overeind en rende naar het toilet.

Bijna twee uur 's nachts. Piper was vijf en een half uur onder zeil geweest. Ze kwam terug, plofte neer naast Tia en masseerde haar slapen. 'Hoe weet je dat?'

'Jonah zag het hem doen.'

'Heeft hij ...'

'Bob heeft je niet uit dat restaurant weg weten te krijgen.' Dankzij Jonah. Ze werd overspoeld door schuldgevoelens. De dingen die ze tegen hem had gezegd, had hij niet verdiend.

Piper kreunde. 'Ik moet weer gaan liggen.'

'Wil je naar boven?'

'Nee, veel te wazig.'

Tia installeerde haar weer in de gemakkelijke stoel. Twee uur 's nachts of niet, ze moest met hem praten. Ze liep naar de keuken en belde op, verbaasd dat hij op voicemail stond. Of hij nou dienst had of niet, zelfs al was het midden in de nacht, hij zou toch moeten opnemen. Of hij moest ergens heen geroepen zijn.

Ze probeerde het bureau en een vrouw nam op met: 'Agent Donnelly.'

'Met Tia Manning. Ik ben op zoek naar Jonah Westfall.'

'Het spijt me, Tia.' De stem van Sue haperde. 'Commandant Westfall is neergeschoten.'

Tia liet bijna de telefoon uit haar handen vallen. Och, Heer, alstublieft.

'Ze hebben hem naar het Tri-County Hospital gebracht.'

'Dan leeft hij dus nog.' Haar hart kwam weer op gang. 'Hoe erg is het?'

'Hij heeft het politiebureau weten te bereiken en is toen onderuit gegaan. Ze hebben hem met de helikopter gehaald.'

Tia bedankte haar en hing op. Ze greep haar handtasje, maar maakte Piper niet wakker, die weer in slaap was gevallen. Ze had hem een paar uur geleden nog gezien. Ze beefde. Zes uur, meer niet. En nu was hij neergeschoten. Ze onderdrukte een snik.

De weg was te bochtig en de nacht te zwart. Het ziekenhuis zag eruit als een decor voor een griezelfilm, belaagd door een aanrollende storm. Ze rende tussen de automatische schuifdeuren door en hield halt bij de balie. Ze sprak door een klein raampje heen. 'Jonah Westfall?'

Ze hield haar adem in toen de man op zijn computerscherm keek.

'Die ligt op de verkoeverkamer.'

Ze zoog haar eerste volledige teug adem in zich op toen de man haar naar de wachtruimte bij de operatiekamers stuurde. Ze rende naar de lift toe, kwam in het gesloten restaurant terecht, liep terug en sloeg af, de andere kant op.

Adam Moser keek op toen ze dichterbij kwam. Toen hij opstond, viel het haar op dat hij langer was dan Jonah en dat er een verband om zijn hoofd zat. 'Hij is al uit de operatiekamer. Newly ook, maar ik vermoed dat je voor de commandant komt.'

'Hebben ze je verder nog iets verteld?'

'De kogel is bij zijn zij naar binnen gegaan, heeft zijn karteldarm geschampt en heeft een rib gebroken toen hij weer naar buiten kwam. Mochten zich verder geen complicaties voordoen, dan redt hij het wel.' Hij wreef met zijn knokkels in beide bloeddoorlopen ogen. 'Nu jij hier bent, denk ik dat ik maar terugga naar mijn vrouw.'

Toen hij verdwenen was, zocht ze een verpleegkundige op en vroeg: 'Jonah Westfall?'

'Bent u familie?'

'Ik ben zijn ...'

'Hij ligt in de verkoeverkamer. Ik laat je er wel even in.'

Ze moest verbijsterd gekeken hebben. Ze *was* verbijsterd. Jonah. Nog maar enkele uren geleden nog zo levendig en nu neergeschoten. Ze liep door de brede houten deuren en zag hem met gesloten ogen op een van de brancards liggen. Hij rook naar desinfectans en zag er bleek en breekbaar uit. Zelfs op de momenten dat hij als kind was toegetakeld, had hij er nooit breekbaar uitgezien. Bevend bewoog ze zich ze naar hem toe en legde een hand tegen zijn gezicht.

Zijn ogen bewogen onder zijn oogleden.

'Jonah?'

Ze gingen langzaam open, rood en opgezwollen, net als die van Adam Moser.

'Hoi.' Zijn stem klonk schor.

'God zij dank.'

'Amen.'

'Wat is er gebeurd?'

Hij knipperde met zijn ogen. 'Later.'

Ze greep zijn hand en de tranen sprongen haar in de ogen. 'Jonah, het spijt me vreselijk!'

Zijn adamsappel ging op en neer, maar er kwamen geen woorden.

'We brengen hem nu naar een kamer,' zei een oudere verpleegkundige. 'Ga je mee?'

Tia liet Jonah los toen de vrouw hem naar de lift reed en daarna een kamer in. Het was niet de intensive care, merkte ze opgelucht op. Er kwam ook een jongere, plompere verpleegkundige de kamer binnen. Ze hielpen hem op het bed en de oudere verpleegkundige zei: 'Hij heeft de operatie goed doorstaan. Hij is sterk.'

Hij was sterk. En moedig. En goed. Nog meer tranen. 'Dank u.'

De andere verpleegkundige controleerde zijn infuus, sloot de zuurstof aan en deed het klemmetje goed dat het zuurstofgehalte in zijn bloed in de gaten hield. Ze controleerde zijn bloeddruk en maakte wat aantekeningen op zijn kaart. 'U kunt die stoel uitklappen als u wilt blijven.' Ze schreef 'Nancy' op een whiteboard. 'Dat ben ik, mocht u iets nodig hebben.'

'Dank u.'

De blauwgrijze stoel naast het bed kon worden omgetoverd tot een soort veldbed. Ze voelde het frame door de kussens heen. Thuis, met Piper, was ze te erg van streek geweest om te kunnen slapen. Naast Jonah gleed ze weg in een rauw en angstig halfbewustzijn, waar Piper met uitgestrekte handen als een blinde heen en weer rende. Jonah zat een schaduw achterna terwijl er bloed uit zijn zijde stroomde en Lauren al met verband klaarstond, en Enola naar iets duisters en bedreigends in het bos grauwde.

Toen ze snakkend naar adem wakker werd, keek ze in Jonahs open ogen.

Hij bevochtigde zijn lippen. 'We kunnen het maar niet laten om bij elkaar te slapen.'

Op haar zij opgekruld op het veredelde veldbed, reikte ze onder de bedreling door en greep ze zijn hand. 'Ik zou niet anders willen.'

Eén van zijn mondhoeken ging omhoog. 'Ik ook niet. Jij bent de enige van wie het haar er 's morgens erger uitziet dan dat van mij.'

Ze kneep hem.

'Auw.'

'Sorry.' Ze streelde de plek. 'En het spijt me van gisteravond.' En toen ze zich realiseerde dat de term gisteravond behoorlijk veelomvattend voor hem was: 'Wat je zei over Reba, over ons.'

Ze masseerde de spieren van zijn onderarm. 'Ik wilde er niet aan dat ze zo veel van me hield terwijl ik haar zo vreselijk had gekwetst. En toen realiseerde ik me dat ze dat voor jou had gedaan.'

'Voor ons beiden.'

Ze streek zachtjes met haar vingers over zijn arm. 'Toen ik er vanuit dat gezichtspunt naar keek, begreep ik het.'

'Jij ziet gewoon niet hoeveel de mensen van je houden.' Hij knipperde met zijn ogen. 'Maar dat komt wel.'

Op het moment dat ze zich realiseerde dat hij in slaap was gevallen, belde ze Piper, die al wat beter klonk. 'Gaat het een beetje met je?'

'Volgens mij wel. Ik hoef niet meer over te geven en bots ook nergens meer tegenaan.'

'Het spijt me dat ik je alleen moest laten.'

'Geeft niet. Maar waar ben je nu?'

'In het ziekenhuis.' Ze keek naar Jonahs uitgewoonde en bleke gezicht. 'Jonah is neergeschoten.'

'Wat?!'

'Hij redt het wel.' Een andere uitkomst was niet toegestaan.

'Wat is er gebeurd?'

'Geen idee. Hij heeft in elk geval een flinke tik gehad.'

'Heb je me daar nodig?'

'Nee hoor. Houd jij je nou maar koest, goed?'

'Ik ga douchen en probeer dan iets te eten. Maar ik denk niet dat ik aan het werk kan.'

'Ik ook niet.'

'Zorg goed voor Jonah en maak je geen zorgen. Als ik mocht besluiten om Bob te vermoorden, dan geef ik je de tijd om erbij te zijn.'

Tia moest lachen. 'Afgesproken.' Ze ging weer naast Jonah zitten en voelde een vermoeidheid opkomen die haar waarschijnlijk te pakken zou krijgen zodra ze weer ging liggen.

We gaan samen zitten. We gaan samen staan. De camera's flitsen.

Een stem zegt: 'Hoe kun je ze uit elkaar houden?'

Uit elkaar? We zijn nooit bij elkaar vandaan. We rennen niet weg naar verschillende plaatsen, spelen geen aparte spelletjes. We zijn één.

'Waar denk je aan, Lizzie?' Lucy's stem was nauwelijks meer dan een gefluister.

'Over die mensen van de televisie die ons die eerste keer filmden, weet je nog?'

'Maar waarom glimlach je?' Lucy lag op haar schoot en keek omhoog.

'De cameraman die vroeg hoe je ons uit elkaar kon houden.'

'En ma zei: "Nou, de een zit rechts en de ander links."' Lucy's gegiechel klonk schor.

Liz trok een wenkbrauw op. 'Alsof we van plaats konden verwisselen.'

'Dom, dom, dom.'

'Erg dom.' Lizzie streek over haar haar.

'Ik ben blij dat je terug bent. Ik haat het waneer je weggaat.'

'Weet ik.' De droefheid was alweer verdwenen voor Lucy een tweede keer opkeek. Liz streelde de wang van haar zus. 'Ik weet het.'

Ze was wakker geworden en alles zou spoedig anders worden.

Onder een warme douche realiseerde Piper zich, gedachte voor gedachte, wat er met haar had kunnen gebeuren. Ze zeepte zich in en voelde bijna wat hij haar had willen aandoen. Hoe dúrfde hij?

Nadat ze zich had afgedroogd, stapte ze uit het bad met de gietijzeren pootjes. Ze trok een korte broek van stretchstof aan, een sportbeha en een tanktop, waarna ze haar fitness-dvd aanzette. De stoten voelden goed aan en de gecontroleerde trappen zelfs nog beter. Voor ze aan het einde haar strekoefeningen had kunnen afmaken, werd er op de deur geklopt.

Haar hart zat in haar keel. Bob zat in de gevangenis, toch? Ze slikte. Het zou een vriendin van Tia kunnen zijn, of een kijker voor het huis. Ze was nooit eerder bang geweest om open te doen. Ze liep langzaam naar de deur en keek door het kijkgaatje. *Miles*?

Op het moment dat ze de deur opendeed, hield hij een boeket voor haar gezicht. Lachend duwde ze de bloemen naar beneden om hem te kunnen zien. 'Wat doe jij hier?'

'De bakkerij was dicht.'

'Ik neem een dagje ziekteverlof.'

'Ben je ziek, dan?' Hij werd een beetje bleek.

'Niet besmettelijk. Echt waar.'

'Ik heb deze voor je meegenomen.'

Ze bekeek de chrysanten en margrieten. 'Ze zijn mooi.'

'Ze komen uit mijn tuin. Maar ze hebben wel water nodig.' Miles verplaatste zijn gewicht van de ene voet naar de andere en weer terug.

Gisteravond had ze zichzelf in gevaar gebracht zonder het te beseffen. Ze aarzelde en gebaarde toen met haar hoofd. 'Kom binnen.'

Hij sloot de deur voorzichtig achter zich en volgde haar naar de keuken. 'Dit huis is oud.'

'Het is een van de oorspronkelijke huizen van Redford. Het maakt deel uit van Old Town, als je de woonwijken meetelt.' Piper zette de bloemen in de gootsteen en ging op zoek naar een vaas. Ze hield het op een glazen limonadekan, vulde hem half met water en zette toen de bloemen erin. 'Zo. Net een stilleven.'

'Ik heb een boek over Nederlandse stillevenschilders.'

Ze glimlachte. 'Dat zou ik best een keer willen zien.'

'Ik zou het kunnen meenemen.'

'Ik zou het ook bij jou thuis kunnen bekijken.'

Hij keek om zich heem om haar blik te ontwijken en ademde toen diep uit. 'Er komen geen mensen naar mijn huis. Dat is veilig gebied.'

'Maar je kunt hier bacteriën van mij oplopen en die mee naar huis nemen.'

Hij knikte. 'Het slaat inderdaad nergens op.'

'Wil je wat thee of koffie? Ik heb nog een halve sinaasappel-mangocake staan.'

Zijn wenkbrauwen kropen naar elkaar toe. 'Ben je niet van streek?'

'Omdat ik niet naar jouw huis toe kan komen?'

'Van gisteravond.'

Hoe kon hij dat nou weten?

'Je wílde helemaal niet uit met Bob.'

'Houd daar alsjeblieft over op.' Ze vulde het keteltje met water en zette het op het fornuis. 'Dan word ik weer razend.'

Miles keek aangeslagen. 'Wat bedoel je?'

Ze sneed de cake en legde de plakken op twee schaaltjes, terwijl de woede in haar opborrelde. 'Bob heeft een verdovingsmiddel in mijn drankje gedaan. Hij wilde me ...'

Miles deinsde achteruit tegen de deur van de voorraadkast en greep naar zijn hoofd. 'Nee!'

'Miles.'

'Het is mijn schuld. Het komt door mij dat je met hem uit was.'

'Er is niks gebeurd. Jonah heeft hem opgepakt.'

'Maar je zou daar niet zijn geweest als ik niet ...'

'Miles!' Ze greep zijn pols. 'Dit is niet jouw schuld.'

Hij versteende.

Zijn adamsappel vloog op en neer langs zijn keel. 'Je raakt me aan.'

'Weet ik.'

'Mensen raken elkaar niet aan.' Hij klonk verstikt.

'Wil je dat ik je loslaat?'

'Ik weet het niet.' Hij liet zich slap tegen de deur vallen – alleen de arm die ze vasthield bleef gespannen.

Ze keek hem in zijn vriendelijke bruine ogen. 'Kun je me uitleggen hoe dat aanraakgedoe werkt?'

Hij knipperde een paar keer met zijn ogen en zuchtte. 'Ik was te groot. Een tumor in mijn hypofyse. Dat veroorzaakt reuzengroei bij kinderen.'

'Maar zo idioot groot ben je nou ook weer niet.' Zo rond de één meter vijfennegentig, een beetje slungelig, stevige schouderpartij.

'Op de kleuterschool was ik al bijna één meter vijftig. Mijn handen en hoofd waren veel te groot. En ik had grote, onhandige voeten. Ik knalde tegen alles en iedereen aan. Tante Beth zei: "Niet aanraken, niet aanraken." Maar ik kon er niks aan doen.'

'Och, Miles.'

'De kinderen waren zo gemeen.'

'Dat zal best.'

'Niet die van vijf jaar, zoals ik, maar de oudere. Ze duwden me. Ze lieten me ook vaak in de modder vallen. En dan maakten ze mijn kleren vies, en mijn handen. Maar één keer, die *ene* keer, kon ik het niet laten. Ik duwde terug.'

Het schrijnde vanbinnen bij Piper.

'Ik had grote, sterke botten en grote, lange armen. Ze sloegen me, maar ik sloeg harder.' Hij liet zijn hoofd hangen. 'Ik wilde ze geen pijn doen. Ik wilde alleen maar dat ze zouden ophouden.'

'Ja, natuurlijk.'

'Ik ben nooit meer teruggegaan naar school.'

Ze smolt. 'Je had school helemaal niet nodig.'

'Maar nu ben ik zo.' Hij hief zijn gebalde vuist op en ze zag dat zijn hand beefde.

Ze liet hem langzaam los. 'Het komt echt wel goed met je, Miles.'

Hij keek naar zijn handen. 'Mag ik je gootsteen even gebruiken?'

Negenentwintig

En wanneer ik God smeek
Voor mijzelf,
Hoort hij jouw naam
En ziet Hij in mijn ogen
Tranen voor twee.
– Elizabeth Barrett Browning–

Jonah worstelde zich door de mist in zijn hoofd toen daar stemmen doorheen drongen. Tia vertelde iemand dat hij sliep. Maar dat had hij ondertussen genoeg gedaan. Hij deed zijn ogen open en zag dat Jay het verband stond te inspecteren.

'Ben jij niet kogelbestendig?'

Jonah produceerde een zuur glimlachje. 'Door de mand gevallen.'

'Je moet een beetje op hem letten,' zei Jay tegen Tia toen ze zich omhoog drukte uit haar stoel. 'Hij doet dit namelijk wel vaker.'

'Wat? Neergeschoten worden?' Ze probeerde haar woeste kapsel te temmen.

'Ook. Als hij maar aandacht krijgt.' Hij stak zijn hand uit. 'Ik ben Jay. Jij had het gisteravond druk met je vriendin en daarom haalde hij zo'n stunt uit. En het heeft gewerkt. Je zou bijna denken dat het een samenzwering is.'

Tia glimlachte. 'Grote denkers weten elkaar altijd te vinden.'

Hij keek toe hoe ze Jay inschatte en andersom ook.

Jay keek Jonah aan. 'Nu snap ik het.'

Blijkbaar.

'Denken ze dat je dit overleeft?'

'Dat is het laatste wat ik heb gehoord.'

'Dan hebben jullie me hier verder niet nodig.'

Tia protesteerde, maar Jay stak een hand op om haar protest te smoren.

'Ik ga wat socializen met de verpleegsters. En met eentje in het bijzonder.'

Jonah zakte terug in de kussens en werd een beetje chagrijnig van de pijn. En aangezien hij daar niet op zat te wachten, drukte hij op het morfinepompje.

Tia zag het. 'Doet het erg pijn?'

'Meer dan genoeg.' Hij streek over haar hand. 'Maar hoe gaat het met jou?'

'Met mij?' Er stond een ongelovige blik op haar gezicht. 'Niet echt.' Ze sloeg haar armen om zich heen en begon langs het bed te ijsberen. 'Mijn emoties zijn ergens klem komen te zitten tussen het heden en het verleden. Ik ben een meisje van achttien dat helemaal hoteldebotel is van de jongen op wie ze zo'n beetje haar hele leven al gek is geweest.'

'Is dat zo erg dan?'

'Ik wil de vrouw zijn die ik nu ben, met de man zonder wie ik niet kan leven.'

Prima. Maar gisteravond had hij de kloof gezien. 'Maar hoe kunnen we dat bereiken? Zonder kleerscheuren?'

'Ik denk niet dat dat gaat.' De tranen sprongen haar in de ogen.

'Tia.'

'Nee, Jonah. Het is te veel voor ons. Al dit ... gedoe. We zijn net als die wasberen – helemaal afhankelijk van elkaar, maar toch scheuren we onszelf aan stukken.'

'Maar hoe ...'

Er werd op de deur geklopt en er kwam een grote, brede man met een woeste baard en een zware stem binnen. Een geestelijke. 'Ik hoorde dat iemand hier voor kogelvanger heeft gespeeld.'

Jonah keek naar het verband aan de zijkant van zijn lichaam. 'Maar deze heb ik laten ontsnappen.'

'Des te beter.' Hij stak zijn hand uit. 'Ik ben ziekenhuispredikant Casey.'

'Jonah Westfall. En dit ...' Hij zweeg toen hij Tia zag staren. 'Tia?'

Ze schrok. 'Ik, eh ... Ik ben Tia.' Ze raapte zichzelf bij elkaar. 'En volgens mij bent u hier niet toevallig.'

'In opdracht van God, hoop ik,' zei de grote man.

Ze veegde een traan weg en produceerde iets tussen en snik en een lach. 'Ongetwijfeld.'

Jonah fronste zijn voorhoofd. Ze zei dat de band tussen hen haar dood werd, net zoals die dieren hun lichamen hadden verscheurd. Wat verwachtte ze van een ziekenhuispredikant?

Tia keek hem aan alsof ze iets van hem verwachtte, misschien toestemming, en begon toen hun verhaal uit de doeken te doen. Zijn borst werd ingesnoerd en barstte bijna van de herinneringen, dingen die hij was vergeten, dingen waarvan hij zich niet had gerealiseerd dat zij ze wist, dingen waarvan hij wílde dat ze die niet wist. Hij had niet geweten dat haar gevoelens zo jong al zo diep hadden gezeten. Ze was uitbundig en loyaal en taai en gevoelig, en hij vulde zich met haar, bedwelmender dan welke sterke drank dan ook.

Ze hield op met ijsberen. 'Het punt is, dat we zo niet kunnen doorgaan. Wat we nodig hebben, is ...'

'Christus?' zei de ziekenhuispredikant.

Ze knikte, met ogen die glinsterden van de tranen.

Toen ze de cake en de thee op hadden, deed Miles de afwas en droogde Piper af. 'Is er niks wat je anders zou willen zien?' Ze zette het laatste bord in het keukenkastje.

'Hij was perfect. Niet te veel sinaasappel en niet te veel mango. Gewoon precies goed.'

Ze gaf hem een schone handdoek om zijn handen mee af te drogen, terwijl het water door de afvoer van de gootsteen gorgelde. Zijn verhaal had haar hart gebroken. Maar ze was blij dat zijn ziel niet was beschadigd door misbruik of iets dergelijks. Een groeistoornis, een traumatische gebeurtenis waar niet goed mee was omgegaan. Daar zouden ze iets mee moeten kunnen, toch?

De grote mond van Bob en het contact hadden hem waarschijnlijk over het randje gejaagd. Die eikel. Hij had zich er waarschijnlijk alweer uitgedraaid of -gekocht. En waarom niet? Het was maar voor de helft zijn schuld. Ze had zo wanhopig geprobeerd die gekmakende monoloog te verdoven, dat ze niet eens had opgemerkt dat de wijn blauw was geworden. En hij had van die stommiteit gebruikgemaakt. Ze had dat in haar leven zo vaak zien gebeuren, met haar familie.

Mensen die niet opletten. Zelfvoldaan. Of afgeleid. Ze huiverde. Bob had haar niet aangeraakt, op een korte aai over haar knie na tijdens de autorit en de keer dat hij aan tafel haar hand greep. Ze had zich beide keren teruggetrokken. Aanraken moest inhoud hebben.

Ze keek naar Miles, dacht terug aan de harde spanning in zijn pols, zijn hartslag tegen haar vingers, zijn leven in haar hand. Dat had inhoud.

'Miles? Je had het alleen maar over je tante. Hoe zit het met je vader en moeder?'

Hij streek alle rimpels uit de handdoek die hij aan het rekje had gehangen. 'Mijn vader was een zeer goed betaalde directeur die ik nooit heb ontmoet. Mijn moeder werkte voor hem voor ze overleed aan leukemie.'

Haar hart smolt nog eens. 'Hoe oud was je toen?'

'Bijna vier.' Er verschenen enkele rimpels in zijn voorhoofd. 'Iedereen droeg mondkapjes en latex handschoenen. "Niet aanraken, anders wordt ze ziek."'

Pff, daar was het dus alleen maar erger door geworden.

'Tante Beth heeft me toen in huis genomen. Zo veel mooie spullen.' Hij zuchtte.

'En toen heeft ze tegen je gezegd dat je die niet mocht aanraken.'

'Ze bedoelde het niet slecht.'

'Maar heeft ze je nooit eens een knuffel gegeven?'

Zijn grote schouders gingen op en neer.

'Luister, Miles. Voor we klaar zijn – jij en ik en Tia? Dan geef je me een omhelzing waarvan ik bijna doormidden breek.'

Hij bestudeerde haar als een programma waar een *fatal error* in zat.

'En dan heb ik het niet over nu en ook niet over morgen. Maar je kunt er maar beter vandoor gaan als je dat niks vindt.'

Hij moest slikken. 'Kan ik je gootsteen even gebruiken?'

'Nee.'

Hij schrok.

'Je bent niet vies. En ik word ook niet ziek van je.'

De ringtone van haar telefoon verbrak hun oogcontact. 'Dat is Tia en ik moet opnemen. De commandant is gisteravond neergeschoten.'

Zijn mond viel open.

Ze hief haar telefoon op naar haar oor. 'Tia?'

'Piper, zou je het zien zitten om naar het ziekenhuis te rijden?'

'Eh, tuurlijk.'

'Kamer 312.'

Ze keek Miles aan. 'We zijn er zo.' Ze hing op. 'Kom. We gaan naar het ziekenhuis.'

Miles sloeg zijn armen strak om zich heen, met zijn vuisten tegen zijn hals, alsof hij het koud had. 'Nee, nee, nee, nee, nee. Geen ziekenhuis.'

'Tia heeft ons nodig.'

'In ziekenhuizen gaan mensen dood.'

'Sommigen, ja. Maar de meesten worden beter.' Ze griste haar handtasje van het aanrecht. 'Rijd jij of rijd ik?'

'Weet je wel hoeveel bacteriën er in een ziekenhuis zijn?'

'Vertel me dat maar terwijl we onderweg zijn.'

Ze wilde haar sleutels al uit haar tasje pakken, maar met een diepe zucht zei Miles: 'Ik rijd wel.'

Ze wierp hem een stralende glimlach toe. 'Kom op, dan.' Ze deed de voordeur achter hen op slot en snoof de frisse lucht in zich op. Een half blok verder langs het met bladeren overdekte trottoir besefte ze naar welke auto hij haar leidde. Haar mond viel open.

'Door het ontwerp is hij erg veilig op bergwegen.' Hij raakte de deurhendel aan en opende het portier aan de passagierskant van de donkerblauwe BMW Z4 Roadster voor haar.

'Wauw.' Ze liet zich op het ingehouden gele leder zakken alsof ze in een bed van een topmerk in een duur hotel ging liggen.

Miles paste er verbazingwekkend goed in, alsof de auto voor hem op maat was gemaakt.

'Miles ...' zei ze bijna buiten adem. 'Hoe rijk ben jij eigenlijk?'

Hij wierp haar een zijdelingse blik toe. 'Dat is niet echt relevant. En het fluctueert.'

Ze moest lachen. 'Ik wed dat je het me tot op de cent nauwkeurig kunt vertellen. Maar ik wil het niet weten. Bob bleef maar doorzeuren over het geld dat hij verdient. Ik ging bijna over mijn nek.'

De grote handen klemden zich om het stuur.

'Hé, maak je niet druk.'

'Het is mijn schuld. Al die andere keren heb je nee tegen hem gezegd.'

'Misschien heb ik het voor jou gedaan, maar het was mijn eigen beslissing. Hup, starten die bak. Ik wil wel eens voelen hoe dit schatje rijdt.'

Miles keek haar aan. 'Volgens mij doe je je nu anders voor dan je je voelt.'

'Ach, ik heb beroerdere dagen gehad. Oké, dit was geen beste dag, maar ik voel me al een stuk beter, dus breng me maar snel naar het ziekenhuis.'

Miles startte de motor, die spinde als een tevreden kat, en dat klonk een stuk sexier dan welke brul dan ook. Gisteravond was ze heen en weer gesmeten, maar Miles nam de bochten in de snelweg met zo'n precisie dat ze nauwelijks bewoog. Haar teddybeer had talent.

'Ik heet Forsythe,' zei hij. 'Miles Forsythe. Ik weet het, een beetje cliché.'

'Geen cliché. Gedistingeerd.'

'Als we niet doodgaan in het ziekenhuis, zal ik je mijn huis laten zien.'

Haar glimlach deed bijna pijn aan haar gezicht. 'Dan hoop ik met heel mijn hart dat we niet doodgaan in het ziekenhuis.'

Buiten Jonahs naar bloemen geurende kamer, liep ze over een gang te ijsberen die naar blikgroenten en tomatensoep rook. Binnen praatte de ziekenhuispredikant met Jonah. Hij was gisteravond neergeschoten, maar ze wist nog steeds niet hoe. Hij had brandwonden, snijwonden en ademhalingsproblemen. Was hij hier wel toe in staat?

Ze ging opzij voor een verpleegkundige met een karretje vol instrumenten. Jonah had dit aangezwengeld door haar in haar winkel ten huwelijk te vragen. Eigenlijk had hij haar continu een beetje ten huwelijk gevraagd, elke keer dat hij zich zorgen maakte om haar veiligheid, elke keer dat hij haar de ogen probeerde te openen, de luiken probeerde open te zetten. Hij had op wel duizend verschillende manieren tegen haar gezegd dat hij zijn leven met haar wilde delen. Maar zou hij dat nu nog steeds zeggen?

De deur ging open en de predikant wenkte haar. 'Hij wil graag met je praten.'

Bevend van de zenuwen ging ze naar binnen. Jonahs gezicht stond veel te ernstig.

Hij greep haar hand. 'Dit is niet wat ik in gedachten had.'

Haar hart zonk haar in de schoenen.

'Ik had het hele gedoe in gedachten – de jurk, de bloemen, het strijkkwartetje.'

Ze knipperde haar tranen weg. 'Ik denk dat je mij en Reba door de war hebt gehaald.'

Hij keek haar onderzoekend aan. 'Ik wil dat iedereen weet dat jij voor mij de ware bent.'

'Jonah, het is altijd al om jou en mij gegaan. Al het andere doet niet ter zake.'

Hij trok haar dicht naar zich toe en kuste haar.

'Ik hou van je,' fluisterde ze.

'Maar ik hou meer van jou.'

'Dat ga je dus écht niet van me winnen.'

Er verschenen lachrimpeltjes bij zijn ogen. 'Wedden?'

Ze snoof. 'Gaat het nu echt gebeuren?'

'Ik wil wel zeker weten dat het niet komt door dat gaatje in mijn lijf.'

'Denk je echt dat het niet heeft uitgemaakt dat ik je bijna kwijt was?'

Zijn greep op haar hand verstevigde. 'Je raakt me niet kwijt.'

Ze hief zijn hand op naar haar hart en drukte hem ertegenaan. 'Ik heb je nodig. Elke dag. Je sluit perfect aan op al mijn rafelige randjes. En ik ben ervan overtuigd dat dit ... verbond ... de plekken kan genezen die we kapot hebben getrokken.'

Hij knikte. 'Meer hoefde ik niet te weten.'

'Tia?'

Ze draaide zich om toen Piper binnenkwam met ... Miles?

Piper keek van Jonah naar haar. 'Wat was er zo dringend?'

Tia slikte de plotselinge spanning weg. 'Ik heb een bruidsmeisje nodig.'

Piper slaakte een gilletje. 'Gaan jullie trouwen?'

De predikant kwam binnen met Jay op sleeptouw. 'Zocht je deze?'

Jonah knikte. 'Die zal wel voldoen.'

Tia gaf Jonah een kneepje in zijn hand. Misschien was dit niet zoals hij het in gedachten had gehad, maar nooit had iets zo goed aangevoeld.

Hij had niet willen huilen. Zeker niet met de ziekenhuispredikant en Jay, Piper en Miles erbij. Hij zou het kunnen toeschrijven aan de pijn, maar dat zou een leugen zijn. Het. *'Ik verklaar u nu tot man en vrouw'* deed hem de das om. Met zijn ogen vol had hij zijn bruid lang genoeg gekust om de tranen terug te persen, maar ze hadden het allemaal gezien. Maar eigenlijk kon het hem ook niet veel schelen.

Wanneer hij eenmaal weer uit het ziekenhuis was, zou zijn eerste prioriteit een fatsoenlijke ring voor haar zijn. Pipers geboortesteentje van aquamarijn en de zilveren wolvenkop van Jay – die ze alweer hadden teruggegeven – hadden maar tijdelijk hun nut gehad. Hij had de ceremonie zo groot en zo chic willen maken als Tia had gewild, maar ze wilde alleen hem maar. Man, daar kwamen de tranen weer. Hij knipperde hard en snel met zijn ogen, maar alle blikken waren op zijn schitterende vrouw gericht.

Tia en Piper omhelsden elkaar zo lang dat hij bang was dat ze elkaar nooit meer los zouden laten. Miles keek alsof hij elk moment kon flauwvallen. Jay bekeek hem alsof hij opeens van vorm was veranderd, waarna hij grijnzend zijn hoofd schudde.

'Geen Cherokee-wijsheden?'

'Nee. Maar de Denen zeggen altijd: "Als afgunst een koorts was, zou de hele wereld ziek zijn."'

Met beide handen tegen haar keel geslagen liep Piper stralend naar de auto. 'Niet te geloven dat ze het hebben gedaan. Na alle gezeur en geruzie zijn ze eindelijk getrouwd. Ik ben zo blij.' Ze gaf zichzelf een knuffel.

Miles zei: 'Ik ben ook blij.'
'Omdat we niet doodgegaan zijn?'
Hij keek haar over het stoffen dak van de auto heen aan. 'Ik ben niet echt normaal, of wel?'
'Ach, normaal. Normaal wordt veel te hoog gewaardeerd. Is je bloeddruk alweer gedaald?'
'Ik denk het wel.'
'Mooi.'
Hij zag nog steeds bleek, maar hij was niet flauwgevallen, hij was niet in paniek geraakt en hij had niks ondersteboven gelopen. Ze hield haar hoofd een beetje schuin. 'Nou, ga je de portieren nog een keer van het slot doen?' Toen hij zich niet bewoog, zei ze: 'Je zou het goed doen als standbeeld, iets met de titel *Gevat in steen*.'
Hij slikte. '*Versteend van angst* zou beter zijn.'
Ze giechelde. 'We hoeven niet per se naar je huis te gaan. We kunnen ook gewoon een stukje gaan rijden.'
'Oké.'
De snelweg terug naar Redford slingerde zich door een van de mooiste ruige omgevingen die ze ooit had gezien. In de rotskloven waar de zon niet kwam, bleef blauwwit ijs liggen. De kreek verbreedde en versmalde zich, en meanderde door de canyon, geflankeerd door bomen en struiken met gouden, roestkleurige en koperkleurige bladeren. Zo mooi. Ze zuchtte.
'Wat is er?'
'Ik hoopte dat ik me hier zou kunnen settelen. Maar nu is Tia getrouwd en staat het huis te koop. Ik vermoed dus dat ik op straat sta.'
'Kun je geen andere kamer huren?'
'Misschien.' Ze liet haar hoofd achterover zakken. 'Miles?'
'Ja?'
'Kunnen we gewoon nog een tijdje doorrijden?'
'Nee.'
Ze draaide zich verbaasd naar hem toe.
'We zijn er bijna.' Hij zette zijn richtingaanwijzer uit voor de afslag naar Pine Crest.
Ze hield haar adem in toen ze het ene geweldige huis na het andere passeerden. Zijn huis lag in een boomgaard van goudwitte

espen met allerlei soorten struiken en naaldbomen genesteld. Ernaast lag een van de serene vijvers van de golfcourse, met een gladgeschoren gazon dat zich uitstrekte over een zacht glooiende heuvel. Het prettig aandoende huis was van een tijdloos ontwerp dat de omgeving alleen maar aanvulde.

'Wauw.'

'Binnen is het ook erg prettig.'

'Dat geloof ik graag. Maar Miles, als je niet wilt dat ik naar binnen ga, vind ik dat ook best.'

'We kunnen al die ziekenhuisbacteriën van ons af wassen.' Hij huiverde. 'Zieke mensen met ziekteverwekkende bacteriën. Maar we wassen het er wel af.'

Ze verwachtte een ontsmettingsruimte achter de voordeur, maar het zag er niet anders uit dan normaal, behalve dan dat het er groter, lichter en wat ontwerp betrof mooier was dan wat ze ooit had gezien. 'Wauw,' zei ze nog eens.

'Ik heb het zelf ontworpen.'

'Miles, niet te geloven.'

'Mijn douche is boven. Ik ga er nu meteen even onder.'

'Als je binnen drie uur niet terug bent, kom ik achter je aan.'

Hij keek haar verstoord aan, draaide zich toen om en verdween naar boven. De daaropvolgende drie kwartier bracht ze door met het bekijken van de benedenverdieping. Hij had niet echt een aparte bibliotheek, maar in elke ruimte bevonden zich wel enkele boekenplanken en elektronica met de modernste snufjes. Zover ze dat kon bekijken, ging daar zijn zakgeld aan op.

En aan nieuwe kleren. Hij kwam naar beneden in een schone, kakikleurige broek en een poloshirt, deed de kleren die hij daarnet had gedragen in een plastic zak, die hij goed dichtbond en daarna door een stortkoker onder het enorme terras in een rolcontainer liet belanden. Vanaf het terras had je een fantastisch uitzicht over de rotskloof achter het huis. Ze wachtte stilzwijgend af tot hij klaar was met zijn ritueel, waarna hij zei: 'Er is boven een douche voor gasten, helemaal aan het einde van de gang. Hij is nooit gebruikt.'

'Dat is mooi, maar ik heb geen reservekleren bij me.'

'Ik haal wel iets voor je uit de damesboetiek in de club.'

'Ben jij lid van de country club?'

'Dat is verplicht. Ik heb alleen mijn lidmaatschapskaart nog nooit gebruikt. Maar ik ben wel een keer over het complex gelopen.'

Hij zou zich niet kunnen ontspannen zolang ze haar besmette kleding droeg, dus haalde ze haar schouders op. 'Maat 34, lang.'

'Ik zal het alarm aanzetten, zodat er niemand binnen kan komen zolang jij onder de douche staat. Als ik nog niet terug ben, doe dan geen van de buitendeuren open.'

'En als ik dat wel doe, begint hij dan tegen me te gillen?'

'Het geluid is niet bepaald prettig.'

'Nou, bedankt dat je over mijn veiligheid waakt.'

Ze liep de trap op en over een galerij naar een ruimte met een enorm bad, een sauna en een aparte doucheruimte. Het mocht een beetje overdreven zijn, maar dan wel in stijl. Als hij toch kleren ging kopen, zou zij haar best doen op de inwijding van deze badkamer.

Later, in haar flirterige, gebloemde wijde broek, gele zijden top en jasje met driekwart mouwen, voelde ze zich chic en verwend. Ze keek naar beneden, naar de met kraaltjes afgezette leren sandalen in mocassinstijl, en spreidde haar tenen. Als ze niet oppaste, zou ze hier zo aan kunnen wennen. 'Je hebt een uitstekende smaak.'

'Ik heb je aan de verkoopster beschreven.'

'O ja? Wat heb je dan gezegd?'

Hij wierp haar vanaf de stoel naast haar op het terras een ondoorgrondelijke blik toe. 'Genoeg voor haar om iets passends uit te zoeken.'

Ze trok een pruillip. 'Wil je me dat niet vertellen?'

'Dat heet plagen.'

'Nee, plagen zou klinken als: "Ik heb haar verteld dat je rond de tweehonderd kilo weegt en harige wratten op je gezicht hebt."'

'Zoiets zou ik nooit zeggen.'

Ze nam een slokje van de limonade die hij voor haar had ingeschonken uit de glazen kan in zijn roestvrijstalen dubbeldeurskoelkast.

'Ik zei dat je een gouden huid had en hemelsblauwe ogen, een sprankelende persoonlijkheid en een glimlach die je aan een warme lentezon doet denken. Allemaal clichés, maar wel waar.'

Haar mondhoeken gingen omhoog. 'O.'

'Ik had haar nog meer kunnen vertellen, maar ze begreep het al.'

'Je bent een lieverd, Miles.'

Hij keek met starende blik naar de rotskloof. 'Ik mag je zo graag dat ik er gewoon pijn van in mijn maag krijg. Ik weet dat het niet romantisch klinkt, maar er zit een holte binnen in me die steeds groter wordt, elke keer als ik je naam noem of aan je denk of ...' Hij spreidde zijn handen. 'Wat dan ook.'

Ze stond op en liep naar de blinkend gegalvaniseerde reling toe, keek naar beneden, naar de smalle, beboste kloof, draaide zich toen om en zag zijn ellende. 'Ik zal niet tegen je liegen, Miles. Ik kan niet zonder omhelzingen.'

Er verscheen een verdrietige uitdrukking op zijn gezicht.

'Denk je dat je zou kunnen leren om daarvan te houden?'

Het leek een eeuw te duren voor hij zei: 'Misschien doe ik je wel pijn.'

'Nee.' Ze schudde haar hoofd. 'Omhelzingen doen geen pijn.'

Ondanks de behoorlijk frisse najaarstemperatuur stond het zweet op zijn voorhoofd. 'Zou ik ... zou ik je haar mogen aanraken?'

Haar glimlach kwam als vanzelf. 'Natuurlijk.'

Zijn hand had van lood gemaakt kunnen zijn, maar de grote hand kwam langzaam omhoog en naar haar toe. De bevende vingers streken lichtjes langs het haar dat over haar oor hing, een intiemere aanraking dan een stevige omhelzing, maar dat zei ze niet.

Hij drukte de binnenkant van zijn polsen tegen zijn voorhoofd, deed een stap terug en keek op haar neer. 'Ooit,' zei hij schor, 'ga ik je omhelzen.'

Dertig

Laten zij die nooit hebben liefgehad, nu liefhebben;
Laten zij die dat altijd al deden, dat alleen maar meer doen.
– Thomas Parnell –

Zwaar geïrriteerd door de pijn en het feit dat hij zo'n beetje aan bed gekluisterd was, leunde Jonah achterover in bed. De arts had even geleden een einde gemaakt aan de ceremonie door iedereen behalve Tia weg te sturen en het blijde nieuws te brengen dat hij hier nog wel een paar dagen zou moeten liggen. En misschien nog wel langer als de boel geïnfecteerd zou raken – een reële mogelijkheid bij schotwonden. Zelfs, zo oreerde dokter Vargas, bij een kogel die meteen het lichaam weer had verlaten. Lichaamsvreemde stoffen in het menselijk lichaam kostten nou eenmaal tijd, rust en zorg.

Flink terechtgewezen maar nog steeds ongeduldig streelde hij Tia's hand. 'Dit is nou niet bepaald hoe ik me onze huwelijksnacht had voorgesteld.'

'Ik ben blij dat je nog leeft en nog een huwelijksnacht kunt hebben.' Tia fronste haar voorhoofd. 'Heb je trouwens het nieuws nog gezien?'

'Sterker nog, ik was erbij.'

'Een brandend methamfetaminelab? Aanvalsgeweren?'

'Redford groeit. De burgemeester kan trots zijn.'

'De burgemeester heeft nog geprobeerd je te spreken te krijgen. En zo'n beetje alle media uit de omgeving ook. "*Commandant van politie Jonah Westfall gewond door schietpartij en in kritieke toestand in het ziekenhuis door het methlab-incident dat twee anderen het leven kostte.*"'

'Ik was niet in kritieke toestand.'

'Ja, Jonah, dat was je wel. Twee centimeter verder naar binnen en je had dood kunnen zijn. En dan heb ik het nog niet over de giftige rook, de blauwe plekken en de brandwonden.'

'Hé.' Hij trok haar dicht tegen zich aan. 'Zo kan het wel weer.'

'Jij zei dat je onverwoestbaar was.'

'Ik ben er nog, of niet?'

'Waarom droeg je geen kogelwerend vest?'

'Omdat iemand anders dat aanhad.'

Ze schudde verbijsterd haar hoofd. 'Zou jij je ondergeschikten toestaan om zonder ...'

'Nee. Het was oerstom. Maar de situatie ontstond gewoon en we hadden geen tijd om plannen te maken.'

'O, nou ja, als dat alles is.'

'Echtgenote.'

Ze trok haar wenkbrauwen op en stak haar kin ietsje naar voren. 'Probeer mij niet te vertellen hoe ik mijn beroep moet uitoefenen.'

'Nee, natuurlijk niet.' Alleen zij kon die woorden zo totaal verkrachten.

'Ik heb een hele drugsbende opgerold.' Er gleed een pijnlijke trek over zijn gezicht toen er een steek van pijn door zijn rib schoot, alleen maar omdat hij iets ging verzitten.

'O, wat dat betreft ... ik had *drie* doden moeten zeggen.' Ze streelde zijn arm. 'Agent Moser kwam nog langs om je te vertellen dat Greggor het niet heeft gehaald. Scherven van de explosie en brandwonden.'

Jonah sloeg zijn ogen neer. 'Wanneer?'

'Ongeveer een uur geleden. Je sliep.'

Drie doden. En ze had gelijk. Buiten de kogelwond en aardig wat bloedverlies had hij aan een van zijn armen een brandwond en wat snijwonden, en een gekneusde rug, een gekneusde nier en een gebroken rib. Een Kevlar-vest zou geen overbodige luxe zijn geweest.

'Agent Donnelly was er ook bij. Ze wil je met alle geweld zien.'

Jonah krabde over zijn kaak. Dat moest hij ook nog regelen, maar dat liet hij voorlopig aan Moser over. Hij ging weer liggen en sloot zijn ogen. 'Ti?'

'Hmm?' Ze streek met haar handen door zijn haar.

'Ben je echt met me getrouwd? Of droom ik alleen maar?'

'Als het mijn droom zou zijn?' Ze leunde naar voren en fluisterde iets in zijn oor.

Het leven leek opeens in hem te stromen. Hij legde een hand in haar nek, trok haar naar zich toe en kuste haar lang en hartstochtelijk.

Liz glimlachte naar de vrouw die maandagmorgen met haar Siamese kat in een luxe draagmandje binnenkwam.

De vrouw beantwoordde haar glimlach. 'Mary Carson. Ik heb een afspraak voor Chelsea.'

'Ik ben er helemaal klaar voor.'

Mevrouw Carson wierp een blik op de kleine televisie, waarop het nieuws te zien was. 'We zijn aardig op de kaart gezet met dat verhaal, of niet?'

Liz had de luchtopnames gezien van de brand, de afgebrande keet en natuurlijk commandant Jonah Westfall in het ziekenhuis, die zei: 'Redford accepteert geen enkele misdaad.' Steeds maar weer.

'We hebben geluk dat hij niet dood is. Maar ik moet zeggen dat ik minder onder de indruk ben door dat hele gebeuren dan door het feit dat hij is getrouwd.'

Liz verstijfde. 'Hij is *wat*?'

'Getrouwd. In het ziekenhuis, vanuit zijn bed. Met mijn vriendin Tia. Ik vermoed dat je op momenten dat het om leven en dood gaat pas goed beseft welke dingen er echt toe doen.'

Leven en dood. Dingen die er echt toe doen.

De vrouw babbelde verder terwijl Liz Chelsea behandelde en haar haar inentingen gaf. Ze moest op de juiste manier hebben gereageerd, want mevrouw Carson betaalde en vertrok weer, tevreden over de manier waarop haar dier was behandeld. En dat was ook zo. Ze was een goede dierenarts.

'Het spijt me, Lizzie.' Lucy's stem was nauwelijks meer dan een ademtocht in haar oor. Het was voor het eerst in lange tijd dat ze weer uit bed was gekomen.

'Hij verdient haar. Ze verdienen elkaar.'

Ze zou voor hem hebben gezorgd zoals ze voor Lucy zorgde, zonder ophouden, zonder zichzelf te sparen, onzelfzuchtig. Ze had de gejaagde blik in zijn ogen gezien, hunkerend naar wat hij niet had moeten krijgen. En nu was hij voor Tia gevallen alsof hij weer overstag was gegaan voor de drank. Hij zou zich aan haar bezatten, zich niet bewust van de rampspoed die hij over zich heen had gehaald. Ze had hem kunnen redden.

'Het geeft niet als je moet huilen.'

Liz draaide zich om. 'Ik zou nooit om hem huilen.'

Lucy streelde haar gezicht. 'Zo sterk. Zo moedig.'

'Jij bent degene die moedig is, Lucy.' Dat was ze bijna vergeten. Zo moedig en kostbaar. Zo onvervangbaar.

Ze omhelsden elkaar. Lucy had haar, maar hoe lang zou ze Lucy nog hebben?

Nadat Tia gecontroleerd had of met Scout en Enola alles in orde was en gezien had dat de pup in elk geval reageerde, bracht Tia Sarge zijn broodje eiersalade. Ze ging met een mok warme chocolademelk bij Sarge aan de keukentafel zitten en wilde dat haar kersverse echtgenoot haar ergens anders heen had gestuurd. Ze stierf duizend doden toen ze zei: 'Ik weet niet of Jonah je heeft verteld dat ...'

'Dat hij met je getrouwd is?'

'Ja, dat.'

'Dan vermoed ik dat jij de boel hier komt overnemen?'

'Dat hoop ik niet.'

Hij fronste zijn voorhoofd. 'Ik ken jou.'

'Nee, Sarge, dat denk ik niet. Jij kent alleen maar mijn moeders versie van mij. En weet je? Zij kende me ook al niet.'

Hij bromde: 'Wat wil je daarmee zeggen?'

'Wat ik daarmee wil zeggen, is dat ik vind dat we het allebei verdienen om te worden beoordeeld op wie we nú zijn, vandaag de dag. Jonah zal het een stuk rustiger hebben als jij en ik een manier weten te vinden om met elkaar door één deur te kunnen.'

Hij bestudeerde haar. 'Houd je van hem?'

'Dat heb ik altijd gedaan.'

'Dan aanvaard ik je voorstel. Hij is namelijk een van de weinige mensen die ik bewonder.'

'Hij denkt hetzelfde over jou.'
Sarge wendde zijn blik af. 'Ik vermoed dat dit niet de manier was waarop jullie hadden willen beginnen.'
'Ik ben aan het leren om de dingen te accepteren zoals ze zijn en er blij mee te zijn.'
'Genoeg pit, hè?'
Ze haalde haar schouders op. 'Als het nodig is.'
Hij keek weer op en bestudeerde haar nog zorgvuldiger. 'Je lijkt meer op je moeder dan ik me realiseerde.'
'Waarom zeg je dat?'
Hij haalde op zijn beurt zijn schouders op. 'Ze trad met opgeheven hoofd het leven tegemoet, net als jij. Na die affaire dacht ik in eerste instantie dat ze een eind aan haar huwelijk zou maken.'
'Affaire?'
'Maar omdat ze zwanger was besloot ze er het beste van te maken en liet ze echt ruggengraat ...'
'Wil je beweren dat mijn vader de boel heeft bedrogen?'
'Tja.' Sarge krabde aan zijn stoppels. 'Hangt ervan af welke vader je bedoelt.'
Tia was met stomheid geslagen en wist even geen woord uit te brengen.
Hij pakte zijn mok, nam een slok en zette hem toen onhandig weer neer. 'Ik nam aan dat je dit wist.'
Ze begon te beven. 'Heeft mijn *moeder* een affaire gehad?' Er leek een diepe schaduw op haar neer te dalen, terwijl tegelijkertijd alles helder werd. Haar moeders haat. De desinteresse van haar vader. De zweem van immoraliteit die al over haar had gelegen voor ze goed en kwaad van elkaar wist te onderscheiden.
Waarom was Sarge hier op de tweede dag van haar huwelijk over begonnen? Maar ze zag aan zijn gezicht dat hij er echt van overtuigd was geweest dat ze het wist en dat hij niet de bedoeling had gehad haar te beledigen. Ze schoof haar stoel achteruit, ging naar buiten en strompelde naar de kreek. Ze keek tussen de sparren door naar boven, naar de loodkleurige hemel. Ze zoog de vochtige lucht in haar longen, tegelijkertijd verdoofd en gesterkt.
De afwijzing van Stella had dus niks te maken met haar gedrag of haar karakter of wat dan ook aan haar. Haar moeder zou haar hoe

dan ook hebben gehaat – zij, de levende herinnering aan haar zonde. Of aan wat ze had opgegeven voor haar. Ze drukte haar handen tegen haar gezicht. Dochter van ontrouw, gedoemd om hetzelfde te doen?

Nee. Ze zou haar zonde niet op haar moeder afschuiven, zoals haar moeder bij haar had gedaan. Jonah en zij hadden gefaald en daar ook de gevolgen van gedragen. Maar zij had ook de gevolgen moeten dragen van de zonde van haar moeder. En dat was toch ontzettend wreed en oneerlijk?

Ze knipperde tegen de tranen. 'Heer.' Wat zou ze tegen iemand zeggen die belde voor gebed? God is groter dan de storm en zijn genade is een schuilplaats tegen elke orkaan. Als het leven je overboord gooit, zwem dan! Ze balde haar vuisten.

God hield van haar en had haar vergeven. Hij had haar hoop, wijsheid en een doel in het leven gegeven. En door Jonah had ze nu ook vreugde gevonden. Waarom zou het haar ook maar iets interesseren wie haar moeder zwanger had gemaakt? En toch ...

Ze ging weer naar binnen, pakte haar mok en ging tegenover Sarge zitten, die keek alsof hij wilde dat hij ervandoor was gegaan. Ze waardeerde het dat hij dat niet had gedaan. Nadat ze haar strakgespannen bovenlip weer langs haar tanden naar beneden had laten glijden, vroeg ze: 'Wie was het?'

Achter de balie van de bakkerij zette Piper het laatste baksel in de doos, haalde diep adem en keek op naar Miles, de enige die na sluitingstijd was blijven hangen. 'Zeg het tegen me als ik mijn complete verstand verloren heb.'

'Niet je complete verstand. Ik zou ter plekke een logaritme kunnen maken om het percentage verstandsverlies te kunnen berekenen, maar het is een continu veranderende, dynamische variabele.'

'Hoe groot is mijn percentage op dit moment?'

'Precies groot genoeg.'

'Ik wil dat Sarge het gevoel heeft dat hij hier nog steeds deel van uitmaakt. Het is tenslotte zijn zaak.'

'Hij heeft jou de leiding gegeven.'

Ze deed de doos dicht. 'Dat is waar. En hij heeft me een hele dollar opslag per uur gegeven.'

'Dan ben jij dus de manager.'

Ze wierp hem een stralende glimlach toe vanwege het feit dat hij haar inkomen niet weglachte. Ze wist het, het was belachelijk, maar ze was trots op die dollar.

'Toen hij de laatste keer langskwam, was het net of hij de bakkerij vaarwel zei. Ik haat dat. Het is al moeilijk genoeg om te weten dat Tia niet meer hiernaast werkt.'

'Je zou eigenlijk moeten uitbreiden.'

'Wat?'

'Je zou de muur kunnen wegbreken, drie keer zo veel tafeltjes kunnen neerzetten en dan het assortiment vergroten.'

Ze keek naar de stenen muur tussen de twee panden. 'En er een soort uitgebreide lunchroom van maken? Een bistro?'

'Soep en salades.'

'En quiche.'

'En desserts.'

Ze beet op haar onderlip. 'En ik zou iemand moeten inhuren voor achter de balie en om te serveren. Zoek je toevallig een baan?'

Hij keek haar ontzet aan.

'Geintje.'

'Weet ik. Maar dat maakt het er niet minder angstaanjagend op.'

Ze haalde de geldzak uit de kluis. Ze zou het naar de bank brengen op weg naar Jonahs huis – Tia's huis. Oké, het huis van de familie Westfall. 'Met zo'n soort zaak zou ik waarschijnlijk wel wat fooien vangen of een echt salaris krijgen. Dan zou ik het me kunnen veroorloven om te blijven.'

'Je moet er alleen niet te lang mee wachten. Wanneer er eenmaal iemand anders een soortgelijke zaak opzet, gaat deze kans aan je neus voorbij.' Miles zag eruit alsof hij klaar stond om die muur neer te halen zodra zij een kik gaf.

'Sarge moet het er natuurlijk wel mee eens zijn. En dan heeft hij ook nog geld nodig om uit te breiden.'

'Of een partner moeten zoeken.'

'Met die paar centen van mij komt hij niet ver.'

'En hoe zit het met je familie?'

Ze schudde haar hoofd. 'Ze bieden me continu geld aan, maar ik kan het niet aannemen. En je weet waarom niet.' Omdat hij zo open tegen haar was geweest, deed zij hetzelfde.

'Een stille vennoot dan. Iemand die de boel financiert, maar niet betrokken is bij de zaak. Of je moet willen dat hij het nieuwe etablissement ontwerpt en je wat nieuwe ideeën toespeelt voor het menu.'

Haar mond viel open. 'Jij?'

'Heb ik iets verkeerds gezegd? Ga ik nu te ver?'

'Nee, het ... het is meer dat ... Ik weet eigenlijk niet wat het is.'

'Ik doe wel meer investeringen.'

'Ik waardeer het aanbod, Miles, maar ...'

'Ik wil dat je blijft.'

Ze liet haar adem langzaam ontsnappen. 'De kans dat Sarge er zelfs maar over na wil denken is erg klein. Hij kan niet zo best tegen veranderingen.'

'Veranderingen zijn niet makkelijk.'

Ze liepen naar buiten en deed de deur op slot, waarna ze de doos weer van hem overnam.

Hij zei: 'Zie ik je vanavond?'

Ze glimlachte. 'Oké. We zouden wat soeprecepten kunnen uitproberen in die steriele, roestvrijstalen keuken van jou.'

'Goed.'

Ze haalde diep adem. 'Nou, wens me maar geluk.'

'Jij hebt helemaal geen geluk nodig. Alles wat je nodig hebt, zit al in je.'

'Wat aardig dat je dat zegt.'

'Ik lieg niet.'

Er welden tranen op in haar ogen. 'Weet ik.' Ze hield zijn blik vast, een soort oogomhelzing, waarna ze zich wild schrok toen er een auto slipte in de straat.

'Wat krijgen we ...'

Bob Betters liet een arm uit het raampje van de Camaro hangen en staarde haar woest aan. 'Jij hebt dus echt liever die idioot.'

Ze keerde zich stijfjes naar hem toe. 'Zelfs wanneer zijn hersens in winterslaap verkeren, is hij nog een stuk slimmer dan jij.'

Hij priemde een dikke, geringde vinger in haar richting. 'Jij hebt me een hoop problemen bezorgd. Denk maar niet dat ik dat vergeet.'

Met gillende banden en de geur van verbrand rubber verdween hij weer.

Al hoestend merkte ze de wel erg witte knokkels van Miles op. 'Maak je niet druk. Hij heeft alleen maar een grote bek.'

Jonah leunde naar voren in het ziekenhuisbed en keek haar verbluft aan. 'Buckley?'

Tia knikte. 'Dat heeft ze haar goede vriend Sarge in vertrouwen medegedeeld.' Hij brak bijna haar hand en ze wriemelde ermee tot hij een beetje ontspande. 'Wat maakt het uit? Geen van beiden interesseerde zich ook maar een sikkepit voor mij.'

'Weet hij het?'

Daar moest ze even over nadenken. Misschien wist hij het niet eens. Ze leek zo veel op haar moeder. Zowel de burgemeester als haar officiële vader zou niks in haar herkennen. Maar zou Stella het aan Sarge hebben verteld en niet aan Owen Buckley? 'Misschien was dat de reden dat hij het afkapte – als hij tenminste degene was die dat heeft gedaan. Punt is, het maakt me geen moer uit. Ik heb het je alleen maar verteld omdat jij degene bent ... voor wie ik nooit iets heb achtergehouden.'

'Op twee universitaire opleidingen na, dan. En een gebedslijn. Een certificaat ...'

'Dat zijn alleen maar dingen die ik heb gedáán. En dat certificaat is nog niet eens geldig. En dat was allemaal lang geleden, toen Reba net weg was en jij op alles joeg wat twee borsten en een achterwerk had.'

'Ik was niet goed wijs, Ti. En nogal destructief.'

Ze keek naar hun verstrengelde handen. 'Ik heb nooit iemand anders gehad dan jou.'

'Toen ik eenmaal weer nuchter was, bestond alleen jij nog voor me.'

Ze keek hem aan.

'Dat is de waarheid. Jay kan het bevestigen. Ik klampte me liever vast aan iets wat ik niet kon krijgen dan genoegen te nemen met iemand die ik niet wilde hebben. Zelfs niet voor één nacht.'

'En Reba?'

Hij schudde zijn hoofd. 'Nee. Ik wilde haar om een heleboel verkeerde redenen hebben. En om eerlijk te zijn? We pasten niet eens bij elkaar.'

'En dat weet je omdat ...?'

'Omdat ik weer op zoek ging naar jou. Als jij me niet had weggeduwd ...'

'Maar wat had ik dan moeten doen? Met je uitgaan? Ze *haatten* me. Het enige wat ze niét deden, was met een streng knoflook om hun hals lopen. Ik sliep op de berg in plaats van in mijn bed omdat het in de vrieskou warmer was dan bij mij thuis.'

Er welden tranen op in zijn ogen. 'Dat wist ik niet.'

'Omdat ik niet wilde dat je het wist.'

'Ik had het moeten zien. Maar ik lag te veel met mezelf overhoop, omdat ik het gevoel had dat ik de schoft had vermoord die ik in mijn dromen al zo vaak om zeep had geholpen.'

Door haar eigen tranen heen fluisterde ze: 'Hoe heb je het gered?'

'God. En Jay.' Hij speelde gedachteloos met haar vingers. 'En de hoop op jou.'

Ze veegde een traan weg. 'Ik dacht dat je alles haatte wat met godsdienst te maken had.'

'Ik haatte de hele schijnvertoning.'

'Maar je gaat wel naar de kerk. Dezelfde zelfs.'

Hij leunde achterover en knikte. 'God ... heeft me daar gevonden. In mijn verwarring, mijn walging, mijn haat – God zei dat het niet uitmaakt wat wie dan ook in die kerkbanken daar zegt of doet. *Hij zou er zijn*.'

Tia knipperde met haar ogen. 'Heftig.'

'Jay heeft me door een wringer gehaald die mijn dood had kunnen worden. Ik was zo ... leeg. Ik had helemaal niks meer over. En dus heb ik alles opgeofferd. En wat ik ervoor terugkreeg? Onvoorwaardelijke liefde.' Hij kuchte voorzichtig. 'Ik had daarvoor geen idee wat dat was.'

'O, Jonah.'

'Dat is de reden dat ik heb volgehouden. En dat is de manier waarop ik ervoor zal zorgen dat dit huwelijk gaat werken.'

'Hoe *wij* daarvoor gaan zorgen.' Ze kuste hem op de mond, zoutte hem met haar tranen. 'Ik zal nooit meer aan je twijfelen.'

'Daar zal ik je ook nooit een reden voor geven.'

Ze drukte haar hand tegen zijn hart. 'Dit is beter dan hoe we deze tijd anders besteed zouden hebben.'

'Echt niet.'

Ze lachte en kuste hem nog eens. 'Nou ...'

Hij streelde haar wang. 'Jij bent mijn grote liefde.'

Eenendertig

Niets is nobeler, niets is achtenswaardiger dan trouw.
Betrouwbaarheid en waarheid zijn de heiligste uitmuntendheden en eigenschappen van de menselijke geest.
– Marcus Tullius Cicero –

Op weg naar Jonahs huis – volgens de aanwijzingen van Tia – bleef Piper maar nadenken over een vergrote bakkerij. Er waren niet zo veel restaurants in Redford. Het hotel, het wegrestaurant en de Summit Saloon. Dat van haar – van Sarge – zou totaal anders worden. Ze kauwde op haar nagelriem. Als hij er in elk geval maar over na wilde denken.

Voor het eerst kreeg ze de neiging om te bidden voor iets wat *zij* wilde hebben. Zou dat ook goed zijn? Tia had gezegd dat ze een gebed nooit kon verknoeien. God? Ik wil echt hier blijven. Kunt U Sarge niet een klein duwtje in de goede richting geven?

Ze beet weer op haar nagel en dacht toen aan Jonah. *Straal het zelfvertrouwen uit dat je nodig hebt voor het werk dat je doet.* Ze spuwde de vingernagel uit en klopte aan.

Jonahs huis leek totaal niet op dat van Miles, maar het voelde net zo prettig aan. Ze rook het nieuwe hout van de aanbouw aan de achterkant. Ze rook de houtrook uit de schoorsteen. Ze greep de doos nog iets steviger vast en klopte nog een keer aan.

Ze hoorde het schrapen en bonken van het looprek, lang voordat hij de deur opendeed. 'Hallo, Sarge.'

'Waar is de brand?'

'Sorry. Ik wist niet zeker of u helemaal achterin wel kon horen dat er werd geklopt.'

'Wat is dat?' Hij keek naar de doos.

'Dit zijn een aantal *specials* die ik heb gemaakt sinds u zei dat dat mocht. Ik wil dat u beslist welke we houden en welke niet.'

'Waarom moet ík beslissen?'

'Nou, ik dacht dat ik het zou kunnen bepalen aan de hand van welke ik wel en welke ik niet allemaal verkoop, maar omdat ze allemaal opgaan, vond ik dat u maar moest kiezen.'

'O, is dat zo?' Maar hij ging opzij om haar binnen te laten.

Ze zette de doos op tafel en deed hem open, en de geuren van haar verse baksels kwamen hun tegemoet. 'Eentje proberen?'

Hij ging brommend zitten. 'Anders ga je toch niet weg.'

Ze straalde. 'Begin eens met de koffiecake met wilde bosbessen en ahornsiroop.' Ze sneed er een hoekje af en gaf dat aan hem. 'Ik kan waarschijnlijk niet het hele jaar door bosbessen krijgen, maar ik wed dat gewone blauwe bessen ook wel zullen werken.'

Hij at het stukje op met een heel scala aan emoties, precies het tegenovergestelde van de pokerface van Miles. Zijn wenkbrauwen trokken zich samen, zijn ogen gingen dicht, hij kauwde, slikte en kreunde.

'Sarge?'

Hij legde zijn handen plat op tafel en deed zijn ogen weer open. 'Wat voor achterlijke dingen heb je overhoopgehaald om zoiets ...'

'Verrukkelijks te maken?'

Hij keek haar dreigend aan. 'Wat heb je nog meer?'

Ze had hem eerst haar favoriete gebak gegeven – en dat van Miles – dus ze keek er niet vreemd van op dat hij verder wilde gaan. 'Kiest u zelf maar.'

'Wat is dit – een spelletje?'

'Een spelletje? Dit zijn serieuze zaken, Sarge.' En over de meest serieuze zaak was ze nog niet eens begonnen. 'Probeer de soes met de salie citroen en zalm eens.'

'Visgebak?' Hij vertrok zijn gezicht. 'Nee, dank je.'

'Dan croissant met appel, gerookte kalkoen en aragula.'

'Croissants kosten te veel tijd.' Maar hij pakte het stukje aan dat ze al voor hem had afgesneden en stopte ook dat in zijn mond met een zo ongeïnteresseerd mogelijke blik. Puur voor de grap.

'Ze zijn ingewikkeld, maar ik heb het proces weten te verkorten, zodat het wel te doen is. Ik denk dat het de moeite waard is. Maar u bepaalt.'

'Natuurlijk bepaal ik,' gromde hij. 'Denk maar niet dat ik muiterij over het hoofd zie.'

'Geen muiterij, dat beloof ik. Maar ik wil het wel ergens met u over hebben. U weet dat Tia haar winkel gaat sluiten, hè?'

'De winkel van haar moeder.' Hij schudde zijn hoofd.

'Wat dacht u ervan om te gaan uitbreiden? We zouden die muur kunnen uitbreken en er een soort bakkerij annex bistro van maken, met ontbijt en lunch, met uw oude favorieten en mijn nieuwe specialiteiten.'

Hij keek haar aan alsof ze hem zojuist had verteld dat hij nog drie dagen te leven had.

'Als die uitbreiding in Pine Crest doorgaat, zouden we genoeg inwoners hebben om nog een restaurant in het dorp rendabel te maken. We stonden al bekend om het beste gebak van ...'

'Stonden, ja. Ik weet niet of dat nog steeds zo is.'

'Reken maar van *yes*.'

Hij fronste zijn voorhoofd. 'Maar zelfs al zou je gelijk hebben, denk je dat het geld me op de rug groeit? Jou betalen is de enige uitgave die ik me kan veroorloven.'

'Wat als u een zakenpartner zou hebben?'

'Jij?'

Ze schudde haar hoofd. 'Een stille vennoot, een financier die in ons investeert.'

Zijn ogen werden rood. 'Die winkel heeft deze gemeenschap dertig jaar lang gediend. En nu wil jij hem opeens gaan veranderen.'

'Het zou inderdaad een verandering betekenen.'

Sarges schouders zakten in. 'Wie is die stille vennoot?'

'Miles Forsythe. Hij is een investeerder die geld begon te maken toen hij als jongen van zestien zijn eerste patent kreeg. En hij is een kei in architectuur en binnenhuisarchitectuur. Hij zou ...'

Sarge keek op, duidelijk een beetje van streek.

Piper gaf hem een klopje op zijn hand. 'Denk er gewoon even over na, Sarge. Als iemand anders de Half Moon voor onze neus wegkaapt, is dat ons antwoord.' Ze probeerde niet te laten blijken hoe erg ze dat zou vinden. 'Maar het zou uw pensioen geen kwaad doen om ...'

'Wie zegt dat ik met pensioen wil?!'

'Nou, een nieuwe uitdaging dan.'
'Daar ben ik te oud voor.'
Piper sloeg haar armen over elkaar. 'Dat is van twee walletjes eten.'
Hij keek haar woest aan. 'Let op je woorden, soldaat.'
'*Yes, sir.*'
'Je hebt jezelf naar binnen weten te praten in die tent van mij, maar je moet nog heel wat leren.'
'*Yes, sir.*'
'Er is meer voor nodig dan een paar nieuwe recepten om voor de lange termijn een zaak op te bouwen.'
'Dat is uw taak, Sarge.'
Hij wreef over zijn wang. 'Wil je dit echt? Wil je dit zo graag dat je het kunt proeven?'
'Het smaakt net zo goed als die bosbessen-ahornsiroopkoffie-cake.'
Zijn mond maakte rare bewegingen toen hij de glimlach probeerde te onderdrukken en zijn wenkbrauwen liet zakken. 'Zeg tegen je investeerder dat hij met een bod moet komen voor de Half Moon. Dan zien we wel hoe het loopt.'
Met een gilletje sloeg Piper haar armen om hem heen, hoewel dat niet makkelijk was nu hij zo voorovergebogen zat. 'O, Sarge, daar krijgt u geen spijt van.'
Tot haar verbazing zei hij niet dat hij dat al had, maar: 'Geef me reden om trots op je te zijn, soldaat.'

Jonah herkende het kenmerkende schrapen van een bepaalde keel en deed zijn ogen open. Tussen een rij nieuwe 'van harte beterschap'-planten op het bedtafeltje door zag hij Moser. En Sue.
'Als je echt nog verder moet slapen, komen we wel terug.' En Mosers manier van praten maakte duidelijk dat ze dat ook zeker zouden doen. Spoedig.
Hij zuchtte. 'Laat ons even alleen, Moser.'
Moser keek naar Sue. 'Ik ben op de gang.' Zijn schoenen piepten op het gedweilde linoleum.
Ze wachtte tot de deur dicht klikte en stak meteen van wal. 'Het spijt me, commandant.'
'Dat is je geraden.'

'Ik kon er niet zomaar mee ophouden. Ik moest elke keer aan Sams dood denken en aan die schoften die elke dag hun drugs bleven verkopen, aan Sean Bolton die op school handelde – waar Eli ooit naartoe zal gaan. Ik kon niet zomaar afhaken.'

'We hadden sporen, we hadden een lopend onderzoek en we hadden mankracht.'

'Weet ik.' Ze begon te ijsberen. 'Maar Caldwell wist dat Newly en Beatty hem in de gaten hielden. Toen ik Beatty afloste ...'

'Hoe heb je dat precies gedaan?'

Ze moest even slikken. 'Ik heb hem verteld dat jij het een en ander aan het omgooien was. Hij heeft mijn dienst overgenomen.'

Met een traag knipperen van zijn ogen voegde Jonah dat aan haar lijstje toe.

'Caldwell had me niet in de gaten. Hij kwam in beweging en ik kon die kans niet laten gaan. We konden die kans niet aan onze neus voorbij laten gaan.'

'Om een methamfetaminelaboratorium op te blazen? Om drie mensen te verkolen? Om medeagenten te verwonden? Je bent er onvoorbereid op af gegaan en hebt de boel geforceerd.'

'Ik wist toen je er eenmaal was ...'

'Je hebt een direct bevel genegeerd.'

'Weet ik. Ik was zo kwaad toen je me terugstuurde, maar ...' Haar gezicht vertrok. 'Ik had gedood kunnen worden. En dan zou Eli geen ouders meer hebben.' Ze drukte een hand tegen haar buik. 'Je had helemaal gelijk.'

'Er kleven risico's aan dit vak. Zelfs iemand ophouden in het verkeer kan je al een kogel opleveren. Het is mijn taak om dat risico voor mijn agenten zo veel mogelijk te verkleinen. En het is jouw taak om je gezonde verstand te gebruiken en op mijn inschattingsvermogen te vertrouwen.'

Ze ging rechtop staan. 'Als dit me mijn baan kost, begrijp ik dat.'

Hij bestudeerde nauwkeurig haar gezicht en wikte en woog. 'Je bent voor drie weken geschorst. Gebruik die tijd om te beslissen of je agent wilt blijven of een losgeslagen burgerwacht.'

Ze haalde diep en haperend adem. 'Dat zal ik doen. Bedankt, commandant. Jonah. Bedankt.'

'Roep Moser even naar binnen.' En toen tegen Moser: 'Al nieuws van Hao over Sam?'

'De meth was vermengd met PCP. Dat is in die dosis dodelijk.'

'Sam heeft het dus misschien niet geweten. Kan Hao ons een verklaring voor poging tot moord of ongeval geven?'

'Heeft hij al gedaan.'

Jonah liet zich weer achterover zakken. 'Krijgt Sue de levensverzekering uitgekeerd?'

'Zover ik weet wel.'

'Staat mijn vrouw op de gang?'

Moser knikte. 'Dat werd een keer tijd, commandant. Dat werd een keer tijd.'

Lucy zat door enkele kussens ondersteund in bed. Haar lippen waren blauwgetinte viooltjes, haar vergeet-me-nietjesogen te groot en te diep weggezonken in haar oogkassen. De afgelopen paar uur was haar huid zo bleek geworden dat hij opgloeide, met dunne aderen langs haar slapen. Ze keek op van de puppy's in haar schoot. 'Ze zijn zo rustig.'

Liz kreeg het gevoel dat er banden om haar borst werden aangetrokken. Ze had gedacht, echt gedacht dat ... 'Ze vinden het heerlijk wanneer je ze vasthoudt.'

Lucy glimlachte. 'Zo zacht, zo lief.' Ze kreeg de woorden met moeite over haar lippen en haalde raspend adem. De stem van Liz raspte ook toen ze bezorgd zei: 'Je moet eigenlijk rusten.' Ze zag de uitputting in elk lichaamsdeel van haar tweelingzus.

'Dat heeft toch geen nut.'

'Lucy, dat moet je niet zeggen.' Liz hurkte neer naast het bed en nam Lucy's hand in de hare. 'Je moet doorvechten. Je mag niet opgeven.'

'Ik ben zo moe.'

Liz keek onderzoekend naar Lucy's gezicht en dwong haar in gedachten om door te gaan. Ze was bang en moe, tot diep in haar binnenste. Maar ze zou niet opgeven. 'Ik ga alles weer in orde maken.'

Lucy wendde haar blik af en vocht voor elke ademteug. 'Lizzie, je moet ... me loslaten.'

Ze is een deel van mij. Mijn eigen ik en toch iemand anders. Ik voel haar sterven.

'Lucy. Laat niet los.' Ze tilde de puppy's op in haar armen en huilde. Om hen, om haar. Geen experimenten meer, ophouden met proberen. Het moest nu gebeuren.

'Herinner je je het park nog?'

Arm in arm huppelen we door het park. We zijn bijzonder, zeldzaam, onbetaalbaar. Niemand weet dat we zo zuiver met elkaar delen, zo totaal, zo zonder bedenkingen. Waarom zouden we ons druk maken om de starende blikken van al die eenzame gezichten om ons heen?

'Er was een draaimolen.' In Lucy's stem klonk een kinderliedje door.

'Ja, dat weet ik nog.' Liz glimlachte.

Schommels en glijbanen en wippen waren leeg geweest, maar zij waren eindeloos op de draaimolen gebleven, Lucy's hoofd tegen haar schouder, haar ogen gesloten. Lizzie had die van haar wijd open gehouden en alles zien draaien. Tijdens het draaien had ze gezichten zien staren, vingers zien wijzen, het gefluister achter handen. Ze wisten het niet. Ze kenden de vreugde van het meervoud niet, van complete eenheid.

Alleen wij kennen dat. Onze gedachten zijn zo op elkaar afgestemd dat we amper hoeven te praten. Onze blijdschap in elkaar is volkomen.

En toch kwamen er speldenprikken van verlangen door die blijdschap heen, verlangen om rond te rennen zonder afgeremd te worden door Lucy, om uit haar armen weg te springen en een solovlucht te maken. Het duizelde haar van de schaamte. Lucy had haar toen nodig gehad en had haar nu nodig. 'Het duurt niet lang meer. Ik heb degene gevonden die ik nodig heb.'

'O, Lizzie,' hijgde Lucy. 'Wie is het?'

Lizzie drukte de levenloze pups tegen zich aan.

'Een vriendin van Tia. Ze is perfect.'

'Hij zei ja!' gilde Piper, het stuur in haar ene hand en haar mobieltje in de andere. 'Nou ja, hij heeft in elk geval gezegd dat we met een bod moeten komen en zien waar het op uitdraait.'

Miles zei aan de andere kant van de lijn: 'Het komt. Echt.'

Zijn zelfvertrouwen pepte haar vrolijke bui alleen maar meer op. 'Ik hoop echt dat je serieus was.'

'Ben ik dat ooit niet geweest, dan?'

'Eh ...' Ze moest lachen. 'Ik ben even langs het ziekenhuis geweest om aan Tia te vragen of ze het niet erg vond als we haar winkel zouden overnemen, maar zij vindt het ook leuk.'

'Dat is mooi.'

'Hoe dan ook, ik weet dat we vanavond bij jou thuis hadden afgesproken, maar ik ben vergeten de planten water te geven. Al twee weken, eigenlijk. Tia herinnerde me er zojuist aan.'

'Geen probleem.'

'Kun je dan niet naar mij toe komen? Dáár kunnen we ook wat recepten uitproberen.'

'Ik zou voor een diner kunnen zorgen.'

'Echt?'

'Ik kan prima koken.'

Ze zette haar richtingaanwijzer aan om iemand in te halen op de snelweg. 'Dat mag ook wel met zo'n megakeuken. Maar we zouden ook uit eten kunnen gaan.'

'Ik eet niet buiten de deur als ik de keuken niet heb gezien.'

'Had je je daarom in mijn voorraadkast verborgen?'

'Daar word ik maar liever niet aan herinnerd.'

'Het is een van mijn kostbaarste Miles-momenten.' Ze remde af toen ze de bebouwde kom in reed. 'Ik ben over vijf minuten thuis.'

'Ik ga even douchen en dan zie je me straks.'

'Oké.' Hij had meteen naar haar toe kunnen komen, maar wat maakte het uit als hij zich eerst wilde opfrissen? Hoewel opfrissen wat zwak uitgedrukt was.

Ze parkeerde de auto naast het huis en stapte uit. Ze zou hier misschien niet lang meer wonen, maar als hun plan lukte ...

Ze voelde de prik en dacht dat de moeder aller wespen haar had gestoken. Toen werden haar knieën slap en ging het draaien in haar hoofd.

Tweeëndertig

Onze levens, twee bloemknoppen die elkaar kussen.
Door de lichtste huivering van het teed're bijenlied
Zo dicht bij elkaar.
– George Eliot –

In het afnemende licht weerspiegelde Jonah haar verbazing. 'Even opnieuw. Piper, Sarge en Miles?'

Tia knikte. Toen de verpleegkundige zijn verband begon te verschonen, was zij de gang op geglipt om Pipers nieuwtje aan te horen. 'Het lijkt erop dat Sarge nogal enthousiast is. Hij heeft tegen Piper gezegd dat ze ervoor moet zorgen dat hij trots op haar kan zijn.'

'En Miles.'

'Piper vindt hem nogal speciaal. Alle jongens in het dorp zwermen om haar heen als vliegen om de stroop ...' Ze glimlachte.

'En hoe moet ik me dat dan voorstellen? Zonder aanraken?'

Iets onbegrijpelijks voor Jonah Westfall – gelukkig maar. 'Ze zullen inderdaad nog wat barrières uit de weg moeten ruimen.' Ze ging op de rand van het bed zitten, waarvan ze de zijkant naar beneden hadden geklapt, gefrustreerd door hun eigen barrières. 'Zijn genegenheid voor Piper en die van haar voor hem zullen waarschijnlijk een behoorlijke motivatie vormen.'

'Ik ervaar op dit moment ook een behoorlijke motivatie.' Hij greep haar knie stevig vast.

'Omdat jij aan aanraken dacht.'

'Kom eens hier.' Hij greep haar gezicht en kuste haar tot ze ervan trilde, waarna ze er nogal laat achterkwam dat dat werd veroorzaakt door de trilfunctie van haar telefoon.

Zijn lippen bewogen zich heen en weer tegen die van haar. 'Gewoon negeren.'

'Het zou de Hooplijn kunnen zijn.' Ze trok zich terug, keek op het schermpje, werd nieuwsgierig en nam op. 'Hallo, Miles.'

Haar hart begon te bonken toen hij zei: 'Piper is verdwenen.'

'Wat bedoel je?' Ze had haar zojuist nog gezien en haar naar de verdorstende bloemen toe gestuurd, stralend van blijdschap.

'Ze zei dat ik naar jullie huis toe moest komen, maar ze is er niet.'

Tia keek op haar horloge. Meer dan genoeg tijd voor Piper om al thuis te kunnen zijn. Maar dat wilde nog niet zeggen dat ze in de problemen zat. Behalve misschien in het uitgekiende wereldje van deze man. 'Misschien heeft ze je niet gehoord.'

'Ik heb alle deuren geprobeerd.'

'Ik vermoed dat ze gewoon een beetje laat is.'

'Ze is niet alleen maar laat. Ze verkeert in moeilijkheden.'

Moeilijkheden? 'Wacht even.' Ze drukte op een knop. 'Hij staat nu op speaker, Miles, en commandant Westfall luistert mee. Vertel ons maar wat er aan de hand is.'

'Bob Betters heeft haar bedreigd. Voor de bakkerij. Hij zei dat ze hem een hoop problemen had bezorgd en dat hij dat niet zomaar zou vergeten.'

Tegen Jonah: 'Is Bob weer op vrije voeten?'

'Hij is op borgtocht vrij.'

Ze rolde met haar ogen.

Miles weer: 'Hij heeft haar bedreigd, ze zei dat ik naar haar huis moest komen en nu is ze weg.'

'Geen paniek, Miles. Er hoeft niet per se iets ergs gebeurd te zijn.'

Jonah zei: 'Ik zal naar het bureau bellen en zeggen dat ze Bob even moeten natrekken.'

De eikel. Alleen al vanwege dat dreigement verdiende hij het gezeur dat nu zou volgen. Maar haar middenrif trok samen. 'Ze is van het ziekenhuis naar huis gereden. Kan de verkeerspolitie …'

'Die zal ik ook meteen bellen.'

'Miles, ik kom naar je toe om in huis te kijken, maar het kan zijn dat ze onderweg ergens langs is gegaan. Misschien was je er sneller dan zij.'

'Ze zei vijf minuten. Ze moest de planten water geven. Ik heb nog gedoucht. En bloemen geplukt.'

'Ik kom zo snel mogelijk naar je toe.' Ook al zou het niks blijken te zijn, ze zou hem in elk geval kunnen kalmeren. Maar het voelde helemaal niet aan als niks.

Ze hing op en Jonah greep haar pols. 'Hoe groot is de kans dat hij flipt?'

'Ik maak me eigenlijk nog het minst druk om Miles. Ze heeft vijf minuten tegen hem gezegd. Dat is nogal specifiek.'

'Er kunnen altijd onvoorziene dingen gebeuren.'

'Jonah, Bob heeft haar al eens gedrogeerd met de bedoeling om seks met haar te hebben.'

'Ik stuur wel iemand naar het huis.'

'En hoeveel agenten heb je ook alweer zonder gebroken benen en zonder kogelgaten die niet geschorst zijn?'

De grip om haar pols werd steviger. 'Ga niet naar binnen voor er een agent is gearriveerd.'

'Ben je wel lekker?' Ze drukte op terugbellen. 'Miles, er ligt een sleutel in het vogelhuisje. Als Bob Piper binnen vasthoudt ...'

Jonah praatte over haar heen. 'Gebruik niet meer geweld dan noodzakelijk is om hem te overmeesteren. Hoor je me, Miles? Tia?!'

Maar ze had haar telefoon al dicht geklikt en rende de deur uit.

Jonah belde de politiecentrale, maar er zat hem iets dwars. Bob was een viezerik, maar ook een gluiperd en een lafaard. Hij mocht dan een dreigement hebben geuit, maar zou hij ook ...

'Hoe gaat het ermee, commandant?' Nancy, een van de verpleegkundigen, tilde zijn arm op om de band van de bloeddrukmeter erom te kunnen doen.

'Ik ben gezond genoeg om te vertrekken.'

'Wat voor cijfer zou u uw pijn willen geven? Op een schaal van één tot tien?'

Hij beantwoordde haar vragen. De pijn was minder geworden. Geen overdreven bloedingen, zwellingen of brandwonden. Zijn wat minder appetijtelijke lichaamsfuncties werkten naar behoren. Het ging al iets beter met de ademhaling. Zijn ogen staken nog een beetje van de giftige rook. 'Maar luister, ik moet hier echt weg. Ik moet weer aan het werk.' En er waren maar bedroevend weinig anderen beschikbaar om het van hem over te nemen.

'Ik zal het aan dokter Vargas doorgeven.'

De Oost-Indisch dove arts. 'Die heb ik al geprobeerd.'

'Dat zal best.'

Hij verviel weer in gepeins. Bob Betters had iets in Pipers glas gegooid en zou haar misschien hebben aangerand als hij niet had ingegrepen. Maar daar had hij waarschijnlijk mee weg kunnen komen. Dit was iets anders. Zoiets flikken nadat je bij daglicht en met een getuige erbij een dreigement hebt geuit?

Hij schudde zijn hoofd. Een ongeval op de snelweg was aannemelijker. De verkeerspolitie zou dat wel uitzoeken. Hij nam een slok door het gebogen rietje. Het water was bijna op kamertemperatuur. Tia had natuurlijk de gsm van Piper geprobeerd, maar hij probeerde het ook nog eens en kreeg geen gehoor. Als ze niet ergens was opgehouden, wat dan? Miles? Wat wisten ze eigenlijk van die jongen?

Hij greep naar de laptop die Moser voor hem had meegenomen en begon de naam Miles Forsythe na te trekken. Hij wreef in zijn brandende ogen en las het ene artikel na het andere, bekeek een indrukwekkende website en toen de inlinearchieven van de politie, waar hij geen enkele klacht of arrestatie en zelfs geen aantekening vond.

De verkeerspolitie belde hem om te melden dat er geen ongevallen waren tussen het ziekenhuis en Redford. Ze had geen botsing gehad en was ook geen ravijn in gereden. Hij belde Beatty nog eens. De beginneling die dienst had – en nog wel een dubbele, zoals Sue hem had verteld – kwam net terug van een melding van huiselijk geweld.

'Zeg het maar, commandant.'

'Ben je er al achter waar Robert Betters zich bevindt?'

'Ik ben op weg.'

'Zijn er nog anderen die samen met jou een dienst draaien?'

'Nee, niemand.' Met alleen Beatty, Moser en McCarthy hadden ze zo veel mogelijk versterking van de sheriff gevraagd, maar die had nog steeds met een griepepidemie onder het personeel te kampen.

'Vergeet Betters. Ik wil dat je meteen naar Prague Street gaat, huisnummer 18. We zijn op zoek naar een blanke vrouw, ongeveer één meter vijfenzeventig, blond haar, leeftijd eenentwintig, blauwe ogen.'

'Gaat het toevallig om Piper, commandant?'

'Inderdaad.' Het zou hem niet moeten verbazen dat deze agent haar naam en adres kende. Hij bedacht zich plotseling dat ze niet naar haar auto hadden gekeken. Als ze thuis was geweest en daar niet meer was, zou hij zich zorgen gaan maken.

'Controleer die locatie op een voertuig. Als dat er staat en zij er niet is, laat dan een opsporingsbericht uitgaan. Houd in je achterhoofd dat ze vanmiddag om drie uur is bedreigd.'

'Begrepen, commandant. Was dat misschien Robert Betters?'

'Ja. Beatty, ik wil dat je kijkt of er op dat adres een worsteling heeft plaatsgevonden. Wat is je verwachte tijd van aankomst?'

'Ik rijd net weg bij een huiselijkgeweldzaak in Marburry. Ik kan er over tien minuten zijn.'

'Er bevinden zich waarschijnlijk twee mensen op nummer achttien.' Als Tia er al zou zijn voor Beatty arriveerde. 'Miles Forsythe was getuige van de eerdere bedreiging en is ook de laatste die haar heeft gesproken.'

'Oké.'

Jonah hing op en werd teruggebeld door de hulpsheriff. Hij vroeg hem of hij kon helpen Bob Betters op te sporen. Hij praatte hem bij over de arrestatie van de dag ervoor en het daaropvolgende dreigement. Hij balde in frustratie zijn vuisten en zei tegen zichzelf dat er misschien helemaal niks aan de hand was. Er was hoe dan ook nog veel te weinig tijd verstreken om haar als vermist te beschouwen.

Maar hij bleef zich afvragen wie er een reden zou hebben om haar lastig te vallen. Hij had haar gezien met een groep jongeren van haar leeftijd en soms, zoals op de avond dat Sarge haar had ontslagen, met een van hen in het bijzonder. Geen enkel teken van vijandigheid. Hij kon zich uit die hoek ook niks voorstellen.

De enige keer dat hij haar opgefokt had gezien of haar iets negatiefs over iemand had horen zeggen, was toen ze Tia verdedigde tegen ... Liz.

Op het moment dat Tia Pipers auto naast het huis zag staan, slaakte ze een zucht van verlichting. Maar toen kwam Miles achter het huis vandaan, die zijn hoofd schudde.

Tia fronste haar voorhoofd. 'Is ze niet in huis?'

'Ik heb overal gekeken. En de planten hebben geen water gehad.'

'Maar ... haar auto staat hier.' Ze liep naar de bestuurderskant en verstijfde. Op de grond zag ze de sleutels liggen en vlak naast het wiel een met kralen afgezette sandaal. Tia sloeg haar handen voor haar mond en de angst vloog haar naar de keel.

'Er is iets mis. Er is iets helemaal mis.' Miles boog zich voorover en zocht onder de auto en verder eromheen, maar Tia vloog al op de voordeur van het huis af. Er was altijd een kans dat Piper Miles niet had gehoord. Of misschien was ze wel te bang om de deur voor hem open te doen.

Ze rukte de deur open en riep: 'Piper, ik ben het, Tia! Ben je daar?!'

Geen reactie.

Waar zou ze zich kunnen verbergen? Ze trok alle deuren op de begane grond open, de keuken, de bijkeuken. Ze werd overspoeld door een vreselijk voorgevoel toen ze met Miles op haar hielen de trap beklom. Alstublieft, Heer, laat me haar niet ergens dood vinden.

Miles leek het aan te voelen en begon op hoge toon te neuriën.

'Miles. Wat waren jullie plannen?'

'We zouden over de bistro gaan brainstormen. Ik zou eten maken. Alles wat ik heb meegenomen staat op de veranda. Ze deed de deur niet open. Ze zou gegarandeerd de deur hebben opengedaan.'

Tia liep al bevend Pipers kamer in. Het bed was opgemaakt en er lag niets of niemand onder. Ze hield haar adem in en trok de kastdeur open. Alleen maar kleren.

'Daar heb ik al gekeken. Ik heb overal gekeken.'

Ze drukte een hand tegen de traan die over haar rechterwang rolde. 'Ik twijfel geen moment aan je, Miles, maar ik moet het gewoon met mijn eigen ogen zien.' Ze doorzochten de andere kamers, inclusief de zolder, die je via de schuifladder kon bereiken. Geen Piper.

Ze schrok toen de deurbel ging.

Ze keken elkaar aan, waarna Miles haar voorging de gang in en de trap af. Toen hij door het raam heen een uniform zag, versteende hij. Hadden ze haar op de snelweg gevonden? Nee, dat kon niet.

Ze slikte haar angst weg en herinnerde zich toen iets. 'Jonah heeft hem gestuurd.' Ze reikte om Miles heen en opende de deur voor een agent met een fris gezicht, die amper ouder kon zijn dan Piper.

'Ik ben agent Beatty, mevrouw. De commandant heeft me gevraagd dit pand te doorzoeken.'

'Dat hebben we al gedaan. Ze is er niet. Maar er is iets wat je moet zien.' Ze nam hem mee naar de zijkant van het huis en liet hem de sleutels en de sandaal zien.

'Hebt u iets aangeraakt?'

Ze schudde haar hoofd en wachtte tot hij de spullen had gefotografeerd op de plek waar ze lagen.

'Hebt u gezien of er iets weg was naast ... Piper?'

Tia was verrast. 'Ken jij haar?'

De agent knikte. 'Van Java Cava.' Hij keek op, zijn ogen een beetje dichtgeknepen tegen het licht. 'Ben jij Miles?'

Miles keek verschrikt.

'Ze heeft het over jou gehad.'

Zijn handen gingen open en dicht. 'Ik zou haar hier ontmoeten. Ze zei vijf minuten en ze moest de planten nog water geven.' Hij verviel in een spraakpatroon dat een hoog stressniveau verraadde. Maar deze keer was dat terecht.

'Mevrouw, eh, Westfall?'

Ze draaide zich om. 'Zeg alsjeblieft gewoon Tia.'

'Ik moet even binnen kijken.'

'Natuurlijk.'

'Als jullie hier willen wachten.'

Ze knikte, in de wetenschap dat hij alleen maar bevelen van hogerhand opvolgde, maar ook dat het pure tijdverspilling was. Piper bevond zich niet in het huis. Ze keek naar de zak boodschappen die Miles had gehaald om eten van te koken. Dat zou Piper leuk hebben gevonden.

Na het hele huis te hebben onderzocht kwam agent Beatty eindelijk weer naar buiten. 'Zou ze ergens lopend naartoe kunnen zijn gegaan?'

'Niet zonder die sandaal.' Tia's stem brak. 'Alsjeblieft. Is er al iemand op zoek naar Bob Betters?'

'Laat me even contact opnemen met het bureau.' Hij liep het pad af naar zijn patrouillewagen. Ongetwijfeld een goed joch.

Ze sloot haar ogen en wilde met alles wat in haar was dat Jonah niet aan dat ziekenhuisbed gebonden was. Hoe vaak had ze niet gebaald van zijn nadrukkelijke aanwezigheid, zijn beschermingsdrang? Ze had hem nu nodig. Piper had hem nu nodig. Miles verplaatste zijn gewicht continu van de ene voet naar de andere en had Jonah ook nodig.

Agent Beatty stapte weer uit de auto. 'De hulpsheriff heeft Robert Betters ondervraagd. Hij heeft sinds drie uur op de zaak gezeten. Drie getuigen.'

Tia drukte haar hand tegen haar hart, opgelucht en gefrustreerd.

Een stem over de radio. 'Eenheid twee, eenheid twee.'

De agent greep zijn radio. 'Hier eenheid twee. Zegt u het maar.'

'We hebben een B en E in gang gezet. 217 Blockhurst. Code drie.'

'Reactie code drie.' Agent Beatty keek over het dak van zijn patrouillewagen. 'Ik heb er een opsporingsbevel voor Piper uitgedaan. Jullie zouden de buurt langs kunnen gaan, om te zien of ze zich in een ander huis bevindt. En maak je geen zorgen. We zullen haar vinden.' Hij stapte weer in en zette de zwaailichten en de sirene aan.

Tia staarde hem na, haar keel dichtgesnoerd. Geen zorgen maken? Piper was maar een van de vele dingen waar hij achteraan moest en met zo'n uitgedunde politiemacht zouden ze haar toch nooit vinden? Als Piper naar de buren toe gegaan zou zijn, zou ze haar mobieltje opnemen. Ze zou om hulp hebben gebeld. Of Miles. Of haar. Tia begon te ijsberen.

Denk na. Als het Bob niet was, wie dan wel?

Alstublieft, Heer. Waarom zou iemand Piper meenemen? Of het moest niet om Piper gaan, maar om de mensen die van haar hielden. Zonder erbij na te denken greep ze Miles bij de arm. 'Snel, kom mee.'

Met een warme laptop op schoot zocht Jonah naar Liz/Elizabeth Rainer in de databases van de verschillende politiemachten. Toen hij haar had nagetrokken op verdenking van die dierenverminkingen, had hij geen arrestaties of aanhoudingsbevelen gevonden en was hij ook geen jeugdstrafblad of iets dergelijks tegengekomen. Waar hij nu naar op zoek was, was iets van een ongeval of een ander incident waardoor ze mank liep en waardoor ze die emotionele instabiliteit had opgelopen die hij die avond in haar ogen had gezien. Een kleine kans dat het het nieuws had gehaald, maar hij volgde zijn instinct. En vond iets.

Siamese tweeling Lizzie en Lucy Rainer – Controversiële scheidingsoperatie. Hij keek naar de foto van twee blonde meisjes met een paardenstaart, waarvan de een haar kin op de schouder van de ander liet rusten.

Het leek of er een steen in zijn maag viel.

Fluisterend las hij: 'Vanaf hun geboorte is de acht jaar oude Siamese tweeling Lizzie en Lucy Rainer onafscheidelijk geweest. Maar Lucy's kwakkelende gezondheid heeft tot de controversiële keuze geleid om de meisjes van elkaar te scheiden, zelfs al hebben de meisjes aangegeven helemaal geen zin te hebben om apart door het leven te gaan. De artsen zeggen dat de ingewikkelde en riskante operatie Lizzie een grote kans op overleving biedt.'

Alleen Lizzie maar?

'De tweelingzussen, die te zien waren in *Good Morning America*, zijn letterlijk aan elkaar verbonden bij de heup, en vanaf dat punt splitst hun ruggengraat zich. Lizzie heeft alle belangrijke organen, terwijl Lucy's niet-complete ingewanden ook nog eens onderontwikkeld zijn.

De controverse hierin is de beslissing om de ene helft van de tweeling op te offeren om de andere helft te redden. Dokter Marcus Verigo geeft toe dat Lucy's kansen om de scheiding te overleven minimaal zijn. "Lizzie heeft de beheersing over haar twee armen en twee van hun drie benen. Beide meisjes leven voornamelijk op haar ademhalings- en spijsverteringsstelsel, maar haar vermogen om beide lichamen in stand te houden heeft een kritiek punt bereikt. Zonder de operatie zullen beide meisjes sterven," zegt dokter Verigo. Vertegenwoordigers van de familie zeggen dat ze in diepe rouw zullen worden gedompeld als de operatie hun dochter Lucy fataal wordt.'

Dit moest achter die dierenexperimenten zitten. Wilde ze begrijpen wat er is gebeurd? Zocht ze een manier om andere Siamese tweelingen te helpen? Hij las het korte vervolgartikel.

Helft Siamese tweeling Lucy Rainer sterft tijdens operatie. Voor- en tegenstanders beginnen debat over de morele en ethische terugslag... Hij vloog door het artikel heen naar de laatste zin. *De familie heeft gevraagd met rust gelaten te worden, om in besloten kring hun verdriet te kunnen verwerken.*

Jonah keek naar de tweede foto, hoe onschuldig en speels ze waren. Zijn eerste indrukken van Liz waren dat ze sterk en zelfverzekerd en meelevend was, zo sterk dat ze letterlijk haar zus droeg, sterk voor hen beiden – maar uiteindelijk toch niet sterk genoeg.

Waren ze naar de operatiekamer gereden in de wetenschap dat er maar één weer levend vandaan zou komen? Hij wist niet wat het ergst zou zijn geweest, dat Liz wist dat Lucy zou sterven, of dat ze haar onvoorbereid zou verliezen. Geen wonder dat Liz innerlijk verwond en instabiel was, maar wat kon dat in vredesnaam met Piper te maken hebben?

Hij dacht terug aan al hun ontmoetingen tot aan het oplappen van Scout. Het verkilde hem van binnen. Als ze die pup kon verwonden om hem te straffen, wat zou ze dan doen om Piper te straffen? Hij schoof de laptop naar het tafeltje, greep opzij en trok zijn infuus los.

Drieëndertig

We waren met zijn tweeën en deelden maar één hart.
– Francois Villon –

Twee roestvrijstalen operatietafels naast elkaar. Net als toen ze hen naar binnen hadden gereden, slaperig, maar nog niet onder zeil, zo de helder verlichte ruimte binnen. Ze had naar de twee operatietafels gekeken met de gedachte dat dit voor het eerst was dat ze een eigen bed kregen. Met Lucy's arm om haar borst heen geslagen en haar hoofd in haar nek genesteld had de angst haar een bittere smaak achter op haar tong bezorgd, zoals wanneer je te lang je huilen inhoudt.

'Lizzie?' Het woord klonk op in haar gedachten, omdat Lucy te zwak was om nog iets te kunnen zeggen.

'Niet bang zijn, Lucy.'

'Ik wilde dat ik jou was. Jij bent nooit bang.'

Maar dat was ze wel. Toen Lucy in die diepe slaap was verzonken, de avond voor de operatie, hadden ze haar verteld: 'Lizzie, door de scheiding zou je eindelijk een normaal leven kunnen krijgen.' En het verschrikkelijk angstige eraan was dat ze daar ook naar had verlangd – maar slechts een moment. Tot ze zich herinnerde dat ze een speciaal leven had. Dat hadden ze van het begin af aan gezegd. Zij en Lucy zouden altijd elkaar hebben.

'Ik wil niet alleen zijn, Lizzie.'

'Dat gebeurt ook niet, dat beloof ik je.'

Er kreunde iemand. Liz schudde zichzelf wakker. Het paardenverdovingsmiddel begon uitgewerkt te raken. Het was hoe dan ook niet de bedoeling geweest om Piper er de operatie mee door te helpen. Daar zou professionele verdoving voor nodig zijn. Ze sleepte het stuk zeil naar de dichtstbijzijnde tafel en maakte het dunne touw vast dat door de oogjes getrokken was.

Ook al was ze een beetje mank, ze was sterk. En hoewel Piper langer was, was ze ook lichter gebouwd. Ze keek naar de andere tafel, waar haar misvormde zus lag, één been dat aan een vergroeide romp hing. Er ontbraken zo veel organen. Het was een raadsel, een wonder, dat ze het zo lang had overleefd. Maar ze waren vanaf het begin al een wonder geweest.

Omdat ze buiten bewustzijn was geweest, had ze geen pijn gevoeld, geen scalpels, geen ontwarrende handen. Maar ze had gevoeld hoe Lucy vertrok. Ze had gevoeld hoe de scheiding begon.

Terwijl Tia door het dorp stuurde, zat Miles naast haar en hield hij zijn grote knieën vast. Omdat hij helemaal in de war was door de verdwijning van Piper, had hij niet gereageerd op haar aanraking, maar zich samen met haar naar de terreinwagen gehaast. Op kalmere toon dan zij voor elkaar zou hebben gekregen zei hij: 'Als ze haar pijn wilde doen, waarom heeft ze haar dan meegenomen?'

Tia fronste haar voorhoofd. 'Wat bedoel je?'

'Ze heeft de pup verwond, maar ze heeft hem niet meegenomen.'

'Ze wilde dat Jonah hem naar haar toe zou brengen.'

'Ze zou Piper hebben kunnen opensnijden. Maar dan zou je haar niet naar een dierenarts hebben gebracht. Je zou met haar naar een ziekenhuis zijn gegaan.'

'Dus jij denkt ...' Tia nam een te scherpe bocht en de banden gilden '...dat ze wil dat ik haar ga zoeken?'

'Ze had haar alleen maar pijn kunnen doen, maar dat heeft ze niet gedaan.'

Tia probeerde zich te verplaatsen in Liz. De vrouw was naar haar huis en naar haar winkel toe gekomen. Beide keren had ze haar samen met Piper gezien. *'Wat doe jij hier?'* En de reactie van Piper: *'Ik woon hier.'* Liz moest hebben gehoopt dat ze het raadde, dat ze in actie zou komen.

Tia haalde dieper adem dan ze tot nog toe had gedaan. 'Het levert haar helemaal niks op om Piper pijn te doen. Als ze mij naar haar toe wilde lokken ...' Of was zij het echte doelwit? Misschien ... 'Ze wil Jonah. Ze walgt van mij.'

Miles keek haar aan. 'Logisch gevolg is dat je hem belt om Piper te hulp te schieten.'

Haar knokkels werden wit om het stuur. 'Zou ze niet weten dat hij in het ziekenhuis ligt?'

Miles haalde zijn schouders op en zag er beroerd uit. 'Maar om Piper te helpen zou hij misschien ...'

'Hij is neergeschoten, Miles. Wat kan hij nou doen?'

'Maar als jij hem zou bellen, zou hij misschien te hulp schieten.'

Och, Heer! Ze griste haar telefoon van de middenconsole, drukte op een sneltoets en toen hij opnam zei ze: 'Jonah, ik denk dat het Liz zou kunnen zijn.'

'Dat denk ik ook.' Hij klonk alsof het daar waaide. 'Ze zou weleens extreme ideeën over ziekteleer kunnen hebben.'

'Wat bedoel je?' vroeg Tia bezorgd.

'Ze had een zus.'

'Ja, dat weet ik. Ze is ziek. Liz koopt nogal eens geurschijven voor haar.'

'Nee, luister. Ze waren een tweeling, een Siamese. Haar zus is op zeer jonge leeftijd tijdens de scheidingsoperatie overleden.'

'Wat?' Ze dacht aan de winkelende Liz, de tederheid in haar ogen, haar broze glimlach. 'Wist jij iets van een zus af?'

'Daar heeft ze nooit een woord over gezegd. Waar ze ook mee bezig mag zijn, Ti, het komt daar vandaan. Alles.'

De wasberen. De katten. De ... pups. 'Ik dacht dat het net zoiets was als met Scout. Dat ze ons – jou – weer naar haar toe lokte.'

'Ik weet niet wat het is. Maar blijf bij haar uit de buurt. Ik ben zelf al op weg.'

'Nou ...' Tia nam een laatste bocht en zette de auto stil. 'Ik ben er al.'

De ruimte werd gevuld met een antiseptische geur toen Liz de instrumenten steriliseerde. Het licht weerspiegelde op het roestvrij staal. Het verbinden van Lucy's beschadigde organen met die van Piper zou niet makkelijk worden, maar zonder dat zou Lucy sterven.

Ze pakte de hand van haar tweelingzus en kuste die, waarna ze hem zachtjes terug legde. 'Ik wilde dat ik daar kon liggen, Lucy, maar ik moet nou eenmaal de operatie doen. Ik heb mijn best gedaan.' Haar tweelingzus was zo klein. Ze was nauwelijks gegroeid. Piper had sterke benen, een sterke rug en gezonde organen. Zij zou haar kunnen dragen, haar ondersteunen. Zij zou Lucy niet laten sterven.

Piper bewoog. Liz boog zich voorover en stak haar handen onder het hoofd en de rug van de jonge vrouw door en sloeg ze over haar borstbeen heen. Ze trok haar overeind in een zittende positie en Pipers hoofd rolde naar voren. Ze had een schitterend lichaam voor Lucy gevonden. Voor Lucy was alleen het beste goed genoeg.

En wanneer haar tweelingzus iemand anders had? Wat dan?

Rust.

Ze duwde die gedachte van zich af. Met al haar kracht rolde ze Pipers bovenlichaam op de operatietafel en duwde tegen haar heupen en benen tot ze op haar zij lag. Piper knipperde met haar ogen. Kon ze haar maar beter weer verdoven? Ze had gehoopt dat dat niet nodig zou zijn. Een narcose was al lastig genoeg, maar Piper greep de rand van de tafel beet en vocht om helder te worden. Ze had geen keus.

Liz greep naar een naald – gewoon net genoeg om haar rustig te houden tot alles klaar was. 'Ik doe dit voor Lucy. Zonder jou gaat ze dood.'

'Liz,' zei Tia achter haar.

Liz griste een scalpel van het gesteriliseerde dienblad en hield die tegen Pipers keel. Ze draaide zich om naar Tia, die als versteend naast een enorme vent stond.

'Wat ben je aan het doen?' Tia's stem klonk kalm, meelevend, maar ze wist wel beter.

'Ik ben Lucy aan het redden.' Ze keek naar de operatietafel en zag Lucy's smekende ogen. 'Ze redt het niet alleen. Ze is niet sterk genoeg.'

Ze verwachtte een scherpe reactie, maar Tia's blik werd zachter. 'Je houdt zo veel van haar.'

'Meer dan jij kunt beseffen.'

Tia deed een stap naar haar toe. 'Maar je kunt haar niet redden, Liz. Hoe graag je dat ook wilt en hoe graag je dat toen wilde.'

Liz schokte. *'Ze is wakker. Dokter, ze kijkt.'* Ze kwam uit de narcose en zag haar zus – wat er over was van haar zus ... En toen duisternis.

'Lizzie,' kreunde Lucy.

Liz schudde haar hoofd. 'Ze hebben je al een keer van me afgenomen, Luce, maar dat lukt ze geen tweede keer.'

Tia deed nog een stap dichterbij. 'Je hebt gedaan wat in je vermogen lag om haar in leven te houden. Maar ik weet dat je doodmoe bent.'

'Nee.'

'Dat is de reden waarom je Piper nodig had. Omdat je het niet alleen kunt. Het is te zwaar.'

'Ik ben de sterkere.' Liz schudde de oude beelden van Lucy op de operatietafel van zich af. Ze was compleet geweest voor ze haar weg sneden. 'Hou op.'

Tia kwam nog iets dichterbij. 'Het moet hebben aangevoeld alsof je jezelf kwijtraakte.'

'Mijn andere ik,' fluisterde Liz met een stem die veel op die van Lucy leek.

Buiten klonk een sirene. Verder weg nog een.

Haar hele lichaam beefde. 'Ik moet haar redden.'

Tia's stem klonk zacht en kalmerend. 'De enige manier waarop je dat kunt doen, is door jezelf te redden.'

Liz schudde haar hoofd.

'Jij bent net zo kostbaar als Lucy.'

Ze klemde haar kaken op elkaar. 'Ze hebben haar als een tumor van me weggesneden. Als iets kwaadaardigs.' Ze hoorde iemand bij de deur en zag Jonah, die zijn pistool langs zijn been liet hangen. Zou hij haar neerschieten? Er hier en nu een eind aan maken? Liz beefde.

'Achteruit, Tia.' Zijn stem klonk vastberaden, bevelend.

Maar ze bleef staan waar ze stond. Tia stak haar hand uit. 'Vergun Lucy de waardigheid die ze verdient. Laat haar in vrede sterven.'

Liz keek om en verwachtte Lucy's smekende ogen te zien, de raspende adem te horen, maar de operatietafel was leeg. Diep binnen in haar welde een vernietigend verdriet op, dat haar verscheurde met een dierlijk gekreun dat meer zei dan woorden zouden kunnen.

De scalpel kletterde op de vloer. Ze keek met verbijsterde blik naar Tia, een vrouw naar wier vriendschap ze had verlangd, naar de jonge vrouw die die vriendschap had gekend. Ze voelde de hand van Jonah om haar elleboog, de man van wie ze had willen houden, zag de diepe bezorgdheid in zijn ogen. Misschien was het echt, maar wie zou het zeggen? Hoe zou ze ooit nog weten wat echt was en wat niet?

Verward en gedesoriënteerd drukte Piper zich onhandig op van de operatietafel.

Tia stond naast haar en stelde haar allerlei vragen, maar voor ze antwoord kon geven, liep Miles de kamer door, trok haar dicht tegen zich aan en kneep haar bijna fijn.

'Wauw,' hijgde ze. 'Wauw.'

Vierendertig

Wanneer twee vrienden samen zijn en een van beiden valt,
helpt de ander hem weer overeind, maar wie alleen is en ten val komt is
beklagenswaardig, want hij heeft niemand die hem op de been helpt.
– Prediker 4:10 –

Tia schudde haar hoofd toen ze Jonah met van pijn vertrokken gezicht uit de Bronco zag stappen. 'Je had naar de dokter moeten luisteren.'

Hij stond stil om op adem te komen. 'Ik wil niet nog een nacht meemaken met een reling tussen ons in.'

Daar ging ze niet tegenin, zelfs al zouden ze niet meer doen dan elkaar vasthouden. Ze wilde zijn armen om zich heen en zijn hart tegen het hare voelen kloppen na getuige te zijn geweest van de kwellende eenzaamheid van Liz Rainer.

Ze hielp Jonah de verandatrap op en rook de geur van de sparren, van de komende winter, van haar ongelofelijke, eigenzinnige echtgenoot. 'Als je niet terug wilt naar het ziekenhuis, moet je in elk geval rust nemen.'

'Ik moet eerst nog iets doen.' Hij bewoog zich met moeite naar binnen, naar de plank naast de open haard, waar de fles whisky stond. Ze vroeg zich af waarom hij daar stond, maar ze hield haar mond toen ze zag hoe hij zijn hand ophief en daarmee de lange hals en het luxe etiket streelde. Hij pakte de fles, draaide zich om en ging via de achterdeur naar buiten. Pijn of niet, als hij een einde wilde maken aan zes jaar nuchterheid, zou hij dat doen waar hij zich het levendigst voelde, buiten op de berg.

Tia sloeg haar armen om haar schouders en volgde hem, niet zeker hoe hierbij haar houding moest zijn tegenover hem. Ze liepen langzaam de open plek naar de kreek over. Hij hield van het water – dat gold voor hen beiden – dat ijskoud over de met mos begroeide keien murmelde en gouden espenbladeren meevoerde. Het gekabbel vertelde het verhaal van lange en eindeloze reizen, met een stem die ontsprong aan oeroude steen die lang nadat zij van deze aardbodem zouden zijn verdwenen nog steeds het water zou weerstaan.

Jonah schroefde de dop eraf, hield de fles onder zijn neus en rook de opstijgende dampen. Zijn keel reageerde meteen. 'Ik heb dit bewaard om me eraan te herinneren dat ik onderuit zou kunnen gaan en op de blaren zou moeten zitten.'

Waarom zou hij dat willen? Hij sloot zijn ogen en deed nog een stap naar voren. Ze hield haar adem in toen hij langzaam de fles omkeerde, waarna er een straal amberkleurige vloeistof de koude kreek in liep, tot er niets over was.

'Van nu af aan wil ik er alleen nog maar aan herinnerd worden dat ik kan leven.' Hij bukte om de fles te vullen met water uit de kreek en deed toen de dop erop. Hij zette de fles op de grond en greep haar handen met vingers die koud waren van het smeltwater. 'Ik wil dat ik, en ook jij, vanaf nu worden gevuld met wat er *nu* gebeurt, en morgen en elke verdere dag van ons leven.'

Er welden tranen op in haar ogen. Ze had geen fles om haar verleden mee weg te gieten, maar ze liet het ook meedrijven met de stroom, om uiteindelijk weggevoerd te worden naar de diepten van de zee. Ze legde haar vingers tegen zijn wang en kuste hem, waarna ze haar voorhoofd tegen zijn kin drukte, zijn hals tussen haar handen. Ze voelde zijn hartslag.

De wind vond zijn weg tussen de sparren door, versterkend, stimulerend. Ze leefden. Ze waren samen. Ze zouden aan deze idiote reis beginnen. Ze haalde diep en hongerig adem, en lachte.

Van ergens in het huis klonk het lange en wilde lied van een coyote op.

Dankwoord

Ik kan niets zonder de genade en de kracht van de Heilige Geest en de liefde van God en van Christus, mijn Redder. Ik word ondersteund door mijn familie en vrienden, en in dit avontuur door degenen die voor me bidden, mijn werk lezen en mijn schrijven ondersteunen. Speciale dank voor lezers Jim, Jesse, Devin en Jane voor hun feedback en inzichten, voor David Ladd voor zijn kennis van politiezaken en de lijdensweg van heel wat revisies, en voor de Minturn Police Records en de rechtbankmedewerkster Lisa Osborne. Ook veel dank aan het personeel van Waterbrook, vooral de redacteuren Shannon Marchese en Jessica Barnes, en aan Stephen Parolini en anderen die dit werk hebben verfijnd en verbeterd. In het bijzonder dank aan allen die mijn boeken kopen en me aan het schrijven houden.